A dama do capitão

CAROLINE LINDEN

A dama do capitão

Procura-se um duque

TRADUÇÃO DE
ANA RODRIGUES

Rio de Janeiro, 2022

Título original: Scot to the Heart
Copyright © 2021 by Caroline Linden

Todos os personagens neste livro são fictícios. Qualquer semelhança com pessoas vivas ou mortas é mera coincidência.

Direitos de edição da obra em língua portuguesa no Brasil adquiridos pela Editora HR LTDA. Todos os direitos reservados. Nenhuma parte desta obra pode ser apropriada e estocada em sistema de banco de dados ou processo similar, em qualquer forma ou meio, seja eletrônico, de fotocópia, gravação etc., sem a permissão do detentor do copyright.

Direitos exclusivos de publicação em língua portuguesa cedidos pela Harlequin Enterprises II B.V./ S.À.R.L para Editora HR Ltda.

A Harlequin é um selo da HarperCollins Brasil.

Contatos: Rua da Quitanda, 86, sala 218 — Centro — 20091-005
Rio de Janeiro — RJ
Tel.: (21) 3175-1030

Diretora editorial: *Raquel Cozer*
Editora: *Julia Barreto*
Copidesque: *Marina Góes*
Revisão: *Thaís Carvas e Daniela Georgeto*
Design de capa: *Tulio Cerquize*
Imagem de capa: Dancing in Red, *Mark Spain*, óleo sobre tela, 50 x 60 cm. DeMontfort Fine Art Publisher
Diagramação: *Abreu's System*

CIP-Brasil. Catalogação na Publicação
Sindicato Nacional dos Editores de Livros, RJ

L723d

Linden, Caroline
    A dama do capitão / Caroline Linden; tradução Ana Rodrigues. – 1. ed. – Rio de Janeiro: Harlequin, 2022.
    336 p.   (Procura-se um Duque; 2)

Tradução de: A scot to the heart
ISBN 978-65-5970-137-7

    1. Romance americano. I. Rodrigues, Ana. II. Título. III. Série.

21-75276   CDD: 813
                                      CDU: 82-31(73)

Meri Gleice Rodrigues de Souza – Bibliotecária – CRB-7/6439

Para Eric
Meu herói, ainda mais depois de 2020.

Capítulo 1

1787
Forte George
Ardersier, Escócia

A RODA QUEBRADA foi a gota d'água.

A companhia passara os últimos quinze dias fora, na mais ingrata das missões, reparando estradas sob uma garoa e névoa incessantes. Quando estavam a pouco mais de três quilômetros das camas quentes e secas e da comida quente do Forte George, uma das rodas da carroça encontrou um buraco negligenciado e tombou com um gemido e o estalo horroroso dos raios de madeira.

As tentativas para levantar a condução foram em vão. Resignados, soldados e oficiais descarregaram pás, picaretas e outras ferramentas, levantaram a carroça nas costas e começaram a caminhada penosa e exaustiva até Ardersier.

Uma eternidade depois, quando alcançaram a ponte longa e estreita que dava no forte, houve uma explosão de exclamações — alívio, dor, blasfêmias contra o exército pelo conserto da estrada e contra Deus pela maldita chuva. O capitão — que, com a faixa ensopada do uniforme cobrindo a cabeça, conduzia o próprio cavalo carregado de equipamentos pelo lamaçal que lhe chegava aos tornozelos — concordou silenciosamente e prometeu pedir ao coronel três dias de licença para todos. Em dias como aquele, ele também odiava o exército.

Finalmente, depois de descarregar tudo, dispensar seus homens e deixar o cavalo nos estábulos, ele seguiu na direção de seu alojamento.

Como capitão, tinha direito a aposentos apertados em uma das longas construções de frente para o estuário de Moray — não que fosse possível ver o estuário naquele dia.

— Bem-vindo de volta, senhor — disse MacKinnon quando o capitão entrou nos dois pequenos cômodos que ele considerava sua casa. — O coronel quer vê-lo.

Encharcado, coberto de lama, quase morto de fome e tão cansado que beirava a inconsciência, Andrew St. James ficou parado na porta, a mão ainda no trinco.

— O que... *agora*? — perguntou, desanimado.

O homem assentiu.

— Sim, capitão. Ele disse o mais rápido possível.

Que inferno, como eu odeio o exército, pensou Drew.

— Maldição.

Com dedos rígidos, desafivelou o cinto onde estava embainhada a espada. MacKinnon lhe passou uma toalha para que secasse o rosto enquanto despia as roupas molhadas.

Tudo que Drew queria era um banho quente e a chance de se barbear, isso sem falar da vontade de trocar o uniforme por um roupão confortável. Mas aprendera da maneira mais difícil que a impaciência do coronel prevalecia sobre questões de vestimenta, por isso vestiu um uniforme limpo. MacKinnon escovou rapidamente o casaco dele, entregou-lhe o quepe e cumprimentou-o com um aceno rígido de cabeça.

— Espero que sejam boas notícias, capitão.

Drew assentiu, de cara amarrada. Seria bom mesmo, para contrabalançar a falta de sorte dos últimos tempos.

— Sim, vamos torcer.

Drew não esperava que fossem boas notícias. Raramente era o caso em convocações como aquela.

Ele atravessou o pátio aberto, segurando a capa bem junto ao corpo. Ouviu o som de uma flauta e das risadas dos homens relaxando vindo de uma das barracas. O cheiro de fumaça de cachimbo e de carneiro assado o acompanhou, piorando ainda mais seu humor. Também queria estar sentado diante de um prato de comida, em vez de atendendo aos caprichos do coronel rabugento. Drew bateu com mais força do que o necessário na porta da casa do superior.

O coronel Fitzwilliam tinha acesso a acomodações e comida da melhor qualidade. O aroma de carne assada e de pão fresco atingiu Drew como um soco no estômago quando o criado o fez entrar, o que o deixou ainda mais mal-humorado. Não sabia o motivo pelo qual Fitzwilliam desejava vê-lo, mas era melhor que fosse muito importante, pensou, enquanto esperava no escritório.

O coronel chegou uns bons minutos depois, com uma expressão fechada no rosto vermelho e um guardanapo ainda enfiado no colarinho, cobrindo o tronco amplo.

— St. James — disse, irritado. — Por que demorou tanto?

Drew manteve o olhar fixo nas espadas penduradas acima da cornija. O som de talheres raspando na porcelana e da risada alegre da sra. Fitzwilliam chegou aos seus ouvidos. Um jantar festivo. Provavelmente com *syllabub*, o doce típico da Cornualha. A barriga de Drew roncou, ressentida.

— Acabamos de retornar do destacamento, senhor. Uma roda da carroça que levava o equipamento quebrou.

Fitzwilliam bufou.

— Deveria ter se apressado. Chegou uma carta para você e fui orientado a entregá-la em mãos e imediatamente.

Drew o encarou, surpreso.

— Uma carta? De quem?

Sentiu os músculos tensos. Provavelmente eram más notícias, de casa. Quem mais escreveria com aquela urgência?

— Veio de Londres — respondeu Fitzwilliam, enquanto destrancava a gaveta de cima da escrivaninha e procurava dentro dela. — Algum advogadozinho afetado em nome do duque de Carlyle.

O nó de preocupação no peito de Drew afrouxou e ele franziu a testa, surpreso e interessado.

— Carlyle!

— Conhece?

— Não, senhor — disse Drew devagar. — É só um primo distante... muito distante. Nunca conheci o duque pessoalmente.

O coronel entregou a carta, resmungando.

— O advogado disse que eu deveria entregá-la em mãos, e apenas nas suas mãos.

Drew pegou a carta, fez uma breve mesura de agradecimento e enfiou-a no bolso do casaco. De forma algum leria na frente de Fitzwilliam Ferrugento.

— Obrigado, senhor. Isso é tudo?

O coronel torceu os lábios, incomodado.

— O que diz a carta?

Drew conseguiu forçar um sorriso rígido.

— Lerei mais tarde, depois do jantar. Não acredito que seja nada importante. Minha família não teve mais qualquer relação com Carlyle desde que meu avô morreu.

— Você vai ter que me contar o que diz nela — retorquiu Fitzwilliam, o rosto ainda mais vermelho. — Com ela, recebi outra de ninguém menos que sir George Yonge, endereçada a mim, com ordens para autorizar sua licença do serviço militar, como está requisitado aí — explicou, indicando com um gesto de cabeça o bolso onde Drew enfiara o envelope.

— Ah — disse Drew, depois de um momento de espanto. — Com certeza farei isso, senhor.

Fitzwilliam o encarou irritado.

— Faça, capitão.

Dispensado, Drew se inclinou em outra reverência e saiu, tão apressado que mal se incomodou em proteger a cabeça com a capa a tempo de evitar acabar encharcado uma segunda vez.

Enquanto corria pelo pátio de volta aos alojamentos, sua mente estava a mil, a centenas de quilômetros, no Castelo Carlyle. Ele nunca estivera lá, assim como nunca recebera qualquer correspondência do duque. Que diabo o advogado de Carlyle poderia querer com ele?

Já de volta a seus aposentos, Drew começou a imaginar, quase torcer, para que talvez fosse alguma herança. Uma quantia deixada para ele por algum parente desconhecido, ou recém-descoberta pelo advogado. Não houvera qualquer comunicação vinda dos St. James do Castelo Carlyle nos mais de doze anos desde que o pai e o avô de Drew haviam morrido. A mãe dele sempre dizia que isso não a surpreendia nem um pouco, já que os galhos da família eram distantes mesmo quando os dois ainda estavam vivos.

Não que Drew fosse recusar alguma coisa deles agora. Pelo contrário, aceitaria com gratidão — com entusiasmo, até — mesmo uma pequena herança.

Foi a carta do secretário de Guerra que o perturbou. Por que sir George Yonge se daria o trabalho de liberá-lo do serviço militar para aceitar uma herança? E por que o advogado de Carlyle pediria ao chefe do exército para intervir?

Drew abriu a carta. MacKinnon havia lhe servido um jantar farto, que normalmente teria afastado qualquer outro pensamento da sua mente, ainda mais depois de um dia horrível. Mas, naquela noite, Drew ficou parado na entrada a despeito da água pingando da capa, e leu a carta do advogado.

— Problemas, senhor? — se arriscou a perguntar MacKinnon depois de vários minutos.

Drew ergueu os olhos arregalados.

— Santo Deus... — sussurrou.

Duas semanas depois, Drew se viu a mais de oitocentos quilômetros de distância, subindo a estrada longa e sinuosa que levava até o castelo — uma estrutura monumental de pedra cinza erodida, com torres ameadas e uma ponte levadiça que com certeza um dia levara a um rastrilho... se é que ainda não havia um. Não era tão diferente de algumas das fortalezas para as quais fora designado em seus anos de serviço militar, e Drew não ficaria surpreso se visse um regimento marchando ao dobrar uma esquina. Mas jamais teria imaginado que aquilo era um lar.

Drew desmontou do cavalo no pátio. Estava atrasado. Haviam solicitado que se apresentasse naquele dia, mas uma série de coisas o fizera demorar, desde o tempo ruim até uma cincha arrebentada.

O mordomo que o aguardava o conduziu imediatamente a uma sala. Um criado apareceu com uma bandeja de café da manhã, as linguiças ainda fumegando na travessa. Faminto, Drew comeu o máximo que pôde, tentando ajeitar as roupas enquanto outro criado escovava silenciosamente seu casaco.

— Sua Graça requisita a sua presença — anunciou o mordomo, cedo demais.

Drew enfiou um pãozinho na boca, engoliu-o com a ajuda de um gole de café e seguiu o homem.

Por algum motivo inexplicável, suas mãos tremiam ao abotoar o casaco. O sr. Edwards, o advogado, havia exigido que Drew fosse pontual, e ali estava ele, chegando no último minuto, coberto de poeira e com os olhos injetados depois da longa viagem desde Inverness. Drew ousou torcer para que fosse uma herança generosa.

A decoração do salão para onde foi levado estava além de qualquer coisa que já tinha visto na vida. Nem a casa do duque de Hamilton, que Drew vira uma vez junto com a família, se comparava àquilo. Nas paredes cobertas por um tecido adamascado cor de vinho havia uma seleção impressionante de obras de arte. O tapete sob suas botas era grosso, com uma estampa elegante. Janelas altas com vários painéis de vidro davam para a extensão interminável de um gramado muito verde. Era um salão digno da realeza.

Mas a mulher sentada na cadeira ornamentada não era uma rainha, e sim uma duquesa. Drew conseguira descobrir que se tratava de Sophia Marie St. James, duquesa de Carlyle. Baixa e roliça, ela usava um vestido de seda preta que, com certeza, custava mais do que um ano de soldo de capitão, e em seu dedo cintilava um rubi do tamanho de uma noz.

Desconfiado, Drew se sentou. Um homem já elegantemente sentado lhe lançou um olhar avaliador. Era um sujeito bonito, esguio, mas o casaco de veludo estava puído nos cotovelos e nos punhos e seu olhar tinha um quê calculista. Drew o cumprimentou com um breve aceno de cabeça e foi retribuído com um sorriso lânguido.

— Bom dia — disse a duquesa em tom brusco. — Espero que sua viagem para cá tenha transcorrido sem incidentes.

— Sim, Vossa Graça — respondeu Drew.

— Perfeitamente agradável — comentou o outro, deixando claro que queria dizer exatamente o oposto.

Drew se perguntou quem seria ele.

— Excelente — rebateu a duquesa, fitando o outro homem com frieza. — Os senhores decerto estão se perguntando por que eu os convoquei até Carlyle. — Ela se voltou para o advogado. — O sr. Edwards explicará.

Edwards era o advogado que escrevera para ele e que lhe conseguira uma licença especial. Drew mal tinha notado o homem, todo de preto, sentado atrás de Sua Graça.

— No último dia 14 de abril — disse o advogado —, lorde Stephen St. James, irmão mais novo de Sua Graça, o duque de Carlyle, ficou doente e faleceu.

— Meus mais profundos sentimentos, Vossa Graça — murmurou Drew.

— Obrigada, capitão — disse a duquesa. — É muito gentil de sua parte.

— Infelizmente, lorde Stephen era o herdeiro vivo mais próximo de Sua Graça — continuou o sr. Edwards. — O duque não tem esposa ou filhos.

Drew passara muito tempo pensando em heranças e em quem poderia lhe deixar alguma coisa. Aquela era literalmente a única razão possível para explicar a exigência de que fosse de Inverness ao Castelo Carlyle o mais rápido possível.

O bisavô de Drew fora o terceiro duque de Carlyle. O avô dele, o filho mais novo, havia se desentendido com o irmão, o quarto duque, e então fora banido das terras da família. O pai de Drew sempre dissera que aquilo fora mais uma bênção do que uma maldição, e que ninguém jamais tentara uma reconciliação. Era como se a família dele houvesse começado com o avô — apropriadamente batizado de lorde Adam, ou Adão —, sem qualquer geração anterior.

Mas existiu uma geração anterior. E Drew, assim como o pai, era filho único. Como se atingido por um raio, ele se deu conta de por que estava ali.

Drew desviou rapidamente os olhos para o camarada com jeito de malandro ao seu lado, perguntando-se qual seria o grau de parentesco. Talvez outro primo St. James. Drew não sabia absolutamente nada a respeito da família acima de seus avós.

— Lorde Stephen também não deixou esposa ou filhos — anunciou a duquesa, o sol fazendo seu anel de rubi cintilar. — Na falta desses, parece que o ducado será passado, quando meu filho falecer, a um de seus primos distantes. — Ela lançou um olhar afiado aos dois homens à sua frente. — Em suma, um de vocês.

Por Deus, era uma herança além de qualquer sonho de Drew.

— Essa é uma notícia totalmente inesperada, Vossa Graça — falou ele, se esforçando para manter a calma. — Posso perguntar como...?

— Claro — respondeu ela. — O sr. St. James é tataraneto do segundo duque. E o senhor, capitão, é bisneto do terceiro duque.

Drew reprimiu a vontade de dar um grito. *Controle-se*, disse a si mesmo.

— São notícias desconcertantes para mim, Vossa Graça. Mas não há ninguém...?

O advogado se preparou para responder, mas, antes que pudesse dizer alguma coisa, a duquesa se adiantou:

— Não — disse secamente, olhando irritada para o advogado. — Não há parentes mais próximos.

Não havia ninguém mais próximo. E o homem ao lado de Drew estava atrás dele na linha sucessória, se os cálculos mentais apressados que fizera estavam certos.

O sr. Edwards retomou a palavra:

— Como os senhores devem saber, Sua Graça, o duque, sofreu um acidente trágico muitos anos atrás e ficou incapacitado de ter uma esposa e gerar herdeiros diretos.

Drew não soubera daquilo, mas, se o duque fosse um camarada forte e vigoroso, certamente teria preferido arrumar uma esposa e começar a tentar gerar um herdeiro, em vez de mandar chamar primos distantes e indesejados, vindos dos confins da Escócia.

— Ou seja, não há a menor chance de que qualquer um de vocês seja substituído por um novo herdeiro — explicou o sr. Edwards, tirando um papel largo de debaixo do braço e o estendendo sobre a mesa diante deles. — Tomei a liberdade de documentar a família.

Como duas marionetes manipuladas por um mesmo fio, Drew e o homem ao seu lado se inclinaram ao mesmo tempo para a frente, a fim de examinar o papel.

— Esta documentação será inestimável quando chegar o momento de reivindicar o título — disse o advogado, e acrescentou em um tom de alerta: — Especialmente tendo em vista que nenhum de vocês é descendente direto do detentor atual ou prévio do ducado.

Drew passou os olhos pela linha de sucessão. Lá estava o nome dele, o do pai e o do avô... remontando ao terceiro duque. Com poucos outros entre eles.

Santo Deus, ele de fato era o herdeiro presumido do duque de Carlyle.

— Estou vendo que esse fato é um tanto surpreendente para os senhores — comentou a duquesa, enquanto os dois homens permaneciam sentados em um silêncio estupefato. — Foi igualmente alarmante para mim.

O primo ao lado de Drew, que estivera quieto até então, pareceu despertar.

— Eu não diria que é exatamente *alarmante* — retrucou ele, a voz arrastada, com um humor cínico. — Uma surpresa, com certeza.

Drew franziu a testa. O que faria um homem reagir com insolência a uma notícia tão incontestavelmente boa? Drew reconhecia que ele próprio estava numa situação melhor, mas, como não tinha filhos ou irmãos, aquele homem provavelmente seria o próximo na linha de sucessão. Herdeiro *dele*.

A duquesa encarou o camarada impertinente com um olhar de desprezo.

— As regras da sucessão de herança são rígidas — disse ela. — O título e as terras inerentes devem ser passados ao descendente homem mais próximo da linhagem St. James, e assim serão. Um dos senhores será o próximo duque. Muito provavelmente, o capitão St. James, ou o sr. St. James, caso alguma tragédia ocorra ao capitão.

Vou pedir baixa do exército, pensou Drew. *Amanhã*. Só um idiota permaneceria em serviço, correndo o risco de morrer de disenteria, depois de receber uma notícia daquelas.

— A fortuna inerente à propriedade é, naturalmente, considerável — continuou a duquesa. — Trata-se de uma responsabilidade imensa, e nenhum dos senhores tem o mínimo de preparo para assumi-la.

— Naturalmente — disse o outro.

— Mandei investigá-los — prosseguiu ela, ignorando-o. — Os resultados não foram nada acalentadores, mas precisamos trabalhar com o que temos. Os senhores ainda não têm esposas.

Drew ficou alerta.

— Não, senhora.

— Não uma minha — murmurou o primo insolente, com um toque de malícia no sorriso.

Santo Deus. Drew lançou um olhar irritado para o homem. Qual era o problema dele? A duquesa assumiu uma expressão gélida, embora o advogado parecesse disfarçar um sorriso enquanto arrumava os papéis.

— E também não se preocupou em se manter respeitável, senhor — acusou a duquesa. — É isso o que me preocupa e o motivo pelo qual mandei chamá-los. O duque de Carlyle detém grande poder e deve exercê-lo com dignidade e decoro.

— É uma responsabilidade imensa — disse Drew, antes que o primo pudesse falar alguma coisa ainda mais rude. — Espero me tornar digno dela.

A duquesa inclinou a cabeça em sua direção.

— É o que espero do senhor, capitão — disse ela, e fez uma pausa antes de acrescentar, em um tom severo: — E do sr. St. James.

Drew poderia jurar que viu o primo sorrir.

— Compreendo que talvez seja um pedido difícil — continuou a duquesa. — Estou preparada para ajudá-los. O sr. Edwards pagará a cada um de vocês quinhentas libras imediatamente. Confio que os senhores as utilizarão com sabedoria e que, em seis meses, retornarão a Carlyle mais sóbrios e refinados. Se eu estiver satisfeita com seu progresso, proverei uma quantia de mil e quinhentas libras por ano, na condição de que os senhores permaneçam respeitáveis.

O coração de Drew disparou. Quinhentas libras! Com mais mil e quinhentas na sequência. Era uma fortuna.

O sr. St. James fez outra pergunta, que Drew mal ouviu. Só conseguia pensar no dinheiro e no que aquilo significaria para sua família. A mãe e as irmãs estavam conseguindo sobreviver em Edimburgo, mas agora ele poderia instalá-las com mais conforto. Poderia dar dotes às irmãs — duzentas libras ou mais, para cada uma. Agnes, com sua inteligência e coração afetuoso; Winnie, com seu humor e beleza; e Bella, com seu encanto e vivacidade... As três com certeza conseguiriam bons casamentos. E a mãe merecia ter criados adequados de novo, sem precisar trabalhar na loja na Shakespeare Square...

Drew parou por um instante. Edimburgo? Ele poderia levar as irmãs para Londres, para que aproveitassem uma temporada social de verdade. Vestidos encomendados em Paris, uma carruagem própria, com acesso garantido à sociedade elegante e culta, se desejassem. Elas eram a família do futuro duque.

Aquilo fazia da mãe e das irmãs dele *damas*? Winnie ficaria muito empolgada! Ele precisava perguntar a respeito.

A duquesa e o sr. St. James haviam se desentendido enquanto ele estava sonhando acordado. Provavelmente o sr. St. James a ofendera mais uma vez, a julgar pelo tom dela. Drew lançou um olhar de pena na direção do primo. O sujeito não tinha a menor disciplina. Se achava que aquela era a forma adequada de se relacionar com uma pessoa em posição social superior, obviamente nunca estivera no exército.

— A intenção da minha oferta é ajudá-los — disse Sua Graça, em um tom contundente. — Não se iludam pensando que Carlyle é comandada sozinha, ou que se pode contratar um administrador para cuidar de tudo. Os senhores são homens jovens, que não foram criados com essa expectativa. Será um ajuste difícil, mas é necessário que se preparem para a ocasião. Peço encarecidamente que aceitem a proposta e a levem a sério.

Drew pigarreou.

— Sim, é claro, Vossa Graça. É muita generosidade sua.

— Não se trata de generosidade — retrucou ela, ríspida. — Não quero ver Carlyle ruir. Quero que seja passada para alguém que apreciará sua imponência, que cuidará daqueles que dela dependem e a preservará para as gerações futuras. Os senhores têm, portanto, seis meses para se provarem capazes de ser essa pessoa. E não precisam temer que os fundos deixem de ser transferidos caso eu morra. — Ela voltou a olhar com severidade para o sr. St. James, como se imaginando que ele estivesse prestes a perguntar a respeito. — Deixarei instruções em meu testamento para que a anuidade continue sendo paga enquanto minhas condições forem cumpridas.

Drew nunca pudera se dar a liberdade de ser irresponsável, ou ter má reputação, embora desconfiasse que o mesmo não valia para o homem ao seu lado.

— Quais seriam suas condições, Vossa Graça?

— Respeitabilidade — respondeu ela, ainda olhando feio para o sr. St. James. — Nenhum comportamento escandaloso. Sobriedade. O duque de Carlyle há muito detém cargos de poder em Westminster, e seria bom se os senhores se interessassem por política, assim estarão preparados para quando forem participar da Câmara dos Lordes. Caso contrário, outros estarão ansiosos para tirar vantagem dos senhores. — Depois de uma pausa, a duquesa acrescentou: — E eu sempre acreditei que uma esposa ancora o homem. O próximo duque precisará de um herdeiro legítimo. Uma esposa adequada é necessária, e aconselho que os senhores se empenhem em encontrar uma.

— Precisamos nos casar?

Aquilo arrancou Drew de seus pensamentos de sair do exército e acomodar melhor a família.

— O duque de Carlyle precisará de um herdeiro — repetiu ela. — Se o senhor não conseguir gerar um, capitão, o sr. St. James torna-se o próximo na linha sucessiva.

De jeito nenhum, pensou Drew, enquanto ele e o primo trocavam um olhar rápido, avaliando-se.

— O sr. Edwards responderá quaisquer outras perguntas.

A duquesa se ergueu, acordando um enorme gato ruivo que estava embaixo da cadeira.

Drew se levantou de um pulo e correu até ela.

— Se me permite, Vossa Graça...

Ela levantou os olhos para ele.

— Sim?

Drew sorriu e baixou a cabeça. A duquesa era uma mulher muito pequena, e ele sabia que sua altura intimidava damas delicadas.

— Vossa Graça falou muito especificamente sobre a importância do casamento.

— Sim, capitão — confirmou ela, com um toque de impaciência. — Uma boa esposa não apenas torna um homem mais estável e confiável, como é necessária para que ele tenha um herdeiro legítimo.

— É claro — apressou-se a dizer Drew. — Só gostaria de perguntar como a senhora sugere que eu proceda. Sendo militar, tive poucas oportunidades de conhecer qualquer dama digna de se tornar duquesa.

A atitude dela se tornou ligeiramente menos fria.

— Sim, entendo. O senhor pretende permanecer em seu posto?

Só o tempo necessário para tirar minhas coisas do alojamento.

— Não creio que seria capaz de fazer jus às minhas novas responsabilidades e ainda cumprir com meus deveres no exército. Na verdade, não sei como poderia me dedicar a aprender alguma coisa sobre Carlyle estando no Forte George, menos ainda o suficiente para assumir o ducado. Talvez eu devesse me instalar em algum lugar mais próximo...

Quando o sr. Edwards abrira o documento da família, não escapara a Drew que o atual duque tinha quase 60 anos. Um homem daquela idade, que sofrera um ferimento tão grave a ponto de deixá-lo incapaz de se casar e ter filhos, que precisara que a mãe localizasse novos herdeiros... Não se tratava de uma expectativa vaga e irreal. Aquilo tudo, Carlyle e o título que acompanhava a propriedade, poderia muito bem ser dele em poucos anos, talvez até meses. Não havia tempo a perder, nem Drew queria perdê-lo.

A expressão da duquesa se tornou mais calorosa.

— Sim, capitão, creio que seria uma ótima ideia. O sr. Edwards poderia lhe explicar tudo, e naturalmente eu também estaria aqui.

Ela mirou-o de cima a baixo de novo.

— Acompanhado do valete certo, o senhor se tornará um homem bonito o suficiente. Eu me arrisco a dizer que há um bom número de damas que eu poderia lhe apresentar, e que mereceriam seu interesse.

Drew sorriu. Como ainda sustentava a mãe e três irmãs, uma esposa e filhos eram luxos que não poderia se permitir com seu soldo de capitão.

Mas, como herdeiro do duque de Carlyle, com mil e quinhentas libras por ano...

— Eu ficaria extremamente grato se pudesse fazer isso, Vossa Graça — disse.

Capítulo 2

Dois meses depois

EDIMBURGO ESTAVA IGUALZINHA ao que ele se lembrava. A cidade assomava a partir da estrada que vinha de Londres, um reino no topo de uma colina, imperiosamente acima da planície verdejante, suas casas de pedra amontoadas como acólitos aos pés do castelo.

Alojado no Forte George, Drew não ia até a cidade havia mais de um ano. Quando estava a caminho do Castelo Carlyle, não tivera tempo de parar para visitar a família. Mas agora...

Agora, Drew tinha bastante tempo, e muitas novidades.

A família morava em uma casa pequena, bem perto da rua principal. Era noite, e a mãe e as irmãs provavelmente já teriam fechado a loja àquela altura. Mas, quando Drew enfim chegou, a única que estava em casa era Annag, que fora sua babá muitos anos antes e se recusara a abandonar a família quando ficaram mais pobres. Agora, ela ajudava a mãe e as irmãs dele com tudo.

— Ah, sr. Andrew! — exclamou, ao vê-lo entrar. — Aqui está o senhor, finalmente! Já era hora. Sua mãe estava muito preocupada.

Ele riu e abraçou a mulher baixa de cabelo grisalho, a quem amava quase tanto quanto à própria mãe.

— Escrevi para ela avisando quando chegaria.

Embora não o surpreendesse saber que a mãe ficara tensa, já que o programado era que tivesse chegado três dias antes.

Annag apertou os lábios.

— Está falando com um sotaque tão inglês quanto o do duque de Cumberland.

Drew fez uma careta.

— Passei as últimas seis semanas na Inglaterra — disse ele, voltando a assumir o sotaque escocês.

Acabara se acostumando a falar com o sotaque inglês contido da duquesa.

— Espero que se cure logo disso — disse ela, sarcástica. — Nem me venha com essa por aqui, rapazinho.

— Sim, senhora. Onde estão as moças?

— Foram jantar na casa dos Monroe. Vou mandar alguém...

— Não, não, só mande avisar que cheguei. Podemos muito bem conversar amanhã — disse ele, dando uma piscadinha e se virando na direção da porta.

— Mas elas vão querer saber todas as novidades! — protestou Annag, apressando-se atrás dele.

— Amanhã conto tudo, e entrego os presentes. — Drew sorriu ao ver os olhos dela se arregalarem. — Até amanhã, Annag.

Tarefa cumprida, Drew saiu de casa e respirou fundo. Não era uma surpresa desagradável descobrir que todas haviam saído. Depois de uma semana cansativa de viagem, para não falar das semanas de estudo e de orientações em Carlyle, a perspectiva de uma noite livre parecia maravilhosa.

Por mais ansioso que estivesse para rever a família, Drew havia escrito a um velho amigo pedindo que lhe cedesse uma cama para dormir. Como esperado, Felix Duncan respondera que ele era muito bem-vindo. Drew montou novamente e levou o cavalo até um estábulo. Depois, com os alforges nos ombros, subiu a rua em direção a Burnet's Close, onde Duncan morava.

— Entre — convidou uma voz abafada quando Drew bateu à porta.

Ele encontrou o amigo treinando golpes de espada em um espelho de corpo inteiro, parando para ajustar a postura a cada tentativa.

— Treinando para lutar com você mesmo? — perguntou Drew, com bom humor.

— Se vou encarar um igual, é o que devo fazer.

Duncan examinou-se no espelho com uma expressão crítica e ergueu o cotovelo para garantir uma linha mais elegante do quadril ao pulso.

— Muito bem. E se algum dia você precisar encarar alguém *melhor*, estou ao seu dispor.

Duncan desfez a postura.

— Melhor?! Melhor coisa nenhuma. Só mais alto e com mais envergadura. Pelo amor de Deus, homem, você é uma montanha.

Drew flexionou o braço para completar a imagem.

— Resultado de um trabalho duro e tedioso. Você deveria tentar.

Duncan, que nunca tivera sequer um dia de trabalho duro na vida, guardou a espada na bainha e olhou irritado para o amigo.

— E isso vai me deixar mais alto? Vai aumentar o comprimento dos meus braços? Acho que não.

Drew deu uma gargalhada.

— Tem razão, você é uma causa perdida. Condenado a ser um homenzinho fracote para sempre...

Duncan grunhiu e sacou a espada, e Drew bocejou com exagero em resposta. Os lábios do amigo se curvaram em um sorriso torto.

— Por mais rude que você seja, é bom vê-lo de novo, St. James. Seja bem-vindo.

— De fato — concordou Drew, aceitando a mão estendida de Duncan. — Muito obrigado por me deixar ficar no seu quarto vago.

Duncan voltou à posição em que estava e ergueu a espada, novamente estudando a postura.

— Sempre que precisar. Embora você seja pior do que uma velha, com essas indiretas sobre notícias maravilhosas, mas sem de fato contar o que o traz de volta a Edimburgo quando deveria estar marchando ao redor do Forte George embaixo de chuva.

Duncan avançou, fez uma pausa para jogar o cabelo ruivo por cima do ombro e ergueu as sobrancelhas em uma expressão ameaçadora.

Drew sorriu de novo. Era verdade que havia contado a Duncan algumas histórias exageradas quando eles eram só dois garotos travessos, fugindo dos tutores pelo labirinto de ruelas estreitas em Cowgate e arredores.

— Dessa vez, Duncan, tenho uma notícia tão maravilhosa que nem você vai acreditar.

Ele foi até o quarto extra onde seus baús já haviam sido colocados. Um deles era antigo, guardava seus pertences para além do essencial que levava nos alforges. O outro baú, maior, era novo, e estava cheio de presentes e quinquilharias para a família, coisas tolas e belas, adequadas à mãe e às irmãs de um duque.

Ver aquilo deixou Duncan pensativo. Aquele baú era como um cavalo de Troia, um presente luxuoso que infiltraria sutilmente o mundo elegante e rarefeito do Castelo Carlyle no seio de sua família. Depois da forma com que o antigo duque tratara o avô dele, a família de Drew não quisera ter nenhuma relação com a parte da família que vivia no castelo. Mas agora não tinham escolha, e o objetivo daquele baú era fazê-las mudar de ideia.

Drew escrevera para a mãe contando apenas que, ao que tudo indicava, o ducado da família tinha planos para ele. Parecera arrogante escrever aquilo, colocar aquela notícia no mundo, deixá-la livre para correr solta, se espalhar. O sr. Edwards estava lidando com o assunto de forma discreta, então ninguém fora do Castelo Carlyle sabia sobre o plano da duquesa.

Às vezes, Drew se perguntava ironicamente se essa estratégia era para dobrar ele e o primo mais facilmente à vontade da duquesa, mas o advogado alegara que aquilo era para o bem dele, para poupá-lo do intenso escrutínio que recairia sobre o herdeiro do ducado. O que significava que pouquíssimas pessoas na Inglaterra, e ninguém na Escócia, tinham qualquer ideia de que o futuro duque de Carlyle estava andando pelas ruas de Edimburgo naquela noite.

Na verdade, ele mesmo ainda mal acreditava. A herança de Carlyle parecia um sonho. Mesmo em meio às críticas do sr. Edwards, ou suas explicações sobre detalhes da propriedade, uma parte de Drew ainda achava que não seria ele o herdeiro, que alguma outra pessoa surgiria milagrosamente no último momento, deixando ele e o primo malandro de mãos vazias. Só agora, ali, prestes a melhorar a vida da família e a assumir o fardo da administração de Carlyle, é que Drew se dava conta de que aquele seria o futuro dele. O mês seguinte seria o último de sua vida como capitão St. James, um escocês comum, um soldado qualquer.

Como Drew esperava, Duncan o seguira poucos minutos depois, com uma toalha ao redor do pescoço e trazendo dois copos de uísque. Ele ofereceu um dos copos.

— Muito bem, então, que notícia incrível e maravilhosa é essa?

Como resposta, Drew entregou ao amigo um envelope lacrado. Duncan tomou o uísque de um só gole e pousou o copo para desdobrar os papéis. Apesar dos modos de um libertino, Duncan era filho de um juiz, também era advogado, e bem mais inteligente do que parecia.

— Jesus, Maria, José — exclamou um tempo depois, ainda lendo o documento. — Isso é... isso é verdade?

Drew assentiu, tirou o casaco e jogou no encosto de uma cadeira perto da janela. Ansiava por um banho e se perguntou se Duncan concordaria em dar um mergulho no estuário, como costumavam fazer.

— Carlyle? — disse o amigo, incrédulo. — Carlyle? *Você?*

Drew inclinou-se em uma mesura zombeteira.

— A seu serviço.

Depois de mais um momento de choque, Duncan jogou a cabeça para trás e gargalhou.

— Você... um duque! Você... o diabo em pessoa quando era criança, agora um nobre do reino! Você... o escocês indomável transformado em um inglês respeitável!

Aquela última parte fez Drew franzir a testa.

— Não fui indomável, e não serei inglês.

— Ah, não, nunca... — Duncan deu um sorriso perverso, dobrou a carta e jogou de volta para o amigo. — Pode até levar algum tempo, mas você se tornará inglês. Nada mais de escocês para você, apenas o inglês da rainha. Vai se casar com uma inglesa pálida e seus netos jamais ultrapassarão o norte do rio Tweed.

Drew guardou os documentos no baú com os lábios apertados.

— Quanta besteira.

Mas a verdade era que falara conscientemente com um perfeito sotaque inglês em Carlyle, e praticamente convidara a duquesa a encontrar uma esposa adequada para ele. Claro que ela escolheria uma dama inglesa...

— Tem certeza? — murmurou Duncan, ainda com um brilho malicioso nos olhos. — Veremos.

Ele saiu do quarto, e Drew continuou a desarrumar a bagagem, furioso com o amigo por falar a verdade de forma tão direta.

Muitos minutos mais tarde, Duncan estava de volta, com um livro fino nas mãos.

— Se quer permanecer escocês, vai precisar de ajuda — disse ele, entregando o volume a Drew.

O guia do viúvo e do solteiro. Drew franziu a testa e deixou escapar uma gargalhada incrédula ao se dar conta do que se tratava.

— Um guia de damas ricas e onde encontrá-las, é isso? Que bobagem é essa?

— Não é bobagem — retrucou Duncan, ainda com um sorrisinho presunçoso no rosto. — Trata-se de informação valiosa para um homem em busca de uma esposa.

— Quem disse que estou em busca de uma esposa?

Duncan arqueou as sobrancelhas.

— Um homem solteiro com a expectativa de herdar um ducado com uma fortuna vai querer uma esposa. E mesmo que ele não *queira*, será obrigado a achá-la. Toda mulher solteira entre 17 e 70 anos vai se jogar em cima desse homem... ou será jogada... até uma delas conseguir arrastá-lo até a igreja, como um javali que ficou preso em uma armadilha e foi arrastado até o mercado.

— Você é a única pessoa em Edimburgo que sabe — disse Drew, irritado. — E prefiro que permaneça assim. Se as mulheres começarem a se jogar em cima de mim, saberei a quem culpar.

Duncan deu uma risadinha zombeteira.

— É claro. Como se eu fosse sair por aí contando para todas as moças que você está prestes a ficar mais rico do que elas jamais poderiam sonhar. Sem dúvida essa é a única forma de qualquer mulher sensata aceitá-lo...

— Você está prestes a colocar sua esgrima em prática.

O amigo afastou a ameaça como se estivesse afastando uma mosca e estendeu o livrinho tolo para ele.

— Fique com isso! Já conheço todas as damas apropriadas da cidade. E, quando a notícia de que o herdeiro de um ducado está solto por aí se espalhar, você vai precisar saber de quais deve se defender.

A resposta de Drew teria feito qualquer soldado ruborizar, mas Duncan apenas sorriu, muito satisfeito consigo mesmo.

— Se está prestes a abandonar o reino dos homens comuns, deve tornar seus últimos dias memoráveis. Um segundo, vou trocar de paletó.

A ideia melhorou o humor de Drew. Depois de seis semanas no castelo, sempre controlando a língua, constantemente em alerta, uma noite livre e sem amarras era a folga de que precisava.

Para alívio de Drew, a ideia de Duncan de *memorável* acabou sendo basicamente o mesmo do que faziam no passado. Eles se encontraram com dois amigos, Adam Monteith e William Ross, em uma tasca de ostras no porão da taberna, onde todos se empanturraram, acompanhados de um vinho do Porto escocês bem forte. Não havia nada em lugar algum que se comparasse ao sabor das ostras do estuário de Forth.

Drew nunca estivera naquela tasca específica. Havia várias em Edimburgo, e a localização de algumas parecia mudar constantemente. O lugar era animado, lotado, e o burburinho de vozes e risadas era intenso.

Em outra mesa havia um grupo grande, incluindo várias mulheres. Elas riam e conversavam com tamanha animação que chamaram a atenção de Drew, fazendo com que ele se lembrasse das irmãs.

Bem... não exatamente da mesma forma.

Ross o pegou olhando para as moças e o cutucou, perguntando:

— Gostou dela?

Não havia dúvida a quem Ross se referia. A mulher na cabeceira da mesa era estonteante. Não apenas era a pessoa mais animada no salão, provocando gargalhadas na mesa, mas também parecia cintilar. Seu cabelo escuro estava preso para o alto em um penteado frouxo, e ela usava um vestido de um azul forte. Mas foram os olhos escuros que chamaram a atenção de Drew. Eles dançavam com alegria e um humor malicioso, e Drew teve vontade de saber o que colocara aquela centelha ali.

Como se tivesse ouvido a pergunta de Ross, a mulher olhou na direção de Drew. Pego em flagrante, ele retribuiu ousadamente o olhar, e os lábios dela se curvaram em um sorriso travesso, ainda que misterioso, antes que seus olhos se desviassem outra vez. Drew voltou a atenção para o vinho do Porto, tentando esconder o calor que coloria sua pele e fizera seu coração disparar.

Ross cutucou novamente o ombro dele, as sobrancelhas erguidas em uma expressão maliciosa. Drew deu de ombros e olhou de relance mais uma vez por cima do ombro.

Em determinado momento, um flautista se sentou em um canto e começou a tocar. Logo as mesas foram afastadas para o lado e as pessoas se organizaram para uma quadrilha. Rapidamente, Duncan se levantou para se juntar ao grupo, com Monteith e Ross. Drew jogou o paletó em um canto, junto aos dos outros, e assumiu seu lugar.

A dança era tão ruidosa quanto haviam sido as conversas. Em poucos minutos, ele estava ofegante e rindo, enquanto girava primeiro uma dama, depois outra e mais outra. Não havia brecha para conversar acima do som das flautas, dos muitos pés batendo no chão de madeira, dos gritos e risadas dos dançarinos e dos espectadores que aplaudiam. Era uma dança entusiasmada, rápida e exuberante, que Drew adorou. Não havia nada parecido com isso em Carlyle nem no Forte George. O coronel Fitzwilliam, o velho pedante, desaprovava que seus oficiais comparecessem a reuniões sociais.

Ele estava tão concentrado na dança que realmente levou um susto quando a próxima mulher se virou para pegar em sua mão: era a beldade sedutora da outra mesa. A que sorrira para ele.

Com a mão dela na dele, os dois giraram ao redor um do outro, então se separaram. Cada vez que a coreografia voltava a colocá-los juntos, Drew a observava com atenção. Era ainda mais deslumbrante de perto. O cabelo escuro se desprendia dos grampos, cascateando pelas costas e ao redor do rosto enquanto ela rodopiava com os outros dançarinos. Como as outras mulheres, ela levantava as saias e batia os pés com força. Estava ruborizada, o rosto iluminado de prazer. E, quando pegou Drew a observando, voltou a abrir aquele sorriso sedutor e contagiante.

A dança parou abruptamente quando alguém tropeçou e caiu no chão. O flautista cessou a música quando o homem que caíra começou a vomitar. Os dançarinos, em meio a gritos, saíram correndo de perto dele.

Por puro acaso, Drew e a mulher misteriosa se viram juntos em um canto nos fundos do salão, quase atrás do flautista, espremidos pela multidão que subia correndo as escadas. Alguém deu um empurrão nas costas de Drew, e a mulher tropeçou em sua direção. Por puro instinto, ele levantou o braço para protegê-la, e, quando se encararam, ele viu nos olhos dela um brilho de gratidão.

Drew só conseguia pensar em uma coisa.

— Quem é você? — perguntou.

Ele baixou a cabeça na direção da dela e continuou a bloquear obstinadamente o fluxo de pessoas para longe daquele canto tranquilo. Ela tinha cheiro de mar, de laranjas e de mulher.

Os olhos dela ainda cintilavam quando disse alguma coisa que Drew não conseguiu entender por causa do barulho da multidão. Ele abaixou mais a cabeça.

— O quê? Qual é seu nome?

Ela segurou o rosto dele entre as mãos e, por um brevíssimo instante de tirar o fôlego, pressionou os lábios aos dele em um beijo súbito e ardente. O beijo abalou Drew das solas dos pés à raiz do cabelo... cada nervo do corpo pareceu vibrar com o choque e a beleza do momento, como se ele tivesse sido atingido por um raio. Por puro instinto, ele passou a mão ao redor da nuca da mulher e retribuiu.

Mas, antes que conseguisse colocar o braço ao redor dela, a mulher se desvencilhou dele, passou por baixo do seu cotovelo e se juntou às pessoas que subiam correndo as escadas. Mesmo tendo a vantagem de ser muito alto, em um instante Drew a perdeu de vista na aglomeração.

Com os lábios ainda vibrando por causa do beijo, Drew ficou atrás da escada esperando que a multidão dispersasse, então abriu caminho até o outro lado do salão, para resgatar o paletó. Duncan estava deitado em cima de uma mesa, batendo os pés e rindo de Ross, que, como Drew acabou descobrindo, tinha sido o camarada que vomitara o jantar por todo o salão. Ross estava apoiado na perna de uma mesa, parecendo fraco, os braços ao redor da madeira para se apoiar, o rosto muito branco. Monteith discutia com o dono da taberna, que tinha descido até a tasca e olhava furioso para o vômito espalhado pelo chão.

Duncan tomou impulso e pulou para fora da mesa.

— Vamos — disse. — Monteith! Tragam o que restou do Ross.

Ele jogou dois guinéus na direção do estalajadeiro, o que não serviu de nada para aplacar o ultraje do homem, mesmo que tenha pegado as duas moedas no ar.

Drew e Monteith foram carregando Ross pelas ruas, certificando-se de que o rosto do homem não estivesse voltado para eles. Carregadores de liteira em seus trajes típicos das Terras Altas passavam apressados, as botas batendo com força nos paralelepípedos. Um cachorro latiu em algum lugar próximo. Cambaleantes, ofegantes e bastante bêbados, os três seguiram aos tropeções pelas ruas, Duncan cantando uma canção ofensiva em escocês enquanto Ross gemia e pedia para que ele calasse a boca.

— Monteith — chamou Drew por cima da cabeça de Ross, oscilando em seu ombro. — Quem era a mulher de azul?

Monteith estreitou os olhos para tentar vê-lo melhor.

— Quem? Qual delas? Metade das mulheres estava de azul, St. James — disse ele, e as últimas palavras saíram arrastadas.

Drew não insistiu. Monteith estava ainda mais bêbado do que Duncan, que naquele momento se dedicava a assustar os gatos que perambulavam pelas ruas. Alguém abriu uma janela e gritou para pararem com o barulho, o que fez com que Duncan começasse outro verso da canção, ainda mais alto.

No dia seguinte, quando Duncan estivesse sóbrio, ele descobriria quem era ela. Drew ainda conseguia sentir o sabor daqueles lábios, e estava morrendo de vontade de senti-los de novo.

Capítulo 3

Ela demorou uma eternidade para conseguir colocar o cavalete na posição exata. A luz da manhã era excelente, mas as janelas estreitas não permitiam a entrada de muita claridade. Depois de abri-las, ela também precisou remover as cortinas.

E, depois de todo aquele esforço, Ilsa Ramsay se deu conta, aborrecida, de que estava sem tinta verde.

Ora, pensando bem, talvez a colina pudesse ser mais violeta do que verde.

Jean, sua tia, entrou na sala e parou de repente. Ilsa preferiu acreditar que tinha sido de admiração pelas habilidades dela como pintora, que haviam melhorado tremendamente nos últimos meses. Ela deu outra pincelada nas urzes do quadro cujo tema era o distante Calton Hill, uma réplica da vista da janela da sala de visitas.

— Precisamos lavar as cortinas? — perguntou a tia depois de um instante.

— Não — respondeu Ilsa. — Elas estavam bloqueando a vista.

Jean pegou uma ponta da cortina que tinha sido jogada no sofá e estalou a língua, aborrecida, ao ver os fios soltos onde uma das argolas havia sido arrancada.

— E elas por acaso ofenderam você?

— Não fui eu que rasguei, essa argola já estava solta.

Com cuidado, Ilsa acrescentou pequenas pinceladas de azul-claro nos arbustos. Sim... a encosta parecia muito melhor com um pouco mais de vegetação. Uma pena não ser possível melhorar o cenário real tão facilmente.

Jean soltou a cortina.

— Acho que terei que costurar de volta.

— Não precisa ficar aborrecida, tia. Eu não pretendia lhe dar trabalho. — Ilsa inclinou a cabeça, examinando a pintura com uma expressão crítica. — Mas gosto da sala mais iluminada. Talvez eu nem volte a pendurar as cortinas.

— O quê? Qualquer um vai conseguir ver tudo aqui dentro! — disse Jean, parecendo estarrecida.

Ilsa conteve a vontade de revirar os olhos. O prédio do outro lado da rua era uma sala de concertos, com as janelas falsas na direção da casa delas.

— Só se encostarem uma escada na frente da casa, o que seria algo notável até para Edimburgo.

Jean jogou as mãos para o alto.

— Santo Deus! O que se passa na sua cabeça, menina? É claro que precisamos de cortinas!

— Na verdade, não precisamos. Elas já estão fora da janela há uma hora e a casa ainda está de pé.

A tia franziu a testa, frustrada.

— Não é isso que quero dizer!

— Mas não é essa a questão? Nós não *precisamos* de cortinas. Nós *gostamos* de cortinas porque elas demonstram como somos elegantes às visitas. Mas os painéis de vidro da janela são bem encaixados e não deixam entrar correntes de ar. De modo que as cortinas só servem para impedir a entrada do ar fresco. — Ela pintou com cuidado outro minúsculo pontinho azul. — Acho que pode ser muito mais benéfico para a nossa saúde continuarmos sem elas.

— Não adianta discutir com você — resmungou a tia.

Ilsa sorriu, aliviada.

— Obrigada, tia, estou muito feliz por ter concordado.

Jean cruzou os braços.

— Ora, mas eu nunca disse isso.

— Bem, desde que isso não vire motivo de briga, a senhora tem todo o direito de discordar de cada palavra que eu disser.

Ela passou o pincel ao redor do fundo do pote de tinta, então checou dentro dele como se mais tinta verde pudesse aparecer do nada.

— Sabe, Ilsa, nem todo mundo seria tão tolerante com suas extravagâncias — alertou a tia, retomando uma discussão que as duas já haviam tido várias vezes antes. — Nenhum cavalheiro se sujeitaria a...

Ilsa ficou de pé e começou a desabotoar o guarda-pó.

— Exato! Nenhum cavalheiro. Essa é a regra mais fantástica.

Jean bufou, ofendida.

— Sua condenação aos homens é muito ampla. É injusto da sua parte.

— Não condenei todos os homens — disse Ilsa, rindo. — Só os *cavalheiros*. Adoro meu pai e Robert!

Jean levou a mão à testa, cansada.

— Robert não é um homem.

— Também não é um cavalheiro, o que o torna perfeito.

Ilsa pendurou o guarda-pó no candeeiro ao lado da lareira e, nesse momento, alguém abriu a porta da sala de visitas.

— Ah, meu Deus, vocês tiraram as cortinas — exclamou Agnes St. James.

— Não — retrucou Jean com firmeza, pegando o guarda-pó de Ilsa.

— Sim! O que achou? — perguntou Ilsa.

A amiga observou as janelas nuas, que pareciam muito mais amplas sem as cortinas pesadas, de tecido adamascado. Havia uma bela vista da colina distante, à esquerda, acima dos telhados das casas.

— Fica muito mais claro sem elas.

— Fica. Eu gosto disso.

A aprovação de Agnes tranquilizou o leve peso na consciência de Ilsa. Agnes a alertaria se achasse totalmente inadequado não ter cortinas nas janelas. Ilsa não conseguia ver como poderia ser o caso, mas ultimamente desconfiava da opinião de Jean em relação a qualquer coisa relacionada a decoro. Agnes, ao menos, era neutra.

— Robert está atormentando o mordomo — contou a amiga. — Ele disse para informá-la disso.

Ilsa sorriu.

— Você está querendo dizer que ele mandou você vir até aqui me repreender por estar negligenciando Robert. O pobrezinho deve estar ansioso pelo passeio no parque.

— *Pobrezinho* — murmurou Jean em um tom de desaprovação.

— Eu mesmo o teria levado se o sr. MacLeod não tivesse me dito que você faria isso — continuou Agnes. — Não esperava vê-la de pé tão cedo. Você chegou tarde.

Ilsa sorriu ao se lembrar de como se divertira na noite anterior.

— Eu queria que você tivesse ido comigo.

Agnes riu.

— Minha mãe não teria aprovado que eu fosse ao estabelecimento do sr. Hunter! Eu teria sido levada de volta para casa ao som de uma bronca daquelas.

— Teria sido bem ruim — disse Ilsa, solidária. — Detestei abandonar você, mas eu tinha prometido à srta. White.

Agnes afastou a preocupação da amiga com um aceno de mão.

— Fico feliz por você ter ido. Foi fantástico?

Ilsa se lembrou do homem alto e belo que a abraçara de forma tão protetora.

— Foi maravilhoso.

— Ficar fora até tão tarde não é decente — comentou Jean, em um tom severo. — A srta. St. James está certa. O melhor é ficar em casa, longe de problemas.

Ilsa trocou um olhar com a amiga. Agnes teria adorado estar ao lado dela naquela tasca de ostras, dançando, bebendo ponche e se divertindo.

Mas a mãe de Agnes achava que tascas de ostras não eram lugar para moças solteiras — embora muitas damas frequentassem esse tipo de estabelecimento atualmente. Aquela tinha sido sua condição para permitir que Agnes ficasse na casa de Ilsa: ela deveria seguir a etiqueta determinada pela mãe. Agnes estivera tão ansiosa para ir para a casa da amiga, e Ilsa tão ansiosa para recebê-la, que as duas haviam concordado.

— Ficar longe de problemas *de fato* é o melhor a fazer — declarou Agnes, recatada. — Por isso preciso ir embora, se você puder cuidar de Robert. Minha mãe está me esperando na loja.

— Com certeza. Serei correta o restante do dia. Primeiro vou visitar meu advogado, depois tomar chá com o papai — disse Ilsa.

— Excelente — exclamou Jean, aprovando. — Eu sabia que você seria uma boa influência para ela, minha cara srta. St. James.

— Obrigada, srta. Fletcher.

Agnes evidentemente não queria rebater a provocação. Afinal, Jean não era tia *dela*, portanto não precisava discutir com ela sobre aquilo nem sobre coisa nenhuma.

Jean olhou para as cortinas amassadas.

— Agora que foram retiradas, talvez seja melhor lavá-las. Vou mandar a criada vir recolhê-las.

— É claro.

Ilsa aprendera a aceitar uma trégua quando lhe era oferecida.

Quando a tia saiu da sala, ela arrancou a touca da cabeça. Só a usava para evitar que a tinta manchasse seu cabelo, por mais que Jean a repreendesse dizendo que uma dama viúva deveria usar touca o tempo todo.

— Podemos jantar pernil de cordeiro esta noite? Comi tantas ostras na noite passada que não vou conseguir olhar para frutos do mar por uma semana.

Agnes franziu o rosto.

— Vou jantar em casa. Minha mãe mandou avisar que meu irmão voltou para casa e que quer todas nós ao redor da mesa de novo, depois de mais de um ano.

— É claro — disse Ilsa, depois de uma breve pausa. — Dê as boas-vindas ao capitão por mim.

— Obrigada — disse Agnes, revirando os olhos. — Ele deu a entender que está trazendo novidades de nossos primos na Inglaterra. Minha mãe tem esperança de que seja alguma espécie de herança. Ela até já começou a procurar imóveis em New Town, certa de que vamos nos mudar para uma casa nova e grande.

— Vejo que você não está tão certa disso — comentou Ilsa.

— Nem um pouco. — Agnes torceu os lábios. — Aquela parte da família nunca se importou com a gente. Não creio que isso vá acontecer agora, ao menos não de forma significativa. E, mesmo se for esse o caso, a mamãe insistiria para que Drew ficasse com todos os benefícios... com exceção da casa nova, é claro.

— E por que ele ficaria com todos os benefícios? — perguntou Ilsa, surpresa.

Agnes balançou a cabeça.

— Seria o mais justo. Ele ingressou no exército aos 18 anos e, desde então, manda todo o salário para casa, para que tenhamos roupas e comida.

— Irmãos fazem esse tipo de coisa? — perguntou Ilsa, fingindo assombro. — Impressionante!

Agnes riu.

— Meu irmão é um bom homem. *Se* houver uma herança, o que duvido profundamente, ele tem a minha bênção para ficar com ela. Depois de doze anos no exército, ele merece.

— Como você é generosa. Ele deve mesmo ser um bom homem — disse Ilsa, sorrindo.

Uma das coisas que Ilsa mais apreciava na família St. James era a união e o afeto sincero que sentiam um pelo outro.

— É, sim! Ou ao menos é capaz de ser. Você vai gostar dele.

Uma imagem surgiu na mente de Ilsa: um homem sério, convencional, usando um casaco vermelho, monossilábico e que evitava diversão. Afinal de contas, ele se alistara no exército quando se vira diante da penúria, em vez de seguir as rotas de fuga usuais: se casar com uma moça rica, tentar a sorte no jogo ou virar um pirata. E, além de tudo, ele escolhera o exército *inglês*. Juntar-se aos ingleses não era uma atitude muito arrojada.

Sem querer, Ilsa se lembrou de novo do escocês alto, de cabelo escuro, da tasca de ostras. Aquele, sim, era um homem arrojado. Infelizmente ela jamais o veria de novo.

— Um militar obediente, que gosta de escrever cartas dando pistas sobre possíveis heranças — disse Ilsa, tamborilando com os dedos no queixo, fingindo pensar. — Não parece provável, mas nunca se sabe.

Agnes apenas riu, e Ilsa acompanhou a amiga até o andar de baixo.

— Espero que você o conheça. Duvido que ele vá ficar muito tempo na cidade — disse Agnes, colocando o chapéu.

— Quem sabe — respondeu Ilsa, vagamente.

Até o nome do homem era presunçoso e correto. Andrew, o Santo. São Andrew, o Mártir. Parecia ser cansativo e tedioso. Ilsa não se recusaria a conhecê-lo, mas também não estava exatamente ansiosa.

Agnes foi para a loja da mãe, na Shakespeare Square, e Ilsa foi até os aposentos do mordomo, onde Robert estava assistindo ao sr. MacLeod polir a prataria. Quando a viu entrar, o mordomo suspirou de alívio.

— Senhora Ramsay! Não quis perturbá-la, mas...
— Eu sei.

Ilsa sorriu quando Robert se aproximou dela com os olhos castanhos grandes cheios de esperança. Ela se inclinou e beijou a cabeça dele.

— Sim, meu querido, só um instante. — Ela se virou novamente para o sr. MacLeod e informou: — Serão apenas duas pessoas para jantar esta noite. A srta. St. James vai jantar com a família. Nada de peixe ou frutos do mar. Cordeiro, mas só se conseguir encontrar um bom pernil.

— Muito bem, senhora — disse o mordomo, sorrindo e se inclinando em uma mesura.

Ilsa saiu, com Robert em seus calcanhares. Jean havia sumido. Ilsa poderia apostar uma boa quantia que, até a hora do jantar, a argola solta da cortina estaria consertada, a cortina lavada, passada e pendurada de volta. Jean se opunha com firmeza a qualquer indício de que aquela não fosse a casa mais evidentemente decente da rua.

Ilsa estava falando sério quando dissera que não queria que brigassem sobre aquilo, mas parecia inevitável. Jean se esforçava muito para manter a posição social e a respeitabilidade da sobrinha. Às vezes, parecia que aquilo era *tudo* o que fazia — se preocupar com a porcelana, com as cortinas, com o peso exato de uma bainha ou a forma precisa de segurar um leque. Um ligeiro escorregão na hora de cumprimentar alguém pela primeira vez provocaria um longo sermão. Um decote mais profundo a deixaria de lábios franzidos por dias.

Ilsa não apenas ansiava por escapar de toda aquela intromissão, de todas aquelas queixas, como achava tudo isso insignificante. Estava cansada de pisar em ovos para se manter dentro dos vários limites impostos por pessoas que lhe diziam que todos os seus desejos e interesses eram errados ou impróprios.

Ela vestiu a jaqueta, colocou um chapéu e abriu a porta, esperando pacientemente enquanto Robert descia os degraus.

— Muito bem — disse a ele, que cutucou o cotovelo dela em resposta.

Ela sorriu. Robert era a companhia perfeita. Ele não podia dançar em uma tasca de ostras, mas também não a repreendia, não dizia que ela era ousada demais, não falava nada desagradável. Ilsa deu uma palmadinha carinhosa nas costas dele e os dois partiram, lado a lado, para os campos abertos aos pés de Calton Hill.

Aquela era a parte de Edimburgo que ela mais amava. Longe do confinamento cada vez mais lúgubre e apertado de Old Town, da poeira das construções e do barulho de New Town. Ali, no sopé da colina, havia apenas um dia claro, uma brisa agradável, apenas Robert. Ali, ela se sentia em paz, livre da sociedade e do decoro.

— Vamos fugir para as Terras Altas? — divagou em voz alta. — Ouvi dizer que são lindas e vazias em vez de cheias de solteironas desaprovadoras.

Robert balançou a cabeça, enquanto andava lentamente ao lado dela.

— Frio demais? Distante demais? — perguntou, correndo os dedos pelas costas dele. — Você provavelmente está certo. Glasgow? Não, perto demais, e parecido demais com Edimburgo. Já sei! Poderíamos nos esconder em um navio de partida para os Estados Unidos e viver uma grande aventura.

Ele fungou e se afastou sozinho, mostrando a ela o que achava da ideia. Ilsa abriu um sorriso carinhoso e ficou assistindo a Robert brincar na grama.

— Está descartando a ideia com tanta facilidade porque não tem que ver o sr. MacGill hoje — gritou Ilsa.

Ela não gostava de visitar o advogado. Ele tinha a reputação de ser o melhor de Edimburgo, ao menos era o que dizia o pai dela. Malcolm, o falecido marido de Ilsa, também usara os serviços de MacGill, mantendo coisas como dinheiro e investimentos totalmente fora do conhecimento dela, quanto mais de seu controle.

Mas então Malcolm morrera e, de repente, todo aquele dinheiro era dela. O pai de Ilsa quisera cuidar de tudo, mas Ilsa já estava farta, mesmo que significasse que ela precisaria lidar pessoalmente com MacGill e suas maneiras pomposas e sorriso condescendente. Como se Ilsa tivesse muita sorte de ser agraciada com um momento da sua atenção.

Um dia vou pegar todo o meu dinheiro e comprar um barco, pensou. *Gostaria de conhecer a Índia, ou a Espanha, ou talvez os Mares do Sul. E aquilo seria o maior choque da vida do sr. MacGill.*

Ilsa sabia que aquilo nunca aconteceria realmente, mas lhe dava um enorme prazer *imaginar*.

Depois de um passeio longo e restaurador, ela e Robert voltaram para casa. Ele passou direto por ela e seguiu para seus aposentos. O quarto que antes havia sido o escritório de Malcolm agora era domínio de Robert. Ele se acomodaria para uma longa soneca, roncando alto o bastante para fazer vibrar as janelas. Ilsa subiu as escadas e se preparou para encarar o advogado, com um vestido de caminhada adequado e um penteado que até Jean aprovaria.

Apesar de ter chegado adiantada à reunião, Ilsa precisou esperar. Ligeiramente irritada, distraiu-se contando as carruagens que passavam. O escritório do sr. MacGill na St. Andrew's Square era grande, bonito e pomposo, com janelas altas dando para a praça. Ela se perguntou por que pagava tanto a um homem que a irritava daquela maneira.

Ilsa já contara vinte e oito carruagens quando o secretário enfim permitiu sua entrada. O sr. MacGill se adiantou para pegá-la pela mão e levá-la até uma cadeira. Ele sempre começava com falsos sorrisos e amabilidades. Se ao menos a escutasse com a mesma solicitude...

Depois de Ilsa estar acomodada em uma cadeira e recusar o chá que ele oferecera, o advogado finalmente perguntou:

— Muito bem, sra. Ramsay, como posso ajudar?

— Eu gostaria de vender minhas ações da companhia de exportação do sr. Cunninghame.

Ele ficou surpreso.

— Senhora! Do que está falando? Eu não recomendo!

— Compreendo — respondeu ela, tranquila. — Mas é o que eu gostaria de fazer, e as ações são minhas. Pode cuidar disso para mim?

— Está precisando de dinheiro? — perguntou ele, em tom de reprovação. — Eu deveria ter imaginado. É comum que uma jovem viúva não esteja acostumada a lidar com as finanças. Se houver contas a serem pagas, a senhora deve mandar para mim...

— Senhor MacGill, sei muito bem como viver dentro do meu orçamento. Não estou torrando dinheiro em vestidos e sapatos novos

— retrucou ela, e o encarou com um sorriso determinado. — Venda as ações, por favor.

Ilsa aos poucos tomava ciência de todas as informações que Malcolm deixara para trás. Agora que ele estava morto, nada a impedia de examinar tudo o que estava em cima da escrivaninha dele. A empresa de Cunninghame era muito rentável, mas o ramo de negócios dele era péssimo.

MacGill respirou fundo e pareceu mudar de tática. Ele adotou uma expressão paternal de preocupação e disse:

— A venda vai resultar em uma soma muito grande. O que a senhora faria com todo esse dinheiro?

Ilsa olhou pela janela, pensativa. A casa do outro lado da rua estava em construção e os operários colocavam uma viga pesada no lugar.

— Há muitas empresas aqui na Escócia necessitando de investimento. Gosto de tecidos. Talvez eu invista esse dinheiro na produção de linho.

Ilsa também vira os relatórios que indicavam um aumento nas operações comerciais com os Estados Unidos. A Escócia havia aproveitado um breve período de comércio com aquele país e, agora que a guerra acabara, parecia haver grandes chances de que ambos voltassem a fazer negócio.

O sr. MacGill estalou a língua.

— Entendo. É claro que uma mulher se interessaria por tecidos. Mas, minha cara sra. Ramsay, investimentos não são feitos de forma tão impulsiva. Que tal esperar alguns meses para vermos como se sente a respeito? Se em seis meses a senhora ainda desejar vender as ações, conversaremos com o sr. Fletcher sobre isso.

— O dinheiro não é do meu pai. Se meu falecido marido estivesse sentado aqui, o senhor diria a mesma coisa a ele? — perguntou Ilsa, ainda olhando pela janela. Se olhasse diretamente para o advogado, sentiria-se tentada a atirar alguma coisa nele. — O senhor desdenharia da vontade dele como um capricho, um impulso que não deveria ser levado a sério?

Malcolm tomara muitas decisões baseado em nada mais do que extravagâncias fúteis e por impulso, e homens como MacGill simplesmente o ajudaram quando, com frequência, deveriam tê-lo impedido. Nenhum dos amigos ou conhecidos tentara dissuadir Malcolm do duelo que acabara o matando.

MacGill ficou muito vermelho. Ele era um homem pálido que enrubescia com facilidade.

— Senhora Ramsay, isso é irrelevante.

Antes que Ilsa pudesse responder, o secretário entrou. Em silêncio, entregou uma carta ao sr. MacGill, que lhe lançou um olhar que beirava a gratidão. Era como se mal pudesse esperar para se ver livre dela, mesmo depois de fazê-la esperar por meia hora. O advogado mal olhou para Ilsa e desdobrou a carta.

— Santo Deus — exclamou quase na mesma hora.

Ele deu as costas a ela e sussurrou furiosamente para o secretário, que o escutou atento como um cão farejador, familiar ao cheiro de uma pista. Ilsa franziu a testa e conseguiu discernir algumas palavras: "esperando", "propriedades" e "Carlyle".

Quando ela estava prestes a compreender o que estava acontecendo, o sr. MacGill ficou de pé, estendendo o braço em sua direção. O secretário saiu às pressas.

— Minha cara sra. Ramsay, peço perdão, mas surgiu uma emergência... preciso encerrar nossa reunião. Conversamos novamente em seis meses?

Ilsa se levantou para evitar que ele continuasse a fitá-la do alto.

— Por quê? O que está acontecendo? Senhor MacGill, tínhamos um horário marcado! Peço muito pouco do seu tempo, e apenas ocasionalmente.

— É verdade, e a senhora teve o meu tempo — disse ele, e estendeu a mão para pegar a dela.

Ilsa se recusou teimosamente a se mover.

— Está me expulsando?

Ele procurou tranquilizá-la, ao mesmo tempo que estendia a outra mão na direção da porta.

— De forma alguma, mas devo voltar minha atenção...

— Venda as ações — disse ela, elevando a voz. — Venda-as, sr. MacGill, e deposite o dinheiro em minha conta. Eu insisto!

— Minha senhora, não farei uma coisa dessas — retrucou o advogado, irritado. — Que tolice! A senhora vai me agradecer por isso quando voltarmos a nos falar em seis meses.

Ilsa sentia a frustração ferver dentro dela. Sem dizer mais nada, deu as costas e saiu tempestuosamente do escritório, ignorando a mesura apressada do advogado. Ela mesma abriu a porta, quase atingindo o sr. Leish, o devotado secretário.

Atrás dele, estava um homem alto e grande, usando roupas tão elegantes que poderia muito bem ser um lorde. Um lorde *inglês*. Então aquele era o homem que o sr. MacGill considerava tão mais importante do que ela, pensou Ilsa, furiosa, passando por eles em direção à saída.

Homens. MacGill deixando-a de lado sem qualquer hesitação, aquele Carlyle arrogante exigindo a atenção dele com um estalar de dedos, e Leish com um sorriso afetado no rosto diante do modo como ela fora dispensada... Ilsa chegou cega de raiva à rua, e dali seguiu a pé até Canongate, onde ficava a casa do pai.

Ele já estava sentado à mesa. Pessoas elegantes faziam as refeições tarde, mas o pai dela preferia comer cedo. Ilsa desconfiava que ele passava a elegante hora de jantar na taberna, jogando cartas.

— Chegou cedo, minha menina! — disse ele em um tom jovial quando ela entrou. — Venha, filha! Coma um pedaço de bolo.

— Como vai, papai? — Ilsa beijou o rosto dele e dispensou a oferta do bolo, preferindo ficar andando de um lado para o outro na sala de jantar. — Acabei de sair do escritório do sr. MacGill. Ele acabou de me perder como cliente.

O pai a encarou surpreso enquanto mastigava um pedaço de bolo.

— Ora, por quê?

— Ele se recusou a fazer o que eu pedi. O senhor toleraria uma coisa dessas?

MacGill era advogado do pai de Ilsa havia anos. Ela sempre pensara que era porque MacGill era o melhor no que fazia, mas no último ano começara a achar que o homem tinha apenas a *reputação* de ser o melhor. Seus honorários eram exorbitantes o bastante para fazer qualquer um acreditar que seu trabalho era incomparável, mas não era o que se via no serviço propriamente dito.

O pai de Ilsa afastou o prato.

— Acalme-se, filha. Sem dúvida ele está pensando no melhor para você. O que você pediu e ele recusou?

— Pedi que vendesse minhas ações na companhia de exportação do sr. Cunninghame.

O pai fechou a cara.

— Santo Deus, Ilsa, por quê? — perguntou, irritado. — Eu aconselhei Malcolm a fazer esse investimento, e agora você quer vender as ações?

Ilsa não sabia disso.

— O senhor sabe o que o sr. Cunninghame exporta?

— Açúcar e tabaco.

— E sabe como isso é produzido?

— Bem, sei que ele teve um lucro de dez por cento em suas viagens nos últimos dois anos!

— Não me interessa um lucro que é fruto do trabalho de pessoas em condição de escravidão.

— Você vai se interessar quando seus rendimentos diminuírem — retrucou ele.

Ilsa revirou os olhos.

— Como se só fosse possível ganhar dinheiro com açúcar e tabaco! Eu talvez me interesse pela manufatura de tecido. Alguma coisa produzida aqui. Uma mercadoria escocesa.

O pai torceu os lábios, mas logo sua expressão ficou mais afável e ele deu uma piscadinha.

— Conheço o investimento perfeito... fabricação de mobília!

O pai de Ilsa era Diácono dos Artesãos, líder do maior grupo de comerciantes de marcenaria na cidade. Ninguém fazia uma perna de mesa mais bem torneada, ou um guarda-roupa com entalhes mais intrincados do que ele. Sua habilidade como marceneiro era inigualável, assim como sua personalidade formidável. Nenhum artesão em Edimburgo teria desejado um defensor mais feroz no conselho da cidade, que controlava a maior parte do que acontecia em Edimburgo, e além.

E ninguém tinha mais talento para acabar com o mau humor de Ilsa. Ela riu.

— Como se eu já não tivesse lucrado o bastante com a fabricação de móveis! Mas talvez seja uma ideia promissora. Posso patrocinar a educação de alguns aprendizes.

O pai deu uma risadinha zombeteira.

— E onde está o lucro nisso?

— Se você os contratar, receberei uma porcentagem da venda do trabalho deles — disse ela, sorrindo.

— Ora, quando eu morrer você vai receber uma parte da renda de todas as vendas da loja.

O pai fingiu severidade, mas Ilsa sabia que ele contrataria qualquer menino que tivesse a educação custeada por ela. Os dois sabiam que William Fletcher não era capaz de negar nada à filha.

— Não quero pensar nesse evento que com certeza está muito distante. — Ela deu um beijo no rosto dele. — Mas *estou* farta do sr. MacGill.

O pai suspirou.

— Deixe o homem fazer o trabalho dele. Ele sabe o que faz.

— Ele me dispensou — retrucou Ilsa. — Depois de me fazer esperar por meia hora pela reunião que tínhamos marcado. Foi condescendente e irritadiço e, depois de tudo, chegou alguém mais importante do que eu e o sr. MacGill praticamente me atirou porta afora.

O pai afastou a cadeira, franzindo a testa.

— Vou falar com ele. Não é certo tratar uma mulher dessa forma. E quem poderia ser mais importante do que você?

— Um inglês. Parecia rico.

O pai deu uma palmadinha carinhosa no braço dela.

— O patife! Deixe MacGill comigo. Ele não vai mais ser indelicado com você.

Ele acompanhou Ilsa até o saguão e a ajudou a vestir a capa, como fazia desde que ela era criança. Ilsa desistira de lutar contra aqueles pequenos cuidados quando tinha 16 anos. O pai a mimava porque a amava e porque não havia mais ninguém para mimar. A mãe morrera quando Ilsa tinha 4 anos, e o pai nunca voltara a se casar. Jean fora morar com eles e ajudara a criar a sobrinha, mas o pai sempre fora o centro do mundo de Ilsa, e vice-versa.

— O sr. Lewis Grant me pediu para lhe mandar lembranças — comentou o pai enquanto amarrava o laço da capa.

— Quem?

— O sr. Grant — repetiu ele, com um brilho malicioso nos olhos. — Você se lembra, o comerciante de vinho de Grassmarket, um sujeito bem-apessoado... e muito bem-sucedido.

— Sinto muito, não estou lembrada — mentiu Ilsa.

Nos últimos meses, o pai começara a mencionar alguns possíveis bons partidos. Por uma estranha coincidência, eram todos comerciantes prósperos, com quem ele fazia negócio. Ilsa não estava interessada em nenhum.

— Vou apresentá-los — disse o pai, sem se deixar enganar. — De novo. Talvez na próxima vez você se lembre do sr. Grant com o mesmo carinho com que ele se lembra de você, não é?

— Até mais, papai.

Ilsa voltou caminhando para casa, sentindo-se inquieta. Teria preferido passar uma hora no café com Agnes, com uma revista feminina nas mãos, rindo da poesia pomposa que publicavam. Mas precisavam de Agnes na loja de tecidos da mãe, e depois ela ficaria com a família. Sorcha White estava assistindo a uma palestra no Jardim Botânico com a mãe. Em casa, Jean voltaria a repreendê-la por causa das cortinas, ou sugeriria que a sobrinha visitasse lady Ramsay, a avó grosseira de Malcolm, que nunca gostara muito de Ilsa.

Descartando a possibilidade, Ilsa foi até a livraria. Lá, passou direto pelos romances e livros de poesia, já que não estava com humor para ficção. Examinou livros sobre a fauna, sobre a Itália e um lindo volume que, por acaso, contava a história da Inglaterra. Aquele ela devolveu à estante e pegou outro sem prestar muita atenção.

A história da América, Volume I, lia-se na capa. Os dedos dela passaram a se movimentar mais devagar. O livro já tinha alguns anos, mas era lindamente impresso e encadernado. As palavras que dissera a Robert naquela manhã voltaram a sua mente: *Poderíamos nos esconder em um navio de partida para os Estados Unidos e viver uma grande aventura.*

Ilsa sabia que, levando tudo em consideração, levava uma vida muito confortável. Tinha um pai e uma tia que a amavam profundamente, mesmo que não a compreendessem. Graças a Malcolm, que fora um dos homens mais ricos da cidade antes de se deixar matar, tinha uma boa casa. Tinha Robert, a quem adorava sem reservas, e tinha boas amigas como Agnes St. James. Muitas outras pessoas não eram nem de longe bem afortunadas como ela.

Mas, ao mesmo tempo... nunca fora livre para fazer o que quisesse. A tia havia sido uma guardiã severa; o pai era permissivo, mas muito ausente; e o marido não estivera exatamente interessado em uma esposa, mas sim em uma boneca decorativa. Quando Malcolm morrera, Ilsa se dera conta de que pela primeira vez na vida não havia ninguém para lhe dizer o que fazer, o que usar, com quem falar ou o que comprar... Ora, a primeira coisa pela qual seu coração ansiara fora por uma breve aventura.

Fechou rapidamente o livro e foi pagar por ele. Bem, não era o mesmo que viajar como clandestina em um navio para os Estados Unidos, mas agora ela era livre ao menos para *ler* sobre essa possibilidade. Aproveitaria o que pudesse.

Capítulo 4

Graças à quantidade de cerveja e de ostras que consumira na noite da véspera, Drew dormiu até tarde no dia seguinte. Já passava de três da manhã quando conseguiram deixar Ross em segurança aos cuidados de um criado. Então, acompanharam Monteith até seus aposentos e dividiram uma garrafa de conhaque. Depois, Duncan e ele pararam no canal para nadar e, finalmente, cambalearam de volta a Burnet's Close.

Agora, Duncan parecia estar matando um gato no cômodo ao lado, a julgar pelos barulhos que estava fazendo.

Drew se arrastou para fora da cama, quase bateu a cabeça no teto inclinado — o quarto extra de Duncan claramente fora feito para abrigar uma dama de constituição delicada, ou uma criança, e não um homem adulto — e foi até o outro cômodo.

— Que barulho é esse, em nome de Deus? — perguntou, enfiando os dedos nos ouvidos.

Duncan olhou para o violino embaixo do seu queixo.

— Música, St. James. Uma habilidade que os cavalheiros desenvolvem.

— Sim, cavalheiros que moram sozinhos no meio de uma charneca.

— Estou praticando, não me apresentando.

Duncan voltou a correr o arco pelas cordas, produzindo um uivo dissonante que fez Drew se encolher.

— Não me admira que não esteja se apresentando. Você é uma afronta ao instrumento.

Duncan o ignorou e ajustou as cravelhas.
— Além de ser dolorosamente desafinado — acrescentou Drew.
— Toda arte requer sofrimento.
— Do artista — retorquiu Drew. — Tenha a gentileza de poupar a audiência.
Duncan baixou o violino.
— Você é o hóspede mais rude que eu já tive. Insulta minha habilidade na esgrima, e agora meu talento musical.
— *Se* você tivesse algum talento musical, eu o insultaria sem pensar duas vezes. Além do mais — acrescentou Drew, enquanto se virava na direção do quarto de hóspedes —, provavelmente sou o único hóspede que você jamais terá com esse barulho terrível.

Ele fechou a porta do quarto e pegou o jarro de água para se lavar. O criado de Duncan o enchera horas antes e a água estava gelada. No exército, a pessoa acabava se acostumando com isso. Drew lembrou a si mesmo que estava de volta à Escócia, que voltara a ser apenas o capitão St. James e que não deveria ansiar pelos luxos que o Castelo Carlyle lhe garantira, como água quente e um criado para barbeá-lo.

Duncan entrou intempestivamente enquanto o rosto de Drew ainda estava coberto de espuma de barbear.
— A quais prazeres da nobreza vamos nos dedicar hoje? Estou ansioso para ver como um duque inglês se comporta, se é melhor do que um humilde escocês.
Drew jogou sabão nele.
— Preciso me encontrar com o advogado hoje.
Na mesma hora, o amigo — que também advogava, quando não estava sendo uma ameaça à música — fez uma pose: ergueu o queixo com arrogância e levou o punho cerrado ao peito.
— Malditos advogados. Quem você vai encontrar?
— David MacGill, na St. Andrew's Square.
Duncan ergueu as sobrancelhas.
— Só a nata para os Carlyle, entendi...
— É mesmo? — Drew secou o resto do sabão do queixo e desenrolou as mangas. — O que você sabe sobre ele?
O amigo deu de ombros.

— Rico... graças a Carlyle, imagino. Se considera um homem moderno e mais um cavalheiro do norte da Grã-Bretanha do que um escocês. O escritório dele fica em New Town, o que já diz muito.

Drew pegou um de seus novos ternos ingleses. A duquesa havia erguido a sobrancelha ao ver os calções de lã simples que ele usava, e o sr. Edwards o mandara subir imediatamente para se trocar quando ele ousara usar um kilt. Segundo o advogado, a duquesa não aprovava aquela vestimenta. Um alfaiate fora rapidamente convocado, e Drew logo se viu dono de um novo guarda-roupa, cheio de calções, coletes e paletós, tudo muito inglês. Pensou que poderia muito bem usá-los enquanto resolvia questões relativas aos Carlyle.

— Que assuntos você tem a tratar com um advogado?

Ao que parecia, Duncan não tinha mais nada com que se ocupar, embora suas perguntas fossem menos irritantes do que os barulhos que fazia com o violino.

Drew abotoou o colete e amarrou o lenço no pescoço.

— O que eu vou lhe dizer agora é confidencial, certo? O duque não está bem de saúde, já há muitos anos. Nunca nem cheguei a vê-lo enquanto estive lá. Mas ele é dono de uma propriedade aqui, um lugar que ninguém visita há mais de vinte anos. Essa propriedade foi deixada sob os cuidados de MacGill e ninguém de Carlyle faz ideia do que o homem fez com ela. Vou fazer uma visita e descobrir.

Drew havia concordado prontamente com a tarefa, estava curioso para ver o que o duque possuía na Escócia. O sr. Edwards lhe garantira que não era nada de mais, apenas uma propriedade, e que o assunto poderia ser concluído em questão de dias. Ele queria apenas que Drew examinasse os registros e instruísse o sr. MacGill para que mantivesse a propriedade em ordem, caso fosse colocada à venda em um futuro próximo.

Drew ficou pensativo. Ele sabia quem compraria aquelas terras escocesas: aristocratas, com a intenção de murar tudo e forçar os colonos e outros arrendatários a saírem. Enquanto estava no Forte George, vira famílias desalojadas chegarem a Inverness, fazendeiros independentes transformados em arrendatários de terras. Drew nunca pensara em ter uma opinião sobre aquilo, mas agora... Estava profundamente interessado em ver com os próprios olhos.

Depois de uma refeição rápida em um café próximo — já que Duncan não tinha qualquer comida em casa —, Drew subiu a Bridge Street, que passava por cima do canal onde ele e Duncan deram um mergulho gelado na noite anterior. A New Town, como era chamada a área em desenvolvimento do outro lado da ponte, crescera consideravelmente desde a última vez que ele estivera ali. As ruas eram bem niveladas, com esgotos adequados, e as construções eram de pedras lisas e uniformes, ao contrário da mistura confusa de Old Town.

Enquanto caminhava, Drew se preparava mentalmente para o embate. Já havia lidado com advogados antes. Quando o pai morrera, precisara cuidar dos assuntos da família, desatando os nós da hipoteca e dos empréstimos que o pai pegara para a mercearia. Mais tarde, depois de entrar no exército, voltara a conversar com o advogado para tentar resolver as coisas para a mãe e as irmãs. O escritório seco e abafado do sujeito pomposo, sem falar do sermão hipócrita que o homem fizera, acusando o pai de Drew de ter lidado mal com toda a situação, o deixaram com dor de cabeça. Drew saíra daquela experiência com uma péssima impressão da advocacia.

Mas, como herdeiro de Carlyle, a experiência foi totalmente diferente.

Ele chegou ao escritório espaçoso e elegante em St. Andrew's Square e disse seu nome. Não tinha marcado horário, não apenas por não saber exatamente a que horas chegaria, mas também porque lhe agradava a ideia de pegar o advogado desprevenido. O secretário fungou ao pegar a carta do sr. Edwards e desapareceu por uma porta de mogno. Resignado a esperar, Drew pendurou o chapéu e se sentou, mas em poucos instantes o secretário estava de volta.

— Por favor, capitão, por aqui — disse o homem, ofegante e agora sorridente e cheio de mesuras.

Surpreso, mas satisfeito, Drew se levantou. Enquanto se aproximava da porta bem lustrada, ouviu vozes altas e furiosas do outro lado. Quando a porta foi aberta, ele se afastou rapidamente para o lado e deu espaço à dama que saiu da sala de lábios cerrados e olhos faiscando de raiva. Suas saias flutuaram em um arco amplo quando passou apressada por ele.

Drew ficou olhando, estupefato. Era a mulher misteriosa da tasca de ostras, agora usando roupas muito elegantes, com o cabelo preso para o alto em um penteado refinado. O olhar dela encontrou o dele com a rapidez de um raio e uma expressão de profundo desprezo. Ela foi embora em um segundo, depois de pegar a capa e o chapéu com outro funcionário do escritório que se apressara a abrir a porta para ela.

Por um momento, Drew ficou sem fôlego. À luz do dia, ela era ainda mais deslumbrante, e não dera qualquer sinal de que se lembrava dele.

— Quem era aquela? — perguntou ao secretário, que estava pairando a seu lado.

— A senhora já estava de saída — garantiu o homem. — O sr. MacGill vai atendê-lo agora, senhor.

Drew entrou na sala do advogado ainda pensando na mulher. Ele não havia marcado horário, mas MacGill praticamente a expulsara para atendê-lo.

— Entre, senhor, entre!

MacGill era um camarada robusto, com um cabelo cacheado e loiro. Ele se inclinou em uma mesura e ofereceu três tipos de comidas e bebidas. Drew recusou todas.

— Espero não ter chegado em uma hora inconveniente — comentou.

— De forma alguma, capitão!

— Mas havia uma pessoa aqui antes — insistiu Drew. — E ela não parecia nem um pouco satisfeita quando saiu.

MacGill franziu a testa por um instante, mas logo deu uma risadinha e afastou o assunto com um gesto.

— A sra. Ramsay é a viúva de um cliente meu. Atendo à família dela há anos. Ela ficou feliz de marcar outro horário para tratar de seus assuntos.

Feliz provavelmente era a última palavra que Drew teria usado para descrever a expressão da mulher, mas ao menos agora descobrira o sobrenome dela. Ramsay.

— No futuro — disse Drew ao advogado —, não espero que dispense ninguém em meu favor, certo?

— Claro — concordou o advogado depois de um momento de surpresa. — Como quiser, senhor.

Drew assentiu. Aquilo teria que bastar. Ele só esperava que a sra. Ramsay *não* o tivesse reconhecido, assim não o culparia por ter sido dispensada tão sumariamente. Drew pegou os documentos dentro da pasta de couro que trouxera de Carlyle e tentou tirar a mulher intrigante de sua mente.

O Palácio Stormont, a propriedade escocesa do ducado, era uma mansão elegante que estivera nas mãos dos Carlyle por mais de cem anos, com um amplo terreno e jardins extensos. Ficava a cerca de oitenta quilômetros de Edimburgo, próximo a Perth. Edwards acreditava que o lugar fora razoavelmente bem administrado por MacGill, mas aconselhara fortemente Drew a nunca tomar isso como certo.

O sr. MacGill assentiu quando foi informado do propósito de Drew, com os polegares enfiados nos bolsos do colete.

— Não tenho dúvida de que encontrará tudo em perfeita ordem por lá, capitão.

— É o que espero — disse Drew. — Pretendo visitar pessoalmente o lugar, portanto, veremos.

MacGill ergueu as sobrancelhas.

— É claro, senhor! Vou mandar avisar da sua visita agora mesmo.

Drew deu um sorrisinho.

— Se o lugar está em perfeita ordem, isso é mesmo necessário?

O advogado piscou, então assentiu.

— É verdade, é verdade! Ah... bem, o que gostaria de ver, então?

Drew se debruçou por horas sobre os registros que o advogado lhe apresentou. O Palácio Stormont parecia estar em ótimas condições. Embora não fosse rentável, se sustentava. Com um pouco de empenho, a propriedade com certeza poderia ser deixada em condições ainda melhores e passar a ser uma peça valiosa entre os bens do ducado, em vez de uma lembrança vaga, um fardo.

De volta à praça, Drew ficou surpreso ao ver como o sol estava baixo. Passara mais tempo do que o esperado com o advogado, que não saíra nem um instante do seu lado. Drew se perguntou quantos outros clientes MacGill negligenciara durante o tempo da sua visita. A caminho da casa da mãe, onde prometera jantar, se pegou pensando na diferença de tratamento entre o humilde tenente que fora na época da morte do pai e o herdeiro do duque que era naquele momento.

Ao contrário da véspera, dessa vez encontrou todas as mulheres em casa. Isabella e Winifred correram e se jogaram em cima dele, com gritinhos de boas-vindas. Rindo, Drew abraçou cada uma com um braço e ajustou a posição quando Agnes se juntou a elas. Ele olhou por cima da cabeça das irmãs e viu a mãe sorrindo diante da cena dos filhos juntos.

— Venha me salvar, mãe — exclamou Drew. — Estou sendo atacado.

Aquilo provocou uma onda de protestos e até algumas ofensas leves.

— Que homenzinho delicado você se tornou no exército, hein? — zombou Bella.

— Eu me arrisco a dizer que não devemos contar ao coronel dele que três moças são capazes de derrubá-lo — acrescentou Winnie.

Drew bufou.

— Vocês parecem mais um bando de gansos, isso sim. *Quá, quá, quá*, com esse monte de asas batendo.

— Andrew — repreendeu gentilmente a mãe. — Isso não é coisa que um cavalheiro diga.

Envergonhado, Drew beijou a face da mãe e ergueu-a em um braço, sorrindo ao ouvir o gritinho indignado dela e as gargalhadas das irmãs.

— Pelo amor de Deus! — Ruborizada, Louisa levou uma das mãos à cabeça, para ajustar a touca. — Ao menos sabemos que é mesmo você. Entre, entre!

O jantar foi um banquete, com os pratos favoritos de Drew e um bom vinho tinto escocês sendo servido o tempo todo. Ele respirou fundo, satisfeito. Sentira saudade da comida da mãe e, quando Annag trouxe a carne assada — a estrela da noite —, quase gemeu de prazer. Ele ignorou solenemente as implicâncias das irmãs sobre seu apetite voraz, até a sobremesa.

— Isso é mais do que qualquer nós poderíamos comer em uma semana — sussurrou Winnie, olhando para o prato do irmão.

— Que sorte ser o exército que o alimenta — comentou Bella. — Caso contrário, nossa despensa estaria vazia.

— Estou valorizando a refeição — retorquiu Drew, colocando mais creme no pudim com especiarias diante dele. — Essa é a melhor refeição que comi em meses, incluindo as do castelo.

— E você vai nos contar por que estava no Castelo Carlyle? — perguntou a mãe, erguendo as sobrancelhas.

Na mesma hora, a sala ficou em silêncio, e as três irmãs se voltaram para Drew com uma expressão de expectativa no rosto.

Ele engoliu o pudim e pousou o garfo. Elas haviam se contido muito, todas elas. Drew havia apreciado seu delicioso jantar em paz.

— Sim. Mas aviso logo que vamos precisar de mais vinho.

— Por quê? — perguntou Bella, enquanto Agnes se levantava de um pulo e começava a servir a bebida.

— O papai sempre nos disse que as pessoas no Carlyle eram as mais frias do mundo — comentou Winnie. — Eu não poderia odiá-los mais.

— Não — disse Drew, erguendo a mão. — Você não vai odiá-los quando ouvir o que tenho a dizer. — Agnes ergueu uma sobrancelha, cética, mas as moças mais novas pareceram interessadas. Ele respirou fundo. — O duque está mal de saúde. E seu irmão mais novo morreu há poucos meses.

Alguém soltou um murmúrio de desdém.

— Que pena — disse Louisa, lançando um olhar penetrante ao redor da mesa.

Drew se inclinou mais para a frente.

— O irmão era o herdeiro do duque. — A expressão de todas permaneceu inalterada. — O duque não tem filhos, nem esposa. Quando ele morrer, o título terá que ser passado a um homem St. James, descendente do duque anterior.

Bella arquejou. Agnes se inclinou no assento.

— Você? — perguntou Winnie, sem acreditar. — *Não*. Drew, você não pode estar dizendo...

Ele assentiu, e percebeu que a mãe empalidecia.

— Parece que sou o primeiro na linha sucessória para o título.

As moças explodiram em exclamações de choque e perguntas balbuciadas. Louisa levou uma das mãos ao pescoço, enquanto pegava o copo com a outra e virava o vinho em um só gole.

— E então, mãe? — perguntou Drew. — Também acha que sou um mentiroso?

Agnes enrubesceu; fora ela que verbalizara sua incredulidade daquela forma.

— Não — disse Louisa. — Mas... mas é inacreditável demais, Andrew!

— Também achei, mas a duquesa foi muito clara. O advogado dela tem nossa árvore genealógica, não há ninguém entre mim e o duque atual — disse ele, abrindo os braços. — É melhor se acostumarem a me chamar de Vossa Graça, irmãs.

Bella vaiou, Winnie jogou o guardanapo nele e a mãe repreendeu as duas. Apenas Agnes franziu a testa, aborrecida.

— É claro que não faremos isso. Não seja vaidoso.

— Vaidoso! — disse ele, sorrindo. — Como pode dizer isso mesmo eu tendo trazido um baú cheio de presentes para a minha querida família? — Ele ergueu uma das mãos quando Bella se levantou de um pulo, empolgada. — Deixei o baú na casa de Felix Duncan. Trarei amanhã.

— Felix Duncan — disse Louisa, em um tom de desaprovação. — Andrew, você deve ficar aqui, conosco.

— Agnes já combinou de ficar na casa de uma amiga — intrometeu-se Bella. — Ela deixou o quarto para você, Drew.

— Mas, se *você* não quiser, posso ficar com ele? — perguntou Winnie, ansiosa, antes que Drew pudesse dizer alguma coisa. — É tão injusto que Agnes tenha um quarto só para ela, e agora que ela nem está aqui...

— Sua irmã vai voltar — avisou Louisa —, ainda mais se Andrew não ficar conosco.

— Dei minha palavra à sra. Ramsay! — protestou Agnes, indignada. — Mamãe, a senhora disse que eu poderia ficar com ela por um mês...

— Quem é essa amiga? — perguntou Drew, quando o nome chamou a sua atenção.

Ele fitou o rosto ruborizado da irmã. Se por alguma estranha coincidência a amiga de Agnes fosse a mesma mulher com quem ele dançara na tasca de ostras, a mesma mulher que o beijara e desaparecera... Drew não conseguia imaginar a mãe aprovando que Agnes se hospedasse com ela.

Drew, por sua vez, estava profundamente interessado em saber mais sobre a mulher.

— Ilsa Ramsay, uma amiga muito querida — disse Agnes. — Ela me ofereceu gentilmente um quarto em sua casa quando você escreveu avisando que estava chegando para nos visitar. Ilsa está tão feliz em me hospedar, mamãe! E a senhora precisa admitir que é mais fácil usar o espelho pela manhã quando não estou aqui...

— Isso é verdade — concordou Bella. — Agnes passa uma eternidade escovando o cabelo e usa toda a água quente.

— Não uso, não! — Agnes se virou para a mãe. — E Ilsa tem tão poucas pessoas morando na casa que diz que minha companhia é muito bem-vinda, que alegra imensamente seu dia. Por favor, diga que posso ficar com ela, mamãe.

— Não há razão para impor sua presença à sra. Ramsay se seu irmão não vai ficar aqui — disse Louisa, e virou-se para o filho. — Tem certeza de que não quer reconsiderar? Felix Duncan é um desocupado.

Sob nenhuma circunstância Drew queria voltar a morar com a mãe. Ele a amava, mas era um homem adulto. Pedira especificamente ao sr. Edwards para encontrar uma propriedade para ele com um chalé separado para uso da mãe. O advogado, achando que se tratava de uma tentativa de evitar qualquer conflito entre a mãe e a futura esposa ainda-a-ser-encontrada, assentira. Drew não dissera ao homem que aquilo seria necessário mesmo se ele nunca se casasse.

— Não tenho intenção de incomodá-la. Eu estou bem com Duncan, mas isso não significa que Agnes deva mudar seus planos. — Drew se virou para a irmã, como se acabasse de ter a melhor das ideias. — Se a vida social dela é assim tão quieta e limitada, talvez você devesse convidá-la para jantar conosco, Agnes.

O silêncio se abateu sobre a mesa. Bella e Winnie lançavam olhares de relance para a mãe deles, enquanto Agnes ficava muito vermelha. Louisa suspirou.

— Ninguém chamaria a vida social da sra. Ramsay de quieta e limitada — murmurou a mãe. — Agnes, não quero discutir com você. Pode ficar com ela este mês, já que prometeu. Andrew, você é mais do que bem-vindo aqui...

— Já estou acomodado com Duncan, mãe. Winnie pode ficar temporariamente com o quarto de Agnes — disse Drew em seu tom militar.

A mãe cedeu, provocando um gritinho de prazer em Winnie.

Depois do jantar, ele se sentou e respondeu pacientemente a todas as perguntas sobre o Castelo Carlyle e a duquesa. A mãe e as irmãs ainda sentiam o misto de animosidade e curiosidade que o próprio Drew sentira antes de visitar o lugar, e de vez em quando balançavam a cabeça para alguma descrição, como das janelas altas e estreitas no salão formal de jantar, que datavam do passado normando do castelo, ou da longa galeria de retratos dos antepassados St. James e suas expressões austeras.

Finalmente, a mãe bateu palmas.

— Está tarde! Por mais empolgantes que sejam as notícias, a loja não vai funcionar sozinha amanhã. Andrew, acompanhe sua irmã até a casa da sra. Ramsay, por favor.

— Mamãe, a casa dela fica a duas ruas — resmungou Agnes.

A mãe fitou-a com um olhar severo.

— Sim, e ultimamente tem havido roubos na cidade! Bancos, prateiros, até uma mercearia. Quem sabe se a nossa loja não será a próxima!

Drew abriu a boca para fazer um comentário — a família dele não precisaria continuar a trabalhar em uma loja por muito tempo, com ou sem ladrões —, mas percebeu que a mãe estava certa sobre o horário e não comentou nada. Winnie e Bella se jogaram em cima de Drew para mais abraços, lembrando ao irmão de levar os presentes delas no dia seguinte. Agnes o seguiu até a porta e vestiu a capa. Eles se despediram da mãe e saíram para a rua.

Os dois caminharam lado a lado pela rua principal escura. Os lampiões a óleo lançavam círculos fracos de luz.

— Me conte mais sobre essa amiga querida que a convidou para morar com ela — pediu Drew.

Agnes se virou para ele com um olhar que era metade reprovação, metade divertimento.

— Você vai gostar dela, Drew.

Acima deles, alguém abriu uma fresta da janela, e ele afastou a irmã do balde de dejetos que foi jogado.

— Vou? Por que diz isso?

— Ilsa não tem papas na língua e sabe aproveitar a vida.

Isso, pensou Drew, se encaixava bem com a descrição da mulher que ele vira na noite anterior. Mas o que Agnes estava dizendo era mais importante no momento. Ele a encarou, pensativo, então disse:

— Algo que você não teve a oportunidade de fazer.

A boca da irmã se curvou para baixo.

— Não, não muito.

Agnes tinha 24 anos e ainda era solteira. William Ross uma vez dissera que ela era uma bela moça, até Drew fuzilá-lo com o olhar. O amigo estava certo, é claro. Agnes era alta e esguia, com os olhos azuis da mãe e o cabelo escuro do pai, mas Drew conhecia bem demais o amigo. A irmã merecia alguém melhor do que Ross.

— Acho que isso vai mudar — comentou ele. — A duquesa me garantiu uma renda. Não vamos mais viver do meu soldo de capitão, está bem? Vai haver dinheiro para vestidos novos, para uma carruagem... talvez até para uma temporada social em Londres, se você, Winnie e Bella desejarem.

Agnes franziu a testa.

— Você vai nos transformar em inglesas.

— Não — retrucou ele na mesma hora. — Apenas escocesas mais ricas.

— Com um castelo inglês — disse ela, e o encarou com astúcia. — E um título inglês. O que o torna inglês.

Drew cerrou o maxilar.

— Ainda não contei à mamãe, mas o advogado de Carlyle está procurando uma casa para nós, perto do castelo.

Agnes o encarou boquiaberta.

— Na Inglaterra? Você... você quer nos tirar de Edimburgo?

Ele parou de caminhar.

— Você não quer sair daqui? Dessas ruas estreitas e escuras, pessoas esvaziando urinóis em nossas cabeças, uma loja que exige todo o seu tempo... achei que você ficaria feliz com a ideia.

Agnes mordeu o lábio.

— Nunca quis ir para a Inglaterra. E não vou herdar nada.

— Pretendo estabelecer um dote adequado para você, Agnes.

— A renda que a duquesa vai dar é tão generosa assim?

Não, não era, não com as três irmãs já em idade de se casarem. Drew esperava poder dar quinhentas libras pelo menos a cada uma. Edward dera a entender que um valor um pouco mais alto poderia ser arranjado, mas ainda não se comprometera.

Diante da hesitação do irmão, Agnes jogou as mãos para o alto.

— Você será o próximo duque, e será tratado como tal. Porque isso é o que a duquesa deseja... um herdeiro respeitável. E nós seremos as parentes pobres, a quem nada é devido, mas que agora espera-se que estejam à altura de uma família que nunca nos deu a menor importância. Eu sabia que eles jamais iriam querer ter nada a ver conosco. E você é um tolo, Andrew St. James, se acha que significa alguma coisa para eles.

— Agnes... — tentou dizer ele, mas ela se afastou.

— Boa noite, Drew. Estou feliz por você, sinceramente, mas não presuma que vou seguir seus planos.

Ela se virou e entrou correndo na casa da sra. Ramsay.

Drew cerrou os punhos. Maldição. Agnes, como sempre, não estava errada. Ele teria que pensar em algo melhor do que aquilo se queria tomar conta delas. Que ironia se a tarefa se provasse mais fácil de exercer na época em que ele não tinha qualquer perspectiva.

Quando Drew se virou, seu olhar pousou em uma das janelas acima. Elas cintilavam, iluminadas, sem qualquer cortina para obscurecer a luz. Avistou a silhueta de uma mulher com um livro nas mãos.

Ele parou de andar e recuou para ver melhor. Agnes logo entrou no cômodo e a mulher que lá estava virou de costas. Drew se perguntou se ela o teria visto.

A única coisa que sabia sobre ela era sua identidade. Ilsa Ramsay era, sem dúvidas, a mulher que o beijara na noite anterior.

Capítulo 5

De posse de um nome, Drew teve muito mais sucesso em descobrir mais sobre a mulher misteriosa.

— Ilsa Ramsay? Sim — disse Duncan, diante de canecas de cerveja na taberna. — Uma viúva bem de vida. O pai é Diácono dos Artesãos, o marido era banqueiro... pobre desgraçado.

— Por quê?

— Foi morto. O sujeito era do tipo explosivo, entrou em uma briga com um inglês e acabaram duelando. Ramsay levou um tiro no coração — explicou Duncan, dando de ombros. — Houve um julgamento e o inglês foi absolvido.

Drew bebeu em silêncio por algum tempo. Viúva de um banqueiro.

— Quando foi isso?

Duncan pensou por um momento.

— Há um ano, mais ou menos — disse, e olhou para o amigo por cima da borda do copo. — Por quê?

Não havia motivo para contar a Duncan que a mulher o deixara zonzo quando a vira pela primeira vez, na tasca de ostras, nem que voltara a vê-la no escritório de MacGill. Drew preferiu dizer:

— A sra. Ramsay é amiga da minha irmã. Convidou-a para ficar hospedada com ela durante o tempo em que eu estiver em Edimburgo porque minha mãe achou que eu ficaria em casa e não havia espaço sobrando.

Duncan estremeceu.

— Ficar sob o mesmo teto que a família?! Nem por todas as joias da Coroa britânica. — Ele fez uma pausa e perguntou casualmente: — Que irmã?

— Agnes. Acho que minha mãe não gostou da ideia, mas permitiu mesmo assim.

Um leve sorriso curvou por um instante os lábios de Duncan.

— É, imagino que não tenha gostado.

— Por que não?

— Você sabe por quê — respondeu o amigo. — Provavelmente pelo mesmo motivo pelo qual você não conseguia tirar os olhos dela aquela noite na tasca de ostras.

Drew se engasgou com a cerveja.

— Ah? Era ela? — conseguiu se forçar a perguntar.

O sorriso de Duncan agora era presunçoso.

— Era. Tinha certeza de que a essa altura você já teria descoberto, pelo modo como a estava encarando... Tudo isso é só preocupação de irmão?

— É claro, o que mais seria?

Drew levantou a mão para pedir mais cerveja ao taberneiro e, assim, evitar olhar para aquele sorrisinho do amigo.

Agora Duncan ria abertamente dele.

— A sra. Ramsay não é para o seu bico, Drew... Ela é uma dessas mulheres escocesas modernas, independente e rica o bastante para não precisar de um marido. Embora... — Os olhos azuis de Duncan cintilaram, travessos. — É preciso dizer que nenhum outro camarada em Edimburgo possa exibir um ducado na frente dela.

Drew respondeu com um bom palavrão, Duncan devolveu da mesma forma, e depois ficaram num silêncio bem-humorado.

Uma mulher moderna, descrevera Duncan. Com isso ele queria dizer uma mulher cheia de vida, animação, personalidade e inteligência — exatamente o que Drew vira na outra noite. Não era de espantar que Agnes gostasse dela.

E aquilo só o intrigou mais.

Ilsa ouviu a porta, mas ainda assim se assustou quando Agnes entrou subitamente na sala de visitas.

— Aceita um convite para o chá? — perguntou Agnes, ofegante. — Com minha família.

Ilsa fechou lentamente o livro. Acabara de chegar à parte sobre Cristóvão Colombo, que achara os portos do Mediterrâneo "estreitos demais para sua mente ativa", opinião com a qual concordava. Não que fosse recusar a oportunidade de explorar até mesmo o Mediterrâneo, já que era bem mais amplo do que os limites de Edimburgo.

— Agora?

Agnes assentiu.

Ilsa já havia tomado chá com a família da amiga em outra ocasião, e as coisas não haviam corrido da melhor maneira. Olhando em retrospecto, tinha certeza de que havia chocado a sra. St. James, e não de um jeito bom. Ilsa não sabia exatamente qual fora seu pior pecado: abandonar o período de luto por Malcolm depois de seis meses ou deixar de ir à igreja para jogar golfe. Fato é que nunca mais fora convidada, e acreditava sinceramente que não voltaria a ser.

Mas aquela sensação de inquietude que vinha sentindo não a abandonara, e até Robert desertara do passeio deles naquele dia. Ilsa fechou o livro e se levantou.

— Acho a ideia adorável. Que gentileza da sua mãe pensar em me convidar.

Agnes sorriu.

— Vamos!

Quando estavam quase na casa da família St. James, Agnes revelou por que estava tão ansiosa para que a amiga aceitasse o convite.

— Meu irmão vai estar lá. Ele disse a Winnie e a Bella que havia trazido presentes, e elas o atormentaram para que os entregasse hoje.

Ilsa olhou de relance para Agnes. Então era isso... Ilsa agiria como um escudo. Pelo que Agnes dissera depois do jantar na outra noite, São Andrew estivera muito sério e desanimado.

— Quais são as probabilidades de esse seu irmão ter escolhido bons presentes? — perguntou, brincalhona. — Vai ser horrível ficar empolgada esperando uma bela peça de seda ou um romance recém-publicado e acabar recebendo um batedor de manteiga.

Agnes deu uma risadinha.

— Ah, provavelmente ele escolheu coisas boas. Só não gosto muito do que esses presentes representam.

Ilsa ergueu as sobrancelhas.

— Como assim? De certo seu irmão não espera nada em troca, não é? Isso tiraria o significado do presente.

A amiga ficou em silêncio por algum tempo.

— Drew espera alguma coisa em troca, sim — disse Agnes por fim, a voz muito baixa. — E as intenções dele são boas, mas... não estou muito ansiosa para aceitá-las.

Como as casas ficavam apenas a duas ruas uma da outra, não houve tempo de perguntar a Agnes o que ela queria dizer. Assim que chegaram, Agnes subiu correndo os degraus para abrir a porta.

A casa era menor do que a de Ilsa, estreita, mas bem-arrumada. Logo na entrada já era possível ouvir um burburinho de conversas vindo da sala de estar, no andar de cima. Agnes pendurou os chapéus das duas e seguiu na frente.

Ilsa acompanhou-a a passos lentos, já que não sabia como seria recebida. Tinha uma suspeita crescente de que a sra. St. James não fazia ideia de que ela tinha sido convidada e Ilsa queria ter a chance de julgar o que estava acontecendo na sala antes de ser ela mesma alvo de julgamento.

Ela já conhecia Winifred e Isabella St. James — às vezes, uma das moças ou ambas acompanhavam Agnes e Ilsa em uma caminhada pela colina. Certa ocasião, haviam jogado uma animada partida de golfe em que todas se divertiram muito. Winnie era a beldade da família, com o cabelo loiro-avermelhado da mãe e olhos azuis. Bella era morena como Agnes, astuta e com um olhar aguçado para absurdos. Todas eram irreverentes, divertidas e ótimas companhias.

A sra. St. James estava sentada no sofá, sorrindo, o cabelo loiro preso para o alto sob uma toca de renda, do tipo que a tia Jean estava sempre tentando fazer Ilsa usar. A mãe de Agnes era uma bela mulher, mas bem mais reservada e contida do que as três filhas. Ilsa tinha certo receio dela.

Mas foi o homem na sala que chamou sua atenção. Mesmo de joelhos diante de um baú, via-se que era alto. O cabelo escuro e ondulado caía sobre a testa, mas, com um gesto impaciente da mão grande, ele os afastou. Estava vestido como qualquer escocês: um kilt marrom, uma camisa branca e um paletó cinza... mais ou menos a mesma roupa que tinha usado quando os dois dançaram juntos na tasca de ostras.

Mas não, percebeu Ilsa quando o homem a encarou com os olhos castanhos cintilantes, *o mesmo tipo de roupa que ele usara no escritório do sr. MacGill*. Só agora, tendo a oportunidade de olhá-lo com calma, Ilsa se deu conta de por que achara o sujeito vagamente familiar. Era ele o homem por quem MacGill a dispensara tão prontamente. Na ocasião, quando a encarou com aqueles olhos castanhos cintilantes, ele vestia roupas bem diferentes das de um escocês.

Então São Andrew era ao mesmo tempo mais interessante e mais decepcionante do que o esperado.

Ilsa colocou um sorriso agradável no rosto quando Agnes puxou-a para dentro da sala.

— Convidei a sra. Ramsay para tomar chá conosco hoje — disse a moça, animada. — Winnie, abra espaço.

— Ilsa! — disse Bella, aproximando-se para cumprimentar a convidada. — Que maravilhoso vê-la de novo. Como está o querido Robert?

— Muito bem — respondeu Ilsa, sorrindo. — Ele sente saudades de você e do modo como o mima. — Antes que se distraísse, Ilsa inclinou-se diante da sra. St. James em uma mesura. — Bom dia, senhora. Obrigada pelo convite.

Não havia nada nos modos da mulher que indicasse surpresa ou desprazer.

— Venha. Permita-me apresentá-la ao meu filho. Andrew, esta é a sra. Ramsay, amiga de Agnes.

Drew ficou de pé, erguendo-se vários centímetros acima dela, como na tasca, quando a protegera da turba que subia a escada.

— Prazer em conhecê-la, sra. Ramsay — disse o capitão educadamente.

Ilsa fez uma mesura e sorriu. Andrew a reconhecera? Não saberia dizer. De todo modo, ela sentou-se propositalmente o mais longe possível dele e se recostou no assento enquanto o observava esvaziar o baú.

Como Agnes previra, o capitão trouxera presentes fantásticos. Para a mãe, uma peça de brocado azul-escuro. Para Bella, seda cor de creme estampada com flores cor-de-rosa; para Winnie, a seda era de um lindo verde com listras brancas; e, para Agnes, de um rosa profundo.

Então, ele entregou às moças faixas de renda embrulhadas em papel prateado, das mais finas que Ilsa já vira, junto com um arco-íris de fios para bordar. O capitão também trouxera vários romances novos — o que fez Bella arfar de prazer —, chá indiano e um reloginho de porcelana lindo.

Ele trouxera presentes até para a empregada da família, a formidável Annag. Para ela havia uma caixa de especiarias, um avental novo, uma capa do mais fino linho e um xale quente de lã, de um azul escuro. O rosto de Annag, marcado por linhas profundas, ficou muito vermelho ao receber os presentes. Seus agradecimentos balbuciados foram ficando cada vez mais incompreensíveis, até o capitão brincar que, se ela não tivesse gostado, talvez Bella pudesse ficar com eles. Bella jogou uma almofada no irmão, e Annag deu um tapinha carinhoso no ombro do homem antes de se inclinar e beijar a face que ele oferecia.

O comportamento dele não tinha nada a ver com o santo tedioso que Ilsa imaginara.

— E, para terminar... — disse o capitão, entregando caixinhas a cada uma delas.

Agnes, que estava sentada ao lado de Ilsa, abriu a dela e as duas observaram o medalhão de prata em uma corrente delicada.

— Que lindo... — sussurrou Ilsa, fazendo com que Agnes lhe lançasse um olhar melancólico.

— Ah, Drew! — falou Bella, encantada com suas novas pulseiras de contas de coral. — Como pôde se permitir gastar com todos esses presentes?

Ele se apoiou no baú vazio e esticou as longas pernas. Ilsa afastou os próprios pés alguns centímetros para o lado, para evitar que encostassem nas botas dele. O homem parecia ocupar a sala toda, sentado daquele jeito relaxado.

— Esses últimos presentes não são meus, na verdade. São do duque e da duquesa, escolhidos pela srta. Kirkpatrick, dama de companhia dela, e foram mandados com os melhores votos por Sua Graça.

A sala ficou em silêncio. Agnes baixou o cordão que estava prestes a colocar no pescoço. A sra. St. James enrubesceu. Winnie, que estava ocupada ajeitando suas novas presilhas de cabelo de prata, resmungou com impaciência até Bella cutucá-la.

— Muito generoso da parte de Sua Graça — disse a mãe deles, baixinho, enquanto examinava o broche elegante na caixa que recebera.

Os olhos do capitão estavam fixos em Agnes.

— Ela tem plena consciência de como tudo isso será inconveniente para todas vocês. A duquesa não é insensível a seus sentimentos e espera que consigam se alegrar com as novidades.

— O que ela lhe deu, Drew? — quis saber Bella. — Já que se deu ao trabalho de nos mandar coisas tão lindas. Você, afinal, é a pessoa mais importante em tudo isso.

Ele fez uma careta.

— Alguns ternos novos e uma grande quantidade de trabalho, foi isso que ela me deu.

Agnes pigarreou.

— E uma casa — disse ela. — Na Inglaterra.

— Na Inglaterra! Vamos nos mudar para a Inglaterra? — perguntou Winnie, em um arquejo, deixando as presilhas de cabelo de lado.

O capitão passou a mão pelo cabelo. Ilsa teve a impressão de que ele não pretendia conversar sobre aquilo naquele momento.

— É preciso, para que eu aprenda a administrar uma propriedade.

— Mas e quanto a nós? — quis saber Winnie. — Nós também vamos?

O irmão se virou para olhar para a mãe.

— Isso significa que não vão mais precisar trabalhar na loja — disse com carinho. — Nada mais de ficar se preocupando com contas vencidas e hipotecas.

A sra. St. James estava pálida.

— Vamos conversar a respeito mais tarde — respondeu a mãe, o olhar se desviando por um momento na direção de Ilsa. — Annag, traga o chá, por favor! Tanta empolgação exige coisas gostosas para comer e beber.

Enquanto todas se ocupavam em guardar os presentes e Annag trazia a bandeja com chá e bolos, Ilsa se inclinou na direção de Agnes.

— É isso o que ele quer que vocês façam, não é? Mudar para a Inglaterra.

Agnes revirou os olhos.

— Sim. Mamãe provavelmente irá, Winnie e Bella também.

— Mas você não — murmurou Ilsa.

Agnes deu de ombros, os olhos fixos no medalhão de prata na caixa.

— O que há para mim na Inglaterra, Ilsa?
— Com certeza não um certo cavalheiro em particular.
— Shhhhh... — sussurrou ela para a amiga com súbita veemência, fechando a caixa. — Não mencione isso.

Ilsa obedeceu, mas pegou o capitão a fitando. Ele ergueu a sobrancelha, como se perguntasse "Algum problema?". Ela respondeu apenas com um sorriso educado e voltou a atenção para o chá que estava sendo servido.

Só depois de terminarem de tomar o chá que o capitão falou diretamente com ela. Agnes disse que queria pegar alguma coisa no quarto e foi até o andar de cima. Ilsa esperou perto da porta, conversando com Bella e Winnie, antes que as duas também subissem para guardar os presentes.

Ilsa percebera que o capitão estava esperando por uma oportunidade para abordá-la. Ela foi capaz de sentir a presença dele mesmo sem levantar os olhos para a figura alta a seu lado.

— É um prazer conhecê-la, sra. Ramsay — disse ele. Ilsa tentou não reagir à voz dele, profunda e rouca, dando ênfase às vogais como um verdadeiro escocês. — Fico feliz que tenha vindo para o chá.

— Obrigada, capitão. — Era difícil não olhar para ele, mas, quando o fez, a intensidade que viu em seu rosto a deixou quente e ruborizada. — Foi um grande prazer ser convidada.

Ele deu um sorriso irônico, como se soubesse muito bem que Agnes fizera aquilo sem contar a ninguém.

— Talvez da próxima vez possamos nos encontrar em uma ocasião mais festiva.

Sem sua mãe olhando para mim desse jeito?, pensou Ilsa.

— Acredito que já tenhamos nos encontrado antes, capitão — disse ela, preferindo isso como resposta.

Faíscas douradas cintilaram nos olhos castanhos dele.

— É verdade, sra. Ramsay — disse o capitão, a voz soando baixa e íntima. — Acho que sim.

Ela manteve o sorriso agradável. Sabia perfeitamente bem onde haviam se encontrado e o que ela havia feito. O capitão parecia tão atraente ali, em seu ambiente familiar, quanto parecera naquela tasca de ostras, sem paletó e com o cabelo desarrumado pela dança, o rosto vibrando com alegria, vida e encantamento quando olhou em sua direção. Ela agira por impulso quando o beijara.

Ah, se ao menos ela tivesse ideia...

— Foi no escritório do sr. MacGill — disse Ilsa, em vez de mencionar a primeira ocasião. — Quando ele me dispensou para atender ao senhor.

Na mesma hora, St. James pareceu profundamente constrangido.

— Ah. Eu estava torcendo para que a senhora não me reconhecesse *daquele* encontro lamentável. Jamais imaginei que ele fosse fazer uma coisa assim. Mas eu o repreendi e pedi para que isso não se repetisse.

— Hummm — disse Ilsa, pensativa.

— Lamento muito o ocorrido — acrescentou o capitão.

Aquilo era mais do que David MacGill jamais dissera a ela. Ilsa deu um sorriso afável.

— Isso é muito gentil da sua parte, capitão. É claro que não o culpo pelas ações de outra pessoa.

— Obrigado — agradeceu ele, sorrindo.

Ilsa alisou as saias. Muito bem. Não seria problema algum voltar toda a força de seu desprezo e sua indignação para o advogado.

E, fosse como fosse, estava mesmo muito mais inclinada a gostar do capitão.

Agnes desceu a escada, pronta para partir. Ela se despediu do irmão e Ilsa seguiu a amiga para a rua sem nem mais um olhar para aquele homem intrigante.

— Quem é a duquesa? — perguntou quando já estavam na rua.

Agnes olhou ao redor, quase furtivamente.

— É a duquesa de Carlyle. O duque é nosso primo distante... tão distante que nunca falou com nenhum de nós. Nosso avô era o irmão mais novo de um duque, e isso não impediu a família de bani-lo como se tivesse a peste, nem de nos ignorar durante todos esses anos. Mas Drew, por algum motivo e para nosso choque, parece ser o próximo na linha sucessória do ducado.

Ilsa estacou e ficou olhando para a amiga, perplexa. Um duque! Um duque inglês. Mas é claro... Agora fazia sentido a visita dele ao escritório do sr. MacGill, tão ricamente vestido quanto um dos muitos filhos do rei George. E Ilsa também ouvira o nome Carlyle quando o sr. Leish entrara correndo com a notícia que levou o patrão a se livrar dela.

Mas aquilo *não* se encaixava com o escocês exuberante que rodopiara Ilsa pelo salão de uma tasca de ostras e que a beijara com paixão. Ela se perguntou qual seria a versão real daquele homem, mas logo disse a si mesma que não importava. O capitão planejava se mudar para a Inglaterra... e, de qualquer modo, um duque era um partido grandioso demais para o seu gosto. Andrew St. James estava destinado a não ser nada além de um conhecido.

Ilsa se forçou a voltar a caminhar e tentou ignorar a sensação de que uma chama fraca tinha acabado de se apagar dentro do seu peito. Não havia qualquer razão para sonhar com nada além daquela única dança inebriante... e daquele beijo. Aquilo não tinha nada a ver com o capitão escocês que se tornaria um futuro duque inglês.

— Não comente com ninguém — prosseguiu Agnes no mesmo tom sussurrado. — Não me parece real, não mesmo! E não quero me mudar para a Inglaterra... e, *não*, não é por causa de ninguém em Edimburgo.

Ao menos daquela vez, Ilsa poupou a amiga de suas provocações brincalhonas sobre o belo advogado que sempre parecia estar no café favorito delas, pronto para pedir um prato de pãezinhos de groselha quentinhos e oferecer às duas damas.

— Eu sentiria uma falta absurda de você — disse Ilsa, e deu o braço a Agnes. — Saiba que você é muito bem-vinda para ficar comigo. Talvez essa seja a solução! Com certeza seu irmão vai estar ocupado demais com os novos deveres para reparar em sua presença ou ausência.

— Exatamente. Tenho certeza de que não preciso ir com ele e... quer saber do que mais? Não irei.

Ilsa apertou a mão da amiga com carinho, mas no fundo sabia que a obstinação de Agnes talvez não durasse muito. Se a mãe e as irmãs acompanhassem o irmão para a Inglaterra, seria muito difícil que Agnes ficasse para trás, mesmo se Ilsa abrisse as portas para ela e a convidasse para ocupar permanentemente o quarto em frente ao dela no segundo andar de sua casa.

Ilsa suspirou ao pensar naquilo. Nos últimos dias, acostumara-se ao prazer da companhia de Agnes. Agora tinha alguém com quem conversar, além da tia Jean — alguém que compartilhava dos seus interesses e do seu senso de humor. Agnes a acompanhava a palestras, à livraria e ao café... Se a sra. St. James não desaprovasse, ela a acompanharia até as tascas de ostras.

Ilsa estava fazendo outras amigas, mas nenhuma era como Agnes. Se ela partisse para a Inglaterra, deixaria Edimburgo mais silenciosa e solitária.

A verdade é que o capitão queria levar sua amiga mais querida embora. Subitamente, a opinião de Ilsa sobre ele esfriou um pouco.

Capítulo 6

NAQUELA NOITE, ELE dançou novamente com Ilsa Ramsay.

Ela usava um vestido vermelho, com um decote que enfatizava os seios fartos e perfeitos. O cabelo escuro caía sobre os ombros quando ele a ergueu, girou com ela nos braços e depois pousou-a lentamente para que seu corpo deslizasse junto ao dele. Os olhos de Ilsa brilhavam com promessas, tão ardentes quanto o brilho nos lábios rosados, entreabertos e convidativos.

Não havia mais ninguém no salão. Eram só os dois, movendo-se cada vez mais lenta e deliberadamente, cada toque mais demorado, cada olhar mais febril. Até que de repente não havia mais música, apenas as batidas do coração de Drew e o convite rouco dos sussurros dela enquanto arrancava as roupas dele. Ilsa pressionando o corpo ao dele, que se ocupava em desfazer os laços daquele vestido escarlate e em saborear a pele dela...

Até uma pistola disparar atrás dele.

Drew acordou assustado, sentou-se na cama e bateu com a cabeça no teto baixo. Praguejando, ele se levantou e pegou a espada antes de se dar conta de que, na verdade, o tiro era Felix Duncan batendo na porta.

— St. James — chamou ele, em voz baixa e urgente. — Levante-se, homem! Você tem visita.

Com a pulsação acelerada e a cabeça doendo, Drew demorou um instante para entender as palavras. Encolhendo-se de dor enquanto pressionava com a mão o galo que já se formava em sua cabeça, grunhiu:

— O quê?

— Sua mãe está aqui — disse Duncan, os lábios colados na fechadura, ao que parecia. — Saia e encare o inimigo.

Drew soltou o ar, a respiração instável. E guardou silenciosamente a espada.

— Já vou, já vou — disse ao amigo.

Que belo fim para o sonho altamente erótico que estava tendo com a sereia de olhos escuros que tinha pegado sua mão para levá-lo ao...

— Idiota — disse baixinho.

Estava pecando só de pensar nela daquela forma. Como penitência, Drew enfiou a cabeça toda dentro da bacia de água fria.

Ele não entendia Ilsa Ramsay; era a única explicação para o seu fascínio. Na sala de visitas da mãe dele, Ilsa tinha se comportado de forma tão reservada e educada quanto a srta. Kirkpatrick, a dama de companhia muito recatada da duquesa. Ilsa fingira não se lembrar do beijo ardente que haviam trocado sob a escada da tasca de ostras e fizera questão de mencionar apenas sua dispensa abrupta do escritório de MacGill quando Drew chegara para ser recebido.

Ela o desprezava? Culpava-o? Pensava o tempo todo naquele beijo, como ele?

Ele não deveria pensar nela de forma alguma. Apesar de Ilsa ser uma mulher fascinante e inescrutável, ele precisava se concentrar em seus futuros deveres com Carlyle... e em encontrar uma futura duquesa. Deixar-se envolver por uma escocesa sedutora não o ajudaria em nenhuma das duas tarefas.

Drew se vestiu rapidamente e foi até a minúscula sala de estar. Como avisara Duncan, lá estava Louisa St. James, sentada muito ereta e digna no sofá surrado. Quando o amigo entrou, Duncan fez uma mesura rápida e saiu praticamente correndo da sala.

Drew não o culpava. Ele também não tinha muita vontade de encarar a mãe no momento.

— Bom dia — disse Drew, com uma animação forçada. — O que a traz aqui a esta hora? — perguntou, e então um segundo pensamento lhe ocorreu. — E a loja?

— Pedi ao sr. Bartie para abri-la em uma hora — respondeu ela, referindo-se ao contador. — Precisava falar com você.

Como estivera na casa dela na noite anterior, com bastante tempo para conversarem, Drew sabia que a mãe provavelmente não tinha nada agradável para dizer. Ela esperara para pegá-lo sozinho e desprevenido.

— Essa casa na Inglaterra... — disse ela sem rodeios.

Drew correu a mão pelo cabelo.

— Eu nunca tive a intenção de forçar a senhora ou minhas irmãs a irem, mas não posso evitar. — Quando a mãe franziu a testa, Drew se apressou a continuar: — Carlyle é uma propriedade enorme, mamãe. São milhares de acres atravessando condados. Há muito a aprender, e não tenho tempo a perder — disse ele, e hesitou antes de acrescentar: — O duque está mal de saúde. O advogado me avisou que ele talvez não viva até o fim do ano. Ele me aconselhou a não postergar meu aprendizado e não tenho como fazer isso de Edimburgo.

— Mas suas irmãs... — disse a mãe com gentileza. — Elas têm uma vida aqui.

— Sim, da mesma forma como eu tinha uma vida no Forte George. Vidas mudam.

— Você deu baixa no exército? — perguntou ela em um arquejo.

Drew encarou-a, confuso.

— Farei isso... É claro que sim. Por que eu permaneceria como um humilde capitão quando terei um ducado para administrar?

A mãe levou a mão à testa.

— É claro. Eu não havia pensado nisso ainda — disse ela, suspirando. — Quando sua carta chegou, torci para que você estivesse se referindo a uma herança... Que tolice a minha! Mil libras, Andrew, era só o que eu esperava... Duas mil libras nos meus sonhos mais loucos. Achei que isso seria muito bem-vindo. Poderíamos ter uma casa melhor em New Town, talvez ampliar a loja. Com duzentas libras cada, as meninas poderiam fazer bons casamentos.

Drew não disse nada. De acordo com Edwards, o duque de Carlyle tinha uma renda de mais de cinquenta mil libras por ano, que com algum esforço e modernização poderia chegar a setenta mil. As despesas do Castelo Carlyle também eram consideráveis, mas Drew poderia apostar que a duquesa gastava cerca de mil libras em seu guarda-roupa todo ano.

— Eu não esperava por isso — continuou a mãe dele, cada vez mais abalada. — Por essa... *reviravolta*! Eu nunca imaginei que essa notícia viraria as nossas vidas de cabeça para baixo, que nos arrancaria da Escócia, que nos tornaria ingleses.

Drew sabia que *ingleses* era a pior parte da herança. Um dos primos de Louisa morrera na batalha de Culloden e, na sequência, o pai dela havia sido preso e quase não sobrevivera. George, o pai de Drew, costumava dizer que era um milagre ela ter se casado com um homem com uma única gota de sangue inglês.

— Mamãe, a senhora não vai se tornar inglesa.

Louisa o encarou com uma expressão que o deteve e pousou a mão no rosto dele.

— Mas *você* vai. Uma pessoa não se torna um duque inglês sem mudar de algum modo.

— A senhora quer que eu recuse o ducado?

Não que ele pudesse, se lhe fosse devido. Edwards fora muito claro em relação a isso.

A mãe suspirou.

— Não. Eu sei que você não pode. E, na verdade, desconfio de que todas nós vamos acabar gostando mais disso do que imaginamos. Só que é tudo muito repentino — argumentou Louisa, olhando para o filho com uma expressão questionadora. — Nem cheguei a perguntar o que *você* pensa disso.

Drew se remexeu no assento, desconfortável.

— Não se preocupe com isso...

— Está satisfeito, então?

Ele cerrou o maxilar.

— Graças a Carlyle, posso prover para a senhora e para minhas irmãs como merecem. E não lamento nem um pouco renunciar à minha patente naquela infelicidade que é o exército. Então, sim, eu diria que estou mais satisfeito do que insatisfeito.

Na mesma hora, ela segurou as mãos dele.

— Entendo. Não esquecemos como você se sacrificou por nós ao longo de todos esses anos. E estou feliz por você, de verdade... — Louisa sorriu, mais determinada do que alegre. — Preciso de alguns dias para me adaptar à ideia e também vou começar a ver as vantagens.

— A duquesa espera que sim.

— Mesmo? — questionou ela, recuperando aquele orgulho materno.
— O que ela achou de você, como herdeiro?

Drew fez uma careta.

— Não achou grande coisa. Ela me garantiu uma renda e uma advertência severa para que eu me torne digno.

Louisa franziu a testa.

— E desde quando meu filho não é digno de alguma coisa? É claro que você é! E muito mais capaz do que ela tem qualquer direito de esperar, dada a frieza deles em relação ao seu pai e ao seu avô.

Drew riu.

— A questão é... imagine só um escocês sério e parcimonioso herdando o magnífico Castelo Carlyle.

— Você? Sério e parcimonioso? — repetiu a mãe, rindo. — Você não passou *tanto* tempo longe, rapaz. Eu o conheço muito bem.

Ainda sorrindo, ele apertou a mão dela.

— E é por isso que não deve se preocupar, mamãe. A senhora me conhece.

As três moças St. James se juntaram a Ilsa em seu passeio matinal.

Bella e Winnie, dando gritinhos de alegria, foram correndo na direção de Robert, que, por sua vez, se deleitou sem a menor vergonha com a atenção recebida. Ilsa revirou os olhos para Agnes, que riu.

— Aconteceu alguma coisa com a loja?

— A mamãe queria conversar com Drew — disse Agnes. — A sós.

— Queria falar algumas verdades a ele, é o que você quer dizer — corrigiu Bella, ainda fazendo carinho no pescoço de Robert.

Ilsa ergueu a sobrancelha, curiosa, e Agnes sorriu.

— Ela vai dizer ao Drew o que pensa sobre aquela casa na Inglaterra.

— E depois disso?

Ilsa conhecia o bastante sobre a nobreza para saber que um título — qualquer título, mas particularmente um ducado — exercia profunda atração sobre as pessoas. E poderia apostar que a sra. St. James não levaria mais do que algumas poucas semanas para se acostumar com a ideia.

— Então, nós iremos morar lá — exclamou Winnie. — Drew disse que nos levaria para Londres, para aproveitarmos uma temporada... consegue imaginar, Ilsa?

— Não consigo — disse ela, sorrindo, apesar da pontada no coração.

— Winnie só está encantada com a ideia de um novo guarda-roupa.

Winnie fez uma careta para a irmã mais velha.

— Sim, e também com os entretenimentos que Londres tem a oferecer, com a vida na alta sociedade e, mais do que tudo, com a oportunidade de conhecer mais pessoas que nunca conheci em toda a minha vida.

Ilsa riu.

— Você é mais corajosa do que eu, minha querida. Eu morreria de medo de fazer papel de tola.

— Você não é tola, Ilsa — declarou Winnie. — E jamais seria!

— Tenho meus momentos — murmurou ela.

— Você sabe que uma temporada exigiria uma acompanhante e madrinha adequada — disse Agnes à irmã. — Se você já reclama que a mamãe a repreende por ser impetuosa demais, imagine uma dama recatada tendo que se responsabilizar por você.

Bella levantou os olhos.

— Sim, precisamos de uma madrinha, mas Winnie e eu já temos um plano. — Ela saiu de perto de Robert e correu até onde estavam as outras, pegando um livro fino do bolso. — Vejam o que encontramos.

Agnes e Ilsa se aproximaram para ver o livro.

O guia do viúvo e do solteiro, lia-se na capa. *Uma lista completa de duquesas, damas da nobreza, matronas, viúvas e solteironas da Grã-Bretanha, com seus locais de residência e fortuna estimada.*

— Pelo amor de Deus, onde você conseguiu isso? — perguntou Agnes.

Bella sorriu.

— Peguei no bolso do paletó de Drew, outro dia.

— *O quê?*

— Entenderam? Drew pretende encontrar uma noiva, e *ela* seria a nossa madrinha em Londres. — Winnie assumiu uma expressão sonhadora diante da ideia. — Vamos conhecer os Jardins de Vauxhall, e o Theatre Royal, e a Bond Street, e iremos a muitos bailes e festas...

Agnes deu uma risadinha zombeteira.

— Como se alguma dama inglesa estivesse ansiosa para acompanhar e orientar três moças escocesas em Londres...

— Talvez ela não seja inglesa — comentou Ilsa, baixinho.

Ela estava folheando o livro, só por curiosidade, e encontrou o próprio nome na lista. *Senhora Ramsay de Edimburgo, com vinte e quatro mil libras e mais duas mil em ações.* Reconheceu vários outros nomes.

Agnes leu por cima do ombro da amiga e mordeu o lábio. Então começou a repreender as irmãs por roubarem o livro do bolso do irmão, enquanto Ilsa voltava a folheá-lo. Quem escrevera aquilo? *Um filho mais novo*, era o único nome que aparecia como autor.

Ela devolveu o livro para Bella.

— De uma esperteza impressionante — disse em um tom bem-humorado. — Estou maravilhada com seu talento como batedora de carteiras. Como pretende usá-lo?

Winnie ignorou a testa franzida de Agnes.

— A maioria das damas listadas aí são inglesas, certo? Mas não todas. Proponho que nos esforcemos para colocar o máximo de damas escocesas possível na frente de Drew antes que ele volte para Carlyle.

— Como você disse, Agnes, a esposa que Drew escolher vai nos afetar também, então por que não tentar ajudá-lo a conhecer uma dama de que nós também gostemos? — sugeriu Bella. — E que também goste de *nós*.

— Se *ele* está procurando damas nesse livro, por que *nós* não podemos fazer o mesmo? — perguntou Winnie, abrindo um sorriso que marcou suas covinhas. — Drew não tem experiência com a sociedade de Edimburgo, menos ainda com a de Londres. Ele ficaria totalmente perdido se tivesse que decidir por conta própria. Com certeza deve pensar que um homem escolhe uma esposa da mesma forma que escolhe um cavalo. Acho mesmo que ele precisa *desesperadamente* da nossa ajuda.

— Ele pediu sua ajuda, Winifred?

Bella bufou.

— Drew é teimoso demais para fazer isso, mas ele com certeza precisa de nós.

— Por que ele contaria com as informações de um livro tolo quando tem três irmãs devotadas que o conhecem bem? — perguntou Winnie com um sorriso tímido.

— Um livro tolo — repetiu Agnes com ironia — que também é essencial para o seu próprio argumento.

— Você sabe que ele seria mais feliz com uma escocesa — argumentou Bella. — Assim como nós.

— Para não mencionar a mamãe. Sinceramente, é nosso dever para com *toda a nossa família* fazer isso, Agnes...

Ilsa saiu andando atrás de Robert, que havia se afastado. Aquilo não significava nada para ela. Que o capitão se casasse com uma escocesa, ou com uma inglesa, ou com uma americana, ou com qualquer outra pessoa. Disse a si mesma que o aperto no peito tinha a ver com a perspectiva de suas queridas amigas irem embora de Edimburgo para sempre. Não que ela mesma não desejasse deixar Edimburgo às vezes, mas elas iriam juntas, enquanto Ilsa não tinha ninguém com quem explorar o mundo. Ela pousou a mão nas costas de Robert, e ele a acariciou afetuosamente. Pelo menos tinha a ele, mesmo que o afeto de Robert pudesse ser conquistado com um punhado de cenouras.

As outras a alcançaram e todas seguiram caminhando. Bella e Winnie continuavam a tagarelar sobre que mulheres deveriam apresentar ao irmão, enquanto Agnes volta e meia apontava falhas em seus planos. Ilsa achou graça daqueles devaneios, mas não comentou nada — não porque não gostasse de pensar em Eileen Murray ou lady Milton com o capitão, realmente não era por isso, mas porque sentiria falta de verdade das irmãs dele.

Um grito distante as fez parar e se virar.

— Drew — disse Bella em um arquejo.

Ela ergueu o braço e acenou, enquanto Winnie escondia o livrinho surrupiado no bolso.

O capitão não estava sozinho. Para surpresa de Ilsa, havia um homem alto e ruivo ao seu lado. Ela olhou para Agnes, cujo rosto estava rosado, mas sereno.

— O que está fazendo aqui, Drew? — perguntou Winnie quando os homens as alcançaram.

Ele piscou para ela.

— A mamãe me pediu para vir. Ela estava querendo saber para onde todas vocês tinham ido esta manhã. Procurei em todas as modistas e chapelarias da cidade. — O olhar dele encontrou Ilsa. — Bom dia, sra. Ramsay.

— Capitão — disse ela, com uma mesura. — Senhor Duncan.

O homem ruivo tirou o chapéu e se inclinou.

— Senhora.

O capitão pigarreou.

— Duncan, espero que se lembre das minhas irmãs. Srta. Agnes St. James, srta. Isabella e srta. Winifred. Irmãs, esse é meu amigo, sr. Felix Duncan, e por favor não o assustem com suas travessuras de sempre.

O sr. Duncan fez uma reverência para cada uma das irmãs. Bella e Winnie responderam com animação, fitando-o com interesse, mas Agnes mal se inclinou em uma cortesia.

— Estávamos voltando para casa — disse Ilsa. — Peço que me perdoe, capitão, se mantive suas irmãs comigo por tempo demais e acabei causando alguma inconveniência à sra. St. James.

Bella riu.

— Aposto que Drew gostaria que todas nós tivéssemos acompanhado a mamãe ao encontro dele esta manhã!

— Ela foi muito dura com você? — perguntou Winnie.

O sr. Duncan manteve as mãos cruzadas às costas e observou o capitão. O rosto de Agnes agora estava pálido e rígido, o olhar fixo na paisagem.

O capitão encarou Winnie com um olhar exasperado.

— Não, não foi.

— Então nós vamos para a Inglaterra? Quando? — perguntou ela.

— Ainda não há nada decidido.

— Ora, mas quanto tempo *você* pretende ficar em Edimburgo? — perguntou Bella. — Com certeza deve estar ansiando por um período de férias depois de passar mais de um mês no Castelo Carlyle.

Drew semicerrou os olhos, fitando a irmã com uma expressão desconfiada. Como Ilsa, não se deixou enganar pela expressão inocente dela.

— Preciso resolver algumas coisas aqui na Escócia, sim. Minha intenção era passar aproximadamente um mês aqui.

Bella e Winnie deram sorrisos largos em uníssono perfeito.

— Fantástico! Vamos ao salão social da cidade, então? Diga que irá conosco! Já faz tanto tempo desde a última vez que fomos, Drew. E você disse que queria sair.

Ilsa tremia com a gargalhada reprimida. Elas realmente pretendiam fazer as damas abastadas de Edimburgo desfilarem na frente do irmão. Por cima da cabeça de Bella, o capitão lançou um olhar questionador a Ilsa. Ela apenas sorriu para ele, imaginando sua consternação.

— A mamãe está precisando de nós — disse Agnes abruptamente.

— Ilsa, vejo você mais tarde. Drew...

Ela hesitou, então se despediu do irmão com um aceno de cabeça, sem olhar sequer uma vez para o sr. Duncan, embora os olhos dele acompanhassem sua partida.

Bella suspirou, e Winnie cutucou seu cotovelo. Então se despediram de todos e seguiram Agnes.

O sr. Duncan pigarreou.

— Parece que você tem tudo sob controle, St. James. Não precisa da minha ajuda para nada, certo? — Ele levou uma das mãos ao peito e se despediu com uma mesura galante. — *Au revoir, madame* Ramsay.

Ilsa deixou que o homem beijasse sua mão, achando graça no gesto.

— *Au revoir, monsieur* Duncan.

Ele partiu, assoviando, o kilt oscilando ao redor dos joelhos. Belos joelhos, por sinal, agora que Ilsa tinha a chance de dar uma boa olhada neles. Perguntou-se por que Agnes não suportava mais olhar para o homem.

Com a partida de todos, Ilsa se viu sozinha com o capitão St. James. De repente, o campo vazio e amplo pareceu pequeno e — quando ela encontrou o olhar dele — até íntimo.

Sem perguntar, como se aquilo fosse tão natural para ela quanto para ele, o capitão passou a caminhar ao lado de Ilsa enquanto retornavam à cidade. Ele não lhe ofereceu o braço, e Ilsa ficou feliz por isso. O homem era tão grande e fascinante que ela não confiava em si mesma para tocá-lo.

— Não sabia que se conheciam — disse o capitão. — A senhora e Felix Duncan.

— Nos encontramos algumas vezes no café, nada mais.

Drew relaxou os ombros largos.

— Peço perdão por privá-la de suas companhias de caminhada.

— Mas o senhor não fez isso — disse Ilsa.

Drew a encarou, sem entender, e ela respondeu com um sorriso provocante, enquanto Robert se aproximava para roçar em seu quadril. Ilsa pousou a mão na cabeça dele.

— Não apenas tenho meu querido Robert, capitão, como o senhor ainda está aqui.

Os lábios dele se curvaram em um sorriso.

— Esse é Robert?

— Sim. Não é um belo rapaz? — disse ela, acariciando a orelha de Robert e erguendo os olhos a tempo de perceber um lampejo de alívio no rosto dele. — Quem o senhor pensou que fosse?

O capitão riu, um pouco envergonhado.

— Quando Bella o mencionou no outro dia, achei que talvez fosse seu filho.

Ilsa deu um suspiro melancólico.

— Amo Robert como amaria a qualquer filho, mas ele é apenas um pônei. — Robert mordiscou a ponta do xale dela em retaliação, e Ilsa teve que arrancá-lo dele. — Um pônei *travesso*.

— Não há nada de errado em ser travesso — murmurou o capitão, o olhar fixo no dela.

— Não? — perguntou Ilsa, intrigada, arqueando a sobrancelha.

— No lugar e hora adequados, é claro.

Ilsa estalou a língua.

— Mas, se for adequado, como pode ser travesso?

— Ser travesso no lugar e hora errados talvez possa ser mal interpretado como... malicioso. Escandaloso, certamente. Mas na hora e no lugar *adequados*...

— Então, um ato escandaloso ou malicioso pode ser descrito apenas como travesso se ninguém souber que a pessoa o praticou?

Drew pensou por um momento.

— Sim, isso de certa forma resume a ideia.

Ilsa conteve uma gargalhada e Drew abriu um sorriso brincalhão.

— Algumas ações requerem um parceiro que esteja disposto, é claro, e que obviamente saberia o que foi feito. Também é preciso ter certeza de que esse parceiro saiba guardar segredo.

— Santo Deus, capitão — disse ela, com um olhar de admiração. — O senhor me surpreende.

Com um sorrisinho, Drew apenas fitou Ilsa. O capitão tinha uma boca bonita, capaz de provocar uma mulher e deixá-la louca, de dar prazer, de atormentá-la, de dobrá-la à sua vontade. O tipo de boca que

Ilsa quase podia sentir pressionada junto ao ouvido, sussurrando promessas sedutoras, enquanto as mãos fariam coisas escandalosas pelas quais o corpo dela ansiava...

Pare com isso. Ela precisava parar de imaginar cenas como aquela envolvendo o capitão. Precisava se lembrar da dama inglesa com quem ele se casaria, ou mesmo da escocesa abastada se as irmãs dele tivessem sucesso. Precisava se lembrar de que o capitão seria um duque inglês e que iria embora de Edimburgo em questão de semanas.

— Parece que devo parabenizá-lo — disse Ilsa. — Eu não tinha ideia de que sua família tinha laços familiares tão ilustres.

Drew baixou a cabeça, mas, antes disso, Ilsa notou a sombra em seus olhos.

— Obrigado — disse ele, mas seu tom expressava o oposto.

Melhor assim. Ilsa se sentia muito mais segura sem o olhar ardente do capitão fixo nela.

— Assunto delicado? — provocou Ilsa. — Bem, com certeza não, não é mesmo? Afinal, estamos falando de um dos títulos mais nobres que existe! Eu me sinto muito honrada por estar caminhando humildemente ao seu lado, Vossa Graça.

Ele parou de caminhar. Ilsa se virou e começou a andar de costas, os dedos na crina de Robert, para que o pônei não se afastasse dela.

— Não faça isso — disse ele.

— Por quê? — perguntou ela, de olhos arregalados. — Esse não é o tipo de boa sorte com a qual todos os homens sonham?

— Não se ela estraga a conversa que estamos tendo.

Ela diminuiu o passo.

— É mesmo? — perguntou ela em tom sereno. — Que estranho. Por que a menção a suas expectativas de glória e grandeza estragariam uma conversa amigável?

— Estragaria se a senhora se valesse do fato para sugerir, mesmo que sutilmente, que somos diferentes — explicou ele, abrindo os braços. — Independentemente do que eu possa vir a ser nos próximos anos, hoje sou apenas um sujeito comum, um militar modesto.

Ela riu, surpresa.

— E isso significa que nós somos... o quê?

Ele se aproximou um pouco mais.

— Amigos, assim espero. — Apesar das palavras, o olhar dele era ardente. — Bem, devemos ser, de qualquer modo, já que minhas irmãs pensam na senhora como uma delas.

— Ah — disse Ilsa. — Então o senhor pensa em mim como uma irmã.

Os olhos de Drew faiscaram, e ele ofereceu o braço a ela.

— Eu nunca disse isso.

Ilsa pensou por um momento, aconselhou a si mesma a não aceitar, mas acabou cedendo e envolveu o braço no dele. Santo Deus, o homem era forte. Ele flexionou o braço ao toque e a sensação provocou um tremor de prazer em Ilsa. Malcolm fora um homem alto, mas magro, que parecia estar sempre vibrando com certo nervosismo. O capitão era firme e sólido como uma rocha.

Ela sabia que não deveria ter tocado nele.

Robert saiu trotando, pastando pelo caminho, e o capitão se aproximou mais, protegendo Ilsa da brisa. De repente, ela se sentiu muito quente e inquieta.

Amigos, amigos, amigos, lembrou a si mesma. Amigos não desejam se beijar.

— Imagino — disse ela, quando retomaram a caminhada — que sua visita ao escritório do sr. MacGill tenha relação com sua herança.

Aquilo fazia sentido, depois da revelação de Agnes.

Houve um breve momento de hesitação.

— Sim.

— Agnes me ouviu mencionar o sr. MacGill várias vezes, mas nunca comentou que ele era o advogado da sua família.

O capitão pigarreou.

— Ele certamente não é. O sr. MacGill é advogado do duque.

Ela assentiu.

— Então, como sua amiga, posso perguntar uma coisa sobre ele?

Ilsa continuava furiosa com a forma como MacGill a tratara. A tia Jean lhe dissera que *ela* era o problema, que não deveria ter ido vê-lo sozinha, nem questionado o julgamento dele, muito menos tentado tomar qualquer decisão a respeito do próprio dinheiro. Isso aborrecia as pessoas, dissera Jean. O pai havia descartado o assunto com um aceno de mão e dissera que lidaria com MacGill, sugerindo que a filha era incapaz de fazer isso sozinha. E que, de toda forma, Ilsa provavelmente estava se comportando como uma mulher histérica. O pai decerto diria ao advogado apenas para ser mais gentil com ela em vez de pedir para que a tratasse como um ser humano inteligente e capaz.

— É claro — disse o capitão.

Ilsa manteve os olhos fixos nos pináculos da cidade.

— Minha pergunta é: se o senhor pedisse ao sr. MacGill para fazer alguma coisa que ele não aprovasse, de que modo esperaria que ele agisse?

O capitão franziu a testa.

— O pedido seria alguma coisa antiética? Ou ilegal?

— Não!

— Então eu esperaria que ele concordasse e fizesse o que foi pedido.

— E se ele protestasse? — perguntou ela. — E se o sr. MacGill lhe pedisse para esperar seis meses e se recusasse a fazer imediatamente?

Ele soltou o ar e pensou.

— Se ele tivesse argumentos, eu os consideraria, é claro. Não é bom ser impetuoso quando a ideia é estúpida.

— Mas e se ele não apresentasse argumento algum — insistiu Ilsa — e simplesmente dissesse que seu pedido não passa de um capricho tolo? E se ele se recusasse a agir até o senhor recuperar o bom senso e mudar de ideia?

Agora o capitão a encarava de testa franzida.

— É assim que ele trata a senhora?

— O que o senhor faria? — perguntou Ilsa mais uma vez, sentindo o rosto quente.

— Eu o dispensaria na mesma hora. Não toleraria isso de qualquer outro advogado, menos ainda de um homem a quem eu estivesse pagando.

Ilsa assentiu, semicerrando os olhos para o reflexo do sol nas janelas da cidade à medida que se aproximavam.

— Foi o que pensei.

— Naquele dia me disseram que a senhora já havia concluído os seus negócios com o sr. MacGill quando cheguei — disse o capitão St. James com cautela. — Mas temo que...

Ilsa deu uma risadinha.

— Ah, minha reunião foi encerrada antes mesmo de começar. Não tenho dúvidas de que sua chegada foi como um presente dos céus para o sr. MacGill. Deu a ele uma excelente desculpa para me colocar porta afora o mais rápido que pôde.

— Então ele a colocou porta afora...

Agora, a expressão e o tom do capitão eram bastante furiosos.

Ilsa rolou os ombros para aliviar a tensão e respirou fundo.

— Não se incomode com ele. E obrigada por responder à minha pergunta, capitão.

Ele olhou para ela, ainda franzindo a testa daquele jeito muito sério e atraente que lhe era característico.

— Dispense os serviços dele, sra. Ramsay. É o que pretendo fazer.

Ilsa o encarou, surpresa.

— É mesmo? Agora?

— O mais rápido que eu puder, ao menos. — Drew suspirou, então forçou um sorriso. — O que talvez ainda demore muitos anos.

Ele não poderia fazer nada até ser duque. Ilsa sorriu mesmo assim. O ultraje dele em nome dela era mais reconfortante do que deveria.

— Suas irmãs estão muito curiosas a respeito de sua futura posição — disse ela em um impulso. — Se me permite uma sugestão, como sua amiga, basta se esforçar um pouco para convencê-las.

— Ah — disse o capitão, as feições mais relaxadas agora. — Agnes já se manifestou a respeito.

Agnes havia se rebelado furiosamente contra qualquer mudança para a Inglaterra e dissera que o irmão podia muito bem ir sozinho. Mas, independentemente do que dissesse, Ilsa sabia que a amiga ficaria muito abalada se o resto da família partisse.

— Todas se manifestaram — esclareceu Ilsa. — Essa manhã mesmo, na verdade.

O capitão soltou um suspiro tão cansado, tão aflito, que ela não conseguiu conter o riso.

— Ao que parece, essa é a maior provação que eu poderia infligir a minha família.

Ele não pensaria isso se tivesse ouvido Winnie falando com eloquência sobre as festas e bailes a que sonhava ir em Londres.

— Menos do que o senhor pode imaginar. Depois que se derem conta dos benefícios que sua posição vai lhes conferir, quer dizer... Naturalmente, cada uma vai descobrir uma vantagem diferente.

— Como assim?

Ilsa nem sabia por que estava dizendo aquilo. Seria muito melhor para ela que as amigas ficassem em Edimburgo. Mas, ainda assim... Era raro ver uma família com irmãos felizes. Desde que os conhecera, Ilsa vira que os St. James não tiveram uma vida fácil. Ela amava as três moças como irmãs, queria vê-las felizes. E esperava que as amigas lhe escrevessem da elegante e distante Londres.

— Edimburgo não é nem de longe tão sofisticada quanto Londres — disse ela, deixando os próprios desejos de lado. — Elas estão intrigadas com a ideia, mas também desconfiadas em relação ao desconhecido. Talvez ajudasse se pudessem ter uma noção de como as coisas seriam. Não só as deixaria mais calmas, como também mais ansiosas pela oportunidade.

O capitão franziu a testa, pensativo.

— Então... se eu estivesse planejando uma visita a uma propriedade do ducado, não muito longe daqui, para garantir que está em bom estado...?

— Se for uma propriedade bonita e elegante, capaz de impressioná-las e agradá-las, leve-as junto — sugeriu ela.

A expressão de admiração e gratidão do capitão foi tamanha que Ilsa quase perdeu a compostura. Ela sentiu as pernas bambas.

— É uma ideia fantástica. Estou em dívida com a senhora.

Ilsa afastou o agradecimento com um aceno e o coração aos pulos.

— Que bobagem! — disse, e, antes que pudesse se conter, acrescentou: — Convide o sr. Duncan, também.

Drew estacou.

— Por quê?

Ilsa se amaldiçoou por se intrometer nos assuntos de Agnes.

— O senhor fica parecendo um animal acuado quando suas irmãs o cercam. A presença de outro homem talvez ajude a diminuir um pouco as provocações delas. Sugiro isso pensando apenas no seu bem-estar, senhor.

O olhar dele se tornou mais intenso.

— Ah, é mesmo?

— Ora, e que mais poderia ser? — questionou Ilsa, e o encarou com genuína curiosidade.

O sorriso lento que ele abriu lançou uma onda de calor por todo o corpo dela.

— Fico grato por cada momento que a senhora passa pensando em mim.

— O único agradecimento que eu desejo é a satisfação de suas irmãs com o futuro.

Ilsa estava flertando e sabia disso, mas por algum motivo não conseguia se conter. *Amigos, amigos, amigos...*

Ele riu.

— Então, desejamos a mesma coisa.

— Que sorte — murmurou ela, sabendo muito bem a que ele se referia.

Um ao outro. Eles desejavam um ao outro. Misericórdia, como se desejavam.

Santo Deus. O que estava acontecendo com ela? Ilsa fechou os olhos por um momento, repreendendo-se mentalmente.

— E aqui nos separamos, capitão. Tenha um bom dia.

Ele aceitou a despedida com um olhar demorado e cálido, inclinou-se em uma mesura e se afastou. Ilsa soltou o ar devagar, admirando discretamente as pernas dele ainda mais do que admirara as do sr. Duncan.

Depois de alguns passos, o capitão se virou novamente na direção dela.

— Já faz um tempo que venho pensando... sobre o que me disse naquela noite, na tasca de ostras.

Outra onda de desejo percorreu o corpo de Ilsa. Aquele momento ainda parecia vívido demais para ser encarado diretamente, sob o risco de que acabasse se apagando e desaparecendo, e ela mal estava conseguindo se manter dentro de um limite seguro, um limite que não deveria atravessar quando estava com ele. *Amigos*, disse a si mesma com severidade.

— Eu disse o que qualquer mulher diria no meio de toda aquela confusão — respondeu, em um tom leve. — Um agradecimento educado por sua ajuda.

O capitão chegou mais perto.

— Então eu entendi totalmente errado. Achei que havia dito... — Ele baixou os olhos até a boca de Ilsa.

Por um momento, ela voltou a sentir os braços dele ao seu redor, os dedos fortes e exigentes em seu cabelo... Voltou a sentir a boca do capitão na dela, quente e sedutora. E voltou a sentir a pontada de desejo selvagem dizendo que talvez aquilo significasse algo...

— O quê? — disse ela, odiando soar tão ofegante. — O que achou que eu havia dito?

Ele estava a menos de um metro de distância agora, e Ilsa cravou os pés no chão.

— Onde você esteve durante toda a minha vida? — sussurrou ele com um forte sotaque escocês.

Ela entreabriu os lábios. Seus joelhos quase cederam. Que os céus a ajudassem, mas queria beijá-lo de novo. Queria que o capitão a tomasse nos braços, a abraçasse com força e risse com ela antes de beijá-la até fazê-la perder os sentidos.

— Mas, se ouvi errado — continuou ele, a voz ainda mais baixa e rouca —, peço que me perdoe.

Então, com uma mesura muito elegante, ele se afastou, o kilt oscilando a cada passada de suas longas pernas. Ilsa precisou se agarrar a Robert para se manter de pé, sem palavras e ofegante de desejo.

Capítulo 7

Drew já estava na porta de Duncan e seu coração ainda batia descompassado.

Por Deus, como ele gostava daquela mulher. E ela provavelmente o levaria à loucura com aqueles olhares sedutores e comentários sutis que o faziam seguir por caminhos altamente eróticos. Aquele brilho nos olhos quando ele disse que não havia nada de errado com uma travessura... O modo com que seu olhar se tornou ainda mais ardente e sensual quando ele disse que os dois desejavam a mesma coisa...

Um ao outro. Deus do céu, ela o desejava tanto quanto ele a desejava, e Drew *não* havia entendido errado as palavras sussurradas na tasca de ostras. Sua pele ardia de desejo.

No entanto, havia um possível obstáculo no caminho, e ele o atacou de imediato, sem paciência para esperar.

Duncan estava jogado no sofá, lendo. Provavelmente algum documento judicial, porque ele estava usando óculos, e Felix era vaidoso demais para usá-los em qualquer outro momento.

— Você não me disse que a conhecia.

Duncan ficou muito vermelho.

— E por que eu diria? Não é crime conhecer uma pessoa.

A atitude defensiva pegou Drew de surpresa.

— Você poderia ter mencionado.

— Não havia nada a dizer — resmungou Duncan, o maxilar cerrado e os olhos fixos nos papéis em sua mão.

— Ora, por favor. Ela citou especificamente o seu nome, idiota. E disse que eu deveria chamar você para ir ao Palácio Stormont conosco.

— Ela fez isso?

O rosto do amigo se acendeu com uma expressão de profundo prazer... antes de se tornar cuidadosamente inexpressivo.

Drew cerrou os punhos.

— Santo Deus, Duncan, se vocês tiveram um caso, você deveria ter me contado quando perguntei sobre ela outro dia! Em vez de agir como se mal soubesse o nome dela e ainda ficar me provocando com essa ideia de que ela está interessada em mim.

Duncan encarou o amigo em silêncio por um instante, sem entender.

— Ilsa Ramsay! — exclamou por fim. — É claro. *Há!* Por acaso andou se atormentando me imaginando fazendo amor com ela, St. James? — Duncan riu, e voltou a ser o patife despreocupado que Drew conhecia. — A quem você achou que eu estava me referindo?

Duncan fingiu não ouvir.

— Quer dizer que vamos ao Palácio Stormont? Excelente. O que, e onde, *é* o Palácio Stormont?

Drew passou a mão pelo cabelo.

— É a propriedade do duque nos arredores de Perth. Preciso inspecioná-la, e a sra. Ramsay sugeriu que eu convidasse minha família e até você. Mas por que ela faria isso?

— Ela fez isso? — perguntou Duncan, e seu rosto se iluminou. — Eu sabia que tinha motivos para gostar dela. Uma mulher tão inteligente e espirituosa, para não mencionar a figura esplêndida.

Drew o encarou com uma carranca.

— Por que ela iria querer que eu o convidasse, Duncan?

— Talvez *ela* esteja interessada em ter um caso amoroso *comigo* — disse o amigo, apoiando os braços nas costas do sofá, cheio de si. — Espero que você também a convide para esse passeio improvisado à casa. Eu ficaria muito grato.

— Não para que você flerte com ela.

— Ah, você mesmo planeja fazer isso? — perguntou Duncan, abrindo um sorriso maldoso. — Eu disse que aquele livrinho seria útil. Ela é um dos melhores partidos de Edimburgo. Vou esperar seus mais profundos agradecimentos no futuro.

Daquela vez, Drew conseguiu ignorar as imagens que as palavras de Duncan evocaram.

— Se não era ela, então quem? — perguntou Drew enquanto Duncan deixava a leitura de lado e ficava de pé.

— Quem o quê?

— De quem você achou que eu estava falando quando ficou todo feliz por ter sido convidado para Stormont.

— Hum? Ninguém — disse o outro lentamente.

— Não. — Drew parou, perplexo. — Não é Winifred, é?

Ele ficara impressionado com a beleza da irmã mais nova. Duncan provavelmente também percebera.

— Não — respondeu Duncan por cima do ombro, parado junto à porta —, não é Winifred. Até mais, St. James.

E assim Duncan se foi, batendo a porta ao sair.

O que deixou Drew irritado, confuso e um tanto surpreso ao perceber que, de fato, ele planejava convidar Ilsa Ramsay para o Palácio Stormont.

Depois da caminhada arrebatadora com o capitão St. James, quando seus pensamentos se encheram de fantasias selvagens e irracionais sobre o que poderia acontecer entre eles, bastaram apenas algumas palavras de tia Jean para trazer Ilsa rapidamente de volta à terra.

Jean estava esperando ao lado da porta, pronta para fechá-la assim que a sobrinha entrasse.

— Ah, minha querida, você chegou! Meu Deus, eu estava tão preocupada. As ruas não são seguras hoje em dia.

— O que aconteceu? Eu caminho toda manhã e a senhora nunca reclamou.

A tia estalou a língua em reprovação.

— Você não soube? Houve um roubo na loja do ourives, perto de Parliament Square!

— Esta manhã? — exclamou Ilsa. Em sua caminhada de volta para casa, ela passara muito perto de Parliament Square.

— Não, menina, na noite passada! A sra. Crawley e a sra. Douglas estiveram aqui esta manhã para contar!

— Ah.

Ilsa tentou não soltar um suspiro de impaciência. A sra. Crawley e a sra. Douglas eram duas amigas fofoqueiras e sem senso de humor da tia. Bastava usar o chapéu no ângulo errado para que as duas entrassem em um frenesi de censura.

— Então os ladrões já haviam ido embora fazia muito tempo quando passei perto de lá.

Jean a encarou com irritação e trancou a porta.

— Não faça pouco caso do que aconteceu! Ladrões, há poucos metros da nossa porta!

Quase quatrocentos metros, pensou Ilsa.

— Robert estava comigo — disse ela à tia.

O pônei já fora levado de volta aos seus aposentos e era possível ouvi-lo devorando um balde de aveia.

— Robert! — zombou a tia. — Aquele pônei não é proteção alguma!

— E as moças St. James também estavam comigo, antes de o irmão delas aparecer para chamá-las de volta — acrescentou Ilsa, contando a verdade parcial. — Eu não fiquei sozinha até chegar à rua principal, que estava cheia.

— Graças a Deus — disse a tia, que soltou o ar com um alívio genuíno. — Mas você não deve se arriscar de novo. Primeiro esses bandidos invadem lojas. Daqui a pouco vão começar a entrar nas casas, onde sempre há alguém, e antes que você se dê conta acontece um assassinato.

Jean seguiu a sobrinha até a sala de visitas.

Ilsa vestiu o guarda-pó. Ela havia comprado mais tinta verde no caminho e tinha planos de terminar seu quadro de Calton Hill.

— Roubo é uma coisa, assassinato é outra muito diferente... Exige mais esforço e as consequências são mais graves. Tenho certeza de que os ladrões não iriam querer esse tipo de problema.

— Ilsa!

Jean respirou tão fundo que Ilsa ficou preocupada que ela pudesse desmaiar.

— Você é despreocupada demais. É só uma questão de tempo até eles começarem a apelar para a violência. Precisamos pedir ao seu pai para colocar um guarda na nossa porta. E temos que colocar barras nas janelas e nos certificarmos de que o sr. MacLeod esteja sempre com sua espingarda carregada. E você...! Me prometa que não vai sair *para lugar nenhum* até esses bandidos serem capturados.

Ilsa não estava dando muita atenção à falação da tia, mas levantou a mão ao ouvir aquilo.

— Não, tia. Há roubos de carteiras todo dia nas ruas e, ainda assim, continuamos a ir às lojas. Serei cuidadosa, mas não vou ficar em casa todas as noites.

Jean não ficou satisfeita.

— Mas deveria — declarou. — Para sua própria segurança.

— Não serei descuidada — prometeu Ilsa —, mas não podemos deixar que o medo desses ladrões nos mantenha presas em casa por tempo indeterminado, não é mesmo?

— Não é medo, é sensatez! O que o seu pai diria se alguma coisa acontecesse com você sob meus cuidados?

Ilsa encarou a tia com um olhar firme, mas amoroso.

— Tia Jeane, eu não sou mais uma criança sob os seus cuidados.

— Sim, você é! Se alguma coisa acontecer com você, o seu pai...

Ilsa sentiu um grunhido subindo pela garganta — e deve ter sido alto o bastante para que Jean ouvisse, porque ela ficou em silêncio, embora seus olhos cintilassem de aborrecimento e sua boca estivesse em uma linha fina.

— Você se transformou em uma menina muito cabeça-dura desde que Malcolm morreu — comentou a tia, em um tom de reprovação já sem muita energia antes de sair pisando firme.

Sozinha na sala silenciosa, Ilsa olhou para o pote de tinta. Sob os cuidados de Jean. Ela deveria ter imaginado que essa era a intenção do pai quando a persuadiu a receber a tia depois da morte de Malcolm. *Vocês podem fazer companhia uma à outra*, havia dito ele. Ilsa concordara com relutância. A tia Jean era a coisa mais próxima de uma mãe que ela conhecera e, embora fosse rígida e superprotetora, também era muito amorosa.

Ilsa achara que as intenções do pai eram boas, colocando juntas a viúva e a solteirona, duas mulheres sem filhos, para que ambas se ocupassem. Pensara que o pai queria viver novamente em uma casa de solteiro. Mas não era isso... a intenção dele tinha sido colocar uma guardiã para ficar de olho em Ilsa agora que não havia mais um marido para fazer isso.

Ela pousou a tinta e reparou pela primeira vez nas cortinas, que haviam sido penduradas de novo. A vista voltara a ser estreita, e a sala estava mais uma vez mergulhada em sombras.

Não saia, coloque barras nas portas, cortinas nas janelas e um guarda diante da casa. Parecia muito com as ordens de Malcolm. Agora que já experimentara alguns meses de liberdade, reviver isso era como ser enterrada viva.

Naquela noite, Ilsa colocou seu vestido favorito, de uma gloriosa seda verde-esmeralda com contas prateadas cintilantes e muitos metros de renda. O vestido tremulava conforme ela caminhava e a fazia se sentir como uma borboleta, capaz de voar até onde lhe desse vontade. Malcolm teria odiado a roupa — por causa da cor forte e do decote baixo. Mas Ilsa não seria mantida presa pelas regras rígidas da tia, nem pelas manipulações do pai. Ela ignorou os protestos furiosos de Jean e subiu na liteira que o sr. MacLeod chamara para ela.

O salão social estava cheio quando ela entrou. Obviamente mais ninguém em Edimburgo estava se escondendo dentro de casa com medo de ladrões. Na verdade, o pai veio ao encontro dela quase imediatamente.

— Ilsa! O que você está fazendo aqui?

Ela deu um beijo no rosto dele.

— O mesmo que o senhor, eu espero.

O pai enrubesceu, apesar da expressão severa. Ele tinha ido até ali para flertar, dançar e contar vantagem. Considerava-se um favorito das damas, e naquela noite estava vestido como um almofadinha, com um colete amarelo listrado e paletó cor de vinho, com fivelas de diamantes nos sapatos.

— Não é a mesma coisa! Você não deve sair!

— Não me diga que o senhor está tão cheio de melindres quanto Jean.

— Com certeza, não — retrucou ele, ultrajado. — Mas você não pode sair por aí sozinha...

— Eu vim em uma liteira — disse ela. — E se não é seguro andar pelas ruas, como o senhor chegou aqui?

Ele ficou emburrado de novo, e ela sorriu enquanto dava uma palmadinha carinhosa em seu braço.

— Nunca imaginei que se tornaria uma velhinha preocupada, papai.

— Menina atrevida — disse ele, suprimindo um sorriso. — Eu não aprovo, mas me certificarei de que você chegue a salvo em casa. E, já que você *está* aqui, pode perfeitamente bem conhecer uma pessoa. Por uma feliz coincidência, o sr. Grant também veio e ficará feliz em convidá-la para dançar a quadrilha.

Sem esperar pela resposta da filha, ele a guiou através da multidão e a apresentou ao gentil mercador de vinho. Pela surpresa educada no rosto do sr. Grant, Ilsa teve certeza de que seu palpite estivera correto. Qualquer interesse em uma união entre eles estivera apenas na cabeça do pai dela. Ainda assim, Ilsa sorriu para o homem e chegou até a concordar em dançar com ele mais tarde, depois que o pai, sem a menor vergonha, deu um jeito para que o pobre Grant a convidasse.

Ilsa realmente amava dançar, e não tinha nada contra o sr. Grant. Mas tinha expectativas mais altas para aquela noite.

As irmãs St. James estavam no outro extremo do salão. Os olhos de Ilsa percorreram o local até finalmente encontrarem o capitão. Ela não o vira antes, apesar da sua altura, porque ele estava inclinado, ouvindo a delicada srta. Flora Clapperton. Flora era a filha mais velha de um cavalheiro abastado e, segundo os rumores, dona de um dote de dez mil libras. Uma moça frívola, mas doce, capaz de falar por uma hora inteira sem parar para tomar fôlego — especialmente quando encorajada, que era o que Winifred St. James parecia fazer, parada ao lado dela, sorrindo radiante e atraindo com frequência a atenção do irmão ao pousar a mão no braço dele.

Ilsa se acomodou em uma cadeira, de onde tinha uma boa visão dos acontecimentos. Não havia mal algum naquilo, disse a si mesma, assim como não havia mal algum em se divertir um pouco com a expressão desnorteada no rosto do capitão enquanto a irmã o empurrava em direção a um casamento. Ilsa sabia que não tinha direito a esperar qualquer outro prazer vindo dele.

— Parece muito satisfeita consigo mesma esta noite — comentou uma voz familiar, mas nada bem-vinda, atrás dela.

Foi o bastante para que o bom humor de Ilsa murchasse, mas ela resistiu à vontade de se levantar e se afastar.

— Eu estava — disse, sem rodeios —, até o senhor aparecer.

Sem se deixar afetar, Liam Hewitt se instalou na cadeira ao lado da dela e cruzou os braços. Liam trabalhava na loja do pai de Ilsa, era o artesão de maior confiança dele, mas Ilsa o achava profundamente desagradável.

Havia muitas razões para tal. Hewitt era presunçoso. Arrogante. Tinha uma risada que parecia um zurro. Era um homem bonito e inteligente, mas nem de longe tão bonito e inteligente quanto se considerava. E, por algum motivo bizarro, horrível e desconhecido, ele se insinuava regularmente para Ilsa, como uma erupção cutânea recorrente e desconfortável.

— Perdão, senhor, mas esse lugar está ocupado — disse ela.

Liam deu um sorrisinho presunçoso.

— Não, não está. Você acabou de se sentar... sozinha como sempre.

Liam esbarrou com o ombro no dela, fazendo com que Ilsa franzisse a testa e lhe desse as costas.

— O velho Fletcher está tentando casar você de novo, não é mesmo? — perguntou ele, balançando a cabeça e estalando a língua. — Um tolo. Quem é a vítima?

Ilsa abriu o leque e manteve a expressão serena. Liam só ficaria mais desagradável se ela demonstrasse qualquer sinal de raiva ou irritação.

— Vou garantir que meu pai saiba que o senhor o considera um tolo.

Ele deu uma gargalhada.

— Ah, é? Porque eu mesmo posso dizer a ele. Você é um remédio amargo a ser forçado pela garganta de qualquer homem, seu pai deveria se poupar do trabalho.

— Por favor. — Ilsa gesticulou com o leque. — Vá agora. Ele está bem ali.

Liam estreitou os olhos para ver do outro lado do salão, onde o pai de Ilsa flertava com a sra. Lowrie, uma bela viúva com metade da idade dele.

— Não enquanto ele estiver se divertindo tanto. Eu não negaria um pouco de prazer a um homem, certo?

— Não, em vez disso é melhor ficar aqui insultando a filha dele — falou Ilsa, o tom frio. — Ele vai ficar muito grato.

Liam fechou a cara.

— Você é azeda como limão.

— Estou mais para planta venenosa — disse ela com um sorriso astuto. — Melhor manter distância, Liam.

Ele praguejou baixinho, levantou-se e se misturou às outras pessoas. Ilsa alisou as saias e tentou não dar a Liam o prazer de arruinar a noite dela. Tinha certeza de que o homem gostava tão pouco dela quanto ela dele, e achava que a vida seria muito melhor se Liam tivesse a gentileza de deixá-la em paz.

— Eu nunca vou entender como você aguenta aquele homem — sussurrou Agnes St. James, sentando-se ao lado da amiga assim que Liam sumiu de vista. — Que criatura repulsiva!

Ilsa concordou com um murmúrio.

— Ele se acha mais importante do que é, o tipo de pensamento que um homem nunca deve ter.

Agnes olhou de relance para a amiga.

— Como o seu pai pode gostar tanto de um homem que é tão desagradável com você?

Ilsa deu de ombros. Aquilo era verdade, e ela não sabia por quê. O pai chamava Liam de seu braço direito, dizia que era um dos marceneiros mais talentosos da Escócia na produção de móveis. Toda vez que Ilsa falava mal de Liam, o pai não lhe dava ouvidos e defendia o sujeito. Ela não tinha escolha, então, a não ser aguentar aquele homenzinho irritante.

Ilsa limpou uma poeira da luva, cansada de falar sobre Liam.

— Me conte alguma coisa interessante. Como vai o plano de Winnie e Bella para encontrar uma noiva rica para o seu irmão?

Finalmente um sorriso iluminou o rosto da amiga.

— Ah, esplendidamente bem. Elas já o fizeram dançar com Catriona Hill e com lady Erskine, e agora estão jogando Drew nas garras de Flora Clapperton. — Agnes olhou para o fundo do salão, onde Flora ainda tagarelava com o capitão. — Drew vai convidá-la para dançar só para ter um pouco de paz e silêncio.

— Ele tem espírito esportivo, então — disse Ilsa, rindo.

Agnes hesitou.

— Em relação a Flora? Sim. Mas acho que talvez tenha gostado de Catriona.

Ilsa continuou a sorrir, embora sentisse um aperto no peito. Catriona Hill era escultural, espirituosa e inteligente. Ela e o capitão formariam um belo par.

— Se suas irmãs não conseguirem participar de uma temporada social em Londres, podem muito bem abrir uma agência de casamentos.

Agnes riu enquanto Bella se aproximava apressada. Havia um belo rapaz em seus calcanhares, com o rosto ruborizado por causa da bebida ou da dança. Bella parou junto à mesa por tempo bastante para se inclinar na direção das duas e sussurrar:

— A isca está lançada! Vamos ver quanto tempo ele demora para mordê-la!

E saiu rodopiando nos braços do parceiro.

Como esperado, o capitão levou a srta. Clapperton para a pista de dança. Ela ainda estava falando e, enquanto Ilsa observava o casal — em parte achando graça, em parte irracionalmente irritada —, o capitão St. James levantou os olhos acima da cabeça da srta. Clapperton e encontrou seu olhar.

A expressão aborrecida dele desapareceu na mesma hora. Por um momento, os olhares dos dois se fixaram um no outro, o dele tão cheio de prazer que pareceu atingir a alma de Ilsa. Então, o patife *piscou* para ela, antes de se voltar para a moça ao seu lado e saírem dançando.

Ilsa sentiu o coração pular dentro do peito. Arrepios de expectativa faziam seus nervos vibrarem. Ela abanou o leque com tanta força que os brincos balançaram. Como o capitão era capaz de produzir aquele efeito a quase dez metros de distância?

— Boa noite, sra. Ramsay. Senhorita St. James.

Os nomes foram ditos rapidamente, em um sussurro, mas, quando Ilsa reconheceu o homem diante delas, Agnes já havia se levantado de um pulo.

— Boa noite, senhor — disse Agnes, friamente, e se afastou na mesma hora.

De olhos semicerrados, Felix Duncan a observou ir.

Ilsa também se levantou.

— A srta. St. James acabou de comentar como estava com sede — disse ela em um tom animado. — Ela deve ter ido pegar um copo de ponche.

O sr. Duncan aceitou a mentira erguendo a sobrancelha com uma expressão astuta.

— Eu não sonharia em interferir nos desejos da srta. St. James. Espero que me dê a honra de uma dança, senhora.

— É claro.

Ilsa aceitou o braço dele e os dois se juntaram à longa fileira de dançarinos prontos para uma dança típica escocesa. Ilsa adorava uma dança animada e logo estava seguindo os passos com a empolgação de sempre. O sr. Duncan segurou-a nos braços e rodopiou com ela com um vigor alegre, até Ilsa se ver ofegante de cansaço e de tanto rir. Quando a dança terminou, ele lhe ofereceu o braço e os dois começaram a andar ao redor do salão cheio.

— Sei que St. James sugeriu uma ida a Perth — disse o sr. Duncan, olhando de canto de olho para ela. — Ele disse que foi a senhora quem sugeriu que eu fosse convidado.

Ilsa deu uma risada baixa.

— Nossa, mas ele não perde tempo... O senhor não gostou da minha ideia?

— Muito pelo contrário — disse ele, sorrindo de volta. — Estou em dívida com a senhora.

— Então admito que realmente fiz a sugestão. Achei que o capitão talvez fosse gostar de ter tropas de reforço, já que vai ficar confinado em um palácio com as irmãs.

— Verdade! Não que St. James mereça qualquer tormento que elas venham a infligir.

— E por acaso elas atormentam as pessoas? — Ilsa deu um sorriso inocente diante da expressão culpada dele. — O senhor deve saber que as três são amigas muito queridas minhas.

Duncan hesitou.

— Sim, eu sei.

— Não há jovens damas melhores em toda a Escócia — acrescentou Ilsa.

Ela havia jurado não interferir na vida de Agnes... mas não dissera nada sobre não mexer um pouco a panela.

— Concordo — murmurou ele.

Ilsa deixou escapar um suspiro.

— Vou sentir muita falta de todas quando se mudarem com o capitão para a propriedade na Inglaterra.

O sr. Duncan estacou.

— Inglaterra?! De que diabo está falando?

Ilsa o examinou detidamente. Ele não sabia.

— Ora, o capitão não lhe contou? Ele está considerando a possibilidade de se mudar para ficar próximo de suas futuras... responsabilidades. Winifred e Isabella estão encantadas com a ideia de uma temporada social em Londres.

Todo o humor abandonou o rosto do sr. Duncan.

— Quando?

Ilsa fitou-o com compaixão.

— Não sei. Talvez o senhor deva perguntar ao capitão, já que ele é *seu* amigo querido.

Duncan esquadrinhou as pessoas aglomeradas pelo salão com uma expressão aborrecida. Perto das janelas, Agnes conversava com Sorcha White e dois soldados de casacos vermelhos, da guarnição do castelo.

— Talvez isso não importe muito — murmurou ele.

— Eu não estaria tão certa — retrucou Ilsa, observando a amiga.

A menos que estivesse muito enganada, Agnes estava o tempo todo lançando olhares furtivos para ela e para o sr. Duncan.

Provavelmente ele mesmo também desconfiou, porque respirou fundo antes de se voltar para Ilsa com um sorriso caloroso.

— Só o tempo dirá, não é mesmo? E, a menos que a *senhora* não diga que está deixando Edimburgo, não vou lamentar. St. James ficou fora durante anos e nunca perdi um minuto de sono por causa disso.

Ilsa seguiu a deixa e arqueou as sobrancelhas de brincadeira. Era bom que Agnes visse mais alguém se deleitando com a atenção de Duncan por um momento.

— É mesmo? Então talvez possa me convidar para outra dança, sr. Duncan.

Ele se inclinou em uma mesura pomposa.

— Não há nada que eu deseje mais nessa vida, senhora.

— Pena que a vida seja cheia de decepções — disse uma voz conhecida atrás de Ilsa. — Vá infligir sua presença a outra pessoa, Duncan.

— Peço desculpas por este canalha grosseiro — brincou o sr. Duncan, dando as costas ao capitão St. James. — Não dê ouvidos a ele.

— Deixe a dama decidir. — O capitão deu a volta ao redor do amigo e cumprimentou Ilsa com uma mesura. — Boa noite, sra. Ramsay.

Ele estava deslumbrante naquela noite, em um paletó azul forte e um kilt de xadrez verde. Ondas do cabelo escuro caíam sobre a testa. Quando o capitão se aproximou ainda mais, seu tamanho e o calor do seu corpo provocaram uma onda de desejo que quase fez Ilsa gemer.

Amigos, lembrou a si mesma, abalada. Amigos que logo estariam a centenas de quilômetros de distância, para sempre.

— Boa noite, capitão. Está gostando da nossa reunião social?

Ele abaixou a cabeça e estendeu a mão.

— Muito. E apreciarei ainda mais se a senhora dançar comigo.

Ilsa precisava recusar o convite. Sabia disso, mesmo querendo muito dar a mão a ele e deixar que o capitão rodopiasse com ela pelo salão, como tinham feito na tasca de ostras. E se por acaso ele se arriscasse a guiá-la para fora do salão e a puxá-la mais para perto, ela gostaria de beijá-lo de novo... e de novo...

Não, não, não. Ela estava ali naquela noite para mostrar a Jean que não se acovardaria; para mostrar ao pai que não seria tratada como criança; e para mostrar a si mesma que o capitão facilmente se interessaria por qualquer viúva abastada ou jovem dama abastada assim que as conhecesse. Fora isso que Ilsa dissera a si mesma quando colocara o seu vestido favorito, aquele que a fazia sentir-se linda e confiante. E fora isso que dissera a si mesma quando aceitara o convite do sr. Duncan para dançar e flertara com ele.

Mas todo aquele tempo Ilsa estivera mentindo para si mesma. Ela estava ali porque queria ver o *capitão*. Queria vê-lo olhando para ela com admiração e com uma expressão voraz nos olhos — como estava fazendo naquele momento. Queria que o capitão a convidasse para dançar — como ele acabara de fazer. E queria aquele beijo imprudente e eletrizante.

— Ora, St. James, eu a convidei primeiro — argumentou o sr. Duncan.

— Bem, a dama decidirá qual dos convites deseja aceitar — retrucou o capitão, sem que seu olhar deixasse o dela nem por um momento.

O seu. As palavras tremiam em seus lábios, prestes a serem ditas, apesar de tudo.

Maldição. Estava encrencada.

Por uma bênção qualquer, Ilsa foi salva pela chegada do sr. Grant, que, diferentemente dela, não esquecera a dança que havia sido prometida. Com um sorriso que era meio alívio, meio lamento, ela se despediu do capitão e do sr. Duncan e deixou que o sr. Grant a guiasse até a pista de dança.

Aquela tinha sido por pouco. Nada de bom poderia resultar de qualquer encorajamento ao capitão. Ela não queria estragar a amizade com a família por uma paixão passageira, e ele partiria para a Inglaterra em questão de semanas. Se ao menos não se sentisse tão absurdamente tentada…

Cuidado com o que deseja, advertiu um eco distante da voz de tia Jean. *As coisas nunca são exatamente como esperamos.*

Capítulo 8

A SUGESTÃO DE organizarem um grupo para passar algum tempo em uma visita ao Palácio Stormont foi recebida com alegria e empolgação.

— Ah, Drew, é um palácio de verdade?

— O que vamos fazer enquanto estivermos lá?

Ele ouviu as irmãs com um misto de prazer e preocupação. Prazer porque elas pareciam muito animadas. Preocupação porque... Não havia pensado em entretenimentos para a família. Na verdade, ele não estava indo com *esse* propósito. Estava indo para trabalhar, visitar a propriedade e ver como as coisas estavam sendo administradas. Mas, seduzido pelo sorriso travesso e pelos olhos cintilantes de Ilsa Ramsay, fora convencido a assinar a própria sentença.

— Vamos descobrir mais a respeito! — Bella correu até a estante e voltou com um volume em mau estado do *Guia de Pennant* da Escócia.

— Palácio Stormont — murmurou, enquanto folheava o livro. — Aqui está! "O palácio foi construído ao redor de um pátio grande, com jardins extremamente agradáveis e um labirinto inteligente. O salão de jantar é amplo e belo, com uma lareira com uma moldura antiga, mas magnífica, onde foram entalhadas as armas do Rei." — Bella baixou o livro, de olhos arregalados. — Drew, Stormont era um palácio *real*?

Winnie revirou os olhos.

— É claro que não! Todas essas mansões elegantes foram construídas por bajuladores do rei, que espalhavam suas armas por toda parte. — Ela pegou o livro da mão de Bella e continuou a ler. — "No salão de visitas há algumas boas tapeçarias antigas, com uma bela figura de Mercúrio. Em um cômodo menor, há um bordado com um trecho das escrituras, com uma moldura muito bem-feita em formato de animais. A galeria tem cerca de cinquenta metros de comprimento, com os quadros mais fantásticos..." — Ela passou algumas páginas e pareceu desapontada. — Muitas, muitas pinturas, ao que parece... Talvez seja assombrado.

O rosto de Bella se iluminou.

— Assombrado! Será possível, Drew?

— Por todas as pobres almas mortas pelo duque inglês — comentou Agnes, sarcástica.

— Com masmorras e instrumentos de tortura! — disse Winnie, que agora também parecia ansiosa para ir.

— Líderes de clãs capturados e abandonados para morrer de fome em uma cela da masmorra! Herdeiras raptadas, casadas à força por causa de suas fortunas e afogadas no fosso — acrescentou Bella. Ela passou um lenço ao redor da cabeça e avançou na direção de Agnes, as mãos erguidas no ar. — Minha querida, socorro! Roubarei sua energia para poder buscar minha vingança!

— Nunca — declarou Agnes em tom dramático. — Sua alma errante está condenada a vagar eternamente pela Terra, sem vingança, pelo pecado de ter se casado com um inglês!

Ela arrancou o lenço da cabeça da irmã, fazendo Bella dar um gritinho e Winnie cair na gargalhada.

— O palácio não é assombrado! — disse Drew.

Ele correu os dedos pelo cabelo, dividido entre achar graça das brincadeiras das irmãs e o desejo de ter pensado melhor naquela ideia.

— É só um palácio antigo, fechado há muitos anos, com um terreno que precisa de atenção.

As três irmãs o encararam em um silêncio desapontado.

— Nossa, parece tão empolgante... — murmurou Winnie. — Acho que teremos que explorar a cidade.

— Pensei em convidarmos alguns amigos para ajudar a tornar o passeio mais animado — disse Drew, desesperado.

Santo Deus, ele deveria ter se mantido fiel ao plano de ir sozinho.

Winnie se endireitou, os olhos azuis arregalados e cintilando, e então perguntou:

— Quem?

— Pensei que Agnes talvez gostasse da ideia de levar a sra. Ramsay. — Drew olhou de relance para Agnes, que o encarou com um olhar confuso. — E eu também mencionei o passeio ao sr. Duncan — acrescentou.

A irmã enrubesceu na mesma hora. Drew não era idiota... tinha demorado alguns minutos, mas acabara se dando conta de que Duncan não estava falando de Ilsa Ramsay ou de Winifred no outro dia. Não, o rosto do amigo se acendera por causa de Agnes.

Drew não tinha certeza de como se sentia sobre o assunto, mas estava muito interessado nos sentimentos da irmã. Duncan podia ser um tolo, mas também era um amigo fiel e um camarada confiável.

Bella e Winnie obviamente não haviam percebido a tensão de Agnes quando foram adiante.

— Quem mais? Há apenas um cavalheiro e quatro damas.

— E eu não sou um cavalheiro? — perguntou Drew.

Bella deu uma risadinha zombeteira.

— Irmãos não contam — disse Winnie —, a menos que sirvam para que possamos chegar a outros cavalheiros, mais interessantes.

Drew levou a mão ao coração como se a irmã o tivesse apunhalado.

— Nenhuma arma é mais afiada do que a língua de uma irmã.

Bella riu.

— Convide outros! Cavalheiros espirituosos e solteiros.

— Belos e ricos também não seria nada mal — acrescentou Winnie.

— Quem vocês acham que eu poderia conhecer que seja solteiro, rico, belo, espirituoso e ainda esteja disposto a passar uma semana com vocês três?

Todas gritaram, indignadas, até Drew começar a rir e prometer que pensaria em todos os conhecidos para tentar encontrar algum que as divertisse. Bella disse que começaria a fazer as malas e Winnie se afastou com o livro aberto na mão, deixando o irmão a sós com Agnes.

— Agnes? — provocou Drew. — O que acha desse plano?

Ela enfiou a agulha na anágua que estava consertando.

— Convide quem quiser. Vou voltar para a casa de Ilsa.

— Mas e quanto a Felix Duncan?

Agnes cerrou os lábios e se colocou de pé em um pulo. Drew seguiu a irmã pelas escadas enquanto ela descia e colocava o chapéu.

— Duncan a ofendeu de alguma forma?

A expressão no rosto dela permaneceu dura.

— Não. E não precisa me acompanhar.

Drew não obedeceu.

— Você o conhece?

— Não exatamente — respondeu Agnes, caminhando a passos largos pela rua. — Não, na verdade não o conheço de forma alguma.

— Agnes, se ele fez alguma coisa, eu teria que...

Ela se virou para ele, os olhos cintilando de raiva.

— Não, Drew. Isso não é problema seu!

— Se um amigo meu incomodou minha irmã, é problema meu, sim.

Ela respirava com dificuldade.

— Ele não... não *me incomodou*. O sr. Duncan é só um... — Agnes suspirou. — Ele é um patife.

— Ele pode ser, sim — concordou Drew. — Mas não costuma ser cruel.

Eles haviam chegado à casa da sra. Ramsay. Agnes parou nos degraus de entrada e mordeu o lábio antes de voltar a falar.

— Não acho que ele tenha tido a intenção de ser cruel. Foi só... o erro foi meu.

Drew tocou o ombro da irmã.

— Agnes, por favor, me conte. Eu gostaria de ter acompanhado mais a vida de vocês aqui... Espero poder remediar isso agora, mas quero que saiba que eu sempre me preocupo com você e que vou protegê-la da melhor maneira que eu puder. Já imaginei coisas terríveis e todas as formas com que eu poderia dar uma surra e acabar com Duncan se ele fez alguma dessas coisas.

Agnes enrubesceu de novo.

— Isso não é problema seu, portanto não há necessidade de você fazer nada, muito menos dar uma surra nele.

— Não vou convidá-lo para Stormont — começou a dizer Drew, mas Agnes balançou a cabeça, um toque do orgulho e da teimosia St. James em sua expressão.

— Não faça isso por minha causa. Convide seu amigo — disse, encarando o irmão com um olhar travesso. — Já que foi tão gentil de convidar *minha* amiga. Ela aceitou?

Drew desistiu de insistir. Interrogaria o amigo mais tarde. Era estranho como qualquer menção a Ilsa Ramsay sempre parecia desviar a atenção dele do que quer que estivesse fazendo.

— É... — Ele deu um sorriso envergonhado. — Eu ainda não cheguei a convidá-la.

— Vamos, então.

Agnes abriu a porta e subiu a escada com ele até a sala de visitas. Drew quase prendeu o ar, torcendo para que aquilo não fosse um erro monstruoso.

Na verdade, acabou sendo uma grande surpresa. Agnes abriu a porta da sala de visitas e eles viram Ilsa em cima de uma escada, usando um guarda-pó horroroso e com um pincel na mão. O teto da sala havia sido pintado de um azul-pálido nas bordas, que ia clareando aos poucos em direção ao centro até se tornar branco bem acima da cabeça dela. Ao lado de Ilsa estava uma mulher mais velha e roliça, o rosto tenso, parecendo profundamente frustrada enquanto segurava um tecido volumoso que parecia ser cortinas.

— Você não pode *fazer* uma coisa dessas, querida — disse a mulher em um tom estridente que deixou Drew tenso na mesma hora. — Não é algo que se faça.

— É se eu fizer — respondeu Ilsa, em um tom leve, mas determinado.

— Nossa — disse Agnes com inocência, olhando para cima. — Parece o céu.

Ilsa Ramsay se virou com um sorriso ofuscante no rosto.

— Era exatamente essa a intenção! Obrigada!

Quando avistou Drew, seu sorriso desapareceu como a chama de uma vela que de súbito se apaga. Ele, ainda assim, permaneceu atordoado. O rosto dela estivera tão iluminado de prazer, de empolgação, tão... hipnotizante.

Só podia ser isso. Ele estava em transe, enfeitiçado.

E não deveria gostar tanto da sensação.

— Capitão. — Ela colocou o pincel de volta dentro do pote de tinta que estava equilibrado em cima da escada e desceu. — Eu não esperava visitas.

Aquilo era óbvio. Havia panos cobrindo a mobília e, é claro, a escada posicionada no meio da sala.

— Peço que me perdoe, sra. Ramsay.

— Eu o trouxe — disse Agnes, enquanto tirava o chapéu. — Culpe a mim se acabar com tinta no paletó — disse ela para o irmão, em tom de brincadeira, antes de se voltar novamente para a amiga. — Mas Drew está só de passagem.

— É claro — murmurou Ilsa, como se o alerta tivesse sido dirigido a ela e não a ele. — Tia Jean, esse é o capitão St. James, irmão de Agnes, como já deve ter imaginado. Capitão, permita-me apresentar minha tia, srta. Fletcher.

As cortinas caíram no chão com um *flop*. Com os olhos ainda cintilando de irritação na direção de Ilsa, Jean Fletcher se inclinou em uma mesura perfeita.

— Encantada em conhecê-lo, capitão.

— O prazer é todo meu, srta. Fletcher — disse Drew, retribuindo o gesto.

Agnes estava olhando para cima de novo. As paredes eram de um verde simples, comum.

— Vamos pintar as paredes também?

A mulher mais velha se empertigou.

— Não, com certeza, não.

— Vamos, sim — disse Ilsa. — Aqui vai ser o horizonte.

Ela foi até a parede mais próxima, tirou um lápis do bolso do guarda-pó e traçou uma linha na parede, à altura do peito. A tia arquejou como se tivessem lhe enfiado uma adaga no peito.

— E vai continuar subindo até encontrar o céu mais acima.

A mulher mais velha estava vermelha de fúria.

— Ilsa! As pessoas não pintam as salas de visitas para que se pareçam com o lado de fora da casa!

Drew sorriu. Por um momento, o olhar de Ilsa encontrou o dele, e Drew poderia jurar que ela quase sorriu de volta.

— *Eu* pinto — retrucou ela.

A srta. Fletcher parecia estar fazendo um grande esforço para não olhar para o teto, para a marca desenhada na parede, para as cortinas descartadas, ou para a sobrinha.

— Vamos nos sentar na... sala de jantar. Ao menos lá está tudo arrumado como deve ser.

— Por favor não se incomode, senhora. Não quero dar trabalho — disse Drew, e então se virou para a irmã: — Agnes, talvez em outro momento...

— Drew veio perguntar se você gostaria de nos acompanhar ao Palácio Stormont, Ilsa — adiantou-se Agnes. — Vamos passar uma semana lá, explorando o labirinto e caçando fantasmas.

Ilsa ergueu as sobrancelhas, encantada.

— Fantasmas!

A srta. Fletcher deixou escapar outro som de lamento.

— Não prometo nada em relação a fantasmas — disse Drew, mas não conseguiu resistir: — Nem que sim, nem que não.

— Desde que não prometa que não há nenhum, podemos ter esperança.

Ilsa tirou o guarda-pó, mas pareceu esquecer o pano que havia enrolado na cabeça. Aquilo deixava à mostra o pescoço, os ombros e uma gloriosa extensão do colo; ela não estava usando os lenços com que as mulheres costumavam se cobrir. Drew precisou se esforçar para manter os olhos fixos no rosto dela.

— Então se juntará a nós? — perguntou ele. — Meu plano é partir daqui a três dias.

— Perfeito. — Ilsa abriu um sorriso ofuscante para ele, e Drew sentiu as pernas bambas. — Devo ter terminado a pintura até lá.

Aquilo foi demais para a srta. Fletcher. Ela pediu licença e saiu da sala pisando firme, parando na porta apenas para dizer em um tom severo, sem olhar para trás:

— Não jogue as cortinas fora!

Agnes sorriu quando a porta se fechou. Ela foi até a pilha de tecido no chão e pegou uma das partes.

— Você vai jogar as cortinas fora?

Ilsa deu de ombros.

— Sempre que eu tiro, ela pendura de novo. A única maneira de impedir que isso aconteça novamente será me livrando delas.

Drew olhou ao redor. Com as janelas descobertas, o cômodo ficava cheio de luz. Ele tentou imaginá-lo com a colina e a relva pintadas até a linha que Ilsa havia marcado, com o céu azul se erguendo acima.

— Calton Hill.

Ilsa levantou a cabeça, surpresa.

— Sim, isso mesmo.

Drew gesticulou para a parede atrás dela.

— Vai pintar a vista de Edimburgo ali?

Ela foi até onde ele estava e examinou a parede que, naquele momento, sustentava um quadro grande com moldura ornamentada.

— Excelente ideia. Espero que meu talento artístico esteja à altura.

— Pinte como se fosse um dia de inverno, com neblina, e ninguém saberá dizer se está bem pintado ou não. Grandes nuvens cinzentas, um campanário aqui e ali.

Ela riu.

— Não é exatamente a vista que eu gostaria de capturar.

— Hum. Algo mais parecido com isso, então?

Ele indicou o quadro com um aceno de cabeça. Mostrava cinco damas sérias, todas vestidas de preto, a não ser pelas toucas brancas e pelas golas antiquadas.

— Parentes? — perguntou Drew, em dúvida.

Ilsa fez uma careta.

— Não. Foi meu pai que comprou. Minha tia acha que o quadro confere uma atmosfera digna e solene ao ambiente.

Drew não conseguiu se conter e deixou escapar uma risada. Ilsa fez o mesmo e, em um instante, os dois estavam estremecendo de tanto rir.

— A atmosfera de um enforcamento — disse ele, os lábios trêmulos de riso.

— Mulheres severas assim devem mandar as vítimas para serem estripadas e esquartejadas — completou ela.

— Ah, a forca é branda demais para elas?

— Ora, não consegue vê-las segurando a foice e a adaga? — perguntou Ilsa, baixando a voz dramaticamente. — Ditando a sentença e a executando na mesma hora.

— E terminando a tempo de tomar o chá. Ah... também vejo uma garrafa de xerez ali. Estripar e esquartejar é um trabalho que dá sede.

Ilsa riu de novo, fazendo o coração dele disparar.

Animado, Drew se virou e indicou a parede oposta com um gesto amplo.

— Pinte a colina Arthur's Seat ali, ao lado da lareira. Nosso pai costumava nos levar lá...

Drew se interrompeu ao ver Agnes. Santo Deus, por um momento havia se esquecido inteiramente que a irmã também estava na sala, ouvindo e observando os dois com um interesse agudo.

— Uma ideia esplêndida — disse Ilsa, se virando para olhar Drew. Ela então seguiu o olhar dele e pigarreou antes de acrescentar: — Que tal levarmos essas cortinas para a escola de crianças necessitadas, Agnes? Talvez tenham uso para o tecido.

— Você realmente pretende se livrar das cortinas? — perguntou Agnes, chegando mais perto e olhando de um para o outro. — De vez?

Ilsa enrubesceu, mas assentiu com firmeza.

— Vou me livrar delas, sim. Talvez as substitua por outras de tecido mais leve.

— Muito bem. E irá conosco para o Palácio Stormont?

Drew passou a examinar com grande interesse um candeeiro preso à parede. Maldição, Agnes havia percebido alguma coisa.

Ilsa umedeceu os lábios.

— Não quero me intrometer no momento de família de vocês. Talvez não seja uma boa ideia.

— Ah, mas Drew planeja convidar outras pessoas — disse Agnes, lançando um olhar desafiador para o irmão. — Não é mesmo? O sr. Duncan, e também alguns cavalheiros belos e espirituosos.

— Certo — disse Drew, olhando com irritação para o candeeiro. — Monteith, talvez. E Kincaid. Passaríamos apenas uma semana.

— Por favor, pense em mim, Ilsa — pediu Agnes. — Não me deixe sozinha com eles por uma semana inteira.

Ilsa deu um sorriso relutante.

— Vou pensar a respeito.

— Ótimo — disse Agnes, que puxou a campainha. — Podemos tomar chá? Estou faminta.

— Podemos, é claro — murmurou Ilsa.

— Isso tudo foi ideia sua — sussurrou Drew para ela. — Diga que irá. — Ilsa olhou de soslaio para ele, a expressão cautelosa. Ele reprimiu o riso. — Mas precisa prometer que não vai me dedurar quando eu fingir ser um fantasma só para distrair as três.

Ao ouvir aquilo, o sorriso de Ilsa retornou lentamente, travesso e conspiratório.

— Isso é algo que eu não perderia de jeito nenhum!

— Excelente — sussurrou Drew, e piscou para ela. Ele então se inclinou para ainda mais perto: — Obrigado. Havia me parecido uma viagem muito tediosa até ouvir sua sugestão.

— Espero que ainda pense assim quando estiver arrastando uma corrente pelos corredores do palácio — sussurrou ela de volta.

Drew sorriu e começou a se afastar. A irmã o encarou com um olhar penetrante, mas ele apenas sorriu e saiu do cômodo, totalmente perdido em... *alguma coisa* para deixar que a desconfiança da irmã o preocupasse.

Agnes fechou a porta depois que o capitão saiu e cruzou os braços.

— A viagem foi ideia sua?

— Hum?

Ilsa se deu conta de que ainda estava sorrindo para a porta por onde o capitão saíra e se voltou novamente para a amiga. O pano que estivera amarrado ao redor do seu cabelo roçou o ombro e ela o arrancou, consternada. Passara todo o tempo com aquele pedaço de tecido velho amarrado na cabeça... Que visão horrenda. Por que vivia encontrando novas maneiras de se constranger quando estava perto do capitão?

— Drew não mencionou isso até esta manhã — continuou Agnes. — Quando foi que você sugeriu isso?

Ilsa olhou para ela.

— Naquele dia em que ele nos encontrou durante a nossa caminhada.

— E, para se vingar das perguntas enxeridas, acrescentou: — Quando você saiu tempestuosamente, chateada porque o sr. Duncan estava com o seu irmão.

Agnes ficou muito vermelha.

— Eu não fiz isso! Aquilo não foi...! Eu... Minha mãe precisava de mim, e minhas irmãs também!

— Não que você estivesse se importando com isso até o sr. Duncan chegar — disse Ilsa, inclinando a cabeça. — E você foi muito brusca com ele no salão social da cidade, na outra noite...

A amiga ergueu o queixo, teimosa.

— Então você continuou caminhando com Drew e com o sr. Duncan por algum tempo, já que ele comentou sobre a propriedade que vai vistoriar e você teve tempo de dar sugestões sobre a visita.

— Ah, não — disse Ilsa. — O sr. Duncan partiu quase ao mesmo tempo que você. Rápido demais, pensando melhor a respeito. A propósito, ele fica muito bem de kilt. Um homem com belas pernas...

Os olhos de Agnes cintilaram.

— Ilsa! Você está flertando com meu irmão?

Ilsa parou. Com certeza estava se esforçando para não fazer isso.

— Não.

— Por que ele convidou você, então?

Agora foi a vez de Ilsa enrubescer.

— Não faço ideia. Você deve perguntar a ele. Afinal, é *seu* irmão.

Agnes mordeu o lábio.

— Você não esqueceu que Drew vai morar na Inglaterra e se tornar um duque, certo?

Nem por um maldito minuto.

— Não, não esqueci — respondeu Ilsa, obrigando-se a sorrir. — Bem, nossa viagem é daqui a três dias! O que devemos colocar na mala?

Agnes se aproximou e pegou as mãos da amiga.

— Eu sei que nesses últimos meses você esteve determinada a viver a vida a seu modo e a encontrar seus próprios prazeres, e acho de verdade que você merece isso. Eu só... só me preocupo...

— Com? — Ilsa respirou fundo, se recompôs e encontrou os olhos de Agnes. — Está com medo de que eu seja insensível e brinque com o coração do seu irmão? Não vou fazer isso. Mas você estava certa, eu gosto dele. Você nunca me contou que seu irmão era tão agradavelmente irreverente, nem tão atencioso com você e com suas irmãs.

Agnes ergueu uma sobrancelha, cética. Como se soubesse que se tratava de uma desculpa esfarrapada.

Ilsa ergueu uma das mãos.

— O capitão me disse que precisava visitar uma propriedade, então sugeri que ele organizasse um grupo. Fiz isso pensando no seu bem, porque sabia que você estava abalada com a questão da futura herança dele. Minha querida — disse Ilsa com gentileza, enquanto Agnes se desvencilhava do toque da amiga e recuava um passo —, isso não é culpa ou escolha do seu irmão. Você sabe que essas coisas... títulos... são coisas decididas de forma muito rígida, sem dar atenção aos caprichos de ninguém. Seu irmão é digno de elogios por reconhecer o que esse título poderá prover para a família, não apenas para si mesmo, e por assumir corajosamente as responsabilidades dessa nova posição.

Agnes suspirou.

— Se ao menos não fosse um ducado! Se fosse alguma coisa mais simples, um título de baronete ou algo assim, estaria ótimo. Ou, melhor ainda, se fosse só a fortuna, sem estar atrelada a nada.

— Fortunas estão sempre atreladas a alguma coisa — disse Ilsa, o tom irônico.

Diante da referência ao ex-marido da amiga, Agnes ficou pálida.

— Eu não tive a intenção de...

Ilsa balançou a cabeça.

— Eu sei. Assim como eu também não tive a intenção de que minha sugestão fosse nada além do que falei.

— Então — disse Agnes com um suspiro —, você vai conosco? Você *precisa* ir, sabe, já que tudo isso foi ideia sua, e agora Winnie e Bella estão ansiosas para caçar fantasmas.

Uma imagem do capitão envolto em lençóis rasgados e arrastando uma corrente para divertir as irmãs passou pela mente de Ilsa, que disfarçou um sorriso.

— Se você quer que eu vá, eu vou.

Por Agnes, disse a si mesma, *e pelas irmãs dela*. E Ilsa se esforçaria ao máximo para não flertar com o irmão absurdamente atraente delas.

Capítulo 9

Drew revirou a mente em busca de cavalheiros conhecidos que pudesse deixar à mercê das irmãs e acabou se dando conta de que só conhecia três.

Duncan, é claro — aquilo já estava resolvido, embora Drew planejasse ficar de olho em qualquer interação entre o amigo e Agnes. Ele ainda estava tentando descobrir uma forma de perguntar a respeito dos dois sem que Duncan tivesse a chance de responder com alguma tolice zombeteira, como era o hábito dele na maioria das conversas sérias.

Quanto aos outros, Drew acabou se decidindo por Adam Monteith, que era um bom camarada e capaz de moderar a língua — e o consumo de álcool — muito melhor do que Will Ross; e por Alexander Kincaid, que conhecia a família St. James havia anos.

Drew reconheceu apenas para si mesmo que a companhia dos amigos talvez trouxesse outros benefícios. Os três eram os melhores jogadores de golfe que ele conhecia, e Edwards tinha dito que havia um campo vizinho ao Palácio Stormont. Se a temporada na propriedade se tornasse um tanto desafiadora, eles poderiam escapar para o campo de golfe.

Quando ele abordou a ideia com os amigos, nenhum deles riu.

— Perth? — repetiu Monteith surpreso. — Como você conseguiu uma casa em Perth, St. James?

Drew fez um montinho de areia para formar um ponto de sustentação para a sua bola. Estavam jogando com o equipamento de Duncan — ele e o pai adoravam o jogo. Mas o verão não era a estação correta para a prática do esporte, porque a grama estava ficando alta, embora isso só tornasse tudo mais desafiador. Uma série de apostas tinha sido feita em relação àquele jogo.

— A casa não é minha — esclareceu Drew, semicerrando os olhos contra o brilho do sol.

O buraco estava acima da elevação, fora de vista. Ele posicionou o taco contra a bola, recuou e balançou, golpeando com força.

— *Ainda* não é — corrigiu Duncan. — E, se tiver jogado a bola no brejo, você me deve um xelim.

Drew encarou o amigo com irritação. O xelim era por causa de uma aposta feita no início do jogo, não para pagar a bola perdida.

— Não caiu no brejo.

— De quem é a casa que você pretende visitar? — perguntou Kincaid, posicionando a própria bola.

Drew observou o amigo com um olhar crítico. Kincaid era mais baixo do que ele, porém mais forte. Os músculos do braço se destacaram quando ele fez o movimento para trás, balançando o taco. Monteith assoviou, admirado, quando a bola voou para longe da vista.

— De quem é a casa? — repetiu Kincaid.

Duncan, o cretino, estava com um sorrisinho malicioso no rosto. Drew respirou fundo.

— Do duque de Carlyle.

Monteith riu.

— A casa de um duque! E de onde veio essa liberdade de invadir o lugar levando um grupo grande de pessoas?

— Ele é meu primo — disse Drew, baixando a voz, embora estivessem sozinhos. — E eu sou o herdeiro dele.

Kincaid ergueu as sobrancelhas, surpreso. Monteith encarou o amigo, boquiaberto.

— Você? — perguntou, incrédulo. — *Você?*

— Impossível de acreditar, não é? — comentou Duncan com um sorriso diabólico.

Kincaid ergueu uma das mãos.

— Herdeiro do duque? Explique isso... Você, um simples capitão do exército, que de vez em quando precisa de dinheiro emprestado para pagar uma cerveja...

Drew não deu bola para a provocação e preferiu andar enquanto contava a história. Ainda experimentava uma vaga sensação de desconforto ao detalhar suas "expectativas de glória e grandeza", como Ilsa Ramsay as descrevera, como se aquilo não pudesse ser verdade. E, para quanto mais pessoas ele contava, mais a sensação se intensificava em vez de abrandar.

Quando todos localizaram suas bolas — nenhuma no brejo —, os amigos estavam balançando a cabeça, chocados.

— Se eu soubesse que você era primo de um duque — disse Monteith, alinhando a bola para a próxima tacada —, teria cobrado juros em cima das cinco libras que você pediu emprestadas no ano passado.

— Se no ano passado eu soubesse que sou herdeiro de um duque — retrucou Drew —, teria pedido o empréstimo a alguém mais educado.

— O que você precisa fazer em relação à casa?

Drew lançou um olhar agradecido a Kincaid pela pergunta séria.

— Há muitos anos ninguém vai até lá. O advogado do duque quer que eu veja com meus próprios olhos em que estado está e a deixe pronta.

— Para que ele possa visitá-la pessoalmente?

Drew hesitou.

— O duque já tem certa idade. Duvido que ele venha.

Seguiu-se um momento de silêncio enquanto os três outros trocavam olhares.

— Então a casa deve ficar pronta para quê? — perguntou Duncan, sério pela primeira vez.

Drew acertou um pouco da grama alta com o taco.

— O advogado está pensando em vender a propriedade.

Os três olharam para ele. Todos tinham consciência do movimento de expropriar os pequenos agricultores em favor de arrendatários e trabalhadores temporários por toda a Escócia, algo que começara lentamente, mas que acontecia com uma frequência cada vez maior. Se o duque de Carlyle colocasse a propriedade dele à venda, provavelmente seria isso que aconteceria com as pessoas que trabalhavam nas terras.

— Você vai vender?

— St. James não pode fazer isso — disse Duncan, o único advogado entre os quatro presentes. — Só o duque pode.

— Sim, só ele tem esse poder — murmurou Drew. — E, pelo que ouvi, ele não se importa com a propriedade escocesa, e o advogado a vê como um fardo.

— Mas o lugar logo será seu, certo? — provocou Kincaid.

O vento ficou mais forte e fez a grama farfalhar.

— Certo.

— Você está decidido a vender as terras escocesas?

— Não — respondeu Drew. — Se a escolha fosse minha, eu não venderia.

— Então, essa visita...

— É para ver como está a propriedade — repetiu Drew, lançando um olhar penetrante a Duncan. — E para poder defender a ideia de que as terras devem ser mantidas como ativos valiosos em vez de vendidas a pessoas que querem dividir ainda mais a Escócia.

Depois de um momento, Kincaid disse:

— Ora, me parece bastante nobre. E você disse que suas irmãs encantadoras irão acompanhá-lo? — Ele deu uma piscadinha.

Drew cruzou os braços enquanto sentia a tensão nos ombros se esvair.

— Sim, e eu também estarei lá, de olho em vocês.

— É mesmo? — murmurou Duncan.

Ele ajustou a próxima tacada e lançou a bola em arco, na direção do brilho da luz do sol.

Depois de encontrar a própria bola, Drew amassou a grama ao redor e escolheu um ângulo.

— Especialmente em você.

Kincaid pegou o frasco de bebida que carregava consigo, e Monteith fez um comentário rude sobre o modo como Drew estava posicionando o taco.

Quando Drew se preparava para dar a tacada, Duncan disse, em um tom casual, mas bem alto:

— Você sabe que, se seus olhos estiverem grudados em nós, não terá como olhar para Ilsa Ramsay, certo?

A bola bateu na lateral do taco e disparou em direção ao brejo. Drew praguejou e avançou para cima de Duncan, enquanto Monteith e Kincaid gargalhavam.

— Ilsa Ramsay! — disse Monteith, cada vez mais empolgado. — Ela estará lá?

— Sim — disse Duncan, desviando de Drew e correndo atrás da bola. — Mas é melhor agirem rápido, rapazes, porque St. James vai ser duque e precisa de uma noiva!

Drew parou e olhou feio para o amigo.

— Não deem ouvidos a ele — disse aos outros. — A sra. Ramsay é uma amiga querida da minha irmã Agnes.

Monteith sorriu.

— Pode até ser, mas notamos que você não desgrudou os olhos dela naquela noite em que a vimos na tasca de ostras. Muito bem, camarada.

— Ignorem Duncan — disse Kincaid preguiçosamente. — Ele ainda está sofrendo com a dor de perder a mulher amada.

A atenção de Drew foi capturada.

— Oi? Como assim?

Kincaid deu de ombros, enquanto recolhia seus tacos.

— Para um camarada tão inteligente, nosso Duncan é capaz de dizer as coisas mais idiotas, não acham? E ser o responsável pelo próprio sofrimento torna a dor ainda pior — disse ele, olhando para o brejo. — St. James, talvez seja melhor você pegar outra bola e desistir daquela.

De cara amarrada, Drew pegou o taco.

— Não vou fazer isso.

Abandonar a bola lhe custaria uma tacada, além do valor da bola em si. E tudo isso só porque Duncan não conseguiu ficar de boca fechada em relação a Ilsa Ramsay, o que era duplamente incômodo, já que Drew tinha a sensação de que Agnes era a dama a quem Kincaid se referira.

Ele pisou na grama farfalhante, determinado a jogar de onde fosse preciso. Como sempre.

A marcenaria em Dunbar's Close era grande, barulhenta e tinha um cheiro forte de aparas de madeira e verniz. Ilsa foi até o escritório onde o pai passava a maior parte do tempo.

Ele estava lá, como de costume, sendo bajulado por alguns aprendizes e artesãos, e sem dúvida havia ali alguns estofadores e douradores também. O pai dela gostava de se exibir quando tinha público. Ao vê-la, ele bateu com as mãos nos joelhos e falou bem alto:

— Ao trabalho, rapazes! Por que estão tagarelando feito um bando de comadres?

Liam Hewitt, que estava sentado ao lado do pai de Ilsa, olhou para ela e sorriu. Os outros homens se afastaram, alguns murmurando cumprimentos, outros dando apenas um sorriso rápido. Ilsa conhecia todos, já que crescera dentro da oficina e em seus arredores. Ela esperou até que todos fossem embora. Liam, como sempre, permaneceu sentado onde estava, ostentando seu status especial de favorito.

Ilsa admitia que Liam era talentoso. Quando ela se casara, o pai lhe presenteara com alguns móveis finamente esculpidos por Liam, inspirados nos padrões do sr. Chippendale, mas beneficiados pelo estilo próprio do artesão. Eram peças muito bonitas, mesas e cadeiras, e Ilsa se esforçava para dar crédito à habilidade dele sempre que se sentava para comer nelas.

Mas o esforço nunca dera muito resultado. Sempre que voltava a ver Liam, ele acabava rapidamente com todas as suas boas intenções ao fazer um comentário sarcástico ou lhe lançar um olhar condescendente. Ilsa finalmente concluíra que Liam não gostava dela e não queria que ela gostasse dele, então parou de tentar.

— Que surpresa — exclamou o pai, e se adiantou para lhe dar um beijo no rosto. — Como você está, querida?

— Bem, papai. — Ela sorriu e o abraçou. — Vejo que permite uma longa hora de refeição aos funcionários.

— Estava apenas contando para eles alguns elogios que o sr. Aitcheson fez ao nosso trabalho. Nós equipamos a loja dele com novos balcões, prateleiras e uma porta da frente bem robusta.

— É claro — comentou Ilsa em um tom brincalhão. — O sr. Aitcheson quer apenas o melhor na joalheria dele, certo?

— Exato. Ele está atento aos roubos que estão acontecendo ultimamente — disse o pai, batendo na lateral do nariz, pensativo. — O sr. Johnstone, na Queen Street, cuja loja reformamos no ano passado, perdeu quase um carregamento inteiro de chá... chá! O que um ladrão iria querer com trezentas libras de chá? Mas Aitcheson ficou preocupado com a joalheria. Nada como fechadura e chave novas para acalmar seus temores.

— Isso, e o novo cofre embaixo do balcão — comentou Liam.

O pai de Lisa riu.

— Sim, isso também! Hoje em dia todo cuidado é pouco, não é mesmo?

— A tia Jean quase teve uma síncope por causa dos ladrões e dos roubos na cidade — disse Ilsa. — Se o senhor puder tranquilizá-la, eu agradeceria profundamente.

O pai deu uma palmadinha carinhosa na mão dela.

— Jean se preocupa com cada respiração que dá. Ninguém é capaz de impedi-la. Ela vai superar.

Ilsa apenas sorriu. Depois que o capitão St. James saíra, Jean havia voltado para a sala de estar, primeiro para repreender a sobrinha por receber convidados de maneira tão desorganizada e, em seguida, para comentar que a ausência de cortinas as deixaria expostas à visão gananciosa de ladrões e invasores de todo tipo. Ela estava certa de que os malfeitores que aterrorizavam Edimburgo estavam escalando os postes de luz para espiar dentro das casas em busca do que roubar.

Ilsa poderia ter revirado os olhos. Qualquer um que roubasse aquele quadro das cinco senhoras sombrias de preto seria muito bem-vindo, em sua opinião. Mas os ladrões estavam roubando chá, entre todas as coisas, e Jean ficaria ainda mais agitada. Ela não deixaria aquilo de lado até que alguém fosse capturado e enforcado.

— Eu queria dar uma palavrinha com o senhor, papai.

— É claro, é claro!

— Em particular — acrescentou Ilsa, baixinho, ao ver que Liam permanecia sentado onde estava, os olhos cintilando.

— Ah! Sim. Pode ir andando, rapaz — disse ele, despachando Liam com um aceno de mão. — Ah, o sr. Hopetoun perguntou sobre aquele par de sofás outro dia, queria saber quando estarão prontos para serem estofados.

— No final da próxima semana, como eu disse a ele — informou Liam, que se levantou e fez uma mesura zombeteira. — Tenha um bom dia, sra. Ramsay.

Ele passou por ela com um ar presunçoso. Ilsa o ignorou, mas o pai os observou com a testa franzida.

— Existe alguma coisa entre você e Liam?

— Nada, papai — respondeu ela calmamente. — Por que pergunta?
O pai bufou.
— Como se eu não fosse capaz de perceber! O sujeito sempre age como se você o tivesse ridicularizado de alguma forma.
— Eu nunca fiz isso — respondeu Ilsa.
Não acrescentou, porém, que Liam sempre havia sido rancoroso e rude, nem que a menosprezava, sendo que às vezes fazia as três coisas ao mesmo tempo. Já aprendera que o pai se solidarizava mais com o lado de Liam independentemente da história, por isso parou de discutir.
— Gosto tanto dele quanto ele de mim.
O pai estreitou os olhos, mas não disse mais nada. Então fechou a porta do escritório e esperou até que a filha se sentasse antes de voltar ao seu lugar.
— O que a trouxe até aqui? MacGill bancou o engraçadinho de novo?
— Não — disse Ilsa. — Eu dispensei os serviços do sr. MacGill, ele nunca mais vai me irritar.
Ela havia ficado muito satisfeita consigo mesma depois de escrever a carta dispensando o advogado. Precisava se lembrar de agradecer ao capitão por encorajá-la.
O pai se levantou da cadeira.
— Você o dispensou? Por quê, Ilsa?
— Eu expliquei ao senhor naquele dia. — Ilsa mudou de assunto antes que ele tivesse tempo de se recuperar. — Vim para dizer que estou de partida.
— De partida! — repetiu ele, parecendo estupefato. — Por causa de MacGill?
Ilsa riu.
— Não, de jeito nenhum! É por um motivo muito mais agradável. A família de minha amiga Agnes vai passar uma temporada em Perth e fui convidada para ir junto.
— Perth! — repetiu o pai outra vez, mas pareceu mais calmo. — Que diabo há em Perth?
— O Palácio Stormont. O capitão St. James foi enviado para averiguar o estado da casa.
Deliberadamente, Ilsa fez parecer que o capitão havia sido enviado sob as ordens de um oficial comandante. Ela não contaria ao pai sobre

o provável futuro do capitão, uma vez que essa seria a melhor maneira de garantir que toda Edimburgo ficasse sabendo. Não apenas Agnes lhe pedira para não contar a ninguém, como Ilsa suspeitava que o capitão também não desejava que o fato fosse amplamente conhecido.

— E ele vai levar a família junto? — O pai ainda estava desconfiado.

— Ele disse à irmã que achava que seria um trabalho entediante e que ter a família e os amigos junto poderia tornar a tarefa mais agradável. As senhoritas St. James estão ansiosas para visitar as lojas em Perth e conhecer melhor a região.

O pai de Ilsa contorceu os lábios. Ainda não parecia satisfeito, embora Ilsa não conseguisse entender por quê.

— Papai, você sabe o que a família deles passou — comentou ela com gentileza. — Acredito que o irmão de Agnes quer apenas oferecer a elas uma experiência prazerosa e afastá-las de Edimburgo por algum tempo.

Ele pigarreou.

— Ele era o cavalheiro mais alto, certo? No salão de reuniões na outra noite? Me pareceu um tanto malicioso.

Ilsa tinha a mesma impressão, mas por outros motivos. Ela riu para esconder a forma com que seu coração disparou ao lembrar do sorriso conspiratório do capitão.

— Trata-se de um oficial zeloso e responsável, papai. Mas todo homem deve ter seus momentos de travessuras. — Ela fitou o pai com uma expressão astuta. — Por falar nisso, como está a sra. Lowrie?

O pai enrubesceu.

— Isso não vem ao caso. Muito bem, muito bem! Quando você deve partir? E por quanto tempo serei privado de sua companhia?

— Partiremos depois de amanhã e só ficaremos uma semana fora. O senhor mal notará a minha ausência.

— Notarei, sim — argumentou ele. — Jean vai vir reclamar comigo.

— O senhor merece — disse Ilsa, ficando de pé. — Quando o senhor me convenceu a convidá-la para morar comigo, tinha em mente que ela ficasse de olho em mim, não é?

O pai ficou paralisado, com uma expressão culpada de espanto no rosto.

— O quê? Não, jamais!

Ilsa sabia muito bem o que havia por trás daquela fanfarronice.

— Não gosto disso, papai — disse com firmeza. — Eu não preciso de guardiã e, se o senhor não passar a cuidar da sua própria vida, vou irritá-la tanto que ela voltará voando para você. O senhor ainda não encontrou uma governanta e há muitos quartos vagos em sua casa...

O pai se levantou de um pulo, os olhos cintilando e as sobrancelhas erguidas.

— Eu tive ótimos motivos para colocar você e Jean juntas. Você não sabe tudo, minha menina, e não pode viver sozinha feito um homem. Você ainda é minha filha e eu...

— Sou dona da minha vida — afirmou Ilsa, com um olhar de advertência. — Eu me casei com Malcolm, como o senhor desejava, e permiti que Jean fosse morar comigo porque gosto dela. Mas sou uma mulher adulta e não serei manipulada.

— Manipulada? — repetiu William, com uma expressão magoada. — Eu sou seu pai! Seu bem-estar é mais importante para mim do que qualquer outra coisa no mundo, mocinha. Suas palavras são como uma adaga bem no meu pobre coração.

Ilsa suspirou. Ele achava que estava agindo de maneira paternal e protetora.

— Pare de tentar me controlar.

— Controlar? Não, Ilsa, só me preocupo com você — retrucou ele, indignado. — E isso será meu dever até a morte.

Ela o encarou, surpresa.

— O meu futuro marido pode se opor a isso.

O pai levou um susto.

— Futuro marido? Quem? Quem é ele? Você aceitou um pedido sem sequer me contar que estava pensando em se casar?

— Não aceitei pedido algum — respondeu Ilsa, surpresa com a veemência dele. — Mas, se eu voltar a me casar, meu futuro marido também não vai aceitar sua interferência em nossa vida.

Ela só havia mencionado um marido porque o pai brincava com ela a respeito toda vez que se falavam. Agora, porém, William pareceu bastante surpreso e despreparado para encarar a ideia.

Ele relaxou visivelmente.

— Bem, se estiver pronta para se casar de novo, saiba que o sr. Grant ficou muito impressionado com você. Aquele arrojado sir Philip

Hamilton, da St. Andrew's Square, também teria sorte de tê-la como esposa, e ele acabou de comprar um novo conjunto de móveis de sala de estar muito bom, o que me tranquiliza em relação ao fato de que seria capaz de sustentá-la...

— Adeus, papai — disse Ilsa, e deu um beijo no rosto dele. — Nos veremos em alguns dias.

Ele a acompanhou até a saída da loja.

— Muito bem, então, vá para sua aventurazinha com as senhoritas St. James. Mas lembre-se de voltar para casa sã e salva para mim, certo? Caso contrário, ordenarei que os aprendizes peguem cinzéis e furadores e liderarei o meu próprio exército para resgatá-la.

Ilsa riu e foi embora. Sim, ela queria ter uma aventurazinha, mas não tinha tanta certeza sobre voltar para casa, para o pai.

Capítulo 10

O GRUPO PARTIU em uma bela manhã de sol. Eram quase oitenta quilômetros até o Palácio Stormont e, sozinho, Drew teria feito a viagem em um dia. No entanto, cedeu aos desejos da mãe e pernoitaram em uma estalagem perto de Kinross.

Drew fez questão de manter distância de Ilsa. Não só para provar que Duncan estava errado quando o acusara de só ter olhos para ela, como Ilsa estava sempre com as irmãs dele, particularmente Agnes. Como a mesma Agnes lançava olhares letais sempre que Felix Duncan abria a boca, não foi tão difícil quanto era de se esperar. Felizmente Monteith e Kincaid eram companheiros de viagem animados, e Winnie e Bella estavam se comportando melhor do que o normal.

Drew se forçou a pensar em outras coisas e lembrou a si mesmo que era o único responsável por aquela situação. Poderia ter ido até Perth sozinho, a cavalo, e inspecionado o lugar em paz, tendo apenas a si mesmo como companhia. Ninguém implicaria com ele, como Bella fazia; ou o atormentaria durante a viagem, como Monteith; ou o repreenderia por beber demais, como a mãe tentou fazer... ou lançaria sorrisinhos íntimos, como Ilsa fez quando eles se cruzaram na escada.

Portanto, de um modo geral, valera a pena.

Entraram pelos portões da propriedade no fim da tarde, quando o sol já se punha e lançava reflexos dourados sobre o arenito, tornando-o de um tom de bronze profundo. A hera se espalhava como teia de aranha pelas paredes do palácio, exceto na fachada, como puderam observar enquanto subiam pelo sinuoso caminho de entrada.

Drew seguia a cavalo ao lado da primeira carruagem, que levava a mãe, Bella e Winnie. Além de uma exclamação chocada e um olhar demorado para o filho, a mãe não fez qualquer comentário depois de avistar o palácio. Bella e Winnie, por outro lado, dispararam uma série de perguntas a Drew, ignorando as advertências da mãe para não gritarem ou se pendurarem para fora das janelas da carruagem.

À medida que se aproximavam do palácio, Drew foi diminuindo o trote do cavalo para emparelhar com a segunda carruagem, onde Agnes e Ilsa viajavam com a criada de Ilsa. Drew tocou na aba do chapéu quando Ilsa sorriu para ele pela janela aberta.

— Sejam bem-vindas a Stormont, minhas senhoras.

— É enorme — comentou Agnes, inclinando-se para fora da janela.

— Mas encantadora — acrescentou Ilsa.

Drew assentiu. Se ele não tivesse passado várias semanas em um castelo, teria estacado, perplexo, ao avistar o palácio. A visão era espantosa e, a cada passo, se tornava ainda mais impressionante. Um par de torres quadradas, com ameias, se erguia de cada lado do palácio. Degraus amplos conduziam à entrada. As janelas em arcos lembravam o estilo normando do Castelo Carlyle, só que mais abundantes e graciosas. Devia ser claro lá dentro. Drew sabia que havia um pátio, e que corria um rio perto da propriedade, mas, visto de frente, o palácio parecia uma fortaleza pequena e pitoresca, orgulhosa e segura em seus domínios.

— Quando você disse palácio — comentou Kincaid, parando ao lado dele —, achei que estava se referindo apenas a uma bela casa grande, como o Palácio Hamilton. Mas isso aqui já foi uma residência real, não é?

— Residência de um abade — admitiu Drew.

Kincaid lhe lançou um olhar de soslaio.

— E agora é seu.

Drew balançou a cabeça.

— Não é meu... ainda não.

Mesmo assim, Drew parou e desmontou a uma certa distância dos outros. A mãe e as irmãs desceram das carruagens, exclamando e apontando. Os amigos se agruparam em torno dos cavalos, porque um deles parecia estar com uma ferradura solta. Drew examinou a casa. Palácio.

Castelo. Qualquer uma dessas palavras se encaixava. *Meu*. Aquela era uma palavra que não deveria fazer sentido, mas que por algum motivo fazia. Um grupo de criados estava enfileirado nos degraus de entrada, encabeçados por um sujeito magro com óculos que cintilavam ao sol. Aquele devia ser o sr. Watkins, o capataz. Todos esperavam para cumprimentar Drew, o mais próximo de um proprietário do local.

No Castelo Carlyle, sem dúvidas Drew fora tratado como um convidado. Após a morte do duque, ele até poderia tomar posse do lugar, mas, enquanto a duquesa vivesse, o castelo sempre pareceria a casa dela. Mesmo que Sua Graça fosse afastada imediatamente de lá, levaria anos e anos para reformarem o lugar seguindo outro estilo ou gosto, e custaria uma fortuna considerável. Não que o Castelo Carlyle pudesse dar a sensação de ser um lar a alguém que vivera em acomodações muito mais modestas durante toda a vida — Drew passara a pensar nele como seu futuro alojamento, significativamente mais luxuoso que o Forte George, mas com um propósito semelhante.

O palácio, no entanto... Drew tinha gostado de tudo o que conseguira ver até aquele momento. Gostava do fato de estar localizado na Escócia. E, embora ainda não fosse dele, ele já se sentia mais apegado àquela casa do que ao Castelo Carlyle.

— Essa visita teve um começo promissor — comentou uma voz ao lado dele.

Drew levou um susto e, ao se virar, viu Ilsa Ramsay, que havia se afastado dos outros e agora o fitava.

— É mesmo?

— Não apenas suas irmãs estão maravilhadas e empolgadas, como até a sua mãe se declarou impressionada — disse ela, sorrindo.

— Isso é realmente promissor — concordou ele.

— E vejo que você... — Ilsa se aproximou e o examinou com atenção. — Também está satisfeito.

Por Deus, mas ele não resistiu a se aproximar mais dela.

— Estou? Como sabe?

— Sua postura. Seus ombros relaxaram — explicou ela com os olhos cintilando, baixando a voz. — Pela expressão em seu rosto, profundamente interessado e intrigado.

Drew sentiu o coração disparado.

— Já viu esse olhar antes, não é? — murmurou ele.
Ela arqueou uma sobrancelha.
— Talvez. Entendi mal o que ele significa?
— Duvido. — Se Drew estivesse olhando para o palácio com uma expressão semelhante à que olhava para ela, não era de admirar que Ilsa tivesse achado que ele estava satisfeito. — Significa que estou surpreso com como a visão é encantadora. Significa que, de repente, estou esperando essa herança com imenso prazer, sem qualquer peso de responsabilidade ou obrigação. — O cavalo sacudiu a cabeça, agitado, e Drew o acalmou sem tirar os olhos de Ilsa. — Significa que, de cima a baixo, gosto do que vejo.
Ela ficou levemente ruborizada e abriu os lábios convidativamente.
— Um bom presságio — disse Ilsa em um murmúrio rouco.
— Espero que sim.
Maldito fosse ele por aqueles pensamentos pecaminosos, mas Drew só conseguia pensar que eles dois passariam vários dias sob o mesmo teto... fazendo as refeições juntos... dormindo em quartos a poucos metros de distância...

Tomara que a casa seja cheia de esconderijos e recantos privados, torceu Drew. E que houvesse uma ampla adega, onde duas pessoas podiam desaparecer por uma hora. E que o quarto dela fosse ao lado do dele.
— Devemos entrar? — perguntou Bella, assustando Drew.
— É claro — respondeu Ilsa, rindo. — Estávamos falando exatamente sobre isso, não é, capitão?
— Então vamos!
Bella correu de volta até onde estava a mãe, que fitava Ilsa e Drew com a cabeça inclinada e uma expressão de curiosidade.
Drew entregou o cavalo ao cavalariço que apareceu.
— Estávamos falando sobre a casa? — perguntou.
Ilsa sorriu.
— É claro. Vamos torcer para que o interior também agrade e encante.
— Ou pode ser uma ruína oca, dominada por fantasmas. — Drew pigarreou, tentando afastar o desejo de flertar com ela de forma ainda mais provocante. — Com certeza sei de qual alternativa minhas irmãs gostariam mais.

Os dois riram e caminharam lado a lado em direção à propriedade, tão próximos um do outro que seus cotovelos se esbarravam. E aquilo também parecia tão *certo* que Drew não queria nem pensar a respeito.

George Watkins se adiantou e se apresentou.

— É um grande prazer receber o senhor e seus convidados no Palácio Stormont, capitão. Tenho certeza de que encontrará tudo em ordem para a temporada que passarão aqui.

Drew assentiu, profundamente interessado em ver a casa.

— Não tenho dúvidas. O senhor nos mostrará o lugar?

O sr. Watkins se mostrou ávido para tal. Conduziu-os de cômodo em cômodo, enchendo-os de informações sobre a história e os fatos do palácio: os homens que o construíram, as famílias que tinham vivido nele e até mesmo sobre os móveis e objetos que abrigava.

Quando Bella estendeu a mão para tocar uma taça de prata gravada sobre uma mesa na galeria, o sr. Watkins se adiantou para informar que o objeto havia sido usado por Suas Majestades, o rei Jaime IV e a rainha Margaret, mais de duzentos e cinquenta anos antes, durante uma visita deles ao palácio. Bella recolheu rapidamente a mão e a mãe a afastou de vez da mesa.

A mobília do salão de jantar era francesa, com entalhes elaborados em nogueira e incrustada com ébano da época do rei Luís XIV. Era raro encontrar peças como aquelas fora da França, exaltou Watkins. Todos examinaram o salão em um silêncio reverente, e Drew se perguntou como teriam coragem de se sentar para comer ali.

A grande paisagem pendurada acima do console da lareira na sala de estar se revelou como sendo do artista Alexander Keirincx.

— O quadro foi pintado por encomenda do rei Carlos I, em homenagem a sua primeira visita à Escócia — informou o sr. Watkins com orgulho. — Uma vista magnífica do Palácio Stormont.

E deixado aqui, sem que ninguém o veja, nesse palácio solitário, pensou Drew. Ele se perguntou se o duque tinha ideia dos tesouros que possuía naquelas propriedades remotas e esquecidas.

Os quartos haviam sido preparados, e a governanta, que descobriram ser a sra. Watkins, mostrou os aposentos de todos com eficiência e simpatia. Drew se demorou um pouco mais com o sr. Watkins no corredor da escada.

— O sr. MacGill avisou que o senhor deseja inspecionar a propriedade — disse Watkins, parecendo um pouco ansioso. — Fiz o melhor que pude para reunir os registros, que sempre tentei manter em boa ordem, senhor, mas não houve muito tempo...

— Tenho certeza de que daremos um jeito, sr. Watkins.

O palácio parecia limpo e bem cuidado, confortavelmente antiquado e belamente decorado. Drew respirou fundo. Sim, ele gostava daquele lugar.

Tinha a sensação de estar em casa.

Depois de um dia inteiro de viagem, o jantar foi uma refeição leve no belo salão de jantar, com paredes cobertas por um tecido damasco azul-celeste e um lustre dourado que cintilava acima da longa mesa. Depois, todos foram para o salão de visitas, mas, quando a sra. St. James se sentou diante do cravo, o instrumento vibrou dolorosamente desafinado, acabando com a esperança de Winnie de que pudessem dançar.

Ilsa caminhou até as janelas voltadas para o sul, que davam para um amplo gramado. O sr. Watkins havia mencionado um labirinto na propriedade, e ela achou que conseguia avistar dali um pedacinho dele. Aquilo agradaria a Bella. Agnes se juntou a ela.

— Quando Drew chamou de palácio, achei que estava exagerando — murmurou a jovem. — Esse lugar é muito grande.

— E muito bonito.

Os olhos de Ilsa percorreram a sala, apreciando o que viam. Eles haviam conhecido apenas metade do palácio e já era impressionante.

— Sim — admitiu Agnes. — É mesmo.

— Um aspecto positivo em relação ao futuro que aguarda seu irmão?

Agnes sorriu com relutância.

— Um benefício bem pequeno.

— Alguns podem achar grosseiro levar em consideração os confortos materiais ao se decidir por gostar ou não de algo, mas o conforto certamente afeta opiniões — continuou Ilsa. — Às vezes, é o fator decisivo.

Agnes pareceu incomodada.

— Tudo conta, suponho. Não que esta vá ser a minha casa. Será de Drew.

— Mas você seria bem-vinda aqui — observou Ilsa. — E se esta é a casa esquecida e abandonada na Escócia, que ninguém visita há vinte anos, como você acha que são as outras, as preferidas?

A amiga a encarou com um olhar perplexo.

— Essas também não serão minhas.

— Não — murmurou Ilsa —, mas pense nos cavalheiros que você vai conhecer, morando nessas casas. Atrevo-me a dizer que eles terão casas semelhantes, e você pode muito bem acabar sendo dona de uma delas.

Aquilo fez Agnes enrubescer e ela logo arrumou uma desculpa para ir falar com uma das irmãs.

Os cavalheiros logo se juntaram a elas, mas estavam todos cansados da viagem, talvez um pouco aturdidos com o palácio, então, quando o relógio soou a hora cheia, o grupo se separou e todos se recolheram.

Ilsa tinha ficado com um quarto no final do corredor, tão elegantemente mobiliado quanto o resto da casa. Estava à altura de um duque, pensou, até mesmo de um príncipe.

E Drew gostara do lugar.

Ilsa se lembrou dele aos pés de Calton Hill, os braços abertos enquanto negava qualquer pretensão apesar da herança nobre. *Apenas um militar modesto*, dissera ele. Alguém que poderia ser um amigo para ela. Mas, ali no interior, Drew havia caminhado por aquele palácio requintado como um homem planejando tomar posse dele. Aquilo poderia muito bem ter traçado uma linha clara entre os dois.

Ilsa abriu um sorriso irônico. Sempre houvera uma linha separando-os. Ela tinha consciência daquilo, mesmo que se sentisse — e ele também — tentada a ignorá-la. Mas era real, e precisava ser mantida em mente.

Ilsa pegou um xale no guarda-roupa e saiu do quarto com o lampião na mão. Durante a excursão pela casa, o sr. Watkins havia apontado para a porta que levava ao passadiço no telhado. Bella e Winnie tinham desejado subir, mas a mãe rejeitara firmemente a ideia, que acabara sendo esquecida por todos... a não ser por Ilsa.

Ela demorou vários minutos para localizar a porta, mas então estava subindo a escada íngreme e estreita. A noite estava clara, o céu limpo e, quando Ilsa pisou no amplo telhado, construído como o de um castelo, o vento açoitou seu cabelo, fazendo-a virar o rosto na direção da lua nascente, em êxtase.

Ilsa explorou os limites do passadiço, que percorria apenas a fachada do palácio, de torre a torre. A leste se via a vasta extensão de ébano do céu noturno, a oeste os últimos raios índigo do crepúsculo. Estava muito escuro para que conseguisse distinguir a longa extensão do terreno, mas lampiões brilhavam nas janelas, garantindo luz suficiente para dar uma ideia do pátio abaixo dela. Pairava no ar o aroma de abetos e urze, e Ilsa se deu conta de que o som distante e acelerado que ouvia era o rio que haviam cruzado no caminho para a propriedade. Haveria um lugar mais fundamentalmente escocês do que aquele?

— E eu achando que teria que confessar às minhas irmãs que estava errado sobre fantasmas... — disse uma voz atrás dela.

Ilsa riu.

— Por quê?

O capitão se aproximou dela, apoiou os cotovelos na pedra e a encarou.

— A sra. Watkins me garantiu que a casa estava na mais perfeita ordem, mas, por algum motivo, um livro grande fugiu da estante para manter a porta que dá para o telhado aberta. O vento uivando escada abaixo também está fazendo um som terrível, como uma *banshee*, uma alma penada, prometendo vingança contra os intrusos.

— Se eu tivesse deixado a porta bater atrás de mim, realmente viraria um fantasma. — Ilsa ficou na ponta dos pés para espiar novamente por cima da ampla muralha de pedra. — É um longo caminho até o chão.

— Você não parece estar com medo — disse ele, o tom bem-humorado.

Ela respirou fundo.

— De jeito nenhum. Eu amo estar no alto. — Um pássaro voou silenciosamente acima deles, um falcão ou uma coruja caçando ao luar.

— Como seria glorioso planar ao vento como um pássaro. Consegue imaginar? Ficar de pé nesta saliência e simplesmente pular — Ilsa estendeu os braços como se fosse levantar voo — e voar noite adentro...

Drew parecia intrigado.

— Faria mesmo isso? Como o sr. Lunardi e o seu balão?

O bom humor de Ilsa vacilou. Lunardi, o aeronauta, havia encantado a Grã-Bretanha e a Escócia com seus voos em balões de hidrogênio alguns anos antes.

— Sim — murmurou.

— Você o viu? Pelo que sei, a viagem dele a Edimburgo foi um grande sucesso.

Ilsa não disse nada. Ela desejara ir, implorara a Malcolm para que permitisse, mas ele recusara. Só mais tarde Ilsa descobrira que o marido havia ido com alguns amigos e apostado pesadamente na viagem de Lunardi, enquanto ela se vira forçada a esticar o pescoço para tentar ver o balão das janelas do piso superior de casa.

— Minha mãe e minhas irmãs ficaram encantadas — continuou o capitão, sem reparar no silêncio repentino de Ilsa. — Recebi nada menos do que três cartas a respeito, descrevendo como o balão era magnífico, como subiu alto e voou longe.

— Ouvi dizer que foi uma visão maravilhosa. Você subiria em um balão? — perguntou ela, para desviar a conversa para ele.

— Não tenho certeza — respondeu Drew com uma risadinha baixa. — Parece um negócio arriscado. Eu gostaria de ter garantias de que não iria cair, ou pegar fogo e *então* cair, como aconteceu com aquele camarada francês que tentou cruzar o Canal da Mancha — disse Drew, balançando a cabeça. — Nenhum voo é emocionante a ponto de justificar um mergulho flamejante na terra.

— Não — concordou Ilsa. — Embora esse mergulho em particular... Antes do impacto, ele *seria* emocionante.

— Quando eu tiver saboreado todos os outros prazeres da vida e não quiser mais nada a não ser essa emoção, sem me preocupar com um possível final abrupto, então me arriscarei — respondeu ele com ironia, fazendo-a rir.

— Com que aventuras você sonhou? — perguntou Ilsa por impulso. — Agora que já descobriu meus desejos ousados e lunáticos.

Ele ficou em silêncio por um momento.

— Eu costumava desejar ver o mar. E me imaginava passando a vida entre as ondas, viajando pelo mundo, com apenas as estrelas como guia. Às vezes, íamos ao estuário de Moray e víamos os golfinhos pulando e girando no ar, tão alegres quanto uma matilha de filhotes de cães de caça, e eu invejava a liberdade deles.

— Deve ter sido uma visão esplêndida — comentou Ilsa, fervorosa.

— Eles eram incríveis. E eu costumava me perguntar o que já teriam visto, sendo capazes de navegar pelos oceanos apenas com o céu infinito acima da cabeça. — Drew fez uma careta. — Praias. É isso que eles veem. Furacões, navios e praias. Afinal, estão presos à água e jamais poderão ver as coisas incríveis que existem em terra.

— Você é um realista — disse ela, e dessa vez ele riu.

— E, portanto, uma decepção cruel para você, presumo.

Ilsa deu um sorriso melancólico. Ele certamente não era nada daquilo, não para ela.

— Meu pai nunca deu muita atenção para navios. Sempre preferiu viajar de carruagem e, quanto mais elegante, melhor. Eu nunca estive no mar.

— Bem, nem eu. Marchamos de uma ponta da Escócia até os limites da Inglaterra e voltamos, mas nunca fui enviado a bordo de um navio — disse ele, parecendo melancólico.

Ilsa se virou para ele e apoiou as costas na pedra.

— Você não terá mais que marchar para lugar nenhum.

Ele piscou, com um sorriso suave e bem-humorado no rosto.

— E sou muito grato por isso.

— E terá este palácio — acrescentou Ilsa. — Um benefício ainda maior.

— Depois do exército, qualquer casa com um telhado robusto, uma chaminé sólida e uma cama quente é um luxo indescritível. Qualquer casa comum de fazenda seria suficiente.

Só que, em vez disso, ele teria aquela joia primorosa de palácio, finamente mobiliado e muito bem localizado, além de um castelo na Inglaterra. Nunca mais teria que se contentar com nada comum depois que se tornasse duque, e Ilsa disse isso a ele. Por um longo momento, Drew não respondeu.

— Ainda acho difícil de acreditar — disse ele por fim, muito baixinho. — É uma sorte com a qual a maioria das pessoas apenas sonha... Você me disse isso, não é? Mas *eu* nunca sonhei com isso. Meus sonhos eram muito mais comuns e humildes. Um lar seguro e confortável para a minha mãe. Casamentos felizes para as minhas irmãs. Conservar todos os membros do corpo, evitando perdê-los por uma idiotice qualquer de algum coronel do exército. E algum dia, talvez, uma esposa e uma família para cuidar.

O coração de Ilsa bateu forte com a resposta dele.

— Esse último desejo não é tão comum — murmurou ela. — Com certeza mais raro do que imagina.

Drew virou o corpo e seu ombro roçou o dela.

— Bem, como eu disse, era apenas um sonho...

— Que agora está totalmente ao seu alcance. Depois de ter realizado o sonho mais louco de muitos... Ser descoberto como o herdeiro há tempos perdido de um grande título e de uma grande fortuna... Eu lhe garanto que uma esposa será algo muito mais fácil de conseguir.

As mulheres fariam fila para se candidatar ao posto mesmo antes de ver aquele brilho travesso nos olhos do capitão e de ouvir o som grave de sua voz, vibrando com uma risada.

Ele soltou o ar lentamente.

— É o que me dizem. Mas penso comigo mesmo... que eu gostaria de uma esposa que não me quisesse por causa desse grande título e grande fortuna.

Ah, o coração dela...

— Você deve gostar de mulheres obstinadas, então.

— Sim — sussurrou Drew. Com o polegar, ele afastou uma mecha de cabelo do rosto dela. — Gosto.

Ilsa se obrigou a rir.

— Assim como eu gostaria de saltar desta torre! É uma loucura.

Drew se colocou atrás dela e firmou as mãos na cintura de Ilsa, enquanto ela se debruçava novamente por cima da muralha.

— Sonhar em voar? Ora... quem chamaria isso de loucura? Como você, tenho certeza de que algum dia alguém descobrirá um modo de fazer isso e, quando isso acontecer, quem parecerá louco?

O riso desapareceu dos lábios dela. Jean, o pai ou Malcolm a teriam repreendido pela excentricidade. Drew reconhecia o anseio real em suas palavras e dizia que ela não estava louca.

Aquele homem era perigoso. Porque se pular da torre não era loucura, então certamente outras coisas também não seriam...

Hoje não, barganhou Ilsa consigo mesma. No dia seguinte e nos próximos, ela agiria de forma sensata. Aquele momento era bonito demais, raro demais, para que ela o estragasse com qualquer tentativa de decoro.

Ilsa relaxou o corpo lentamente junto ao dele. As mãos de Drew deslizaram devagar ao redor da cintura dela até tê-la em seus braços. Ilsa sabia que deveria pôr um fim àquilo, mas estava gostando demais da sensação. Ela entrelaçou os dedos nos dele e se aproximou ainda mais. Quando Drew colou o rosto à sua têmpora, Ilsa se virou e deixou que os lábios dele roçassem sua testa. Então ele a apertou junto ao peito, os braços quentes e fortes ao redor dela. Ilsa absorveu o calor do corpo de Drew. O coração dele batia junto ao rosto dela, tão acelerado quanto o dela, que disparava imprudentemente sempre que ele estava por perto. E quando ele a tocava...

Ah, aquilo poderia facilmente sair do controle. Ele se casaria com outra pessoa, mas isso só aconteceria no futuro, certo? Naquela noite ele estava ali, abraçando-a, tão livre quanto ela...

Ilsa permitiu que Drew erguesse seu queixo. Permitiu que os lábios dele roçassem os dela. Disse a si mesma para não o encorajar, que ele não era para ela, que ela não precisava de um homem, mas acabou permanecendo onde estava, permitindo descaradamente que o capitão a abraçasse e a tocasse, até sentir vontade de se agarrar a ele e sussurrar em seu ouvido: *Sim, me beije...*

— Ilsa — murmurou Drew. Ele deixou as mãos descerem pelas costas dela, acariciou sua cintura, subiu novamente para segurá-la pelo ombro e entrelaçar os dedos em seu cabelo. — Ilsa, o que isso...?

Ela pousou um dedo nos lábios dele.

— Eu não sei. Não me pergunte.

Não hoje.

— Você não pode ignorar a pergunta para sempre... Não quando nós dois nos sentimos tão atraídos um pelo outro. Eu não consigo parar de pensar nisso... pensar em você.

Palavras como aquelas só aumentavam seu desejo. Ele pressionou os lábios na nuca de Ilsa, que mal conteve um gemido. *Amigos*, sua consciência repetia debilmente. *Não amantes.*

— O que você pensa a meu respeito? — perguntou ela.

Ele deu um sorrisinho.

— Muitas coisas.

Ela tinha agarrado a camisa de Drew por vontade própria. Com dificuldade, ela espalmou as mãos em seu torso, mas aquilo acabou fazendo com que sentisse as batidas aceleradas do coração dele.

— Que sou louca, excêntrica, impulsiva...

Drew soltou uma risada.

— Sim, e essas estão entre as suas melhores qualidades. — Ilsa enfiou o dedo no peito dele, se fingindo ofendida, e Drew pegou sua mão e beijou o dedo. — E eu não diria louca, mas animada.

— Ousada — disse Ilsa em voz baixa. — Todos em Edimburgo dizem isso.

Drew envolveu-a nos braços, pressionando o corpo ao dela.

— Sim — retrucou ele, em um sussurro gutural. — Você faz com que eu me sinta ousado...

O último fio de autocontrole de Ilsa começou a se romper. Quem poderia resistir àquele homem falando em uma voz baixa e sedutora? Que mal haveria em um beijo? A boca de Drew já pairava sobre a dela, à espera do mínimo encorajamento... então Ilsa se entregou. Ela ergueu o queixo e, *finalmente*, ele a beijou de verdade, como ela sonhara por semanas.

O beijo na tasca de ostras havia sido impetuoso e breve. Já o beijo daquela noite, no telhado do palácio, não. A boca de Drew reivindicou a dela, ao mesmo tempo quente, macia e exigente. Ilsa ficou na ponta dos pés e se agarrou a ele, que a envolveu e soltou um grunhido de profunda satisfação.

— St. James? Ah... meu bom Deus...

Ilsa se encolheu ao ouvir a voz de Duncan e tirou rapidamente as mãos dos ombros do capitão. Os braços dele a envolveram com mais força, mas ele não se virou, apenas olhou por cima do ombro.

— Sim?

— Perdão, eu vi a porta aberta — disse Duncan.

Ilsa supôs que ele devia ter recuado, porque sua voz soou mais distante. Ela se escondeu covardemente atrás do corpo do capitão, grata por não ter que enfrentar o outro homem.

— Não tire o livro do batente — disse Drew.

Depois de um momento, ele baixou a cabeça para falar com Ilsa.

— Pegos em flagrante — sussurrou.

Ilsa suspirou. Ela deveria agradecer ao sr. Duncan por salvá-la dos seus próprios impulsos comprometedores. Já era tarde da noite e estava escuro demais para ver o rosto de Drew, mas a voz dele ainda soava calorosa e convidativa. Eles poderiam recomeçar de onde tinham parado, à beira de algo que os transformaria para sempre de amigos em... algo mais perigoso.

Ilsa se desvencilhou dos braços dele. Seu coração ainda martelava no peito, mas ela conseguia pensar melhor quando não estava tocando no capitão.

— Pelo que vejo, acho que eu não era a única a me sentir inquieta.

— Duncan está sempre assim. Aquele ali nunca para quieto. — Ele fez uma pausa enquanto ela recuava um passo. — Ele magoou Agnes de alguma forma.

Muito bem. Excelente. Mudança de assunto. Ilsa pigarreou.

— Não faço ideia do que está falando.

Ele soltou um murmúrio impaciente.

— Eu não estou fazendo uma pergunta, estou constatando. Mas nem ele, nem ela falam a respeito. Só ficam lançando esses olhares letais para as costas um do outro e assumem uma expressão amarga à menção do nome do outro. É muito constrangedor ficar perto deles. Por que sugeriu que eu o convidasse?

Ilsa abafou uma risada trêmula. Não revelaria os segredos de Agnes — na verdade, nem sabia qual era esse segredo em particular —, mas ele não estava errado.

— Eles vão resolver a situação. Ou talvez não, e viverão em rixa eterna. — Ela recuou mais um passo, com relutância, afastando-se da tentação, e estremeceu mais uma vez com a brisa noturna. — Já está tarde para ficar aqui fora, sonhando com loucuras como ter asas para voar ou nadar com golfinhos. Obrigado por não sentir aversão aos meus voos imaginários.

Drew afastou uma mecha de cabelo de Ilsa que esvoaçava com o vento.

— Dificilmente eu sentiria aversão por você, moça — falou, naquele sotaque escocês rouco que a fez estremecer de novo. — E nunca por isso.

Ela puxou o xale com mais força ao redor dos ombros.

— É muito cortês de sua parte. E com esse encerramento tão gentil, vou para a cama.

— Sim — disse Drew, depois de uma pausa tensa.

Venha comigo...

— Boa noite, capitão — falou Ilsa em um tom brusco.

Ela agarrou o xale para ter forças e passou por ele para descer as escadas, com grande dignidade e decoro, mas tomada por desejos selvagens insatisfeitos.

Capítulo 11

— ACHO QUE HÁ um labirinto mais além do jardim — comentou Bella no café da manhã do dia seguinte. Ela fez uma pausa e olhou para Drew. — Não?

Depois que o irmão assentiu, Bella se endireitou na cadeira, os olhos brilhando de expectativa.

— Vamos até lá!

Drew não disse nada enquanto a mesa explodia em uma conversa animada. Ele estava observando Ilsa, que tomava o chá em silêncio.

Estava arrependida? Desconfortável? Ele gostaria de saber. A expressão dela era serena, mas distante. Deus, ele esperava que não estivesse arrependida. Será que a ofendera?

Ele a beijara mais uma vez na noite passada. Segurara ela nos braços por alguns minutos impactantes, e foi como se tivesse sido atingido por um raio, marcando a sensação do corpo dela em sua carne. Bastara vê-la com o rosto voltado para o céu noturno com uma expressão de êxtase, o longo cabelo ondulando com a brisa, para que Drew perdesse o chão. Mesmo antes de Ilsa declarar seu desejo de sair voando noite adentro, sem se deixar restringir por limitações como dever, herança ou gravidade, ninguém jamais o fascinara como ela.

Drew havia passado muito tempo pensando naquele abraço, na conversa e no que ele deveria fazer em relação ao fascínio crescente que sentia por aquela mulher. No Castelo Carlyle, um dos tópicos favoritos de Sua Graça era a escolha de uma esposa adequada. Ela havia feito longos discursos sobre a necessidade de eleger uma mulher bem-nascida, que soubesse o que se esperava dela e sustentasse a posição social com graça e dignidade. Drew havia concordado com um aceno de cabeça, afinal, quem era ele para discutir com a mulher que era a duquesa de Carlyle havia mais de cinquenta anos?

E agora ali estava ele, fascinado por uma mulher que não era nem bem-nascida nem inglesa, que dançava em tascas de ostras e sonhava em voar. Drew achava que a duquesa não ficaria satisfeita.

Aquele pensamento o deteve. Estava pensando em se *casar* com Ilsa? Ou estava só perdendo a cabeça por causa dela?

Bella se levantou da cadeira de um pulo, arrancando o irmão de seus pensamentos.

— Então, está resolvido. Nos encontraremos no jardim em uma hora.

Drew terminou o café e empurrou a cadeira para trás.

— Eu não vou. Eu e o sr. Watkins percorreremos a propriedade a cavalo esta manhã.

Ilsa desviou rapidamente o olhar na direção dele.

— Não façam um mapa do labirinto — acrescentou Drew. — Não estraguem o mistério para mim.

— Seria preciso mais do que um mapa — comentou Alex Kincaid. — Drew tem o pior senso de direção que já vi em um militar.

As irmãs começaram a rir. Drew lançou um olhar irritado para Kincaid — os amigos aproveitavam qualquer oportunidade para implicar com ele — e saiu para calçar as botas.

Quando descia o corredor a caminho dos estábulos, viu Ilsa andando de um lado para o outro entre as altas janelas francesas e a lareira. Ela usava um traje de montaria vermelho e um chapéu preto de aba larga. Quando Drew entrou, Ilsa se virou como se estivesse esperando por ele.

Drew afastou aquele pensamento esperançoso.

— Vejo que está ainda mais ansiosa do que Bella para explorar o labirinto — comentou ele com um sorriso.

Ilsa deu uma risada surpresa.

— Não sei se isso seria humanamente possível. Ela mal falou de outra coisa desde ontem.

— Fantasmas — lembrou Drew.

— É Winnie quem quer ver um fantasma — explicou ela, e o sorriso ficou mais largo.

Drew fez uma careta.

— Ah, sim. Como eu poderia esquecer?

Ainda sorrindo, Ilsa baixou os olhos para as mãos, ocupadas segurando um chapéu, e voltou a olhar para ele. Abriu a boca, hesitou, então falou rapidamente, como se tivesse tomado uma decisão importante:

— Eu estava me perguntando se, caso não fosse um grande incômodo ou inconveniência, eu também poderia andar a cavalo.

Drew ficou paralisado.

— Comigo?

Ilsa enrubesceu.

— Sim. Ou não, se isso for perturb...

— É claro que pode — garantiu ele, fascinado mais uma vez. *Quando quiser.*

O rosto de Ilsa se iluminou.

— Obrigada!

— Não sei se há uma montaria adequada — comentou ele, franzindo a testa quando o pensamento lhe ocorreu. — Permita-me perguntar a Watkins...

— Ah, não — disse Ilsa, que estendeu a mão como se fosse tocá-lo, mas logo a puxou de volta. — Quer dizer, perguntei ao sr. Duncan se ele poderia me emprestar o cavalo dele, e ele concordou.

Drew se perguntou novamente se deveria ter acreditado quando Duncan disse não ter qualquer interesse por Ilsa, mas deixou aquele pensamento de lado por enquanto. Afinal, se ela estivesse montando o cavalo de Duncan, o próprio Duncan não poderia ir com eles.

— Mas a sela não é... — mencionou Drew, lentamente.

Ilsa abriu aquele sorriso ousado e travesso já familiar. Ela ergueu a barra da saia de montaria para mostrar que usava botas e calções por baixo.

— Vim preparada, para caso tivesse a oportunidade.

Drew sentiu o coração disparar e cantar.

— Então, vamos.

Watkins estava esperando nos estábulos. Drew selou o cavalo que o levaria, e um cavalariço se aproximou com a montaria de Duncan. Ilsa assistia a tudo sem conter a ansiedade. E, então, ela realmente montou com uma perna de cada lado da sela, se acomodando antes que ele pudesse ajudá-la. Drew avisou a Watkins que eles queriam galopar um pouco primeiro, e todos partiram.

Ilsa montava como uma verdadeira amazona. Os calções e as botas que usava eram escuros e, quando ela ajeitou as saias, parecia cavalgar em uma sela lateral. No entanto, ela controlava o cavalo com a facilidade de um oficial de cavalaria. A montaria de Duncan era um pouco arisca, mas se comportava como um cordeirinho sob a mão dela.

Drew estava fascinado.

Galoparam por uma campina ondulante, passando por cima de um muro baixo de pedra, e então se acomodaram em um trote tranquilo em direção ao lugar onde Watkins encontraria Drew. Ao final, Ilsa disse:

— Ah, isso foi fantástico! Eu não cavalgo assim há anos!

Ele emparelhou com ela, rindo.

— Por que não?

Havia muitos lugares perto de Edimburgo onde se podia sair em um bom galope.

O rosto de Ilsa ficou tenso.

— Meu marido não aprovava.

— O quê? — exclamou Drew, espantado. — Por que não?

Ela afastou uma mecha de cabelo do rosto com uma mão enluvada.

— Ele... Meu marido achava indecoroso. Damas decentes andam de carruagem. — Ela se inclinou para dar uma palmadinha carinhosa no pescoço do cavalo, escondendo sua expressão. — Mas valeu a pena esperar! Eu estava com medo de ter esquecido como se monta.

Drew sentia-se extremamente curioso a respeito do marido dela. Duncan havia dito que Ramsay era um tolo cabeça quente que acabou sendo morto. Ele sentiu vontade de perguntar mais sobre o assunto, mas se conteve.

— Como aprendeu a montar? — perguntou em vez disso.

— Por decisão do meu pai. — Ilsa sorriu de novo, e Drew viu que o momento de tensão e ansiedade havia passado. — Ele decidiu que qualquer filho ou filha que tivesse deveria saber montar muito bem e, como fui a única, tive ótimas aulas.

Drew sorriu, também recordando.

— Meu pai também me ensinou a montar. Me colocou em cima de um pônei quando eu ainda não tinha nem três anos, para horror da minha mãe.

— Ah, mas meu pai não me ensinou diretamente, ele sempre foi muito ocupado. Tive um instrutor de equitação desde os 5 anos.

Ah, sim... Drew lembrou que o pai de Ilsa era um comerciante bem-sucedido.

— Ele é o Diácono dos Artesãos, certo?

— E membro do conselho da cidade — disse ela com gravidade, antes de torcer o nariz e rir. — Mas na época o diácono era o meu avô. Meu pai estava aprendendo o ofício, trabalhando longas horas. E quando a minha mãe morreu... — Ela suspirou. — Imagino que ele tenha achado que eu sentiria menos falta dela se me mantivesse ocupada o dia todo com as aulas.

Drew percebeu o tom de tristeza na voz de Ilsa, mas a expressão dela estava serena.

— Ouvi dizer que o diácono Fletcher é o melhor marceneiro de Edimburgo.

— Como filha, devo dizer que meu pai é o melhor marceneiro de toda a Escócia e, portanto, do mundo, muito obrigada — retrucou ela, de maneira atrevida. — E, se desejar um conjunto de mobília para seus novos domínios, é melhor encomendar agora, porque ele não vai correr para atender a homem nenhum, nem mesmo um duque.

Drew riu.

— Não sou duque, e pode levar décadas até que eu possa pagar um banquinho do melhor marceneiro da Escócia.

Ela inclinou a cabeça, pensativa.

— Deve ser muito estranho saber que uma imensa riqueza e poder lhe aguardam, mas não possuir nada disso no momento e estar completamente no escuro em relação a quando esse dia chegará.

Drew pigarreou.

— Passei a receber uma renda como herdeiro. Não se compara aos ganhos do duque, é claro, mas é uma quantia generosa para um humilde capitão — explicou ele. — A duquesa, mãe do duque, administra a propriedade há anos, e acho que ficou absolutamente chocada com a qualidade dos herdeiros em potencial depois que nos localizou.

— Há mais de um?

— Um primo. Desisti de tentar lembrar em que grau, mas nunca tinha visto o sujeito antes de Sua Graça nos chamar para o castelo e dizer que deveríamos nos tornar dignos do título que hoje pertence ao filho dela.

Ilsa se voltou para ele com aquele sorrisinho malicioso.

— Caso contrário... o quê?

— Caso contrário, seríamos esfolados vivos pela língua dela, suponho — disse Drew com uma risadinha. — Para ser sincero, nunca passou pela minha cabeça desafiá-la. Eu preferiria dizer ao meu coronel para beijar o próprio traseiro, mesmo sabendo que seria açoitado por isso. Desafiar a duquesa seria pior.

— Conheço bem esse tipo de mulher — disse Ilsa, rindo.

Eles haviam chegado a uma cerca e se viraram para caminhar ao longo de sua extensão.

— Mas se apenas um de vocês pode herdar, o que vai acontecer com o outro?

— Bem, nem o meu primo, nem eu somos casados ou temos filhos. No momento, ele é o meu herdeiro.

Drew franziu a testa ao se lembrar de Maximilian St. James, com seu sorriso educado e cínico e o olhar calculista.

— Não parece satisfeito com a perspectiva — observou ela.

— Acho que o meu primo não está levando a situação a sério. Ele é um malandro, um apostador, e Sua Graça está resignada com o fato de que ele vai desperdiçar o dinheiro e a ajuda dela.

A duquesa nunca mais voltara a mencionar o nome de Maximilian depois que ele fora embora do castelo, mas todos os dias algum comentário passageiro deixava clara a sua falta de esperança em relação a ele.

— Ela me encorajou fortemente a me casar e garantir a sucessão... — Drew se interrompeu, constrangido. Sentia-se tão confortável conversando com Ilsa que havia deixado a língua correr solta. — Me perdoe.

— Imagine, eu já sabia disso.

Drew ficou surpreso. Ali estava ele, achando que havia revelado seus segredos, e ela já sabia?

— Já sabia?

Ela o encarou com compaixão.

— Ah, sim. Ouvi muito mais do que deveria, sem dúvida.

Drew fechou os olhos por um momento.

— Bella ou Winnie?

— Ambas.

Ele pressionou os nós dos dedos na testa. Mal podia imaginar o que as irmãs teriam dito.

— Posso ter a esperança de que venha a esquecer tudo que ouviu?

— Capitão — disse Ilsa com uma risadinha —, não precisa se preocupar se *eu* vou me lembrar de algum comentário. O senhor deveria estar muito mais interessado em saber com quem mais elas estão falando.

Eles chegaram a um portão. Drew se abaixou para abri-lo, tentando entender do que ela estava falando. Não demorou muito: o baile no salão social de Edimburgo, quando fora apresentado à força a pelo menos cinco ou seis mulheres e induzido a dançar com todas. Ele achava que as irmãs estavam apenas sendo sociáveis demais. Pelos céus!

Ele fez um gesto para que Ilsa passasse. O sr. Watkins os esperava à frente, seu cavalo pastando placidamente na grama alta no final da trilha.

— Essas meninas ainda vão me matar — murmurou Drew.

Ele passou por Ilsa, depois fechou firmemente o portão.

— Pelo contrário, senhor — disse Ilsa. — A intenção delas é ajudá-lo.

Ele se virou bruscamente para trás, para olhá-la, mas Ilsa lhe deu um aceno animado, firmou os calcanhares no cavalo e saiu galopando. Daquela vez, Drew ficou apenas admirando sua silhueta por um momento, antes de tocar o próprio cavalo em direção a Watkins.

Naquele dia, ele queria ter uma noção geral da propriedade, sem se aprofundar em detalhes. Por isso o homem o conduziu pela extensão do terreno, sem pararem para inspecionar nada. Ele indicou o pequeno vilarejo, a estrada que levava às fazendas, as nascentes de água mineral e o riacho que alimentava o moinho. Mostrou a Drew a destilaria e a leiteria, onde Stormont produzia o uísque e o queijo famosos em Perthshire.

— Nos orgulhamos da autossustentabilidade de Stormont e do fato de que não somos um rombo na bolsa de Sua Graça — assegurou Watkins. — O sr. MacGill deixou bem claro que não devíamos solicitar fundos, e, desde as enchentes da primavera, seis anos atrás, não o fizemos. E mesmo naquela época pedimos apenas uma quantia pequena, entenda, para consertarmos o moinho — apressou-se a acrescentar. — Um valor que logo foi reembolsado.

Drew assentiu, a testa ligeiramente franzida. Ele não tinha experiência em administrar uma propriedade, mas certamente era estranho dizer ao capataz que ele não deveria pedir fundos ao proprietário caso fosse necessário.

— Então o senhor não teve qualquer contato com o sr. Edwards, o advogado do duque?

— Não, senhor. Meu contato é apenas com o sr. MacGill.

— E por que a casa está sempre pronta para receber gente?

Até Drew sabia que aquilo era uma despesa considerável.

— Ordens do sr. MacGill, senhor. Ele passa um mês aqui todo verão, para ver se está tudo em ordem.

E aproveita para tirar férias às custas do duque, pensou Drew, irritado.

— Sugeriram que eu deveria considerar a venda da propriedade quando eu a herdasse — comentou. — O que o senhor acha disso?

Watkins hesitou.

— Essa é uma propriedade muito boa, capitão. Tenho certeza de que conseguiria uma bela quantia por ela.

Drew assentiu. Ele sabia que o ducado vinha com um título escocês: conde de Crieff. Certamente um conde escocês deveria possuir propriedades na Escócia. Drew voltou a se perguntar por que Edwards estava tão ansioso para vendê-la. Ele agradeceu ao sr. Watkins, disse que já vira o suficiente por um dia e foi atrás de Ilsa.

Ela havia saído galopando sozinha, mas Drew a encontrou em uma colina com vista para o rio que passava pelo palácio e entrava no vilarejo, através do moinho. Ela havia desmontado e caminhava ao lado do cavalo, que parecia ter se exercitado bem. Drew desmontou e se juntou a ela.

Ilsa protegeu os olhos quando o viu se aproximando.

— Isso tudo faz parte da sua propriedade? — perguntou.

O terreno do Palácio Stormont compreendia mais de dez mil acres, portanto a resposta muito provavelmente era sim.

— Não é minha, mas acredito que seja tudo de Stormont. Watkins deve saber responder.

Ela desviou o olhar para além dele, procurando o capataz, e Drew fez um gesto vago.

— Já vi tudo o que precisava ver hoje. Dispensei Watkins, que voltou para... fazer o que ele faz o dia todo.

Ela sorriu.

— Administrar a sua propriedade?

— Não é minha — repetiu ele. — E ele está fazendo um trabalho muito superior ao que eu faria, então é melhor assim. — Ilsa sorriu e ele balançou a cabeça. — Mas eu realmente pretendo sugerir ao sr. Edwards que encontre um novo advogado. Parece que o sr. MacGill orienta Watkins a manter a propriedade preparada para receber hóspedes durante o ano todo, com grande custo, mas o único visitante que aparece aqui é o próprio MacGill — disse ele, com um sorriso tenso. — Para ver se está tudo em ordem, convenientemente durante um mês no verão.

— Eu dispensei os serviços do sr. MacGill — informou Ilsa com um prazer evidente.

— Estou morrendo de inveja.

Os dois trocaram um olhar divertido. Deus, como ele adorava conversar com ela.

— Peço desculpas por não ter cavalgado com você.

— Ah, não, não precisa se desculpar — garantiu Ilsa. — Eu esperava mesmo cavalgar sozinha. Se alguém precisa pedir desculpas, sou eu, por impor minha presença quando você pretendia cuidar de negócios.

— Impor sua presença? — repetiu ele, surpreso.

Como hóspede, em uma propriedade estranha, em um cavalo emprestado? Qualquer anfitrião teria se oferecido para acompanhá-la, mesmo que o anfitrião em questão também não estivesse ansioso para aproveitar qualquer chance de estar na companhia dela.

Ilsa pareceu não entender a surpresa de Drew e se apressou a tranquilizá-lo.

— Ah, sim. Espero não ter tomado muito do seu tempo. Estou bastante acostumada a me entreter sozinha, desde criança. — O olhar que ela lançou para ele por baixo dos cílios foi estranhamente tímido. Ela acrescentou: — Mas foi ótimo ter companhia.

Ele fitou Ilsa. Órfã de mãe e com um pai ocupado demais no trabalho, o que o impedia de passar muito tempo com ela. Um fluxo constante de tutores e preceptoras. Um convite para Agnes se hospedar com ela, antes mesmo que houvesse visitas na casa da família St. James. E a imagem de Ilsa sozinha no telhado na noite da véspera, olhando melancolicamente para o céu noturno e sonhando em voar como um falcão.

— Espero que a minha companhia não seja monótona.

Ilsa arregalou os olhos.

— De jeito nenhum!

— As minhas irmãs vivem dizendo que sou entediante. Drew Dramaticamente Desanimado, era como Bella costumava me chamar — disse ele, com uma careta.

— Isso com certeza não é verdade — devolveu ela, contendo uma risada.

Drew soltou as rédeas e deixou o cavalo andar à vontade.

— Preciso dizer que eu me... diverti mais com você do que costumo me divertir com as minhas irmãs.

— É mesmo? — murmurou Ilsa, erguendo uma sobrancelha escura.

— *Muito* mais — afirmou ele em voz baixa. — E espero que isso continue acontecendo.

Ela deu as costas e se afastou, a mão enluvada roçando a grama alta.

— Planos são a antítese da diversão. E, seja como for, nenhum de nós sabe o que o futuro reserva.

Drew ficou imóvel. Estava sendo rejeitado?

— Se alguma coisa que eu fiz ontem à noite a ofendeu... — disse ele, dando um passo na direção dela.

— Não. — Ilsa ergueu a mão. — Você não fez nada de errado. A culpa foi minha — disse ela, cerrando o punho. — Foi tudo culpa minha. Não quero causar problemas, mas vivo esquecendo...

Drew bufou.

— Não foi tudo culpa sua. Se fosse qualquer outra pessoa no telhado, eu teria voltado para o quarto sem dizer nada, está bem? — Ele foi até ela. — E quem disse que está causando problemas? Minhas irmãs?

— A duquesa, imagino — disse Ilsa, erguendo o queixo. — Ela o encorajou a se casar. Atrevo-me a dizer que a duquesa não esperaria que o senhor se envolvesse com uma escocesa maluca.

Drew parou ao lado dela. Ilsa estava certa sobre a duquesa, é claro. Mas, quando ele pedira ajuda a Sua Graça para encontrar uma noiva, não havia imaginado que uma mulher como Ilsa entraria na vida dele em uma tasca de ostras de Edimburgo, capturando tão completamente sua atenção.

— A duquesa também sugeriu que eu enchesse a minha cabeça com o funcionamento da política inglesa — disse Drew em voz alta —, que parasse de usar kilt e que acabasse com meu sotaque escocês. Admito que ela fez algumas sugestões razoáveis sobre como devo aprender a administrar uma propriedade que tem dez vezes o tamanho de Stormont, mas a duquesa não é minha mãe, nem minha guardiã, moça. — Drew carregou no sotaque no fim da frase. Ainda era um escocês, que se danasse o ducado. — E como eu lhe disse ontem à noite, você não é maluca.

— Beijá-lo foi uma loucura.

Drew coçou o queixo.

— Eu achei brilhante. Mas me beije novamente para que eu possa examinar o assunto com mais atenção...

O rosto de Ilsa estava ficando rosado. Ela pousou uma das mãos no braço dele.

— Capitão...

— Drew. — Ele pegou a mão dela. — Você não pode beijar um homem e se recusar a chamá-lo pelo nome. Se não gosta de Drew, Andrew, mas atualmente acho que só a minha mãe me chama assim.

Ilsa torceu os lábios, como se tentasse não sorrir.

— Drew, então. Mas não há uma boa razão...

— Boa razão? — Ele se inclinou na direção dela. — A *ótima* razão que tenho é que acho você fascinante. E, se quiser que eu pare, terá que me pedir isso em voz alta, porque a forma com que reage aos meus beijos é todo o encorajamento de que preciso.

— Mas os seus planos...

Drew soltou a mão dela, deu um passo para trás e abriu bem os braços.

— Planos? Eu não tenho planos nem fiz promessas. Não vamos nos preocupar com isso. Vamos só... ver como as coisas acontecem. — Ela estreitou os olhos para ele, que devolveu com um sorriso envolvente. — Você também não me prometeu nada, e não vou culpá-la por nada que possa acontecer. Será tudo de acordo com o seu desejo, ou nada será.

— Você é um demônio — falou Ilsa, agora obviamente se segurando para não rir.

Ele deu uma piscadinha.

— Sim, mas não um demônio mau, um destruidor do mundo. Apenas um dos demônios menores e travessos, mais maliciosamente divertido do que mau.

Ela chegou bem perto dele, com um lampejo de alegria nos olhos. Ah, aquela mulher fazia o sangue dele ferver apenas com aquele olhar.

— Eu sei — disse Ilsa com um suspiro. — É isso que o torna perigoso.

Capítulo 12

Para alegria de Bella, o labirinto era excelente, complicado e confuso. Ninguém conseguiu chegar ao centro naquele primeiro dia. Alguns dias depois, quando houve uma manhã ensolarada novamente, ela se levantou da mesa do café da manhã e ergueu as mãos em um gesto amplo.

— Eu proponho uma competição — disse, quando todos olharam para ela. — Com prêmios.

— Atenção, atenção! — gritou Monteith, batendo com a colher na xícara.

— Uma corrida até o centro do labirinto — deixou escapar Winnie, com os olhos cintilando.

— Winifred! — Bella olhou feio para ela. — Uma corrida, com equipes organizadas e prêmios, e glória eterna ao vencedor.

— Glória eterna?

— Se eu ganhar, jamais vou deixar nenhum de vocês esquecer — disse Winnie, fazendo todos rirem.

— Se não houver objeções, nos encontraremos no jardim às onze. — Bella sorriu e acrescentou: — Usem sapatos resistentes se quiserem ter alguma chance.

Drew pretendia revisar os livros de contabilidade, mas a proposta da irmã era mais atraente, especialmente depois de ver o olhar animado que Ilsa lançou para ele.

Que Deus tivesse piedade dele. Após doze longos anos no exército, sendo comandado por outros, designado para alojamentos solitários e tendo que economizar constantemente para enviar dinheiro para a família, o luxo que ele mais apreciava no momento era a liberdade. Adiar uma obrigação, rir, seguir uma bela mulher com seu sorriso sedutor até um labirinto e se entregar a sabe-se lá quais frivolidades. Ele falou com Watkins para adiarem a reunião que teriam com os livros contábeis, e foi um dos primeiros a chegar ao jardim.

— Vamos sortear os parceiros para que não haja injustiça.

Bella subiu no muro de pedra baixo que cercava o terraço. Ela virou o chapéu com a copa para baixo e deixou cair dentro dele um punhado de papeizinhos dobrados.

— Cada cavalheiro sorteará o nome de uma dama.

— Isso é injusto! — bradou Winnie. — Eu não posso ser prejudicada pelo desempenho deles! Quero vencer!

Monteith cambaleou para trás, levando a mão ao peito.

— Deus do céu, agora estou com medo de ficar sozinho com uma das suas irmãs, St. James.

Bella o repreendeu com veemência e balançou o chapéu.

— O prêmio é uma garrafa de uísque da adega desta mesma propriedade e um chapéu novo daquela lojinha encantadora que vimos em Perth.

Monteith cutucou Kincaid.

— Espadas ao amanhecer para disputar o chapéu.

— E eu aceito o uísque. Pela atenção, obrigada — acrescentou Agnes, fazendo os dois gargalharem, enquanto a mãe erguia as mãos, consternada.

— E se eu não quiser dividir o prêmio? — perguntou Duncan lentamente. — Gosto de um bom uísque e não tenho um chapéu novo há muito tempo...

— Pelo nosso bem, certifique-se de encomendar um que esconda toda a sua cabeça!

Bella agitou a mão para silenciá-los.

— Já chega, já chega. Achei que juntar um cavalheiro com uma dama seria justo. Duas damas juntas, é claro, triunfariam antes que qualquer cavalheiro fizesse a primeira curva. Como a mamãe concorda comigo, ninguém vai discutir a respeito. Portanto, sorteie um nome, sr. Monteith, e, se for o meu, saiba que não apenas venceremos, como realmente estarei à sua espera ao amanhecer com uma espada para reivindicar o chapéu.

Em meio a mais risadas e provocações, cada um dos quatro homens pegou um dos papeizinhos. Drew deu uma espiada no papel de Duncan, que tinha deixado o nome bem à vista. E cutucou o ombro do amigo.

— Troque comigo — sussurrou.

Duncan se virou, fechando o punho ao redor do pedaço de papel.

— Por quê?

— Não gostei de quem eu sorteei.

Duncan não se deixou enganar. O canalha sorriu e cruzou os braços.

— Você viu quem eu tirei.

— Não — falou Drew, mas Duncan deu uma risadinha zombeteira.

— Você está tão desesperado assim para explorar o labirinto com a srta. Isabella?

— Qualquer uma que não seja quem eu tirei — respondeu Drew, dando de ombros e se recusando a admitir que tinha visto, *sim*, quem o amigo sorteara e que *realmente* só queria trocar para ficar com a parceira de Duncan — que com certeza não era Bella. Então abriu a mão casualmente, permitindo que Duncan visse o nome que ele havia sorteado.

— Mas se você não quiser trocar, talvez Kincaid queira.

Os olhos do amigo se estreitaram. Drew se virou, pronto para se afastar. Duncan praguejou baixinho, tirou o papel da mão de Drew e substituiu pelo que havia sorteado.

— Você está me devendo — falou, com um olhar severo. — E não se esqueça disso, St. James.

Ele se afastou, então, na direção de onde Bella havia descido do muro e entregava folhas com instruções aos jogadores.

Drew leu com prazer o nome em seu novo pedaço de papel e foi para o lado de Ilsa. Diante da sobrancelha erguida que o recebeu, ele mostrou o nome dela.

— Mas que coincidência — sussurrou Ilsa.

— Sorte — sussurrou ele, satisfeito.

Bella terminou de ler as regras e sorriu para todos.

— Alguém tem alguma pergunta?

— Sim — disse Monteith. — Apostas estão permitidas?

— Sim — respondeu Bella, ao mesmo tempo que a mãe declarava:

— Com certeza não, Adam Monteith!

Todos riram e Agnes se pronunciou, em um tom muito decoroso:

— Não onde a minha mãe possa ouvir, sr. Monteith.

Enquanto os cavalheiros começavam a sussurrar entre si, e Louisa St. James jogava novamente as mãos para o alto, Bella acrescentou:

— Haverá um chá delicioso e farto nos aguardando aqui no terraço, para recompensar nossos esforços.

Drew ficou olhando enquanto Ilsa examinava as regras que Bella redigira.

— O que temos que fazer?

— Você não estava prestando atenção? Temos que encontrar o caminho até o centro do labirinto, onde o sr. Watkins, que acredito ser a única pessoa que conhece o caminho até lá, deixou uma fita azul a pedido de Bella. Feito isso, precisamos achar o caminho da saída e agir com a maior arrogância possível diante dos perdedores.

Drew riu.

— E a que regras devemos obedecer?

Ela o encarou com uma expressão bem-humorada.

— Você e seus amigos são trapaceiros conhecidos? Porque essas regras são basicamente coisas que não devemos fazer. Não podemos subir nas sebes nem as atravessar. Um parceiro de equipe não pode erguer o outro no ombro para conseguir uma vista melhor do labirinto. Não podemos falar com nenhum outro jogador que não o nosso parceiro. Não podemos mentir para ninguém.

— Essa última é redundante. Se não posso falar com ninguém, também não posso mentir.

— Você poderia apontar.

Drew deu uma risadinha debochada.

— Como se eu fosse confiar em qualquer um deles, ou eles em mim! — Ele balançou a cabeça. — Sei a quem se dirigem essas regras, e não são aos meus amigos. As minhas irmãs são absurdamente competitivas. Se encontrarmos com Agnes dentro do labirinto, imploro a você que me proteja, porque ela é capaz de me fazer tropeçar ou de me deixar inconsciente batendo com um galho na minha cabeça.

Ilsa ainda estava rindo quando chegaram ao ponto de partida que lhes fora designado. O labirinto tinha o formato de uma estrela de cinco pontas, com entradas em cada uma delas. Bella desenhara uma linha na terra e permitira que os pares escolhessem seu lugar de partida. Winnie e Adam Monteith deram uma corrida rápida até a ponta mais à esquerda, enquanto Bella e Alex Kincaid disparavam na direção da ponta mais próxima. Agnes e Felix Duncan pareciam discutir sobre ir para a direita ou para a esquerda, e Drew puxou Ilsa até o outro lado da estrela, escolhendo a entrada desocupada. Aquilo era o mais distante que conseguiriam ficar dos outros.

As sebes se erguiam altas, um pouco mais do que Drew conseguia alcançar, e farfalhavam suavemente sob a brisa de verão. O lugar poderia muito bem ser um caramanchão isolado.

— Preparados? — gritou a mãe, do terraço.

Gritos distantes confirmaram que todos estavam prontos.

— Você também gosta de ganhar? — perguntou Ilsa.

Drew deu uma piscadinha.

— Está querendo saber se gosto de ganhar das minhas irmãs e me exibir para os meus amigos? Bem, o que acha?

Ela ergueu as sobrancelhas, sorrindo.

— E o que está disposto a fazer para conseguir isso?

Drew pegou as mãos de Ilsa e encostou a testa na dela.

— Estou disposto a qualquer coisa — sussurrou.

Incluindo perder aquela maldita corrida se isso significasse que poderia ficar ali dentro e beijar Ilsa. Aquilo com certeza valia mais do que vencer uma competição tola. O vínculo que tinham era raro, assim como a atração que sentiam um pelo outro, e Drew detestava a ideia de desperdiçar um segundo sequer daquilo.

Os olhos de Ilsa cintilaram, e ela apertou as mãos dele.

— Qualquer coisa?

Ele abaixou a cabeça, os lábios a um suspiro de distância dos dela.

— Qualquer.

Do terraço, o sr. Watkins soprou a trompa de caçada.

— Então é melhor corrermos — sussurrou Ilsa e então, por um instante breve e abrasador, ela ficou nas pontas dos pés e colou a boca à dele. — Também gosto de vencer.

Drew sentiu o mundo oscilar. Tinha a sensação de que já vencera... Mas deixou que Ilsa o puxasse pela mão para dentro do labirinto.

Ilsa estava se divertindo muito. Aceitar aquele convite tinha sido a coisa mais genial que já fizera.

Já havia saído para passear a cavalo com Drew três vezes, e se deliciara com cada momento. Não apenas pela alegria de se ver novamente em cima de uma sela, mas também pelo prazer de cavalgar por uma propriedade muito grande e bem conservada. Podiam cavalgar por uma hora ou duas ao longo das trilhas e estradas, ou então seguir o curso do rio — onde lontras brincavam na água e castores cuidavam dos filhotes. Então, desmontavam e voltavam caminhando com as montarias ao lado, às vezes conversando, às vezes em um silêncio amistoso, mesmo sob uma manhã de chuva leve. Drew era o primeiro homem que Ilsa conhecia que não precisava ouvir a própria voz o tempo todo, nem exigia que ela acatasse a opinião dele em tudo. Depois de conviver com o pai e com Malcolm, aquilo era um choque e um alívio, além de profundamente atraente.

E, naquela manhã, os dois corriam como crianças, para cima e para baixo pelas curvas e desvios do labirinto. As sebes abafavam o som, mas de vez em quando conseguiam ouvir um gritinho ou uma risada distante. Ilsa não conseguiu evitar se perguntar como Agnes e o sr. Duncan estariam lidando um com o outro. Tinham discutido ferozmente antes do começo da competição, mas Ilsa tinha uma forte desconfiança de que o sr. Duncan havia trocado os nomes do sorteio para fazer par com Agnes.

Ou... Ela olhou para o capitão pelo canto do olho. O capitão teria trocado para fazer par com ela?

— Por onde? — perguntou Drew quando se viram diante de outra bifurcação.

— Para a esquerda — sugeriu Ilsa, mas logo viu um relance de azul através das folhas.

— Não, não, não — arquejou. Então se virou e o empurrou de volta para onde estavam antes. — Para a direita! Vá para a direita!

— Quem era? — perguntou ele, enquanto os dois corriam ao longo de outro caminho em curva.

— Acho que Agnes e o sr. Duncan.

Ele virou-se por um momento para encará-la.

— Tem certeza? Não ouvi brigas nem xingamentos.

Ilsa fez uma pausa. Tinha quase certeza de que o azul forte só podia ser do vestido de Agnes, mas a pessoa estava mesmo em silêncio... e imóvel, em vez de correndo como eles.

— Talvez tenham encontrado alguma coisa melhor para fazer.

Drew estacou tão de repente que ela esbarrou nele. Ele segurou-a nos braços e abaixou a cabeça.

— Alguma coisa como isso? — sussurrou ele, deslizando as mãos pelas costas dela para puxá-la com força para si.

A rapidez do movimento quase fez com que Ilsa perdesse o equilíbrio, e ela precisou se agarrar ao paletó dele para não cair. Então ela simplesmente deixou a mão onde estava, porque não queria soltá-lo.

— Talvez — arquejou ela.

Drew murmurou no ouvido dela, os lábios junto ao seu pescoço.

— Por Deus, moça... Não consigo pensar direito quando estou perto de você...

Ela também não conseguia, e aquilo estava se tornando um problema.

— Se continuarmos assim — falou Ilsa, tentando se fazer ouvir por cima do som do coração disparado —, chegaremos por último.

— Valeria a pena. Para mim, isso é melhor do que qualquer uísque ou chapéu novo.

Mas ele pegou novamente a mão dela e os dois saíram correndo mais uma vez, subindo e descendo trilhas.

Depois de vários minutos, Drew parou.

— Dê uma olhada de cima — pediu ele, levando as mãos à cintura dela.

— Isso é trapaça!

— Sim, portanto não seja pega! — disse ele, com uma piscada travessa. — Uma olhada rápida, só para ver a que distância estamos do centro.

Ilsa abafou uma risada e assentiu, então Drew colocou-a em cima do ombro com uma facilidade impressionante. Ela segurou a cabeça dele, enfiando os dedos em seu cabelo escuro. Drew enfiou o rosto no abdômen dela e Ilsa sentiu um arrepio percorrê-la. Poderia jurar que ele acabara de beijá-la bem ali...

— Estamos perto? — murmurou ele, movendo os lábios junto à barriga dela.

Ilsa se sobressaltou — aquilo *era* loucura, ela havia se esquecido completamente do labirinto, da corrida, das outras pessoas — e espiou com cuidado por cima das sebes...

Só para encontrar o olhar surpreso de Bella, do outro extremo do labirinto. Obviamente não eram os únicos ignorando as regras. Ilsa soltou uma gargalhada, se contorceu e deslizou o corpo junto ao de Drew até seus pés tocarem no chão.

— Por aqui — disse, se agarrando ao braço dele e mal conseguindo pronunciar as palavras.

— O que aconteceu? — perguntou ele, erguendo as sobrancelhas.
— Viram você?

— Sim — respondeu Ilsa com um sorriso malicioso —, a sua irmã. Que obviamente também estava trapaceando. Venha!

Daquela vez, fizeram uma longa curva, entrando e saindo de becos sem saída, desviando para a esquerda, então para a direita, e para a esquerda de novo. Drew estreitou os olhos na direção do céu e tentou calcular a direção. Ilsa fechou os olhos e se concentrou na imagem do labirinto que vira pelas janelas do salão de jantar, antes de puxá-lo de novo para a direita, seguindo por trilhas em ziguezague até finalmente...

Até finalmente entrarem na clareira que ficava no centro do labirinto, onde a fita azul ainda estava pendurada na mão de uma estátua da deusa Vesta. Ilsa gritou de alegria, enquanto Drew pegava a fita e erguia Ilsa no ar com o braço livre.

— Formamos um bom time — sussurrou ele.

E logo estava com os lábios nos dela outra vez, em um beijo ardente, profundo e totalmente despudorado.

Ilsa jogou a cautela pelos ares e retribuiu o beijo. Alguma coisa vital dentro de si parecia despertar quando Drew a abraçava. Ela enfiou os dedos no cabelo dele e puxou seu rosto mais para perto, beijando-o como se pudesse devorá-lo e, assim, manter acesa a chama que ele fazia arder em seu peito.

Ilsa não fazia ideia de quanto tempo passaram abraçados daquele jeito, mas alguém tossiu alto e estragou o momento. Ela estava zonza, a cabeça girando — teria cambaleado e caído se não fosse pelo braço de Drew ao redor de sua cintura —, mas ainda assim foi capaz de reconhecer as pessoas que os haviam descoberto: o sr. Monteith, com uma expressão presunçosa, e Winnie, que os encarava com os olhos arregalados e boquiaberta.

Ruborizada, Ilsa recuou e arrumou o cabelo. Drew não pareceu nem um pouco constrangido. Ele agitou a fita no ar e falou:

— Vou desfrutar daquele chapéu novo. Embora desconfie que ele será comprado às minhas próprias custas, não é?

— Senhora Ramsay, espero que compartilhe o uísque conosco — disse Monteith, a voz lenta. — Já que não serei visto na mesma sala com qualquer touca que St. James venha a escolher.

Todos riram, embora Ilsa sentisse o rosto arder. Bella e o sr. Kincaid entraram correndo na clareira, e Bella começou a repreender o irmão pela trapaça nefasta. Drew perguntou que provas ela teria, o que a deixou vermelha. Então ele riu, amarrou a fita ao redor do pulso de Ilsa com um grande laço e lhe deu um beijo estalado na mão. Houve mais risadas, provocações e protestos indignados antes que se virassem e começassem a sair do labirinto todos juntos.

Os cavalheiros foram na frente, insultando uns aos outros por causa do seu senso de direção, ou pela falta dele. Winnie e Bella ficaram para trás, sussurrando freneticamente. Ilsa se sentiu constrangida, andando sozinha no meio. Ela tentou não se perguntar o que as duas estariam falando. Winnie a vira beijando Drew. A mesma Winnie que estava determinada a encontrar uma esposa escocesa rica para o irmão, uma mulher que poderia orientar as moças St. James em Londres.

Ilsa sabia que era capaz de atender aos dois primeiros requisitos, mas não conhecia nada de Londres e não tinha vontade de ir para lá. E era justamente por isso que Winnie ansiava: um guarda-roupa novo e deslumbrante, uma apresentação à alta sociedade de tirar o fôlego, a oportunidade de brilhar, rir e dançar com o maior número possível de bons partidos.

Bem. Ela suspirou, enquanto brincava com a fita no pulso. Com sorte, as moças acreditariam que tinha sido apenas um impulso, a emoção momentânea da vitória... e não contariam à mãe, que já olhava para Ilsa com desaprovação.

Quando todos emergiram do labirinto e se dirigiram para a casa, alguém chamou o nome dela. Ilsa se virou e viu Agnes correndo atrás deles, corada e sem chapéu.

— Lá está ela — gritou Bella. — Você chegou por último, Agnes.

Agnes gesticulou como se espantasse uma mosca.

— Quando soube que o sr. Duncan havia sorteado o meu nome, eu tive certeza de que esse seria o meu destino.

Todos, exceto Drew, riram.

— Onde ele está?

— Eu o empurrei dentro do rio por nos fazer perder — respondeu Agnes. — Bella, você não prometeu chá depois do labirinto? Estou morta de fome.

— Ah, sim!

Bella saiu saltitando, chamando pela mãe, que estava ajudando a sra. Watkins a levar uma grande bandeja para o terraço.

— Você o afogou? — perguntou Drew a Agnes em voz baixa.

Ela suspirou.

— É claro que não. Ele está bem... Só emburrado, provavelmente. Eu não sei e nem me importo.

Nesse momento, ela avistou a fita no pulso de Ilsa.

— Você ganhou, então? Mesmo com o péssimo senso de direção de Drew? Impressionante... Bem, não vamos nos demorar para chegar até o chá. Os homens têm apetites diabólicos e, se chegarmos depois deles, acabaremos sem uma migalha.

Agnes puxou Ilsa na direção do terraço, sem lançar um único olhar para trás, para onde ficara o parceiro.

Ilsa desejou ser tão determinada quanto a amiga.

Capítulo 13

Drew havia tomado coragem e estava debruçado sobre os livros de contabilidade quando a mãe bateu à porta da biblioteca.

— Aí está você, Andrew. Posso entrar?

Ele levantou os olhos da lista de despesas com tosquia de ovelhas.

— A senhora não quis ir a Perth?

Depois de dois dias de chuva, todos os outros estavam ansiosos para sair de casa. Eles haviam partido para a cidade já havia algum tempo — assim, Ilsa poderia escolher seu chapéu novo, como prêmio por chegar primeiro ao centro do labirinto, declarara Bella. Drew desconfiava que as irmãs também estavam determinadas a voltar para casa com novos chapéus para si. Ele teria gostado de acompanhá-las, mas não poderia adiar mais a análise dos livros de contabilidade.

A mãe sorriu.

— Não. Um pouco de silêncio é muito bem-vindo. Os meus ouvidos ainda estão zumbindo depois de ontem.

Drew riu. Winnie havia organizado uma caça ao tesouro pela casa, com muita correria, gritinhos, risadas e portas batendo.

— Você se importa se eu tomar o meu chá aqui? Trouxe biscoitos e sanduíches.

— Claro que não — respondeu ele, e deu uma piscadinha —, ainda mais sabendo que a senhora trouxe suborno.

— Usar comida como moeda de troca sempre foi uma estratégia bem-sucedida, tanto com o seu pai quanto com você.

A mãe se acomodou na cadeira perto da janela, ao lado da bandeja de chá que a sra. Watkins servira, e pegou seu bordado. O cômodo ficou silencioso, a não ser pelo som ocasional de porcelana contra porcelana.

Drew nunca se sentira especialmente atraído por matemática, e menos ainda por contabilidade. Tinha se obrigado a checar as contas de algumas páginas dos livros, mas logo viu que tudo parecia em boa ordem. O Palácio Stormont era o que o sr. Edwards esperara: uma bela propriedade, bem-cuidada e próspera. Se o duque quisesse vendê-la, não teria dificuldade.

Por outro lado, se aquela ainda fosse uma propriedade do ducado quando Drew o herdasse... Estava se tornando cada vez mais difícil não fazer planos como se o lugar já fosse dele. Havia se apegado.

Quando terminou com a contabilidade, Drew esticou os braços e girou a cabeça de um lado para o outro, para relaxar os músculos tensos. Não estava acostumado a ficar sentado diante de uma escrivaninha um dia inteiro. Tal coisa nunca acontecera no exército, onde era mais provável que o mandassem consertar estradas ou restaurar a ordem em um vilarejo agitado. No Castelo Carlyle, ele estivera ocupado conhecendo a propriedade, absorvendo tudo o que a duquesa falava sobre o ducado e sendo informado por Edwards da extensão dos poderes e deveres de um duque. Em Edimburgo, estivera de férias, sem livros contábeis à vista.

Drew percebeu que teria que se acostumar a exercitar mais a mente. Edwards fizera questão de que ele compreendesse que o ducado era enorme e que, mesmo tendo administradores, capatazes e secretários para lidar com os bens, a responsabilidade maior recairia sobre os ombros dele próprio. Drew se lembrou, então, das palavras de Ilsa — *o tipo de boa sorte com a qual todos os homens sonham* — e pensou com certa melancolia que a maioria dos homens não sonharia com aquilo se soubesse quanta aritmética exigia.

— Você parece aliviado — comentou a mãe, bem-humorada.

Drew abriu os olhos e sorriu para ela.

— Sim. Sobrevivi aos livros de contabilidade.

— Muito bem — disse ela, rindo.

Ele se levantou rapidamente e deu a volta ao redor da mesa, esfregando as mãos em expectativa pelos quitutes que o aguardavam. Sem uma palavra, a mãe lhe passou um prato de macarons.

— Como está a situação da propriedade? — perguntou Louisa.

Drew engoliu o primeiro macaron com um suspiro de felicidade.

— Excelente, até onde posso ver.

— É um lugar muitíssimo encantador. Não consigo imaginar por que o duque nunca o visita.

Drew mencionara à família que o duque não estava bem de saúde, mas não dissera muito mais.

— Duvido que ele seja capaz de viajar, mamãe. Pelo que entendi, o duque foi escoiceado por um cavalo cerca de trinta anos atrás. — Drew bateu com os dedos na têmpora, no lugar onde o cavalariço de Carlyle dissera que os cascos haviam atingido o duque. — Bem aqui, na cabeça. Disseram que ele ficou desacordado por uma semana, e que já haviam perdido as esperanças de que fosse voltar a acordar algum dia, mas, quando isso aconteceu, a mente dele já não funcionava como antes.

Ninguém no Castelo Carlyle falava abertamente sobre o ocorrido. A srta. Kirkpatrick, dama de companhia da duquesa, comentara que Sua Graça, o duque, era gentil e bondoso, mas que se cansava com muita facilidade. A duquesa reforçava que ele não se sentia bem e que não deveria ser perturbado. Edwards fora mais direto e admitira que todas as decisões em relação ao ducado eram tomadas por ela, porque o duque não era capaz de fazê-lo.

Se algum mal se abatesse sobre a duquesa, o ducado ficaria à deriva. Edwards usara esse fato para persuadir Drew a acelerar seu afastamento do exército e a mudança para a Inglaterra, embora talvez ainda demorasse anos até herdar o título.

Drew se serviu de mais um macaron. A cozinheira de Stormont preparava doces deliciosos.

— Acho que o duque não fez muita coisa desde então. Em todas as semanas que passei no castelo, nunca o vi.

Louisa fez uma pausa no bordado.

— Santo Deus. Não é de estranhar que a duquesa...

— A duquesa...? — repetiu Drew quando a mãe ficou em silêncio. — A mulher seria capaz de confrontar um regimento inteiro caso fosse atacada e mandaria todos voando para as colinas.

Louisa deu um sorriso irônico.

— Não duvido. O que eu estava pensando era que não é de se espantar que a duquesa queira ter você à mão. Ela perdeu todos os filhos, ao menos na prática, se não literalmente, e agora não tem ninguém a quem passar o ducado.

Aquilo era verdade. Assumindo uma expressão mais séria, Drew assentiu. A duquesa colocava mais medo do que qualquer general, mas de fato sofrera perdas terríveis.

— Pobre mulher — acrescentou a mãe, o tom mais gentil. — Sei que você está mais do que à altura do título, mas espero que se lembre sempre da dívida que tem com Sua Graça.

Drew levantou os olhos dos macarons, surpreso.

— Dívida?

Louisa voltou a bordar.

— Ela poderia não ter feito nada e simplesmente esperado até que o duque morresse. Só Deus sabe quando isso vai acontecer, e você não é parente próximo dela. Em vez disso, ela se deu ao trabalho de mandar buscá-lo, de lhe oferecer uma renda e apoio para que você esteja preparado na hora de receber a herança. Imagino que ela talvez não seja a mais doce das damas, mas na posição dela... — Louisa estalou a língua em solidariedade à duquesa antes de acrescentar: — Eu me arrependo dos sentimentos que nutri por ela.

Drew pigarreou.

— Eu não tenho nada contra a duquesa. Sou profundamente grato a ela, mas não consigo passar por cima do fato de que é uma mulher muito intimidadora.

A mãe o encarou com severidade, mas arruinou a tentativa abrindo um sorriso um instante depois.

— Nem deveria! Isso mantém um homem nos trilhos, pode ter certeza!

Ele riu e pegou um sanduíche, já que terminara com os macarons.

— Soube de uma coisa muito intrigante — comentou Louisa, passando a agulha e o fio de seda pelo tecido. — A seu respeito.

— Boa ou ruim? — perguntou Drew, o tom leve.

— Ainda não sei — disse ela, sorrindo. — Ouvi dizer que você beijou a sra. Ramsay no labirinto.

Drew ficou paralisado.

— E que ela retribuiu o beijo com prazer evidente. — Louisa cortou o fio e olhou para o filho. — Eu ouvi corretamente?

Drew tentou não se remexer na cadeira, sentindo-se novamente como um menino.

— Sim.

— Você gosta dessa mulher, Andrew?

Para além de qualquer bom senso.

— Ela é encantadora — murmurou ele, sem encará-la.

A mãe assentiu.

— Não tenho dúvida de que o assunto de uma noiva foi discutido no Castelo Carlyle.

Ao ouvir aquilo, Drew ficou imóvel, em silêncio. É claro que havia sido discutido... mais de uma vez. Era um assunto importante.

Quando tentava imaginar a esposa que agradaria à Sua Graça, sua mente invocava uma dama pálida e séria, com um sorriso frio, que enviaria cestas para os pobres, ajudaria a lançar tendências em Londres e dormiria no próprio quarto, com a porta que o conectava ao do marido respeitavelmente fechada.

Talvez fosse daquele tipo de mulher que ele precisasse como esposa — uma que daria um bom exemplo e conteria os impulsos mais extravagantes dele. Seria dever de Drew, como marido, ser respeitável e responsável, sério e ponderado. Cada vislumbre que tivera da vida como duque não mostrara muita diversão ou liberdade para fazer o que lhe agradasse. Assim como a contabilidade, Drew imaginou que se acostumaria com aquilo.

Então, Ilsa Ramsay entrara em sua vida como um cometa atravessando o céu, fascinando-o e atraindo-o como nenhuma outra mulher fora capaz até ali — e talvez jamais viesse a ser. Mas toda vez que Drew avançava um passo além do flerte, Ilsa recuava. O beijo dela era cheio de paixão e alegria, mas seus olhos guardavam sombras em que ele não conseguia penetrar.

Drew havia dito a si mesmo para deixar as coisas fluírem — ou não — naturalmente. Prometera não a pressionar. Mas, ainda assim, sempre que a via, algo dentro dele reagia automaticamente, como um prego sendo atraído para um ímã. Ele não sabia o que fazer. Parte dele estava assustada com a possibilidade de estragar seja lá o que talvez estivesse desabrochando entre eles e a outra assustada com a possibilidade de que aquilo acabasse se perdendo caso não fizesse nada.

— As suas irmãs gostam muito da sra. Ramsay — comentou a mãe, quando ele pegou outro sanduíche em vez de responder.

— Mas a senhora não — murmurou ele.

As mãos dela ficaram imóveis.

— Não é isso — falou Louisa com cuidado. — Ilsa é uma mulher encantadora e educada, e tem sido gentil e generosa com as suas irmãs. Mas... — Louisa balançou a cabeça. — Ela teve uma vida estranha.

Drew sabia que não deveria se intrometer, não era assunto dele. Se houvesse alguma coisa que precisasse saber, deveria ser Ilsa a lhe contar. Mas, mesmo assim, se ouviu perguntar:

— O que a senhora quer dizer com isso?

— O pai dela é um homem gregário e envolvente, conhecido em toda Edimburgo, mas Ilsa nunca foi apresentada à sociedade. Desconfio que a tia dela, a srta. Fletcher, tenha mantido a jovem sob rígida supervisão, o que é normal. Mas então Ilsa se casou, muito discretamente, e permaneceu reclusa. Eu mal tinha ouvido o nome dela até que Agnes a conheceu em uma livraria e as duas ficaram amigas. Mas nos últimos meses... — A mãe se interrompeu, franzindo um pouco a testa. — Acho que não sei o que pensar.

Louca, excêntrica, impulsiva... todos em Edimburgo dizem isso, sussurrou a voz de Ilsa em sua memória. Ela tentara usar um tom leve, mas Drew ouvira o toque de ressentimento.

— O que acha que a transformou?

— A desgraça que aconteceu com Malcolm Ramsay — contou Louisa, com uma expressão de desaprovação. — Um duelo! O inglês que atirou nele era escandaloso e vulgar, e o julgamento... — Ela enfiou a agulha com força no tecido. — Tenho profunda compaixão pela sra. Ramsay por ter suportado aquele pesadelo. Só me pergunto se aquilo não... se não a perturbou.

Drew vinha colecionando retalhos de informação sobre Ilsa, e a imagem que formavam fazia o coração dele doer. Uma infância solitária, criada por uma tia severa enquanto o pai trabalhava. Mais tutores e preceptoras do que amigos. Um marido que não permitia que ela cavalgasse, embora ela adorasse montar.

Ele ficou olhando para o sanduíche que segurava havia vários minutos. Nada em relação a Ilsa sugeria que ela fosse desequilibrada ou instável, que era o que a mãe queria dizer.

— Como era o marido dela? — perguntou ele abruptamente.

— Um tolo arrogante — declarou a mãe. — Um apostador, um canalha. Não havia nada de recluso ou discreto nele. Chegou a flertar com Agnes certa vez, e eu o despachei com um sermão e tanto. Não teria deixado que chegasse perto de nenhuma das suas irmãs.

Drew a encarou, surpreso.

— Acredito que outros o viam de forma mais favorável — acrescentou Louisa, envergonhada. — Porque era um homem belo e rico.

Mas não um bom marido. Ramsay não permitiu que Ilsa fosse ver o aeronauta.

— De que forma a senhora acha que Ilsa pode ser... perturbada?

Dessa vez, a mãe demorou um pouco para responder.

— O que me assusta é a mudança brusca da jovem quieta e reclusa para a mulher ousada e independente. Quem é de verdade? Eu me pergunto se *ela* própria sabe. Algumas pessoas nunca conseguem decidir e se assentar felizes. Estão sempre em busca de alguma coisa, nunca se satisfazem plenamente, porque não sabem *o que* as satisfaria.

Drew se lembrou da mulher que beijara um estranho na tasca de ostras, que mantinha um pônei como animal de estimação dentro de casa e que pintava a sala de visitas para que se parecesse com Calton Hill. Ele se lembrou também da alegria absoluta quando estavam cavalgando e de seu desejo de planar ao vento como um falcão. Não achava que Ilsa fosse perturbada, mas sim... aventureira. Sincera em seu entusiasmo e com certeza nem um pouco discreta. Era difícil acreditar que uma vida solitária e reclusa tivesse sido inteiramente escolha dela.

— Ela não é instável — falou Drew, o tom muito baixo. — E eu realmente gosto dela.

A mãe continuou a bordar em silêncio por vários minutos.

— Ela sabe da profundidade do seu apreço?

Drew não respondeu.

— Bem, só o aconselho a ser bem claro sobre as suas intenções com uma dama... qualquer dama — acrescentou Louisa.

Seria mais fácil se ele soubesse quais eram as próprias intenções. Drew comeu o último sanduíche.

— E seja cuidadoso — disse Louisa com gentileza. — É fácil acabar com o coração partido. Sim, mesmo homens adultos, militares, podem passar por isso. — Os olhos dela cintilaram ao ver que Drew franzia a testa instintivamente. — Não basta ter certeza dos seus sentimentos, é preciso saber como ela reagirá a eles. Você tem um futuro diferente à sua frente agora e precisa escolher com cuidado e atenção uma esposa adequada.

— Minha intenção era apenas avaliar o estado do Palácio Stormont, não escolher uma noiva. — Drew ficou de pé de um pulo, pronto para fugir da conversa. — Há mais macarons na cozinha? Parece que comi todos e não deixei nenhum para a senhora.

Louisa encarou o filho com reprovação.

— Sim, mas pense no que eu disse.

Já a caminho da porta, Drew sorriu para a mãe.

— Sempre, mamãe.

E, assim, ele fugiu da biblioteca, desejando conseguir fugir com a mesma facilidade da dúvida torturante que o atormentava, sobre suas próprias intenções e o que havia em seu coração.

Perth era uma cidade pitoresca, localizada em uma linda área junto ao rio Tay. Eles haviam passado por lá a caminho de Stormont, e as moças mais jovens estavam ansiosas para retornar.

Ilsa sabia que era porque haviam visto uma linda chapelaria com modelos elegantes na vitrine, mas foi facilmente persuadida a acompanhá-las. Winnie lera no *Guia de Pennant* que o local estava repleto de belas trilhas e de um lindo parque. Ilsa sentia falta das longas caminhadas até Calton Hill com Robert e gostava da ideia de um passeio a pé depois que as senhoritas St. James fizessem suas compras.

Mas ela acabara tendo que escolher um chapéu. Bella se recusou a permitir que declinasse do prêmio, e a dona da loja não ajudou, pois apressou-se a mostrar um chapéu de palha de aba larga, inquestionavelmente lindo, enfeitado com uma fita vermelha e um delicado buquê de rosas em miniatura. Então, o sr. Duncan levara todos até uma estalagem aconchegante, onde tomaram chá e comeram bolo.

O sr. Kincaid e o sr. Monteith demonstraram interesse em conhecer a Casa Gowrie, lugar da famosa conspiração*, enquanto todos os outros seguiram para uma caminhada pelo parque. Agnes seguiu na frente, com — depois de um longo momento de hesitação — o sr. Duncan atrás. Ilsa foi deixada na companhia de Bella e Winnie, que estavam encantadas com o chapéu novo de Ilsa, com Perth e com o xale e as luvas que Bella comprara, sem falar no novo chapéu de Winnie. O sol e o exercício fizeram maravilhas pelo humor de Ilsa e, quando todos retornaram ao Palácio Stormont, ela estava se sentindo ótima.

Mal havia guardado a caixa de chapéu no quarto quando Bella bateu à porta.

— Venha comigo — sussurrou.

— Para onde?

— Winnie e eu precisamos muito falar com você.

— Mas acabamos de passar o dia todo juntas — lembrou Ilsa.

Bella revirou os olhos.

— Queremos falar *em particular*.

Ah, Deus. Ilsa vinha esperando que o machado caísse sobre sua cabeça desde que Winnie vira o beijo.

— É mesmo? Por quê?

— Não é nenhuma travessura, Ilsa! É só... em particular.

Ilsa hesitou.

— Não vou descer até o porão em busca de fantasmas.

Bella afastou a ideia com um gesto de mão.

— Não, não é nada disso. Por favor. Gostaríamos de um conselho seu.

---

* Em 1600, a Casa Gowrie foi cenário de um misterioso incidente que ficou conhecido como "Conspiração de Gowrie". Supostamente, o rei James VI sofreu uma tentativa de assassinato orquestrada pelos donos da propriedade enquanto visitava Perth. (N.E.)

O convite para uma reunião secreta entre irmãs era demais para resistir. Ilsa acompanhou Bella pelo corredor até o quarto que a jovem compartilhava com Winnie.

Quando elas entraram, Winnie levantou os olhos de onde estava, sentada no chão.

— Venha ver, Ilsa! — sussurrou, parecendo ansiosa.

Ilsa logo percebeu do que se tratava quando entrou no quarto e Winnie afastou uma prega da saia para revelar um gatinho preto de olhos verdes cintilantes, tão pequeno que cabia em uma mão. Bella fechou a porta e correu para se agachar ao lado da irmã.

— Quem é esse? — perguntou Ilsa, encantada.

O bichinho deu uma patada em um fio solto da bainha de sua saia. Ilsa logo se sentou no chão, em uma almofada que Bella arrumara.

— Nós o chamamos de Cyrus — disse Winnie, enquanto balançava um pedaço de lã na frente do gatinho, fazendo com que ele saltasse, frenético. — Achamos ele no estábulo. A mãe dele morreu, e a sra. Watkins estava alimentando o pobrezinho na cozinha.

— Estamos planejando levá-lo escondido para casa — disse Bella, e acariciou a cabeça do bicho. — Ele não é um amor?

— É, sim. — Ilsa sorriu quando Cyrus tentou sair correndo com o fio de Winnie entre os dentes, para logo tropeçar no pé de Bella e ser levado de volta para onde estava. — Esse é o conselho de que precisam? Recomendo uma caixa de chapéu para ele e um suborno à criada, além de uma expressão muito solene no rosto quando garantirem à mãe de vocês que não estão aprontando nada.

Winnie balançou a cabeça, com um sorriso largo no rosto.

— Por que você acha que queríamos ir a Perth? Agora temos a caixa de chapéu! Se isso não funcionar, Alex se ofereceu para esconder Cyrus para nós na bagagem dele.

— É mesmo?

— Ele é fantástico — declarou Winnie. — Estou tão feliz por Drew tê-lo convidado. — Ela fez uma careta ao ver a expressão de surpresa de Ilsa. — Conhecemos Alex há anos. Os Kincaid moravam perto de nós, e ele e Drew frequentaram a escola juntos e jogam golfe até hoje.

— E não nos deixam jogar com eles! — disse Bella, parecendo ultrajada.

Ilsa riu. O gatinho avistou uma mariposa que entrara pela janela e logo começou a pular, tentando pegá-la. Bella voltou a sacudir o pedaço de lã e ele na mesma hora abandonou o inseto para atacar o fio.

— Queríamos pedir o seu conselho sobre um... — Winnie olhou de relance para a irmã —... um assunto delicado.

Bella colocou o gatinho no colo, onde ele se aninhou e deixou que ela o acariciasse sob o queixo.

— Muito delicado. Diz respeito a... um membro da nossa família.

Ilsa ficou ligeiramente tensa.

— É mesmo? Não tenho certeza se...

— Mas é sobre casamento, e você já foi casada, ao contrário de nós — Winnie apressou-se a dizer. — E obviamente não podemos perguntar à mamãe, porque ela nos diria para não nos metermos e...

— É um bom conselho — murmurou Ilsa.

Bella fez uma careta.

— Escute antes, Ilsa! Por favor? — pediu, oferecendo o gatinho com um sorriso cintilante.

Ilsa pegou a bolinha de pelo preto com ambas as mãos. Cyrus estava ronronando alto e, quando ela o acomodou no colo, ele começou a flexionar as patinhas minúsculas no estômago dela, fechou os olhos e projetou a linguinha rosa para fora da boca. Ilsa não conseguiu conter um sorriso.

— Muito bem. Qual é o problema?

— Esse... membro da nossa família se interessou por uma pessoa. A questão é que as coisas não estão indo bem — falou Bella, lançando breves olhares para a irmã a cada poucas palavras. — Não sabemos exatamente por quê, já que esse membro da nossa família não se dispôs a confiar em nenhuma de nós, embora nós duas só desejemos a sua felicidade.

Eu me pergunto por que não confiou, pensou Ilsa. Aquelas duas eram terrivelmente enxeridas.

— Todos podem ver que a atração é forte de ambos os lados — declarou Winnie. — Eles mal conseguem tirar os olhos um do outro, especialmente nesta semana.

A mão de Ilsa ficou paralisada em cima do pelo do gatinho, constrangida.

— Nesta semana?

Winnie assentiu, examinando-a com um olhar tão intenso que Ilsa se sentiu desconfortável.

— Todos podem ver claramente que os dois estão destinados a ficar juntos.

— Só que ambos estão sendo tolos demais em relação a isso! — deixou escapar Bella.

Ah, Deus, o que ela deveria dizer?

— Normalmente é assim que acontece. Sentimentos... — Ilsa quase se engasgou com a palavra, rezando desesperada para que estivessem falando de Agnes e do sr. Duncan e não dela e do capitão. — Sentimentos são um assunto delicado. Um dos lados talvez não esteja certo se é recíproco, o que tornaria essa pessoa mais reservada, e isso também acabaria deixando o outro lado tímido.

Winnie se inclinou mais para a frente.

— O que poderíamos fazer para estimular um deles...

— Ou os dois — completou Bella.

— A admitir a profundidade de seus sentimentos? Assim podem passar logo para o pedido de casamento e para a cerimônia.

Ilsa pareceu surpresa, e Bella abafou uma risadinha.

— Vocês têm certeza de que os dois estão assim tão interessados um no outro?

— Temos — disse Winnie, assentindo com confiança.

— Como você soube que o sr. Ramsay era o homem certo quando se casou com ele? — perguntou Bella.

O movimento da mão de Ilsa se tornou mais lento, até ela parar e descansar a mão nas costas de Cyrus.

Meu pai me disse que era.

— Acredito que seja diferente de pessoa para pessoa — disse ela, procurando manter o tom neutro. — E, por mais que isso possa ser óbvio para *vocês*, caras casamenteiras, pode não ser para *eles*. O curso do amor verdadeiro sempre tem seus percalços.

Ela disse a si mesma que as duas provavelmente estavam falando de Agnes e do sr. Duncan. Os olhares que as irmãs trocavam pareciam vibrar no ar, às vezes com desprazer, outras com anseio. Era apenas a consciência pesada que a fazia desconfiar que Winnie e Bella poderiam estar falando de Drew. Como as duas poderiam ter ido do flagrante de um beijo imprudente para a tentativa de organizar um casamento entre os dois? Claro que não tinha nada a ver com Ilsa. Elas queriam que Drew se casasse com uma mulher sofisticada, que as acompanhasse em uma gloriosa temporada social em Londres. As duas tinham um livro que listava as mulheres mais prósperas da Grã-Bretanha, de onde poderiam escolher alguém.

Ilsa deveria se sentir aliviada, mas não foi bem assim.

E, agora, havia se deixado dobrar e estava oferecendo conselhos sobre a vida amorosa de Agnes, o que jurara evitar fazer.

— A melhor coisa que podem fazer é serem irmãs gentis e leais para esse membro da família e confiar que essa pessoa sabe o que é melhor para a própria vida.

As duas pareceram desapontadas.

— Mas e se a teimosia ou... ou a mágoa acabarem fazendo os dois seguirem caminhos opostos? — perguntou Bella. — A maioria das pessoas não deseja definhar de amor para sempre, você sabe.

Ilsa riu.

— É claro que não. Só estou querendo dizer que a escolha não é de vocês. Não gostariam que sua família fizesse essas escolhas por vocês, certo? Então não podem desejar escolher no lugar deles.

— Mas esse membro da nossa família está sendo um tolo!

Ilsa ergueu as sobrancelhas.

— Eu ainda não conheci um único St. James tolo.

Bella revirou os olhos.

— Conheceu, sim, é que nós vemos mais claramente depois de anos expostas a essa tolice.

— Mas o que podemos fazer? — perguntou Winnie, ansiosa. — Para fazer com que recuperem a razão e... cortejem um ao outro.

— Cortejar? — perguntou Ilsa, tentando não rir.

— Um deles precisa dizer alguma coisa — declarou Bella, agitada. — E já determinamos que o membro da nossa família está sendo um idiota.

Ilsa acariciou o pelo negro e macio de Cyrus. Ele havia parado de ronronar e dormia profundamente em seu colo, todo enrodilhado. Ela se perguntou se Robert gostaria do gatinho, então disse a si mesma que Cyrus não era dela. Ele iria para a Inglaterra com os St. James.

— No que diz respeito ao amor, não se pode forçá-lo a desabrochar — disse Ilsa, os olhos fixos no bicho. — É como uma planta silvestre. Vai crescer, ou não, onde desejar, com frequência a despeito das nossas melhores intenções. Talvez tudo que possam fazer seja tomar cuidado com os espinhos e fazer o melhor possível para apará-lo.

Ilsa sabia muito bem que aquilo era verdade. Desejara amar o marido e, por algum tempo, achou que tinha conseguido. Era verdade que o pai havia arranjado o casamento, mas Malcolm era um belo homem e um bom partido. Ilsa concordara feliz, ansiosa para escapar da casa do pai e das regras severas de Jean, conhecer um pouco do mundo.

Mas as coisas não aconteceram dessa forma. Malcolm, assim como o pai dela, fora um homem da sociedade, conhecido em todas as tabernas e pubs. Ele não quisera mudar seus hábitos de solteiro para levá-la ao teatro ou a galerias de arte, como Ilsa ansiava por fazer. Malcolm dizia que os amigos dele não eram uma sociedade de damas, e que ele não os deixaria de lado nem levaria Ilsa quando estivessem juntos. Malcolm esperava que a esposa ficasse em casa, lendo ou bordando tranquilamente, enquanto Ilsa queria dançar, receber convidados e admirar balões subindo no céu. Os sentimentos de amor de Ilsa não duraram muito tempo. Malcolm, é claro, nunca sentira nada nem perto disso.

E quanto a Drew... Ela não se permitiria pensar em amor.

Bella e Winnie fitavam Ilsa com expressões de decepção idênticas.

— Apará-lo? — repetiu Winnie, como se tivesse ouvido uma blasfêmia.

— Espinhos? — repetiu Bella, torcendo o nariz. — Amor verdadeiro *tem* espinhos?

Ilsa não conseguiu nem sorrir diante da decepção das duas. Não apenas tinha espinhos, como alguns eram venenosos.

— Não sei muito sobre o amor, ao menos não no casamento. Talvez a mãe de vocês tenha sugestões melhores.

As duas moças trocaram olhares de desalento.

Ilsa agora se sentia constrangida. Ela devolveu o gatinho para Bella e se levantou.

— Desejo sinceramente muita felicidade a esse membro da família de vocês. E creio que essa pessoa vai conseguir descobrir sozinha como encontrar a própria felicidade.

Bella bufou baixinho.

— Tomara que seja antes de irmos embora de Edimburgo, quando já será tarde demais — murmurou Winnie.

— Bem... — Ilsa alisou as saias. O ponto quente no lugar onde Cyrus se aninhara já estava frio. — Vejo vocês no jantar.

— Obrigada pelo conselho. E... você não vai contar a ninguém sobre nossas perguntas, não é?

Agnes explodiria de fúria e de humilhação se soubesse. Ilsa balançou a cabeça e deu uma batidinha no nariz.

— Juro que não — declarou muito séria. — Pela minha alma.

Aquilo arrancou um sorriso pálido de Bella, e Ilsa conseguiu se forçar a sorrir também.

Só quando já estava no próprio quarto cedeu à sensação de vazio e à ansiedade que sentia no peito quando pensava na partida dos St. James para a Inglaterra. Ilsa se apoiou na porta, trêmula, e escondeu o rosto entre as mãos. Não teria mais a companhia de Agnes, nem as brincadeiras ou os planos das irmãs mais novas.

Não teria mais Drew, com suas piscadinhas impertinentes, o bom humor atrevido e os beijos incendiários. Quando achara que Winnie e Bella se referiam a Drew e que estavam tentando juntá-los... Antes que o constrangimento a dominasse, por um momento Ilsa sentira uma onda de esperança envolver seu coração diante da possibilidade de que as irmãs tivessem achado que Drew estava apaixonado por ela. Que queria se casar com ela. E, mais ainda, que todas veriam o casamento com bons olhos.

Aquele breve arroubo de felicidade a pegara de surpresa. Ilsa prometera a Agnes que nenhum coração seria partido. Que era só um flerte. Que os dois eram apenas amigos.

Tudo mentira.

Ela passou a mão pelo rosto quente.

Pare com isso, disse a si mesma. *Você está sendo uma tola.*

Esse tipo de amor não existe.

Capítulo 14

PARA SURPRESA DE Drew, a visita ao Palácio Stormont passou em um piscar de olhos, embora tivesse se estendido de uma semana para quase quinze dias.

Não havia dúvida de que fora um sucesso estrondoso. Ele visitara todos os arrendatários e fazendeiros e vira por si mesmo que eles estavam sendo bem administrados. Fora ao moinho e ao pequeno vilarejo próximo, à destilaria, e conhecera a ampla operação de produção de laticínios. Fizera inúmeras anotações para o relatório que mandaria para o sr. Edwards, e defenderia o argumento de que mantivessem a propriedade.

Levar a família junto tinha sido uma jogada de mestre. A mãe ficara impressionada com a propriedade e com a eficiência tranquila dos Watkins. Agnes tinha um novo brilho no olhar e um rubor saudável no rosto, mesmo quando falava com Felix Duncan. Drew ainda não estava certo se fora uma boa ideia convidar o amigo, mas ele e a irmã pareciam se deleitar com suas discussões ácidas. Drew sabia que conquistar Bella e Winnie não seria uma tarefa difícil, mas elas haviam se superado e dominado a casa antiga e grandiosa com uma alegria fervilhante, desde a disputa no labirinto até as histórias contadas nos porões amplos e cheios de eco.

E o que fora de longe a melhor parte da viagem: a presença de Ilsa Ramsay. Ela cavalgara com ele várias manhãs, e o fizera rir todas as vezes. Para pesar de Drew, a primeira noite fora a única vez que ficaram juntos no telhado, mas ele a beijara no labirinto, e duas vezes na colina atrás do moinho, durante uma dessas cavalgadas matinais. Drew se sentia como um garoto, ansioso para vê-la de novo sempre que permaneciam algum tempo afastados, eufórico toda vez que a beijava e ela retribuía, atormentado durante a noite por sonhos eróticos muito vívidos.

Ele entendera o motivo da cautela da mãe e tentara manter isso em mente, mas o que o atraía em relação a Ilsa era mais forte. Não sabia quais eram as suas intenções em relação a ela, ou que sentimentos Ilsa realmente nutria por ele. Só sabia que gostava dela... muito.

Sentindo-se muito ansioso, Drew bateu discretamente na porta do quarto de Ilsa na última noite antes de retornarem para Edimburgo. Era tarde e todos já haviam se recolhido. Drew havia esperado até não haver mais nenhuma luz acesa sob qualquer porta, mas aquilo incluía a de Ilsa, e havia a possibilidade de ela estar dormindo...

Uma fresta da porta se abriu e ela arregalou os olhos ao vê-lo.

— O que está fazendo? — perguntou em um sussurro.

Como resposta, ele levantou um pedaço de corrente, os elos de ferro tilintando baixinho.

Ela arregalou os olhos ainda mais.

— Não...

Drew sorriu. Durante o jantar, Winnie lamentara não ter ouvido sequer um gemido de fantasma. Drew se inclinou mais para perto de Ilsa e sussurrou:

— Venha participar dessa travessura comigo. Vamos dar o susto que elas tanto querem.

Ilsa soltou o ar e Drew sentiu seu hálito aquecer o rosto dele, quase como um beijo. O cabelo dela caía sobre os ombros em ondas escuras, e ela usava uma camisola sem mangas que o fez desejar estar segurando um lampião mais potente. E, atrás dela, nas sombras do quarto, havia uma cama...

— Onde?

— No sótão — murmurou Drew, ainda inebriado com o perfume do cabelo dela e com o calor da sua pele.

A corrente tilintou contra o joelho dele. Drew praticamente já se esquecera de travessuras com fantasmas e agora só pensava nela... em beijá-la... em fazer loucuras e travessuras apenas com ela...

— Vou calçar meus chinelos — sussurrou Ilsa.

Então inclinou a cabeça e pressionou os lábios aos de Drew em um instante que quase fez o coração dele parar.

Alguma coisa acontecia com ele toda vez que ela o beijava. A sensação mais próxima que já experimentara tinha sido quando um relâmpago atingira uma árvore perto do forte, quando a companhia voltava de uma patrulha. Todos os homens do regimento haviam sido arremessados para trás com o impacto e o barulho ensurdecedor, e todos se levantaram cambaleando, com a pulsação acelerada, o cabelo arrepiado e a sensação de que haviam acabado de vencer uma batalha súbita e terrível.

Drew se encostou na porta e tentou acalmar os sentidos perturbados. *Você gosta dessa mulher?*, perguntara a mãe dele. *Mamãe, sou absolutamente fascinado por ela*, respondeu naquele momento, em silêncio.

Ilsa retornou um instante depois, amarrando a faixa do roupão. Drew soltou um suspiro silencioso de tristeza por não ver mais os ombros nus dela.

Os dois desceram sorrateiramente o corredor, em direção à porta pesada que levava ao sótão.

— O que você pretende fazer? — perguntou Ilsa em um sussurro.

A pergunta foi tão parecida com a que a mãe dele fizera que Drew levou um susto e quase deixou o lampião cair. Então olhou de relance para Ilsa e quase deixou o lampião cair de novo ao ver a expressão de euforia no rosto dela. Se não fosse por aquela corrente batendo em seu joelho, Drew poderia facilmente ter acreditado que aquilo era um encontro amoroso, dois amantes juntos na calada da noite porque não conseguiam passar nem mais um minuto longe um do outro.

Abalado, ele levou o dedo aos lábios e só falou quando já haviam chegado à escada, depois de fecharem cuidadosamente a porta — cujas dobradiças bem lubrificadas, graças à sra. Watkins, garantiram o silêncio.

— Elas querem ouvir um fantasma — falou ele, baixinho. — Achei que eu poderia...

Ele balançou a corrente.

Ilsa cruzou os braços e tamborilou um dedo no queixo. Ela parou dois degraus acima dele, o colo na altura dos olhos de Drew, que estava hipnotizado pelo que via. O roupão dela era de lã fina, como a camisola, e ele poderia jurar que era capaz de ver a sombra mais escura de um mamilo.

— Você vai ter que fazer mais barulho do que isso — disse ela, pensativa. — Essas casas antigas têm paredes e pisos grossos. Acho que poderia bater os pés com força e arrastar a corrente pelo chão.

Ilsa se virou e subiu correndo a escada, em direção à escuridão sinistra, sem nem olhar para trás. Drew foi arrancado do seu devaneio de desejo e se apressou atrás dela, segurando o lampião mais no alto.

— Ah, meu Deus — sussurrou Ilsa.

Ele mal conseguia vê-la, mesmo com as roupas de dormir brancas.

— Está vazio. — Ela se virou para ele com um sorriso travesso no rosto e acrescentou: — Podemos fazer *muito* barulho aqui em cima.

Acabaram descobrindo que o sótão não estava vazio. Sem dúvida graças à eficiência da sra. Watkins, havia baús e caixotes cuidadosamente empilhados no outro extremo do cômodo. As figuras fantasmagóricas que viram acabaram se revelando móveis cobertos com lençóis. Mas mesmo assim ainda havia uma longa extensão de espaço aberto, onde eles sem dúvida poderiam fazer um barulho terrível. Ilsa encontrou um cadeado pesado preso a um pedaço mais curto de corrente, que provocava um baque satisfatório quando era batido nas placas de madeira do piso. Drew mapeou mentalmente o andar de baixo e começou a andar em cima de onde imaginava ficar o quarto das irmãs.

— Alguns gemidos seriam de enorme ajuda — sussurrou Ilsa.

— Gemidos?

Drew ainda estava pensando sobre o modo como o roupão delineava os seios de Ilsa quando ela se movia.

— Você não se lembra? A escada para o telhado... Você disse que o vento tinha uivado como uma *banshee* quando a porta foi deixada aberta.

O telhado, onde ele a beijara e ela retribuíra, e onde as coisas poderiam ter chegado a um patamar realmente espetacular se Felix Duncan não tivesse aparecido e enfiado o nariz onde não era chamado.

— Certo — concordou Drew, a mente fixa demais naquela noite e no que poderia ter acontecido para dar qualquer outra resposta mais sensata.

— Há uma janela — continuou Ilsa. — Vá até lá e abra. Eu vou abrir a porta quando você estiver pronto para dar a Winnie o fantasma que ela tanto quer e aí...

— O vento vai descer uivando pela escada — completou ele.

Era um noite de vento e tempestade. As janelas chacoalhavam desde a hora do jantar. Drew deixou o lampião de lado e conseguiu com dificuldade abrir a tranca enferrujada da janela pequena.

A brisa que os atingiu era fria e úmida e arrepiou os pelos do braço dele. Ilsa se aproximou mais e inspirou profundamente.

— Tem cheiro de mar — sussurrou.

Tem cheiro de lar, pensou ele. O aroma salgado e penetrante do Mar do Norte pairava no ar, misturando-se ao cheiro da charneca e da turfa. E havia outro perfume, mais suave e cálido...

Ilsa se inclinou na direção da janela e respirou fundo. O aroma suave e morno o envolveu e Drew se deu conta de que era *ela*, o perfume dela, a pele, o cabelo dela. Ele se inclinou mais na direção de Ilsa e inspirou profundamente...

Então, se deteve. Talvez aquilo tivesse sido um erro. A princípio, ele achara que aquele era o modo perfeito de encerrar a visita ao palácio; aquela travessura para fazer Winnie rir, junto à chance de passar mais alguns minutos roubados com Ilsa. Mas, em vez disso, ele se via despencar em um poço sem fundo de desejo. Drew sentiu vontade de chutar as correntes para as sombras e fazer amor com Ilsa no chão do sótão, sem se importar mais com brincadeiras de fantasmas.

— Vou abrir a porta na base da escada — disse ele.

Drew precisava se distrair daquelas ideias, embora não resistisse a lançar mais um olhar na direção dela antes de se virar.

Ilsa estava parada diante da janela, os braços apoiados no parapeito, o rosto erguido em êxtase para o céu noturno. O cabelo e o roupão oscilavam sob a brisa forte. *Ela* era o espírito que o assombrava e o atormentava, e Drew se amaldiçoou quando quase caiu de cabeça na escada escura por estar tão distraído.

— Tudo pronto — disse ele.

Depois de firmar um pedaço de madeira para manter a porta aberta e de se recompor um pouco, Drew voltou para perto dela.

O rosto de Ilsa parecia pálido e ansioso sob a luz do lampião.

— Pelo bem de Winnie, seja aterrorizante.

Drew foi na frente, sacudindo a corrente e arrastando os pés. Ilsa o seguiu, arrastando o cadeado e batendo com ele no piso.

— Temos que gemer — sussurrou ela em um determinado momento.

Drew teve que parar e se controlar por um momento, até ouvir Ilsa soltar um gemido que não soava nada como o som apaixonado que o cérebro ardente dele havia imaginado, e sim como uma *banshee* prevendo morte e sofrimento.

— Isso foi você, não é? — sussurrou Drew por cima do ombro.

— É claro! Quem mais seria?

— Por um momento apavorante temi que tivéssemos libertado mesmo os espíritos da casa.

Ilsa abafou uma risada, o que o fez sorrir, e então os dois mal conseguiram continuar com a travessura assustadora de tanto que riam.

Drew parou quando ouviu uma porta bater. Era impossível ouvir qualquer voz acima do barulho funesto do vento, mas ele jogou as correntes de lado, pegou a mão de Ilsa e a puxou na direção da escada. No último momento, apagou o lampião e os dois se esconderam atrás de um armário coberto por lençóis.

— Com certeza é só um animal perdido — disse Duncan, sua voz chegando até eles junto ao brilho de um lampião.

Um instante depois, a cabeça e os ombros dele apareceram no alto da escada e ele deu uma olhada rápida ao redor.

— Não estou vendo nada — falou por cima do ombro.

— Suba, homem, tenha coragem — disse Monteith. Ele empurrou Duncan para o lado, subiu a escada correndo e ficou parado ali em cima, as mãos na cintura, as pernas bem abertas. — Apareçam, espíritos tolos — bradou.

Ao lado de Drew, Ilsa se sacudia com uma risada silenciosa. Sem pensar, ele passou o braço ao redor dela, sorrindo, e logo ficou imóvel, ao senti-la colando ainda mais o corpo ao dele.

Mãe, acho que estou me apaixonando por ela, pensou.

— Me deixe ver!

Winnie também subiu correndo, com Bella em seus calcanhares. Elas se agarraram uma à outra, mas olharam ao redor, empolgadas.

— Será que alguém foi assassinado aqui? Por isso o fantasma está no sótão? — perguntou Winnie.

— Não, sua boba, os espíritos obviamente precisam de espaço para assombrarem — retorquiu Bella.

Para surpresa de Drew, a mãe e Agnes foram as próximas a aparecer. A irmã parecia cética, mas a expressão de Louisa o fez achar que ela sabia exatamente o que tinha acontecido e que estava se divertindo mesmo contra sua vontade. Alex Kincaid foi o último a aparecer, também segurando um lampião, rabugento e ainda meio adormecido.

— Não estou vendo nada — repetiu Duncan, bocejando atrás da mão. — Nenhum líder dos clãs das Terras Altas, nenhuma dama que tenha se atirado das ameias por causa de um coração partido. Nem mesmo o espírito de um texugo que ficou preso na... Aaah!

Quando ele estava terminando de falar, Drew puxou silenciosamente um dos lençóis que cobriam a mobília. Ilsa se escondeu ainda mais nas sombras do armário e Drew deu um passo à frente, o corpo dobrado, os braços para o alto. Todos os outros estavam olhando para o lado oposto, por isso, quando ele deixou escapar um gemido longo e baixo, instaurou-se um pandemônio.

Winnie e Bella soltaram gritos ensurdecedores e se esconderam atrás de Monteith, que já não mostrava nem sombra da postura arrogante de antes. Kincaid praguejou alto, agora totalmente desperto. E Duncan deu um pulo para trás, quase derrubando o lampião, mas ainda assim estendendo o braço para proteger Agnes, que se colocou atrás dele, colada às suas costas.

Apenas Louisa não se moveu. Ficou apenas olhando para Drew de cima a baixo, com os braços cruzados e uma sobrancelha erguida em uma expressão astuta.

— Muito engraçado, Andrew.

Ele tirou o lençol com uma careta.

— Era para ser aterrorizante, mamãe.

As irmãs explodiram em gritinhos ultrajados. Bella se jogou em cima do irmão, socando seus braços.

— Que ideia idiota foi essa, Drew?

— Ai! Pare com isso, garota! Ora, vocês não queriam ver um fantasma? — disse ele, rindo e fugindo da irmã.

— Um fantasma *de verdade* — lamentou Winnie, batendo o pé. — Não você.

— Podemos transformá-lo em um fantasma de verdade — sugeriu Kincaid com ironia. — Por arrancar todos nós de nossas camas quentes para passarmos frio no sótão.

— Jogue-o da janela. Ele sem dúvida soltará um grito fantasmagórico quando se esborrachar no chão. — Monteith espiou pela janela antes de fechá-la.

— E você o ajudou, Ilsa? — perguntou Agnes.

Foi interessante vê-la se afastar rapidamente de Duncan e se colocar no extremo oposto do grupo, o rosto ruborizado, mesmo sob a luz mortiça dos lampiões.

Com os olhos baixos, mas mordendo o lábio com uma expressão culpada, Ilsa se adiantou e assentiu.

— Ah! — bradou Bella, o interesse se misturando à indignação em sua voz. — Foi muito divertido?

Ilsa assentiu de novo, quase imperceptivelmente.

— Queríamos dar a vocês algo para se lembrarem — argumentou com Winnie.

A jovem fingiu estar amuada, mas Drew percebeu que a irmã estava se divertindo.

— Acho que, se houvesse algum fantasma aqui, a essa altura ele já teria fugido, depois de ver o lunático que vai herdar este lugar.

— Sem dúvida. Com alguma sorte, eles vão segui-lo até em casa e buscar vingança por terem perturbado seu lar tranquilo — disse Monteith, indo para a escada. — Meu coração não consegue suportar tanta agitação. Vou para a cama... e planejo permanecer lá até de manhã, a menos que sua próxima brincadeira seja colocar fogo na casa, St. James.

— Isso mesmo. — Kincaid lançou um olhar irritado na direção de Drew, que deu apenas um sorrisinho atrevido em resposta.

Louisa bateu palmas.

— Bem, agora que não precisamos mais nos preocupar em libertar algum espírito inquieto, vamos todos voltar para a cama. Temos uma longa viagem pela frente amanhã.

Bella e Winnie a seguiram, ainda protestando e rindo. Agnes esperou por Ilsa e desceu a escada com a amiga. Drew ouviu-a perguntar de quem tinha sido aquela ideia maluca, mas não conseguiu escutar a resposta de Ilsa.

Tinha sido ideia *deles*, na verdade. Ele planejara apenas o início. Ilsa abraçara a ideia e emprestara seu entusiasmo, dando um toque especial àquela aventura.

E o deixara mais fascinado do que nunca.

— Mostrar um fantasma a Winnie, não é? — murmurou Duncan, descendo a escada atrás de Drew.

Como os outros homens, ele claramente havia pulado da cama e corrido para ver o que estava acontecendo. Sua camisa de dormir estava com as costas viradas para a frente e o kilt estava todo desengonçado ao redor do corpo.

— O que mais seria?

Drew se certificou de que a porta estivesse bem fechada. Em comparação ao sótão com seu vento frio, estava quente e aconchegante ali embaixo.

Duncan ergueu uma sobrancelha ruiva.

— Você não pediu a minha ajuda, e eu sou seu amigo do peito.

— Ora, e você teria ajudado? — Drew fingiu estar chocado. — Tem estado irritado desde que chegamos, emburrado e mal-humorado. Achei que estivesse ansioso para voltar a Edimburgo. Então não, não pensei em você, seu tolo preguiçoso.

O amigo bufou. Mais adiante, Ilsa e Agnes seguiam de braços dados, as cabeças próximas.

— Você não pensou em mim porque estava pensando em outra pessoa.

— Em Winnie — insistiu Drew teimosamente.

O amigo riu enquanto voltava para o próprio quarto.

— Continue repetindo isso para si mesmo, mas não espere que mais ninguém acredite.

Uma porta se fechou, então outra e mais outra. Drew se viu parado sozinho no corredor, subitamente sentindo frio. Lançou um longo olhar na direção da porta de Ilsa. Ela nem lhe desejara boa noite.

Drew suspirou enquanto entrava no próprio quarto e contemplava a cama solitária. Tivera Ilsa para si por meia hora, e teria que se contentar com aquilo.

Capítulo 15

Ilsa ficou parada perto da porta, o coração disparado e a pele vibrando. Que peça magnífica haviam pregado nos outros. Mesmo que a sra. St. James tivesse descoberto logo do que se tratava, tinha sido impagável ver as expressões nos rostos de Winnie e Bella quando Drew se adiantara para cima delas, coberto com o lençol empoeirado, gemendo feito um animal ferido.

Só de lembrar, ela voltou a rir silenciosamente. Santo Deus, como eles haviam se divertido...

Ela desejava que aqueles dias nunca acabassem.

Aquela era a última noite no Palácio Stormont. No dia seguinte, viajariam de volta para Edimburgo, onde ela voltaria para casa e Drew retornaria aos aposentos que ocupava na casa de Felix Duncan antes de arrumar suas coisas e deixar de vez a cidade rumo à Inglaterra, ao seu ducado inglês, à sua futura noiva inglesa.

Se queria seduzi-lo, aquela noite era sua última chance.

Depois de uma demora interminável, durante a qual Ilsa contou até quinhentos, tirou os chinelos e ficou ouvindo junto à porta, alerta ao som de qualquer outra pessoa que pudesse estar perambulando pelos corredores no meio da noite. Então, abriu uma fresta da porta e espiou. O corredor estava escuro, iluminado apenas pelo luar que entrava pelo saguão da escada no outro extremo. A casa estava mais uma vez adormecida. Ilsa respirou fundo e saiu sorrateiramente, deixando para trás o lampião e tudo que a impedia de ser ousada e indecente.

Ela sabia qual era a porta dele; naturalmente, a que ficava mais distante da dela, junto à escada. Assim, saiu correndo, com o coração quase saltando para fora do peito, em parte por expectativa, em parte com medo de que a sra. St. James abrisse a porta e a mandasse voltar para o próprio quarto. Sem dúvida era pecado seduzir um homem com a mãe dele sob o mesmo teto.

Quando chegou à porta de Drew, Ilsa não ousou bater. Cada rangido, cada estalo da casa parecia alto demais para seu cérebro a mil. Como já estava mesmo sendo ousada e corajosa, abriu silenciosamente a porta e entrou.

Estava escuro, embora as cortinas de uma das janelas estivessem abertas. Ilsa permaneceu imóvel, agarrada à porta, procurando na escuridão, enquanto seus olhos se ajustavam.

Ouviu o farfalhar de um tecido.

— Aconteceu alguma coisa? — perguntou Drew, o tom cauteloso.

— Não... — sussurrou ela.

— Ilsa...

Drew parecia surpreso, mas ela agora conseguia enxergar um pouco melhor no quarto escuro e já estava a meio caminho da cama onde Drew estava sentado, o peito nu, o cabelo bagunçado.

Ela tocou o rosto dele e pousou o dedo em sua boca.

— Você quer que eu fique? — sussurrou ela, os lábios junto ao ouvido dele.

Drew estremeceu.

— Quero.

Ilsa sorriu.

— Ótimo.

Então, ela mordeu o lóbulo da orelha dele, provocando um tremor que percorreu seus ombros largos.

Drew virou a cabeça sem dizer uma palavra e a beijou. Ilsa retribuiu o beijo, convidando, provocando, seduzindo.

Durante toda a vida, ela ouvira que deveria ser sensata, fazer o que o pai, a tia, os tutores, o marido queriam. Só depois da morte de Malcolm, Ilsa se dera conta de que ninguém jamais lhe perguntara se ela estava satisfeita com o rumo das coisas. Só então se dera conta de que as outras pessoas agiam para agradar o mundo ao redor, mas também a si mesmas. Ninguém tentava agradar a *ela*, que finalmente percebera que aquela tarefa cabia a si. Por um ano vinha tentando aprender a fazer isso, a se permitir fazer coisas que não fossem sensatas ou tradicionais.

Não conseguia se forçar a acreditar que estava cometendo um erro.

Seu coração a empurrava na direção de Andrew St. James desde o primeiro momento em que o vira, mesmo antes de ele instigá-la a ser livre e ousada. Ela nunca vivera algo parecido. Sem irmãos, com poucas amigas, ninguém com quem se divertir. Nunca se sentira tão viva como quando estava com ele, fosse galopando pelas colinas de Stormont ou arrastando velhas correntes no sótão. Drew a estimulava a pensar que não era louca por desejar viver uma aventura, ao mesmo tempo que provava que ela não precisava sacrificar seu senso de responsabilidade e deveres para isso.

Portanto, ali estava ela, no quarto dele, as mãos dele acariciando as suas costas, os lábios se deleitando de prazer em sua pele. Aquilo era loucura, e a fazia se sentir tão eufórica que ela mal conseguia suportar.

Ilsa enfiou os dedos no cabelo de Drew, puxando a cabeça dele para que os lábios que roçavam por todo o rosto voltassem a encontrar os dela. Ela o beijou com intensidade, profundamente, e sentiu Drew, surpreso, apertar a cintura dela. Em um gesto impaciente, Ilsa puxou a bainha da camisola para cima, para poder subir na cama, montar nas coxas de Drew e pressionar ainda mais o corpo ao dele.

Ele a recolocou no chão com delicadeza. Ilsa se inclinou na direção dele, impaciente, até que Drew erguesse uma das mãos, em uma repreensão silenciosa. Com uma lentidão excessiva para o gosto dela, ele abriu o roupão e deixou que deslizasse pelos ombros dela.

Ilsa arqueou as costas para acelerar o movimento. A respiração de Drew se tornou mais acelerada. Ele deixou as mãos correrem com reverência pelos braços nus dela até os ombros, e desceu novamente. Mesmo sob o luar fraco, ela conseguia ver os olhos dele ardendo de desejo.

Ilsa abriu o botão de cima da camisola que usava. Havia uma longa fileira deles descendo pela frente. A modista dera um sorriso malicioso quando fizera aquela peça para o enxoval de Ilsa anos antes e dissera que os botões despertavam a curiosidade de um homem. Malcolm jamais tentara abri-los.

Mas Drew... o olhar dele se fixou nos dedos dela e permaneceu ali, mesmo que seguisse acariciando as costas dela.

Ilsa abriu mais um botão, e um terceiro.

Drew colocou o cabelo dela para trás e correu o polegar pela clavícula delicada, afastando as alças da camisola. Ilsa abriu mais dois botões.

Ele mal respirava agora. As pontas de seus dedos roçavam muito delicadamente a pele dela, parecendo queimá-la. Ilsa se remexeu em cima dele e abriu mais botões, já não tão devagar.

Até que a camisola se abriu completamente. Drew respirou fundo e deixou escapar um suspiro de desejo que foi como óleo sobre o fogo que ardia dentro dela. Deus, como ela desejava aquele homem. Com suas piscadinhas provocantes, a risada fácil, os braços fortes e o torso musculoso. Sem pensar, ela correu os dedos ao longo dos pelos do peito dele, estremecendo ao sentir a carne firme, a pele quente, e o modo como o abdômen de Drew se flexionava sob o seu toque.

Drew fez menção de dizer algo, mas rapidamente ela tocou o lábio dele com o dedo. *Não, não diga uma palavra*, ela queria olhar para ele, se maravilhar com ele. Os olhos de Drew cintilaram, mas ele permaneceu deitado e deslizou as mãos pelas coxas dela, por baixo da camisola.

Será tudo de acordo com o seu desejo, ou nada será...

Ela o desejava. Ela o queria intensamente. Não era uma viúva indecente, apenas alguém que queria muito sentir, fazer, *ser*. Ilsa queria ser desejada por mais do que sua fortuna e posição social, queria ser compreendida, queria que confiassem nela e deixassem que ela seguisse seu próprio coração.

E Drew fora a pessoa que a fizera sentir tudo aquilo. Aquele belo homem, grande e forte, que um dia seria um duque, mas que pregava peças como um menino.

Ilsa despiu a camisola pela cabeça e jogou-a longe.

Drew soltou o ar e suas mãos ficaram imóveis sobre o corpo dela, as pontas dos dedos cravadas na carne. Aquelas mãos grandes e quentes pairavam sobre as coxas dela, a poucos centímetros de onde Ilsa queria que estivessem. Ele estava esperando que ela assumisse o comando, deixando que ela o tocasse, enquanto ele se continha...

— Você é magnífico — disse Ilsa baixinho.

Não apenas fisicamente, embora fosse difícil não ver a beleza física. Nunca imaginara que um homem pudesse ser tão brincalhão, tão demoradamente sedutor na cama.

Ela nem percebeu que havia falado em voz alta até ele segurar seu rosto.

— Você me deixa fora de mim quando diz coisas assim... — sussurrou Drew.

Ilsa soltou um arquejo, misturado a uma risadinha.

— É uma pena, porque prefiro você consciente...

Com um gemido, ele ergueu o corpo, apoiando-se no braço forte.

— Nunca estive mais consciente de uma mulher em toda a minha vida — murmurou.

E voltou a beijá-la, a boca quente e faminta sobre a dela. Ilsa esqueceu que estava planejando explorar o corpo dele e provocá-lo. Haveria tempo para aquilo mais tarde... Mas, naquele momento, ela o desejava tão ferozmente que quase desmaiou quando a mão dele subiu pelo seu abdômen e envolveu possessivamente um seio.

Ela agora estava com o corpo pressionado à pele nua e quente dele. O peito de Drew se expandia em respirações profundas. Então, em um movimento súbito, ele virou os dois, de modo que ficassem cara a cara, os lençóis amarrotados ao redor, envolvendo-a com o cheiro dele.

— Eu queria fazer coisas terríveis e perversas com você — declarou Ilsa em um arquejo, quando ele ergueu os braços dela sobre a cabeça, segurando seus pulsos na mão grande.

— Você vai fazer — prometeu Drew. — Eu antes só preciso...

A voz dele se perdeu enquanto ele abaixava a cabeça até os seios dela e encostava a língua em um mamilo rígido, que parecia ansiar... exatamente por aquilo. Ilsa arquejava desesperada enquanto os dedos dele desciam pela lateral do braço erguido dela, as unhas arranhando delicadamente a carne.

— Você gosta... — sussurrou ele junto ao seio dela. E envolveu todo o seio com a mão, erguendo-o com reverência e acariciando-o.

— Sim, senhor.

Os ombros dele se sacudiram em uma risada silenciosa.

— Ótimo, porque eu adoro...

Agora, a mão e a boca de Drew estavam no seio dela, e Ilsa esqueceu tudo o que queria fazer com ele, porque o que ele estava fazendo com ela era tão delicioso que não conseguia sonhar com mais nada. Ilsa queria que ele a arrebatasse, rápida e impiedosamente, como um exército conquistador.

Mas Drew parecia inclinado a fazer as coisas em seu próprio tempo. A língua que provocava sensações insanas nos seios dela logo desceu para a sua barriga. Ilsa tentou desvencilhar os pulsos e ele os soltou, permitindo que ela enfiasse os dedos em seu cabelo e o estimulasse a continuar. Ela passou as pernas ao redor dele, que continuou a torturá-la.

A pele de Ilsa nunca parecera tão sensível e delicada. Cada movimento dos dedos de Drew a fazia querer mais, com mais intensidade, mais fundo, até quase enlouquecer. Mas, quando ela tentou afastar o lençol que ainda envolvia o corpo dele, Drew a deteve.

— Deixe — disse com a voz rouca. — É a única coisa que ainda está mantendo a minha sanidade.

Ela pressionou o corpo ao dele e cravou as unhas nas suas costas.

— Eu não quero sanidade!

Drew moveu o corpo, descendo pelo dela e levando os lençóis junto.

— Ah, é mesmo? Você quer loucura, então?

— Quero...

Ele abaixou a cabeça e deixou a língua contornar o umbigo dela.

— Desespero?

— Isso... — arquejou Ilsa.

— Paixão? — Ele a lambeu e ela quase saltou para fora da cama. — É isso que você quer?

— Isso!

— Shhhh... — sussurrou Drew, enquanto mordiscava a parte interna da coxa dela. — Você vai acordar todo mundo... de novo...

Então ele abriu as pernas dela e a beijou. Ilsa arqueou o corpo como se estivesse pairando acima do colchão. O prazer a atingiu como um raio disparando por suas veias, latejando no ritmo de cada arremetida determinada da língua de Drew.

Quando ele deslizou um dedo para dentro do seu corpo, Ilsa teve um espasmo, quase chegando ao clímax, antes que a onda de calor recuasse e logo voltasse a se erguer — mas então ela se afastou por alguns instantes daquela névoa de prazer intenso. Queria aquilo a ponto de tremer de desejo, mas também queria vê-lo, queria ver a expressão nos olhos dele se alterar, queria ouvir a voz dele perdendo o controle e saber que estava lhe dando tanto prazer quanto ele a ela.

Ela puxou a orelha dele, então seu ombro.

— Drew.

Ele ergueu a cabeça, enquanto deslizava um segundo dedo para dentro dela.

— Sim, milady?

Ela arfou de desejo. Todos os seus nervos clamavam por alívio.

— Eu quero... quero fazer isso junto com você.

— Como quiser — disse ele, depois de uma pausa surpresa.

Meio desajeitado, Drew ergueu o corpo e deitou ao lado dela.

— Seja gentil comigo, menina — disse ele entre dentes e pousou um braço sobre os olhos.

— Ah, você quer gentileza?

Ela levantou o corpo e se colocou em cima dele, a boca seca ao ver o tamanho e a força do corpo sob o seu.

— Bem... não... — respondeu Drew, a voz saindo abafada pelo braço.

— Não confia em mim?

— Confio. — As palavras saíram carregadas de desejo.

Ilsa se ergueu acima dele e segurou seu membro na mão. Era grosso e longo, muito quente e macio ao toque. As veias dos antebraços de Drew saltaram quando ele agarrou com força os lençóis.

— Preciso retribuir na mesma moeda — murmurou Ilsa, girando o dedo na cabeça do membro dele.

Drew exalou com tanta força que seu abdômen se projetou para cima.

— Faça isso.

— Vou fazer. Mas acho que dessa vez...

Ela ficou de joelhos e guiou-o para o meio de suas pernas.

— Dessa vez terei você como venho querendo desde a noite em que nos conhecemos.

E, assim, Ilsa desceu o corpo, recebendo o membro firme dentro de si.

Precisou parar por um momento e se apoiou no abdômen de Drew, zonza com o modo como ele a preenchia. Embaixo dela, Drew permanecia firme, o corpo vibrando de tensão, mas imóvel. Ele havia tirado o braço do rosto e agora a observava com olhos que cintilavam como brasas na escuridão, ardendo dentro dos dela.

Ilsa começou a se mover, subindo e descendo para recebê-lo por inteiro. Drew ergueu os quadris, acompanhando com perfeição o ritmo que ela impunha. As mãos dele subiram pelas pernas dela até alcançarem o ponto específico que ele lambera daquele jeito devastador, e Ilsa se inclinou para trás com um gemido para permitir um melhor acesso. Ela levou as mãos aos seios até Drew deixar escapar um som abafado, se sentar e capturar um mamilo com a boca.

E então Ilsa pôde pousar as mãos nos ombros dele e cavalgá-lo. Ela sentiu os tremores que sacudiam o corpo de Drew, tão fortes e poderosos quanto os que percorriam o corpo dela. Pôde sentir o momento em que ele perdeu o controle e chegou ao êxtase sem parar de devorar seu seio, a mão em seu sexo provocando um fogo líquido que se acumulou em seu ventre e pareceu fazer acender cada nervo. Ilsa atingiu o clímax com um arquejo, agarrando-se a Drew para se equilibrar enquanto ambos estremeciam.

Vários minutos se passaram até Ilsa recuperar o mínimo de lucidez. Ainda segurava a cabeça de Drew junto ao seio. Ela pressionou os lábios à têmpora dele, se deliciando ao ver como estava suada. Como retribuição, ele beijou o peito dela, logo acima do coração, antes de levantar os olhos.

— Desde a noite em que nos conhecemos? — perguntou em um sussurro.

Ilsa sorriu e passou os dedos pelo cabelo úmido dele.

— Você se lembra?

— De cada segundo. — Drew estava com os olhos semicerrados de prazer, enquanto ela passava o polegar pelo lábio superior dele. — Por que me beijou?

Ilsa fez uma pausa.

Sua boca se curvou em um sorriso de prazer.

— Porque tive vontade. Uma coisa de momento.

— Humm. — Ele ajeitou os braços mais confortavelmente ao redor dela e se virou até os dois estarem se encarando. — Como nesta noite?

Ela enrubesceu.

— Deus do céu. Esta noite foi algo em que eu venho pensando há dias. E hoje não consegui mais me controlar.

Drew soltou uma risada baixa e rouca.

— Ouvi dizer que ser fantasmagórica tem esse efeito sobre as mulheres...

Ilsa tentou não rir, mas não conseguiu evitar. E a risada acabou crescendo, alimentada pela sensação de exultação do amor bem-feito, até Ilsa sentir as lágrimas rolando e ter que enxugá-las com a ponta do lençol. Drew riu com ela — talvez até tenha rido um pouco *dela* — e puxou-a mais para perto, aconchegando-a junto ao corpo de um modo tão perfeito que Ilsa se esqueceu de que aquilo só aconteceria naquela única noite.

— Eu nunca imaginei que fazer amor pudesse ser tão *divertido* — comentou ela em um arquejo de riso, sem parar para pensar no que estava dizendo.

Drew ergueu a cabeça.

— Nunca?

Ilsa cobriu os olhos, humilhada.

— Esqueça o que eu disse.

— Acho que não consigo — disse ele após um instante. — Acho que me lembrarei, sim, e com enorme orgulho e alegria. Nenhum homem poderia se sentir mais lisonjeado.

Ela deu um soco brincalhão no ombro dele e viu seu peito se sacudir com uma risada. Incapaz de se conter, Ilsa sorriu.

— Deduzo que o sr. Ramsay tinha uma abordagem mais prosaica do tema? — perguntou Drew.

Ela assentiu. Malcolm mantinha uma amante e Ilsa sempre supusera que ele tinha mais prazer fazendo amor com aquela outra mulher.

— Era um dever, para produzir um herdeiro.

Aquilo fez Drew ficar sério. As mãos dele ficaram imóveis.

— Ilsa... se houver uma criança fruto desta noite...

— Ah! Eu duvido. Fui casada por seis anos e não concebi — disse ela, ficando vermelha.

— Coisas menos prováveis já aconteceram — disse ele. — E, se for esse o caso agora, eu agiria corretamente, com você e com a criança.

Ilsa ficou imóvel. Ele estava destinado a outra pessoa, e ela sabia disso. Não acreditava na possibilidade de terem concebido um filho naquela noite, mas a promessa dele a comoveu.

A maioria dos homens na posição dele não faria aquilo. Eles esperariam por uma noiva inglesa rica e bem-nascida.

— Você faria isso? — perguntou ela.

— É claro que sim. — Ele a beijou e a puxou mais junto ao corpo. — E feliz, devo acrescentar, já que levaria a mais disso...

Drew fez cócegas junto às costelas dela, fazendo-a se contorcer e rir de novo, afastando de vez os pensamentos sombrios.

Foi naquele momento que Ilsa se deu conta do que estava acontecendo com ela. A companhia de Drew a deixava feliz. Seus beijos a faziam arder. O modo como ele fazia amor a fizera se sentir como aquele falcão voando livre no céu noturno. E, por um instante, ela desejou com cada fibra do seu ser que pudesse estar na cama de Drew todas as noites, que pudesse fazer amor com ele todas as noites, e desconfiava que ele desejava a mesma coisa...

Estava se apaixonando por ele e, ao que parecia, se apaixonando de verdade. De um modo que poderia partir seu coração sem chance de reparo.

— Ilsa. — A voz de Drew era suave e aveludada e, ao mesmo tempo, rouca de preocupação. Ele percebera a mudança nela, embora Ilsa não tivesse se movido. — Não fique com medo.

Ela não estava com medo; não dele. Mas sim do que ele poderia *fazer com ela*, caso ela se permitisse ceder à ânsia que ardia em seu corpo inteiro, que ardia em sua alma. Sim, estava certa em ter medo daquilo.

Ao menos uma vez na vida, seria sensata e cautelosa para o seu próprio bem, não porque outra pessoa a forçara a ser assim. E se lembraria da promessa que fizera a Agnes, do motivo pelo qual fizera.

Ilsa se forçou a sorrir.

— Medo de você! Você é que deveria estar com medo de mim, a infame viúva ousada...

— Pare com isso — disse ele. — Você não é assim.

— Mas acabei de seduzi-lo como se fosse.

Ele sorriu, mas agora estava pensativo e concentrado.

— Quando voltarmos à cidade...

— Não. — Ilsa pousou a mão sobre a boca dele. — Não quero falar sobre isso. Só quero saborear este momento. Nesta noite somos livres como falcões e golfinhos, podemos ir para onde quisermos e nos divertirmos como tivermos vontade. Mais tarde chegará o momento de conversarmos sobre assuntos mais espinhosos, certo?

Ele ficou em silêncio por um momento.

— Você precisa saber que gosto de você...

Ela conseguiu forçar um sorriso despreocupado.

— E eu de você! O bastante para me perguntar se você faria amor comigo mais uma vez antes de termos que encarar o novo dia e a longa viagem de volta para casa.

— Uma vez? — perguntou ele, erguendo a sobrancelha. — Acho que no mínimo duas. Ainda temos algumas horas até o amanhecer.

— Mas em que momento vamos dormir? — protestou Ilsa com uma risadinha, enquanto ele rolava para cima dela.

— Dormir? — disse ele, enfiando o nariz na curva do pescoço dela. — Estou acostumado a ficar de guarda a noite toda. Não preciso dormir, ainda mais quando há uma beldade ousada e voraz na minha cama.

— Isso seria... aceitável.

Ilsa arquejou ao senti-lo mais uma vez rígido contra as coxas dela. Drew riu quando ela passou as pernas ao redor da cintura dele.

— Ora, um dia vou fazer você gritar isso: aceitável! Deus Todo Poderoso, isso foi tão... céus... tão aceitável!

Ela estava rindo quando ele a penetrou, mas logo se viu perdida na sensação de tê-lo dentro de si.

E mais tarde, enquanto ela jazia exausta e plena em seus braços, Drew murmurou que *realmente* pretendia conversar a respeito em algum momento, ela não discutiu.

Capítulo 16

O DIA SEGUINTE amanheceu como o começo de um mundo novo e glorioso.

Apesar de ter dormido muito pouco, Drew acordou cedo, e estava quase saltitando de alegria enquanto supervisionava os preparativos para a viagem. Ilsa havia ficado no quarto dele até os primeiros raios cinzentos da manhã iluminarem o céu, então se fora, com um último e longo beijo.

Eles haviam feito amor três vezes, um amor brincalhão, gentil, concentrado, então rápido e intenso, naquela última vez, enquanto tentavam aproveitar ao máximo cada segundo roubado que tinham juntos. Ilsa se fez em pedaços sob o corpo dele com uma expressão de tamanho abandono que Drew não sabia como conseguiria viver sem ela a partir dali.

— Você está animado demais esta manhã, que horror — disse Duncan à guisa de cumprimento quando saiu vestindo o paletó.

Drew riu.

— Por que não estaria? É um belo dia para viajar. Vamos conseguir acelerar o passo.

— Aham — concordou Duncan, emburrado. — E um longo dia de viagem sempre é motivo para deixar um homem animado assim.

— Você não dormiu bem? — perguntou Drew com uma preocupação exagerada. — Está definitivamente rabugento hoje.

Duncan lançou um olhar irritado ao amigo.

— Você deve saber por que, seu espectro idiota — disse o amigo, e fez uma pausa antes de acrescentar: — Falando em figuras fantasmagóricas, eu vi outra, agora de manhã, bem cedo. Veio à toda pelo corredor e passou pela minha porta usando uma camisola branca ondulante...

Aquilo fez Drew parar. O quarto de Duncan ficava perto do dele. Se as pessoas tivessem visto Ilsa deixando o quarto dele...

— Eu disse que esse lugar era assombrado — falou, em um tom relaxado. — Sem dúvidas há regimentos inteiros de fantasmas marchando por aqui.

Agora o amigo estava com um sorrisinho presunçoso no rosto.

— Que sorte a minha ter visto um! Na verdade, era *uma* fantasma, muito atraente, e abençoadamente silenciosa.

As portas se abriram e a mãe de Drew saiu de casa, ajustando as luvas e chamando as filhas por cima do ombro. Drew baixou a voz.

— Sim, muita sorte a sua. Tenho certeza de que era um fantasma muito gentil e que essa história não interessa a mais ninguém.

Duncan disfarçou uma risada.

— Para o seu bem, St. James, espero que ela não tenha sido *totalmente* gentil. Mas não, tenho certeza de que mais ninguém estaria interessado nessa história.

Ele se afastou assoviando na direção dos cavalos que estavam sendo trazidos pelos cavalariços.

Depois daquilo, esforçou-se ao máximo para se cauteloso. Quando Ilsa finalmente apareceu, exibindo um frescor e uma beleza impressionantes, embora tivesse dormido tão pouco quanto ele, Drew não a puxou em seus braços para um beijo matinal, como queria fazer. Ela saiu com Winnie e Bella carregando uma enorme caixa de chapéu, cuja tampa parecia saltar de vez em quando, e as três estavam entretidas conversando. Só quando passaram por ele foi que Ilsa levantou os olhos e deu um sorrisinho íntimo que o deixou novamente no melhor dos humores.

A viagem de volta foi tranquila, e chegaram a Edimburgo no dia seguinte antes que escurecesse. Durante a viagem, Drew suportou com bom humor as reclamações dos amigos sobre a brincadeira do fantasma e as provocações sobre sua parceira de crime — na verdade, ele mal os escutou e preferiu ficar lançando olhares breves para dentro da carruagem onde Ilsa estava sentada, às vezes conversando com as irmãs dele, às vezes recostada na lateral da carruagem com os olhos fechados, outras vezes lançando olhares disfarçados para ele que quase o faziam cair na vala na lateral da estrada.

Depois da serenidade de Stormont, as ruas de Edimburgo pareciam lotadas, cheias de pessoas voltando às pressas para jantar em casa depois do trabalho, de carruagens levando gente ao teatro, as lojas fechando, janelas de casas iluminadas com velas. Os cheiros foram ficando mais intensos e mais desagradáveis à medida que se aproximavam, lembrando a todos de por que a cidade era chamada de Auld Reekie, algo como Velha Fumacenta. Depois que atravessaram a ponte em direção à rua principal, Monteith e Kincaid tiraram o chapéu e se despediram das damas, antes de descerem e seguirem na direção de suas respectivas casas.

Annag apareceu nos degraus da frente assim que chegaram à bela casinha próxima à rua principal, agitando as mãos, feliz por recebê-los. As damas desembarcaram, espreguiçando-se e comentando sobre a longa viagem, e Louisa pediu a Drew que cuidasse para que a bagagem fosse levada para dentro.

— Creio que seja bom você acompanhar a sra. Ramsay até em casa — disse ela, com uma expressão absolutamente tranquila no rosto.

Atrás de Drew, Duncan tossiu e abriu um sorriso malicioso, até o amigo acertar um tapa vigoroso em suas costas.

— Sim, mãe — respondeu ele, e acrescentou: — Duncan, seja útil e ajude a descer um dos baús.

Consciente do olhar de Ilsa sobre ele, Drew levantou o baú de Bella no ombro e subiu correndo a escada. Quando voltou a descer, a mãe estava conversando com Ilsa. Drew moderou o passo e se aproximou devagar, curioso para saber o que estavam falando.

— Ficamos encantados em tê-la conosco, minha querida — disse Louisa, segurando a mão de Ilsa. — Estou muito satisfeita por termos podido nos conhecer melhor. Sei que meus filhos têm grande apreço por você.

Drew ficou imóvel como uma estátua, desejando não ter se aproximado.

Mas Ilsa sorriu.

— Obrigada, sra. St. James. O prazer foi todo meu.

A mãe dele deu uma palmadinha carinhosa na mão dela e soltou-a.

— Talvez queira jantar conosco amanhã à noite?

Drew percebeu um lampejo de surpresa no rosto de Ilsa, antes que ela voltasse a sorrir, mais amplamente daquela vez, e aceitasse o convite.

Quando Louisa se virou, Drew avisou que ele e Duncan acompanhariam Agnes e Ilsa até a casa da última. Então, ele baixou a voz enquanto se inclinava para erguer o baú de Agnes.

— Você se lembra do que me perguntou, naquele dia em que tomamos chá na biblioteca?

A mãe pareceu surpresa.

— Sim, acho que sim...

Drew olhou de relance para Ilsa. Ela usava um casaquinho rosa sobre o vestido azul-escuro, e o chapéu novo — o de palha com flores brancas e uma fita de um vermelho intenso. Quando a viu rir de alguma coisa que Agnes dissera, abriu inconscientemente um sorriso, já adiantando o que diria a seguir.

— A resposta é sim — murmurou ele para a mãe.

E, com isso, Drew se afastou, chamando por Duncan, para que pegasse o outro baú.

— Poderíamos chamar um carregador — comentou Agnes enquanto eles caminhavam, com Drew na frente, Duncan atrás dele e as damas seguindo-os.

— Não é necessário — disse Drew. — A menos que seja demais para você, Duncan...

O amigo grunhiu baixinho alguma resposta rude.

— Isso é muito gentil da parte de vocês, cavalheiros — disse Ilsa.

E o tom cálido de apreciação na voz dela foi o suficiente para fazê-lo se sentir mais alto, mais forte, e capaz de carregar aquele baú por mais dois quilômetros, até o alto da colina.

Mãe, acho que já estou apaixonado por ela.

Ao chegarem à casa dela, o mordomo abriu a porta. O pônei surgiu trotando para receber o carinho entusiasmado de Ilsa e de Agnes e ainda permitiu gentilmente que Drew esfregasse seu nariz. Ilsa os convidou a subir até a sala de visitas, e Drew a acompanhou sem esperar pela resposta de Duncan.

Ilsa foi na frente, mas parou na porta. Seus ombros se ergueram ligeiramente, então ela respirou fundo e entrou.

Drew percebeu o motivo da pausa quando a seguiu para dentro da sala. As paredes e o teto haviam sido repintados de um verde sem graça, e não havia mais sinal de Calton Hill. Novas cortinas estavam penduradas diante das janelas altas, fechadas, deixando o crepúsculo do lado de fora. O quadro austero e sombrio ainda estava pendurado na parede oposta à da lareira.

Ilsa não disse nada. Agnes foi menos contida.

— Ah, não! — exclamou, parando assim que entrou na sala.

— Respeitável e elegante mais uma vez — disse Ilsa com um sorriso forçado.

— Exatamente! — falou a srta. Fletcher da porta, com um sorriso complacente no rosto. — As novas cortinas são muito mais leves, como você desejava.

Ilsa tocou o tecido pesado cor de creme.

— Sim. Muito mais leves.

A tia se adiantou para abraçá-la.

— Estou tão feliz por você ter aprovado. Quis surpreendê-la.

— E conseguiu — murmurou Ilsa. — Tia, espero que se lembre do capitão St. James. E permita-me apresentá-la ao sr. Felix Duncan, que nos acompanhou ao Palácio Stormont. Sr. Duncan, essa é a minha tia, srta. Fletcher.

— *Enchanté*, senhora.

O sr. Duncan fez uma mesura e a srta. Fletcher retribuiu o gesto com uma expressão interessada no rosto.

— Sejam muito bem-vindos, capitão, sr. Duncan. Fizeram uma boa viagem?

— Sim, senhora — disse Drew, que também se inclinou para cumprimentá-la. — O clima estava ótimo para viajar.

— E agora todos devem estar famintos — disse a srta. Fletcher, tocando a campainha. — Vou pedir para trazerem uma refeição leve...

— É muito gentil da sua parte, srta. Fletcher — interrompeu-a Drew —, mas não precisa se preocupar. O sr. Duncan e eu vamos parar em uma taberna. — Ele voltou-se para a irmã. — Talvez você e a sra.

Ramsay gostariam de nos acompanhar, Agnes? Seria indelicado pedir para a governanta alimentar tantas pessoas sem aviso prévio.

O rosto de Ilsa se iluminou. Agnes encarou o irmão com uma expressão de incredulidade.

— E-eu acho que sim, se a sra. Ramsay estiver disposta...

— É claro que estou. — O sorriso de Ilsa foi dirigido a Drew, como se ela soubesse exatamente onde ele pretendia levá-los. — Eu ficaria encantada.

Ele e Duncan ficaram conversando sobre amenidades com a srta. Fletcher enquanto Agnes e Ilsa foram se trocar. A tia de Ilsa não parava de lançar olhares inquisitivos, mas não fez nenhum comentário excepcional. Ainda assim, Drew ficou aliviado quando as moças retornaram.

— Para onde vamos? — perguntou Agnes assim que saíram de casa.

— Estou com vontade de comer ostras desde que deixamos a cidade — falou Drew, sem olhar para Ilsa. — O que você acha, Agnes?

A irmã encarou-o como se não conseguisse acreditar em seus ouvidos.

— E-eu posso ir a uma tasca de ostras?

— Acha mesmo uma boa ideia? — deixou escapar Duncan, que recebeu em troca um olhar letal de Agnes.

— Como seu irmão e guardião, não vejo nada de errado nisso, e estarei lá caso você precise de algo. Você não quer ir?

Por um momento, Drew achou que a irmã o abraçaria no meio da rua.

— É claro que sim!

Então foram todos para a taberna do sr. Hunter e encontraram um lugar diante de uma longa mesa no porão. Drew pediu ponche para as damas, vinho do Porto para ele e para Duncan, além de ostras e outras comidas para todos.

Agnes, que estava sentada ao lado dele, observou o lugar com os olhos arregalados.

— A mamãe não vai ficar satisfeita quando souber que você me trouxe aqui — comentou com o irmão, a voz baixa mas feliz.

— Ela não vai dizer nada.

Agnes o encarou, a expressão incrédula.

— Ela não vai se importar por *você* estar aqui!

— Então ela não vai se importar por você estar aqui comigo — retrucou ele. — Sou um acompanhante adequado, não sou?

— Não!
Drew deu de ombros e piscou para ela.
— Basta não provocar nenhum escândalo e tudo ficará bem. Todos merecem um pouco de diversão de vez em quando, certo?
Ela deu um sorriso relutante.
— Sim. Obrigada, Andrew.
Ele fingiu se engasgar com o vinho.
— Que Deus me abençoe! Uma palavra gentil vindo de Agnes St. James! Glória a…

Ela ainda estava rindo dele quando a comida chegou, servida por funcionários com suas bandejas grandes. Aproximaram-se rapidamente, deslizaram os pratos sobre a mesa e se afastaram de novo para o meio do salão lotado. Todos comeram com gosto, até — como Drew já esperava — alguém afastar uma mesa e um homem com um violino subir em cima dela.

Daquela vez, não havia como negar: ele dançou com Ilsa. Outras mulheres pegaram suas mãos e ele rodopiou com elas pelo salão, mas seus olhos permaneceram fixos nela.

E, quando a noite terminou, foi a Ilsa que ele ofereceu o braço para acompanhá-la até em casa, deixando a Duncan a oportunidade de aproveitar o bom humor de Agnes. Drew nunca se sentira tão… tão *leve*. Era como se tudo estivesse certo no mundo e ele estivesse à altura de qualquer desafio. Despediram-se na porta. Drew deu um beijo na mão de Ilsa, que disse "Boa noite" em um tom rouco que o fez desejar não ter que voltar para casa com Duncan.

— Você está em um estado patético — comentou Duncan quando os dois voltavam em direção a Burnet's Close. — Fingindo que quer proporcionar uma noite de diversão a sua irmã e nos subornando com ostras, tudo isso só para conseguir dançar com Ilsa Ramsay.

Drew sorriu.

— Você está é com inveja. A propósito, o que você fez para a minha irmã odiá-lo?

Duncan xingou-o pelo resto do caminho até em casa, e Drew se divertiu imensamente.

Ilsa desceu a escada praticamente flutuando no dia seguinte para o desjejum. Ela dormira muito bem, graças ao cansaço dos últimos dias — a noite que passara fazendo amor com Drew e a dança com ele na véspera não tinham ajudado. *Se isso é ter a reputação arruinada, nunca mais quero ser respeitável de novo*, pensou ao entrar na sala de jantar e encontrar a tia lendo as últimas fofocas.

— Bom dia — cumprimentou Ilsa, praticamente cantando.

Jean levantou os olhos, os lábios cerrados.

— Você sabia disso?

E assim terminaram as duas semanas mais felizes da vida de Ilsa: com a notícia — em destaque na primeira página do *Edinburgh Tattler* — de que o capitão Andrew St. James, futuro duque de Carlyle, estava passeando pela cidade sem ser reconhecido e sem que ninguém reparasse nele. O autor da matéria se perguntava sobre as intenções e planos do futuro duque e também destacava como aquele herdeiro jovem, belo e solteiro era um ótimo partido.

— Ah — disse Ilsa baixinho. — Sim, eu sabia.

A expressão de Jean se fechou ainda mais.

— Minha cara! Por que não me contou? Preciso falar imediatamente com o seu pai.

— O quê? — exclamou Ilsa, chocada. — Com o meu pai? Por quê?

Jean ergueu a mão e Ilsa ficou em silêncio na mesma hora, graças ao hábito profundamente arraigado.

— Ele já estava desconfiado desse homem que anda correndo atrás de você, mesmo antes de você sair de férias com ele...

— Com as *irmãs* dele — protestou Ilsa. — Que são minhas amigas há meses!

A tia a ignorou.

— Quando você soube das perspectivas dele? Como pôde não me contar?

— A família me pediu para não comentar nada.

Aquilo deixou Jean muito vermelha.

— E a sua lealdade em relação a eles é maior do que à sua própria família?

Ilsa começou a respirar fundo várias vezes. Aquilo estava se degenerando para um dos antigos confrontos entre as duas, quando a tia a repreendia por uma hora, então a mandava para o quarto.

Mas Ilsa não era mais criança. Aquela era a casa dela agora, da qual ela era a dona indiscutível, e havia prometido a si mesma que nunca mais permaneceria sentada sofrendo uma repreensão indevida.

— Escolhi seguir a minha consciência — retrucou Ilsa, o tom claro e deliberado. — Me pediram que guardasse segredo e foi o que eu fiz.

Jean não gostou daquilo.

— Esse é o agradecimento que recebo por ter...

Ilsa levantou a cabeça com fogo nos olhos.

— Não sou obrigada a contar os segredos das pessoas à senhora! Não me arrependo da minha escolha e não vou me desculpar. — Os lábios da tia se cerraram em uma expressão que Ilsa conhecia muito bem. — Quando a senhora veio morar comigo, fizemos um acordo.

Jean arquejou.

— E você está me acusando de rompê-lo?

— A senhora sabe que está fazendo isso — disse Ilsa, mantendo o olhar firme e frio. — Não sou criança. Não preciso que me guiem. A senhora não tem o direito de saber tudo a meu respeito. Havia me prometido não se intrometer, não me aborrecer e não me questionar.

— Eu jamais...!

— A sala de visitas foi pintada enquanto eu estava fora, sem a minha permissão.

Jean ficou subitamente de pé.

— Você preferiria então me envergonhar diante de todas as amigas que viessem me visitar, pintando o céu no teto, como uma sibarita! O seu pai ficaria terrivelmente decepcionado com você, menina.

Ilsa estava se esforçando para controlar lágrimas que eram ao mesmo tempo de fúria e de culpa. Jean sempre fora capaz de provocar aquela reação nela.

— Talvez o nosso arranjo já não seja satisfatório. Talvez a senhora fique mais feliz morando com ele.

Jean ficou muito pálida.

— Você se transformou em uma mulher muito cabeça-dura. Não posso imaginar o que a sua mãe acharia disso, mas fico feliz por ela não estar mais aqui para ver.

E com o queixo erguido, ela deixou a sala pisando firme.

Ilsa permaneceu sentada por algum tempo, vibrando de nervosismo. De repente, levantou-se de um pulo da mesa e saiu correndo de casa, mal esperando por Robert.

Ela ainda tremia quando chegaram a Calton Hill, Robert trotando para acompanhar seu passo. Cabeça-dura! Sibarita! Como se ela fosse uma criança travessa. Como se não tivesse direito a privacidade e independência. Como se pintar o teto fosse uma atitude decadente e pecaminosa. Ela era uma mulher adulta e a tia havia prometido respeitar seus desejos. Ilsa parou, a respiração saindo em arquejos, e Robert fungou gentilmente junto à manga dela.

— Como ela pôde? — explodiu Ilsa para o campo vazio.

Robert lhe lançou um olhar de solidariedade, antes de se afastar para pastar na grama alta.

— Eu não fui clara o bastante? — perguntou. — Ou ela simplesmente não consegue se conter?

Robert balançou a cabeça, fazendo tilintar o cabresto, e Ilsa se sentou na grama ao lado dele.

— Eu sei — disse ela baixinho, levantando os olhos para o alto da colina, onde o sol se erguia. — Ela ainda me vê como uma criança que precisa ser disciplinada. Não como uma mulher adulta, capaz de escolher os próprios amigos, de decidir para onde vai, de cuidar do próprio dinheiro, de pintar a própria sala de visitas...

E de tomar quem quiser como amante.

Jean ficaria horrorizada se soubesse que Ilsa havia beijado Drew, pregado peças junto com ele, montado com as pernas abertas sobre o cavalo e passado a noite na cama dele. Damas decentes, diria a tia, cuidavam de suas reputações como se fossem feitas de vidro: delicadas, valiosas e impossíveis de serem consertadas uma vez quebradas. Sem dúvida era daquela maneira que Jean tentava viver, sem nunca sair nem um pouquinho da linha.

Ilsa não pretendia desdenhar da ideia de decoro — na verdade, ela não achava que fazia isso. Deixar de ir à igreja para jogar golfe talvez não tivesse sido uma decisão muito decorosa, mas só acontecera uma vez. Só que a ideia de decoro da tia estava vinte anos atrasada. Jean achava que tudo de que Ilsa gostava era uma terrível afronta à decência, desde caminhadas até a colina sozinha à ausência de outro marido no instante em que o período de luto por Malcolm terminara.

Ilsa arrancou folhas de grama.

— Uma mulher antiquada. E teimosa. Eu sabia disso, mas ainda assim permiti que morasse comigo. A culpa é minha, então, certo?

Robert relinchou baixinho e mordiscou o cabelo dela. Ilsa o afastou com um sorriso relutante.

E agora todos sabiam que Drew se tornaria duque. Todos estariam atentos a ele, observando suas interações. Se Ilsa e Drew fossem vistos juntos antes que ele partisse para a Inglaterra, as pessoas começariam a dizer que ele a abandonara — que talvez até levasse uma mulher como Ilsa para a cama, mas que jamais se casaria com ela. Os amigos de Malcolm nunca a haviam aceitado — a filha de um comerciante —, mesmo antes do pesadelo que foi o julgamento. Aquilo só serviria para atiçar novamente antigos boatos.

Ilsa sabia que não seria uma duquesa, mas achara que seu caso de amor com Drew talvez pudesse durar até ele partir. Agora teria que abdicar totalmente da companhia dele, pelo bem de Drew e do dela.

Ainda estava sentada ali, sem a menor vontade de voltar para casa, quando algo a fez levantar os olhos. Drew estava parado a cerca de cinquenta metros de distância, observando-a. Ele parecia tão familiar, tão querido, tão *não* um duque, que ela sentiu um nó na garganta. Por um longo momento, os dois simplesmente se observaram. Ilsa se viu dominada por um medo súbito de que ele desse as costas e fosse embora, de que aquela fosse uma despedida, de que a distância entre eles não fosse determinada apenas por pedras e urze, mas por algo mais intransponível.

Então, Drew começou a caminhar na direção dela, e os pulmões de Ilsa voltaram a funcionar.

— Bom dia — murmurou ela quando ele a alcançou.

— Bom dia — disse ele, que estendeu a mão e a ajudou a ficar de pé.

Robert trotou ansioso na direção deles, e Drew o alimentou com um pedaço de cenoura, sem desviar os olhos de Ilsa.

Ela umedeceu os lábios.

— Imagino que tenha visto o jornal.

Ele suspirou.

— Eu vi. Não era para ser um segredo de Estado, mas eu não queria que se tornasse o assunto da cidade.

— Eu não contei a ninguém — apressou-se a dizer Ilsa.

Ele assentiu.

— Obrigado. Minha família também não, e meus amigos acham que no fim toda essa minha situação vai se revelar uma mentira, por isso não se deram ao trabalho de contar também.

— O sr. MacGill sabia — comentou Ilsa baixinho.

Drew franziu a testa.

— Você acha que ele comentaria?

Ela ergueu a mão.

— Pela minha experiência, ele adora ser visto na órbita de pessoas importantes e poderosas.

— Ah. Bem, de qualquer modo, não pode ser desfeito, então não importa quem foi o responsável. — Drew parecia ansioso para mudar de assunto. — Estou feliz por encontrá-la aqui.

O coração de Ilsa acelerou.

— É mesmo?

— Esperava que tivéssemos uma oportunidade de conversar.

Ilsa respirou fundo.

— É claro. Mas me deixe começar.

Ele pareceu surpreso, mas assentiu.

— Quero lhe assegurar que não espero nada de você — falou Ilsa. — Já sei há algum tempo que você tem... obrigações, que exigirão que vá embora de Edimburgo e se estabeleça na Inglaterra. Sei que é seu dever encontrar uma esposa que possa estar ao seu lado e apoiá-lo em seu futuro papel. — Ela fez uma pausa, sem olhar para ele. — Alguém que conheça intimamente a sociedade na qual você ingressará e que seja aceita por ela, alguém capaz de orientar as suas irmãs em suas novas vidas de irmãs de duque, que as ajude a obter casamentos respeitáveis e adequados. O casamento é a moeda corrente da aristocracia. Não é segredo que o seu será de grande importância e, por mais que algumas mulheres talvez aproveitassem para tirar vantagem de uma... atração como a nossa, por favor, saiba que eu jamais faria isso.

Pronto. Ilsa estava satisfeita por ter conseguido soar tão razoável. Tinha havido apenas um breve tremor em sua voz quando dissera a palavra *atração* como se eles não tivessem nada além de um flerte.

Era tão mais do que um flerte para ela... Mas Ilsa sabia o que precisava ser feito, e fora o que fizera.

— Entendo — disse Drew, muito sério. — Atração.

Ilsa ficou ruborizada com o modo como ele murmurou a palavra.

— Estou errada?

— Não é isso — falou ele após um instante. — Mas na minha opinião essa é uma palavra branda demais para o que há entre nós.

Ela tentou ignorar a onda de prazer que a dominou.

— Por mais forte que seja o que há entre nós, há muitos fatores mais importantes.

— Realmente. — Drew cruzou os braços e passou a encarar o terreno rochoso que se estendia na direção da cidade. — Você gostou do tempo que passou comigo na taberna, na noite passada?

Ilsa o encarou sem entender.

— Sim.

Ele assentiu.

— Ficou feliz ao me ver esta manhã?

— Sim.

— Lamenta ter passado a noite na minha cama, em Stormont?

— Não!

Ilsa enrubesceu quando ele se virou rapidamente para ela.

— Você tem medo do que as pessoas vão dizer se a virem comigo?

Ela enrijeceu o corpo. Não queria ser alvo de boatos, mas não estava *com medo*.

— É claro que não.

— Está realmente decidida a nunca mais se casar?

— Eu... — Ilsa mordeu o lábio, sentindo-se subitamente insegura. Decidida? — Não...

Ele assentiu com determinação.

— Portanto, se me permite, você gosta da minha companhia... na cama e fora dela... não se incomoda com fofocas maldosas e não renunciou completamente a ideia de voltar a se casar.

— Você não vai se casar comigo!

— Bem — disse ele, o tom triste —, se você não me aceitar, realmente não vou.

Sem pensar, ela cutucou o ombro de Drew, porque ele estava ameaçando fazê-la rir de novo. Ela estava *determinada* a se mostrar muito desprendida e deixar claro que era uma viúva moderna e experiente, capaz de ter um *affair* sem perder a cabeça, em vez de uma mulher articulando para ser uma duquesa.

Antes que Ilsa se desse conta, ele pegou a mão dela, levou aos lábios e logo pressionou-a em seu rosto.

— Ilsa, pare de pensar em Carlyle. Sua Graça talvez viva mais trinta anos, e eu permanecerei como estou agora... um escocês simples que deseja uma esposa a quem possa amar e de quem possa cuidar, e talvez um ou dois filhos a quem minha mãe possa mimar.

— As pessoas terão expectativas em relação a nós — começou a dizer Ilsa.

Drew corria o polegar pelas costas da mão dela em um gesto distraído de afeto. Aquilo a fez desejar se apoiar nele e deixá-lo passar o braço ao seu redor.

— Pessoas — disse Drew com um leve desdém. — Eu não tenho qualquer obrigação de obedecer a um grupo imaterial de *pessoas*. Isso não intimida você, certo?

Ilsa permaneceu onde estava, indecisa e silenciosa. Sim, gostava de estar com ele — mais do que com qualquer outra pessoa em quem pudesse pensar. Sim, o seduzira porque o desejava — loucamente, e a sensação não abrandara depois de uma única noite. Sim, achava que poderia se apaixonar por Drew — talvez até já estivesse apaixonada.

E, não, não estava determinada a permanecer uma viúva para sempre. Não tinha qualquer interesse no sr. Grant, ou em qualquer outro cavalheiro que o pai ficava empurrando para cima dela, mas não poderia dizer o mesmo sobre Drew. Ilsa não parava de repetir para si mesma que não estavam destinados a ficar juntos, mas cada minuto que passava com ele a fazia desejar que estivessem.

O coração dela latejava com força em seus ouvidos. Se Drew desejava cortejá-la, ela seria capaz de rejeitá-lo? Achava que não.

Então, o que a impedia? As fofocas haviam sido piores um ano antes, e ela sobrevivera. Era difícil se convencer de que ela e Drew não tinham um futuro juntos quando ele estava ali, diante dela, porque qualquer coisa parecia possível quando Drew estava por perto.

Talvez não houvesse nada a perder arriscando.

— Muito bem — perguntou Ilsa, o coração disparado —, o que exatamente você *está* sugerindo?

Os lábios de Drew se curvaram em um sorriso lento e devastador.

— Nada mais do que passar um tempo com você.

— Onde?

— Em qualquer lugar. No salão social. Em um dos cafés elegantes de Edimburgo. — Ele arqueou as sobrancelhas sugestivamente. — Talvez em uma tasca de ostras de vez em quando.

Ilsa sorriu.

— Não será como no Palácio Stormont.

— Infelizmente, não — concordou ele, mais malicioso. — Tenho certeza de que Duncan morreria de susto se você se esgueirasse para dentro da casa dele como um fantasma.

Ilsa conteve uma risada. Ele ficou sério.

— Minha mãe está realmente ansiosa para que você aceite jantar conosco esta noite. Também espero que você vá.

Aquilo a fez perder o ar. A situação estava se parecendo demais com a de um homem cortejando uma mulher.

— Sim, é claro que vou...

— Excelente. — Drew olhou ao redor, então baixou a voz: — Se não houvesse algumas pessoas se intrometendo na nossa colina, eu a beijaria. Mas em prol do decoro... — Ele ofereceu o braço a Ilsa. — Posso acompanhá-la até em casa, minha cara?

Ilsa aceitou o convite e o braço, sentindo uma onda cálida de felicidade invadi-la.

O jantar foi maravilhoso. Bella e Winnie haviam conseguido convencer a mãe a ficar com Cyrus, mesmo depois da tentativa dele de escalar a toalha de mesa durante a sobremesa. Agnes estava de ótimo humor e sussurrou que Drew contara à mãe deles sobre a ida à tasca de ostras, e que Louisa apenas levantara os olhos para o teto e suspirara. A sra.

St. James recebeu Ilsa com carinho e fez questão de conversar por um bom tempo com ela, algo que Ilsa não teria imaginado ser possível um mês antes.

Aquilo foi tão fantástico que ela não conseguiu evitar mencionar a Agnes, depois que Drew as acompanhou até em casa. A amiga fitou-a com os olhos cintilantes.

— Você sabe por que, não sabe? A mamãe vê como Drew olha para você.

A mente de Ilsa voltou à última noite no Palácio Stormont. Alguém vira alguma coisa. Ela só conseguiu ficar olhando para a amiga, boquiaberta.

Agnes assentiu.

— Ela não é boba. E não *desgostava* de você antes, mas agora com certeza quer gostar de você.

— Ah... — Ilsa ficou ruborizada, sentindo uma mistura de ansiedade e felicidade. — Eu realmente espero que ela consiga...

— Você o aceitaria? — provocou Agnes.

— Pare com isso! Nenhum pedido foi feito, portanto não há nada a aceitar.

A amiga riu.

— Mas, se ele *pedisse*, você consideraria a ideia? — perguntou ela, segurando a mão de Ilsa. — Porque, sendo bem egoísta, espero que sim. Você com certeza sabe que Winnie, Bella e eu adoraríamos ter você como irmã.

Ilsa não se lembrava da própria mãe. Nunca tivera irmãos e Malcolm fora o único filho dos pais dele que sobrevivera. Ela não pensara no fato de que um casamento com Drew — e ainda parecia perigoso sequer pensar nisso, como se testasse o Destino a contrariá-la de novo — lhe daria uma nova família, com irmãs amadas e uma mãe carinhosa, uma família em que todos implicavam uns com os outros, riam, se aborreciam e se *amavam*. Mais uma vez, ela só conseguiu ficar olhando para Agnes, deslumbrada.

O pensamento rodava sem parar na cabeça de Ilsa enquanto Maeve escovava seu cabelo antes de ir para a cama naquela noite. Era bom demais para ser verdade, disse para si mesma, mas, quando se deitou e fechou os olhos, sonhou com Drew embolado com ela entre os lençóis, com uma expressão ardente nos olhos e um sorriso malicioso naquela boca lindíssima.

Pela manhã, Ilsa desceu cedo para o café, com a imagem do sonho ainda viva, a possibilidade mais real a cada hora que passava. Ela tomou seu chá e olhou pela janela, perdida em devaneios de como isso seria se viesse a acontecer.

Aquilo durou até pouco antes de o relógio soar nove horas, quando Winnie bateu com força na porta da casa e entrou correndo na sala, o chapéu torto e a capa mal amarrada.

— Winnie — disse Agnes, levantando-se de um pulo de seu lugar à mesa. — O que houve?

— A loja — disse Winnie em um arquejo, mal conseguindo respirar. — A loja foi roubada!

Capítulo 17

Lorde Adam St. James, o filho mais novo do terceiro duque de Carlyle, fora muito carismático. Drew se lembrava vagamente do avô, já velho, sentado perto da lareira com uma caneca na mão e uma boina de seda na cabeça, contando alguma história divertida sobre os anos que passara perambulando pela Europa, se desviando do caminho de guerras e bloqueios antes de se assentar. Apesar do terrível desentendimento com o irmão mais velho, que resultara em seu banimento do Castelo Carlyle, lorde Adam recebera uma bela renda proveniente do dote da mãe, o que permitira que vivesse como um cavalheiro até o fim. Mas, depois de sua morte, a renda cessara, e o pai de Drew, George, havia usado a herança que recebera para comprar uma loja de cortes de seda, certo de que aquilo garantiria um bom sustento para a família.

E fora o que acontecera por vários anos. A família não vivia no luxo, mas tinha o bastante para que Drew frequentasse a mesma escola que os filhos de cavalheiros da nobreza e de comerciantes abastados. Louisa ensinara música e bordado às filhas. Ou seja, os St. James não viviam na riqueza, mas eram refinados.

Quando o pai morrera, no verão em que Drew tinha 17 anos e estava ansioso para entrar na universidade, aquela ilusão desapareceu. Eles descobriram que George tinha o tino de um cavalheiro para os negócios, o que significava que não tinha tino algum. Havia deixado contas em aberto, devia a fornecedores. Os livros de contabilidade eram um desastre. Havia uma hipoteca da qual ninguém fazia ideia e que precisava ser paga.

Louisa tivera que sair bruscamente de seu luto e começar a administrar a loja. Drew aprendera a negociar e a conversar com advogados. As meninas, que ainda eram crianças, tiveram que ser colocadas para trabalhar, varrendo os fios no chão e costurando amostras para as vitrines. Quando tudo aquilo ainda não foi o bastante para pagar as contas da família, Drew arcara com o chamado "xelim do rei", que era o pagamento de um xelim aos recrutas das forças armadas, e se juntou ao exército, desesperado para conseguir uma renda que ajudasse a sustentar a família.

Mas a loja prosperara. Graças aos esforços determinados de Louisa, o lugar voltara a garantir uma renda modesta e constante e, assim, a manutenção de uma casa decente e comida na mesa.

Naquela manhã, a lojinha sempre tão arrumada estava uma bagunça. Drew observou o estrago em um silêncio sombrio. Todas as gavetas tinham sido abertas — algumas forçadas, as fechaduras quebradas —, e o conteúdo que guardavam estava espalhado pelo chão. O cofre de ferro onde guardavam o dinheiro estava a salvo com o sr. Battie, que cuidava da contabilidade da loja, mas o estoque fora saqueado. Uma peça de seda vermelha fora rasgada em tiras e espalhada pelo salão como um sacrifício de sangue, um ato de destruição que fez Louisa empalidecer e desabar em uma cadeira. Outras peças de tecido tinham sido jogadas no chão e pisoteadas, e dezenas de rolos de seda cara tinham sido levados. Era difícil saber com precisão quantos até que fizessem um inventário, mas o armário onde ficavam trancadas as peças mais finas estava quase vazio.

— Quem poderia fazer uma coisa dessas? — murmurou Louisa no silêncio fúnebre que os cercava, a mão na boca.

Um tolo, pensou Drew. Os roubos vinham assolando Edimburgo havia alguns meses. As outras vítimas tinham sido donos de lugares que costumavam ser o alvo natural de roubos — um joalheiro, um ourives, um banco. Já havia uma recompensa sendo oferecida pela captura dos ladrões, e Drew, para seu profundo arrependimento, não prestara muita atenção na onda de crimes até aquele momento. O que a loja da família dele teria para chamar a atenção de um ladrão, quando havia lojas muito mais abastadas ao redor?

— E se nós estivéssemos aqui? — continuou Louisa, erguendo a voz. — O que esses bandidos teriam feito a mim, ou as suas irmãs?

Ela indicou com a mão a seda escarlate rasgada.

Drew suspirou e esfregou a testa.

— Todos os roubos aconteceram à noite, quando não havia ninguém nas lojas. É uma pena que o sr. Battie não tenha ouvido nada.

O contador morava nos cômodos do andar de cima. Ele havia descoberto o furto pela manhã, com o grito da arrumadeira. O sr. Battie mandara um menino ir correndo avisar a família e, quando Drew e a mãe chegaram, pediu ao mesmo menino que fosse até o gabinete do xerife.

— É um grande alívio que ele não tenha ouvido nada — retrucou a mãe. — Ele poderia ter descido e talvez acabasse sendo morto!

Drew duvidava que o homem fosse tão tolo ou que os ladrões fossem tão ameaçadores. Ele foi até a porta para examinar a fechadura. Apesar da desordem dentro da loja, a parte externa parecia intocada. A porta da frente estava fechada e a dos fundos, que levava ao beco, ainda trancada por dentro. Apenas alguns arranhões na fechadura indicavam o arrombamento.

— Eles entraram com facilidade — disse Drew, olhando para a mãe. — Essa tranca é segura?

A mãe ficou vermelha, furiosa.

— Ela foi segura e forte o bastante ao longo dos últimos cinco anos, Andrew! E foi consertada há poucos meses!

Ele ergueu as mãos.

— Tudo bem, tudo bem!

O xerife chegou com o sr. Battie, mas não havia muito que pudessem dizer a ele. O homem garantiu que seria feito um relatório e que as perdas seriam registradas, mas além disso só o que pôde fazer foi lamentar o ocorrido. O oficial partiu, deixando a sugestão de que falassem com o procurador público e oferecessem outra recompensa pela captura dos ladrões.

Louisa pegou uma vassoura e atacou a bagunça, o rosto perturbado e os olhos cintilando.

— Ele lamenta! Acredito que também tenha sido só isso o que disse ao sr. Wemyss, o ourives!

— O que ele pode fazer, mamãe? Se eles soubessem quem são os ladrões, já os teriam prendido.

Drew andou pelo salão arrasado, as mãos na cintura, procurando por alguma pista que pudesse denunciar os intrusos.

— Que absurdo! — murmurou Louisa, varrendo furiosamente os fios espalhados.

Drew não disse nada. A invasão também o deixara furioso, e uma parte dele queria patrulhar Edimburgo a noite inteira, capturar os bandidos e esganá-los antes de arrastá-los para trás das grades de Tolbooth.

Já outra parte dele... Drew vinha tentando delicadamente persuadir a mãe a vender a loja e se mudar com ele para a Inglaterra. Aquela não seria a desculpa perfeita? *Deixe tudo para trás*, ele poderia instigá-la. *Vamos para Carlyle e viveremos como no Palácio Stormont...*

Winnie entrou correndo, com Agnes em seus calcanhares.

— O que aconteceu? — perguntou Agnes, aflita.

Drew explicou tudo enquanto a mãe varria, ainda furiosa, assentindo de vez em quando ao relato do filho. Winnie ouviu tudo em silêncio e de olhos arregalados e se apressou a ajudá-la, enquanto Agnes andava de um lado para o outro de braços cruzados.

— Isso foi longe demais — disse. — Esses roubos!

— Sim — retrucou Drew, com paciência forçada. — Você sabe quem está por trás disso? O xerife ficaria extremamente satisfeito em ter um nome.

A irmã o encarou irritada.

— Coloquem a loja à venda — disse ele, abrupto. — Nem se deem ao trabalho de limpar o lugar, apenas fechem e acabem com tudo isso.

Louisa parou o que estava fazendo para encarar o filho, Winnie deixou escapar um som de surpresa e Agnes expirou alto, obviamente furiosa.

— Essa é a sua reação ao que aconteceu? Vender a loja do papai e fugir para a Inglaterra?

— Não é mais a loja do papai há doze anos. Agora a loja é da nossa mãe.

— Não — berrou Agnes. — É a *nossa* loja.

O rosto de Louisa estava vermelho.

— Não posso decidir isso agora, Andrew!

— Por que não? — exclamou ele. — Que momento poderia ser melhor para se livrar desta loja e de todas as preocupações que ela traz?

— A loja é *nossa* — repetiu Agnes, com outro berro furioso. — Não é *sua*! Nada nunca mais será nosso se deixarmos tudo para trás para ir com você!

Ele a encarou, surpreso.

— Do que você está falando?

— De tudo!

Naquele momento, a porta foi aberta repentinamente, batendo na parede, e Felix Duncan entrou apressado, parecendo pronto para a batalha.

— Que diabo aconteceu? — perguntou ele, buscando Agnes com os olhos rapidamente. — Você está machucada?

Ela deu um grito e correu para ele. Felix abraçou-a como se tivesse ido até lá unicamente para fazer aquilo, puxando-a junto ao corpo e erguendo-a do chão. Agnes passou os braços ao redor dele e enfiou o rosto em seu pescoço.

O queixo de Drew quase caiu. A vassoura de Louisa caiu no chão com um estrondo. Winnie abriu um sorriso surpreso, mas radiante.

Depois de um longo momento, Duncan pousou Agnes de novo no chão. Ele ergueu o rosto dela para que o encarasse e murmurou alguma coisa, a jovem assentiu, permanecendo de costas para a família. Duncan virou-se para Drew, o rosto vermelho.

— Que diabo aconteceu aqui?

— Fomos roubados. E o que acabou de acontecer *aí*?

Drew indicou Agnes com a cabeça. Ela se virou e o encarou, furiosa. Duncan pigarreou antes de perguntar:

— Alguma coisa foi levada?

— Se nada tivesse sido levado, eu não chamaria de roubo, certo?

— Parem — exclamou Louisa com severidade. — Se querem discutir, vão para a rua. Agnes, suba e pegue o livro principal de inventário. Bella está lá procurando há séculos. Winifred, pegue outra vassoura e me ajude. Este lugar não vai se limpar sozinho. Andrew. — Ela encarou o filho com firmeza. — Não abandonarei esta loja. Vire a placa na janela. Não vamos abrir hoje.

Drew e Duncan saíram para a rua, ainda tranquila àquela hora, e fecharam a porta ao passarem.

— Apenas um roubo? — perguntou Duncan, os olhos percorrendo o espaço pequeno da Shakespeare Square. — Assim como nas outras lojas?

— Parece que sim.

— Os guardas viram alguma coisa? — insistiu Duncan, se referindo à Guarda da Cidade, que patrulhava as ruas à noite.

— O xerife vai perguntar, mas presume-se que não, ou eles teriam dado o alarme.

— Você tem ideia da extensão do que perderam?

— Pelo menos vinte peças de tecido estão arruinadas ou sumiram. Mamãe imagina cerca de quatrocentas libras de prejuízo, mas vai precisar checar o inventário para ter certeza.

O amigo assentiu.

— Graças a Deus ninguém se feriu.

— Com esse, já são quantos arrombamentos? — Drew havia tentado contar, amaldiçoando a sua falta de atenção aos casos anteriores.

— Arrombamentos demais — respondeu Duncan. — Outras vítimas ofereceram recompensas, sem resultado.

— Quanto?

— Dez guinéus, em um caso. Alguns dos bens roubados foram devolvidos, ou encontrados nas ruas ou ao longo da estrada para Leith. Eu me pergunto quem diabo se dá ao trabalho de roubar uma loja só para espalhar tudo ao redor da cidade.

— É estranho mesmo. — Drew olhou para a porta intacta. — E como ninguém viu ou ouviu nada? — murmurou. — Eles não devem ter demorado muito. Veja... essa tranca foi aberta com tanta facilidade que é como se os bandidos tivessem a chave.

Duncan se inclinou para examinar a tranca.

— Uma gazua?

— Algo assim. — Drew se lembrou das peças de seda. — Se for mais de um ladrão...

— Deve ser, para conseguir carregar vinte peças de tecido — sugeriu Duncan. — Alguém repararia se houvesse uma carroça esperando na rua.

— Exatamente.

Drew ficou em silêncio, pensando.

Quando ele e as irmãs eram crianças e se comportavam mal, o pai lhes dizia que a confissão e a penitência os livraria de punições mais sérias. Dizia também que, para ele, era mais importante que os filhos fossem capazes de admitir seus erros e de corrigi-los do que levarem uma surra. Drew havia escapado de muitas dessas confessando prontamente seus erros, embora tivesse sido punido de outras formas. Essa mesma filosofia também lhe servira muito bem desde então...

— O que você vai fazer?

Drew se forçou a voltar os pensamentos para a conversa com o amigo.

— Eu disse à mamãe para não se preocupar muito com o que aconteceu. E que esse parece o momento ideal para ela vender a loja e ir comigo para Carlyle, certo? Ela e as meninas.

O outro homem engoliu em seco.

— Não achei que você iria obrigá-las...

— *Obrigá-las*! — repetiu Drew em um tom zombeteiro. — Como se eu pudesse *obrigá-las* a fazer alguma coisa! Eu as *convidei*, para garantir uma situação melhor para a minha família depois de todos esses anos em que estive longe e deixei mamãe e as meninas se virando sozinhas. Mas se a loja fechar, ou falir, sem dúvida haverá menos motivos para que continuem aqui.

Duncan não disse nada.

— Você tem algo a declarar sobre Agnes? — perguntou Drew. — Ou devo presumir que se desculpou por qualquer idiotice que tenha feito e que tenha incitado a fúria dela.

As maçãs do rosto destacadas do amigo ficaram ruborizadas.

— Isso não é da sua conta.

— Não — concordou Drew. — É da conta de Agnes, e ela já me disse que não devo lhe dar uma surra por seja lá o que for que tenha acontecido, o que é uma pena. Mas ainda assim eu gostaria de saber.

Drew saiu para a rua e se encaminhou para o gabinete do xerife.

— Você não *deve*? Não *conseguiria*! — retorquiu Duncan, acertando o passo com o de Drew.

— Eu já vi sua esgrima e seu boxe — retrucou Drew. — Ela está salvando você, seu idiota.

Duncan tentou disfarçar a risada tossindo.

— Sim, minta para si mesmo quanto quiser — disse ele, indicando a loja com um gesto. — O que você vai fazer?

Drew hesitou.

— Eu tenho uma ideia bastante audaciosa. Me diga o que acha de...

Os dois se inclinaram um na direção do outro e discutiram a respeito por todo o caminho até Castle Hill.

No fim, a loja dos St. James não tinha sido a única roubada recentemente. Durante a temporada que passaram no Palácio Stormont, em quase todas as noites houvera um roubo. Toda manhã um novo lojista descobria seu estabelecimento revirado, e todo dia os guardas das Terras Altas que patrulhavam as ruas pela noite não haviam visto nada. Os ladrões pareciam ter uma capacidade excepcional de evitar testemunhas e, como consequência, o medo e a preocupação aumentaram na cidade.

Infelizmente, a principal fonte de informação de Ilsa era um desfile contínuo de amigas de Jean — matronas austeras e viúvas seríssimas —, que tomavam de assalto a sala de visitas da casa dela para falar sobre os rumores mais recentes enquanto tomavam chá e comiam bolos. Jean se dizia apavorada, mas tinha um apetite insaciável para fofocas sobre roubos, e quanto mais alarmantes fossem, melhor. Para fugir delas, Ilsa passava mais tempo do que nunca caminhando com Robert pelos campos ao redor de Calton Hill, mesmo que agora se sentisse inexplicavelmente solitária durante o passeio e ainda tivesse que suportar mais críticas da tia a respeito.

Não houve mais convites para jantar ou tomar chá com os St. James — estavam todos ocupados reorganizando a loja. Ela não viu Drew e só esbarrou muito rapidamente com Bella e Winnie. Agnes passava a maior parte do tempo com a família agora, com Felix Duncan acompanhando-a na ida e na volta de casa para a loja na maior parte dos dias.

— Minha mãe está absolutamente furiosa — contou ela a Ilsa. — Os ladrões levaram as peças mais finas de seda, algumas que inclusive já tinham sido prometidas a clientes e pagas. Agora, mamãe perdeu o que gastou com a seda e ainda vai precisar reembolsar os clientes. É humilhante para ela ter que dizer que não vai poder entregar as encomendas.

— Mas não foi culpa dela — protestou Ilsa.

— É claro que não. Mas uma dama sugeriu, de forma bastante ácida, que mamãe deveria ter trocado a tranca da porta quando esses problemas de roubos começaram. — Agnes revirou os olhos e jogou as mãos para o alto. — Isso não faz sentido, mas estão todos nervosos! Não consigo acreditar que ninguém encontrou esses bandidos até agora. Já se passaram meses.

— Talvez a recompensa que estão oferecendo traga algum resultado. — Mas Ilsa não confiava muito nisso, já que até o momento não havia funcionado.

— Drew diz que falou com o procurador público e propôs uma nova recompensa — disse Agnes, voltando a fechar a cara. — Ah, claro, ele também sugeriu que a minha mãe vendesse a loja e fosse com ele para a Inglaterra. E talvez ele esteja certo, que inferno. Mas eu...

Agnes mordeu o lábio.

Ilsa também não queria falar sobre aquilo. Poucos dias antes, Drew havia dito que o duque talvez vivesse mais trinta anos e que ele permaneceria apenas um escocês simples, sem necessidade urgente de deixar Edimburgo. Foi um choque ouvir que agora ele estava insistindo para que a mãe vendesse a loja, para que deixassem a cidade imediatamente.

— Tenho certeza de que, se você não quiser ir, poderia encontrar uma maneira de continuar aqui — murmurou.

Agnes fingiu não ouvir. Ilsa vinha tentando abertamente arrancar informações dela havia dias, já que naquele momento o sr. Duncan parecia não ter nada mais a fazer a não ser acompanhar Agnes pela cidade, e a amiga, por sua vez — ao contrário do que acontecia antes —, parecia estar muito feliz com a companhia dele, mas também se tornara mais reservada do que nunca em relação ao que se passava entre os dois. Semanas antes, Agnes teria passado horas resmungando e reclamando sobre o homem, mas no momento não dizia uma palavra. Ilsa se sentia... deixada de lado.

— Acho melhor eu voltar a morar em casa — disse Agnes, enrubescendo, sem sustentar o olhar de Ilsa. — A minha mãe está preocupada e indignada por causa da loja, e preciso estar lá para ajudá-la.

— Ah — balbuciou Ilsa. Ela não previra aquilo. — Mas Bella... e Winnie...

— Elas não ajudam de verdade, e as duas imaginam ladrões espreitando a cada esquina. Acho que, se nossa casa fosse invadida, Winnie ficaria louca... de empolgação! O drama! O perigo! Ela pediu a Drew para deixar uma espada com ela, o que felizmente ele se recusou a fazer. — Os olhos de Agnes cintilaram. — Além disso, sou a mais velha, e a mamãe conta mais comigo.

Ilsa não argumentou que, apesar de Agnes ser a filha mais velha, havia um *filho* mais velho do que ela.

— É claro, faça como achar melhor — falou, obrigando-se a sorrir.

Agnes suspirou, agradecida.

— Eu sabia que você entenderia! Drew disse... — Ela se deteve, ainda mais vermelha. — Bem, eu detesto deixá-la sozinha, mas é claro que você não está realmente sozinha. A sua tia está aqui, e você tem Robert e todos os criados.

Apenas Robert era companhia de verdade, e ele era um pônei. O sorriso de Ilsa se tornou mais melancólico.

— É claro. A sua família precisa de você, e eu vou ficar bem.

Agnes abraçou a amiga e foi arrumar suas coisas. Ilsa ficou sentada sozinha, em silêncio, contemplando a nova ordem das coisas.

Ela havia mandado um bilhete para a sra. St. James no dia seguinte ao roubo, expressando seu choque e indignação e oferecendo qualquer ajuda de que precisassem. A resposta fora carinhosa e gentil, agradecendo a oferta generosa, mas nada mais.

Ilsa não esperara muito mais, mas de lá para cá tinha a sensação de ter sido lenta mas inexoravelmente empurrada de novo para fora do círculo íntimo dos St. James, como antes da visita a Stormont. Ela percebeu tarde que havia se apegado rápido demais àquela acolhida, àquela receptividade, à gentileza deles, e dado mais peso àquilo do que eles pretendiam.

Mais do que *qualquer* um deles pretendia, talvez. Apesar do que Drew dissera na colina, ela nem sequer o vira de relance desde o roubo. Estava ardendo de vontade de perguntar a Agnes sobre Drew — para *saber* dele, mesmo se ele estivesse ocupado demais para vê-la —, mas não ousou. Com certeza, se Drew desejasse vê-la, teria encontrado tempo. Apenas alguns dias antes, ele mesmo pedira para passar mais tempo com ela. Ela havia dito a si mesma que as coisas chegariam ao fim exatamente daquela forma, mas ainda assim aquilo provocava uma pontada dolorida em seu peito.

A tia entrou e estalou a língua em desaprovação.

— A sra. Crawley está vindo nos visitar. Você realmente deveria colocar a sua touca. Não é adequado ficar sem ela.

A sra. Crawley era uma das amigas de Jean, embora Ilsa não conseguisse entender por quê. A mulher ficara viúva muito jovem e parecia viver em um permanente estado de amargura e hipocrisia desde então. Ninguém em Edimburgo tinha mais prazer nos pecados e infortúnios dos outros. Jean alegava que a amiga tinha padrões de comportamento altos — insinuando que a sobrinha não —, mas Ilsa achava que a mulher era um abutre, que se alimentava dos cadáveres dos enforcados.

Ela se pôs rapidamente de pé.

— A senhora vai precisar se desculpar com ela em meu nome, tia. Eu estava prestes a sair para... — Sua mente se esvaziou. Para onde?

— Para visitar o papai — inventou de repente.

Ilsa não o via desde que voltara à cidade, e estranhamente ele não aparecera para visitá-la nem mandara um bilhete.

Jean franziu a testa.

— Sozinha? É claro que não. Leve o sr. MacLeod...

— Não — retrucou Ilsa com firmeza. — Vou descer a rua principal em plena luz do dia, como sempre fiz.

A expressão da tia se tornou sombria.

— Minha cara, você não pode...

— Estarei em casa para o jantar — falou Ilsa, e apressou-se a sair.

O pai não estava na marcenaria. Aquilo era incomum. O sr. Henderson, o contramestre, disse que ele não aparecia na loja havia dias. Ilsa agradeceu e partiu, mantendo a cabeça erguida, apesar do escrutínio insolente de Liam Hewitt.

Mas o criado na casa do pai em Forsyth Close a recebeu com um cumprimento caloroso, sem demonstrar qualquer sinal de preocupação, e encaminhou-a à sala de estar.

— Algum problema, papai? — perguntou Ilsa quando entrou.

— Quê? — William estava debruçado sobre a escrivaninha, escrevendo, e se assustou ao ouvir a voz da filha. — Ilsa! O que você está fazendo aqui?

Ela parou, surpresa pelo tom agressivo dele.

— Vim ver o senhor.

Ele fechou os olhos, soltou o ar e se levantou. De costas para Ilsa, fechou a tampa da escrivaninha e, quando se virou, já tinha o sorriso afável de sempre no rosto.

— O que me deixa muito feliz, é claro! Apenas levei um susto, só isso.

Ela retribuiu o abraço que ele lhe deu, ainda confusa.

— Algum problema? — perguntou de novo, daquela vez realmente preocupada.

— Não! — disse William, afastando a preocupação dela com um gesto de mão.

— O senhor está em casa a essa hora do dia — comentou Ilsa. — Isso não costuma acontecer.

Ele fez uma careta exagerada e bateu no peito.

— Estou com um pouso de secreção. O médico me disse para ficar em casa e descansar.

— Ah. — Ilsa o encarou, ainda sem entender. O pai não costumava se deixar abater por um mal-estar. — O senhor parece bem, o repouso deve estar funcionando.

William deu uma piscadinha.

— Estou em ótima forma, garota, mais belo do que nunca! — disse, e levou-a até o sofá. — Conte-me as suas novidades. Você acabou de voltar de Perth, não é mesmo?

— Já faz alguns dias. — Ilsa não conseguia precisar qual era o problema, mas havia alguma coisa estranha com o pai. — Eu lhe disse que o senhor nem notaria a minha ausência.

O pai ficou sério.

— Não diga isso! É claro que eu reparei. Estive doente, criança. Tenha um pouco de compaixão.

Ela deu uma risada relutante. Talvez ele estivesse querendo um pouco de carinho e atenção.

— O senhor acabou de dizer que está em ótima forma! Estou feliz por não ter passado seus dias chorando de saudades por minha causa.

O pai deu uma palmadinha carinhosa na mão dela.

— Não é másculo chorar de saudade. Eu senti a sua falta, sim, mas tinha coisas a resolver.

— Algum caso de amor que azedou? — murmurou Ilsa com uma expressão maliciosa.

— Os meus casos de amor não são da sua conta, e não azedam. Sou um cavalheiro, garota — disse ele, tossindo um pouco dramaticamente demais. — Sofri muito, sozinho e sem amor.

— O senhor deveria chamar Jean para voltar a morar aqui, se está solitário e indisposto.

Em vez de rir e revirar os olhos, ele pareceu tenso.

— Não há razão para perturbá-la.

Ilsa fitou-o com preocupação. Não era típico do pai falar daquele jeito.

— Alguma coisa está, *sim*, perturbando o senhor. É a marcenaria?

O estabelecimento dele normalmente era bastante requisitado.

— Está tudo bem com a loja.

Ela mordeu o lábio.

— O senhor não andou apostando de novo, não é?

Quando Malcolm morrera, Ilsa tinha descoberto dívidas de jogo entre os documentos do marido. Malcolm fora um frequentador assíduo das mesas de cartas, e ela reconhecera as dívidas relacionadas a isso. O marido, no entanto, não costumava apostar em rinhas de galo. Quando Ilsa confrontara o pai a respeito, ele admitira que frequentara algumas com Malcolm, para ajudar a recuperar apostas perdidas, mas apenas em raros momentos, quando estava com poucas reservas. William jurou que havia pagado cada centavo ao marido dela. Depois de uma discussão feia, o pai prometera parar de frequentar a área atrás do Fleshmarket e, desde então, toda vez que Ilsa perguntara, ele jurava que havia mantido a palavra.

Mas daquela vez ele cerrou os lábios e disse apenas:

— Não, não se preocupe.

Aquilo não a tranquilizou.

— Qual é o problema, então? É essa onda de roubos?

Era uma pergunta razoável. Aquilo estava não apenas na cabeça dela e na de Jean, mas na de toda a cidade. O pai era dono de um negócio próspero, cheio de ferramentas valiosas e com um lucro alto. Seria natural que ele se preocupasse com a possibilidade de ser roubado, ainda mais se estava doente, sem poder tomar conta de tudo.

Mas, para surpresa de Ilsa, o pai se levantou subitamente do sofá.

— Isso não é da sua conta, Ilsa — exclamou ele, irritado. — Pare de me perturbar!

As palavras pairaram no ar, duras e cáusticas. Ilsa ficou imóvel, surpresa e assustada com a fúria súbita do pai, como ficava quando era criança.

— Está certo — sussurrou ela depois de algum tempo, ao ver que o olhar severo dele não abrandava. — Eu só fiquei preocupada com o senhor, papai...

William tentou se recompor.

— Ah, garota, não é necessário. Não perca seu tempo comigo, vai ficar tudo bem.

— O senhor está com problemas? — perguntou Ilsa, hesitante.

Ele deu uma gargalhada, quase de volta ao seu jeito normal.

— Há sempre uma intriga ou outra! É o que mantém um homem sempre alerta. — Ele piscou de novo, mas parecia cansado. — Desculpe, filha. Não estou bem hoje. Talvez eu esteja me sentindo pior do que imaginei.

— Se eu puder ajudar...

Ele afastou a ideia.

— Não! Não se preocupe comigo. — Ele hesitou, o rosto agora mostrando rugas de cansaço. — Muito bem, então. Vou lhe contar. Recentemente fui chamado a fazer parte de um júri, em uma acusação de assassinato. Isso tem sido um peso na minha mente, decidir o destino de um homem, e sem dúvida é um dos motivos da minha melancolia hoje. — Ele se levantou com um sorriso forçado. — Mas chega de falar dos meus problemas. Você deveria estar pensando em belos cavalheiros, e em qual deles seria digno de me dar netos. Você sabe que esse é meu maior desejo, ter um neto saltando nos meus joelhos.

Um menininho de cabelo escuro ondulado e olhos amendoados, e uma tendência a ser travesso e divertido. Ilsa fechou os olhos para afastar a imagem impossível.

— Então o senhor deve se cuidar melhor, para que possa dançar uma jiga no meu casamento. Eu posso ter cinco filhos, mas o senhor não vai conseguir mimá-los se não cuidar da sua saúde.

Ele riu e concordou, antes de acompanhá-la até a porta, onde amarrou o chapéu dela como sempre. William segurou o rosto de Ilsa entre as mãos e a fitou com intensidade.

— Ilsa, minha filha, você é o que há de mais caro ao meu coração, e uma filha melhor do que mereço. Sei que não digo o bastante o quanto me orgulho de você e o quanto você é preciosa para mim.

Ela segurou as mãos dele.

— Eu sei, papai. O senhor é um pai maravilhoso, e eu também o amo muito.

Ele deu um sorriso triste.

— É uma pena eu não estar no melhor dos humores hoje, mas a culpa é minha. Não fique magoada comigo, certo?

— É claro que não! — disse ela, dando um beijo no rosto dele. — O senhor precisa descansar. Vou pedir que tia Jean mande manjares brancos para o senhor comer e emplastros de mostarda para aliviar o peito, até que o senhor esteja se sentindo melhor de novo.

William gemeu.

— Qualquer coisa menos emplastro de mostarda! Quer me empurrar mais cedo para o túmulo?

— Jamais, papai — respondeu ela, sorrindo. — Mas alguém precisa tomar conta do senhor, já que não está fazendo isso por si mesmo.

Ele beijou a testa da filha.

— Não se preocupe comigo.

Eles se despediram e Ilsa partiu, mais preocupada do que nunca. Agora, além de todo o resto, ainda precisava se preocupar com a saúde do pai. Ele estava muito estranho... embora fosse verdade que sempre ficava rabugento quando estava doente. Pelo menos aquilo evitava que ele ficasse questionando Jean sobre os passos de Ilsa e sobre Drew. Ilsa tinha quase certeza de que o pai se levantaria da beira do túmulo para questioná-la sobre Drew se tivesse alguma ideia de como os dois haviam chegado perto de conversar sobre casamento...

Mas eles não haviam feito isso... não exatamente. Tinham sugerido o assunto, mas nunca mencionado diretamente. E Ilsa não via Drew desde aquele jantar encantador, quando ela começara a se sentir quase como parte da família dele.

Ilsa apertou a jaqueta com mais força ao redor do corpo, apesar do dia quente. Ela provavelmente havia interpretado mal a situação — de novo. Não pela primeira vez, desejou ter tido mais experiência com cavalheiros. Antes que a sobrinha se casasse com Malcolm, Jean se recusara a permitir que ela frequentasse a sociedade, alegando que aquilo lhe daria ideias perigosas. Depois que Ilsa se casara, Malcolm não permitira que ela fosse a lugar algum sem ele, e só a levava aos eventos e atividades de sua preferência. E então ele morreu...

Estou livre, Ilsa havia pensado depois que o choque da perda abrandara. Embora não tivesse esperado sentir aquilo, ainda assim, de alguma forma, era verdade.

Mas então viera o julgamento, e ela não fora livre para nada. As pessoas tinham dito coisas horríveis sobre Malcolm e ela. O pai insistira para que Ilsa comparecesse ao julgamento, vestida de preto, para calar os fofoqueiros. Quando tudo terminou, Ilsa teve a sensação de que uma parte dela também tinha morrido. Desde então, havia tentado pensar em si mesma como uma fênix renascida das cinzas de uma vida restrita para uma nova, onde era uma mulher independente, com uma bela fortuna e nenhum homem para lhe dizer o que fazer.

Ilsa havia demorado tempo demais para se dar conta de que muita coisa lhe havia sido negada só para que ela se adequasse aos homens: primeiro o pai, depois o marido. Apenas a morte estúpida e sem sentido de Malcolm deixara claro para ela que todas as vantagens e privilégios garantidos por aqueles homens haviam sido uma gaiola, em vez de meios para realizar coisas nas quais acreditava e que eram importantes para ela.

Por isso que Ilsa resgatara um pônei quase morto de fome do matadouro e o instalara no que havia sido o escritório de Malcolm. Por isso as cortinas sisudas das janelas no momento forravam dois sofás da escola de caridade para meninas. Por isso ela ia a tascas de ostras em vez de frequentar o salão social e por isso dançava com soldados e comerciantes e não com cavalheiros e lordes, que poderiam querer forçá-la a retornar à vida inútil e ociosa que quase a enlouquecera. Por isso dispensara os serviços do mordomo autoritário de Malcolm e contratara o sensato e prestativo sr. MacLeod. Por isso dispensara o advogado pomposo do falecido marido, um homem que não acreditava que ela tivesse cérebro para administrar o próprio dinheiro.

Ilsa respirou fundo. Bastava de autopiedade. Nem Jean, nem o pai, nem Andrew St. James a fariam duvidar de si mesma de novo.

Naquela noite faria alguma coisa para se divertir. Agnes havia voltado para casa, mas Sorcha White iria a uma tasca de ostras com ela. Ela cederia a sala de visitas à tia Jean e pintaria o mural de Calton Hill na sala de jantar, com o candelabro dourado fazendo as vezes de sol do meio-dia.

E Drew... Ilsa soltou o ar com força. Ela não ficaria sentada esperando por ele. Drew sabia onde encontrá-la. E se aquela atração louca entre os dois se apagasse, ou se ele decidisse que uma noiva inglesa era mais adequada para ele, ela não ficaria arrasada por isso.

As coisas sempre poderiam ser piores, disse a si mesma, numa tentativa de se animar. *Nunca se esqueça disso.*

Capítulo 18

DREW COMEÇAVA A sentir o gosto de como seria a vida como duque de Carlyle.

Parte daquilo não lhe interessava nem um pouco. Depois da matéria sensacionalista no *Tattler*, chegara uma enxurrada de cartas e de pessoas na porta de Felix Duncan, querendo pedir alguma coisa ao duque. Por mais que Drew repetisse que não era o duque e que não poderia falar por ele, nenhuma das pessoas desistia de lhe pedir para interceder junto a Sua Graça em nome delas. Duncan informou que de fato havia sido David MacGill quem deixara escapar o segredo — na verdade, ele bradara a respeito para quem quisesse ouvir —, e Drew teve grande prazer em escrever um relatório severo ao sr. Edwards denunciando os muitos defeitos do advogado escocês.

Antes de Drew deixar o Castelo Carlyle, o sr. Edwards havia sugerido que ele contratasse um assistente. Drew achara a ideia absurda — afinal, era perfeitamente capaz de cuidar da própria correspondência —, mas estava reconsiderando. Deveria *sim* contratar um assistente, um rapaz alto e forte, capaz de ficar de guarda, armado e intimidante, para protegê-lo das hordas de pessoas que apareciam para pedir favores.

O outro lado da moeda, no entanto, era mais gratificante. O fato de ser um futuro duque tornava as coisas imensamente mais fáceis. Por exemplo: a visita que fez a William Scott, o procurador público. Como um mero capitão St. James, filho de um comerciante hostilizado, ele teria congelado de frio antes de ser recebido por um assistente qualquer. Como herdeiro de Carlyle, Drew fora recebido gentilmente e com a máxima cordialidade pelo próprio sr. Scott. Quando explicou que o negócio de sua família tinha sido atacado por ladrões, o sr. Scott se apressou em se desculpar e garantiu que estava fazendo todo o possível para resolver o problema.

E quando Drew dissera que achava que mais poderia ser feito e que, na verdade, tinha algumas sugestões, o sr. Scott o ouvira com um interesse atento e respeitoso. O homem concordou que era uma ideia sensata, e sugeriu que Drew defendesse o caso com o chefe de Justiça da Escócia, que então precisaria aprová-la com o Ministério do Interior, em Londres. O sr. Scott entregou uma carta de apresentação a Drew, para facilitar seu acesso, e lhe desejou boa sorte.

A ideia de Drew, no fim das contas, era um Perdão do Rei, um atrativo suculento para qualquer criminoso. Tratava-se de uma absolvição legal por todos os crimes cometidos, não apenas pelo mais recente. O talento e a ousadia dos arrombamentos sugeriam bandidos experientes, certamente com mais de um pecado em suas consciências. Bastaria um único ladrão ansioso para limpar sua ficha para acabar com a onda de roubos.

Se precisava suportar as imposições do título Carlyle, poderia muito bem aproveitar as vantagens.

Mas entre a ida e a volta até o chefe de Justiça, Drew perdera vários dias e não tivera uma oportunidade sequer de ver Ilsa desde aquele último jantar na casa da mãe, antes de todo aquele inferno que virou a vida dele de cabeça para baixo. Eles haviam se despedido rapidamente naquela noite porque Drew jamais imaginara quanto tempo se passaria até que se reencontrassem.

Como a vida comum do capitão St. James parecia tranquila em retrospecto, agora que ele mal conseguia sair do quarto de hóspedes de Duncan sem ser interceptado e importunado por alguém, quanto mais acompanhar uma mulher em uma caminhada até Calton Hill para conversar e, quem sabe, até trocar um beijo. Agora, os jornais noticiariam se ele visitasse Ilsa, e Drew não queria fazer isso depois do discurso dela no outro dia.

Mas o fato era que estava desesperado para vê-la.

Finalmente, Agnes lhe deu uma desculpa para tal. Ela havia voltado a morar na casa da família depois do roubo, para ajudar a mãe a organizar as perdas, mas deixara um baú na casa de Ilsa.

— Você pode ir comigo buscá-lo? — pediu ela, parecendo muito inocente.

— É claro — disse Drew, e viu pelo sorriso presunçoso da irmã que ela sabia que ele estava morrendo de vontade de fazer aquilo.

Infelizmente, Ilsa não estava a sós. Quando Drew entrou, a tia e outras duas damas mais velhas fizeram mesuras em uma sintonia perfeita, antes de voltarem olhares calculistas e ansiosos para ele. Ilsa o recebeu apenas com um sorriso, e Drew se contentou em se sentar perto dela.

A conversa foi horrível. As damas tentaram arrancar dele quanto tempo pretendia permanecer em Edimburgo, quiseram saber sobre o estado de saúde do duque e de quanto era sua fortuna pessoal. Elas sabiam que Drew tinha ido ver o procurador público e se perguntaram em voz alta sobre o papel dele no recente escândalo dos roubos. Seria chamado a fazer parte do júri? Para piorar, afastaram ou ignoraram completamente todas as tentativas de Ilsa de mudar o rumo da conversa e, quando Agnes voltou para dizer que o baú estava pronto para ser levado para casa, foi com um misto de alívio e desespero que Drew se colocou de pé em um pulo e se despediu.

Ilsa o acompanhou até a porta.

Deliberadamente, Agnes se afastou para brincar com Robert, que havia saído do quarto dele com um breve relincho, para implorar pela maçã que ela levara para ele.

— Obrigada pela visita — disse Ilsa.

Drew riu baixinho.

— Grande bem ela me fez... — disse ele, baixando a voz. — Talvez você reconsidere a ideia de assombrar a casa de Duncan.

Parte do bom humor habitual dela retornou.

— Se ao menos eu pudesse...

Como a irmã ainda estava adulando Robert, Drew aproveitou a oportunidade.

— Você vai caminhar amanhã?

— Sim, se o tempo estiver bom.

— Talvez no Jardim Botânico?

O rosto de Ilsa se iluminou um pouco mais.
— Sim, eu poderia...
Drew se inclinou mais para perto.
— Estou com vontade de caminhar por lá também, por volta das onze.
Ilsa sussurrou de volta, alegremente:
— Espero que tenha um passeio muito, muito agradável, capitão.

Ilsa não ia com frequência ao Jardim Botânico, que ficava a quase dois quilômetros de distância, no extremo norte da cidade. Era o tipo de lugar que os turistas visitavam, ou quem era particularmente apaixonado por plantas. Jean e as amigas frequentavam palestras ali, apresentadas por um professor da universidade, e aquilo era o bastante para dissuadir Ilsa de frequentar o local.

Naquele dia, no entanto, ela prendeu o chapéu novo, colocou o vestido de dia favorito e pediu a Maeve que acompanhasse a ela e a Robert. O pônei tentou se desviar para a subida familiar em direção à Calton Hill, mas logo se animou e esticou às orelhas diante da perspectiva de explorar um lugar novo.

Ainda era cedo quando chegaram ao jardim, e as plantas estavam orvalhadas e viçosas. Como não era permitida a entrada de pôneis, Ilsa despachou Maeve e Robert para passearem pelo campo ao redor do Jardim Botânico. No portão, surgiu um problema: Ilsa não tinha uma autorização especial de entrada, e o lugar só estaria aberto aos visitantes em geral ao meio-dia. Ela hesitou, sem saber o que fazer, até o porteiro perguntar seu nome. Quando disse a ele, o homem fez uma cortesia, se desculpou e abriu o portão.

Já lá dentro, Ilsa se viu sozinha. O jardim estava cheio de pássaros, mas não havia ninguém, nem mesmo jardineiros. Era tranquilo e até revigorante. Ela respirou fundo e sentiu os ombros relaxarem.

Ilsa seguiu caminhando lentamente, encantada com as plantas. Estava diante da estátua de Carlos Lineu, patrono dos botânicos, quando Drew a encontrou.

— Uma visão que alimenta a minha pobre alma.

Ela se virou, feliz.

— A do sr. Lineu?

Drew se aproximou mais, e seu olhar parecia devorá-la.

— Não. Só consigo ver você... É *tão* bom ver você.

Aquele grunhido rouco provocou reações intensas no corpo de Ilsa, arrancando completamente o verniz de decoro e compostura que continha seus impulsos apaixonados. Ela sorriu.

— Digo o mesmo, capitão.

Drew ofereceu o braço a ela, com uma expressão concentradíssima. Ilsa passou a mão pelo antebraço dele, deixando o seio roçar em seu braço. E logo o viu cerrar o punho.

— Estou confusa com uma coisa — disse ela, enquanto caminhavam ao redor do lago. — O jardim só é aberto a visitantes depois do meio-dia, mas ainda assim o homem no portão me deixou entrar depois de perguntar o meu nome.

Drew tinha uma expressão satisfeita no rosto.

— Descobri que a promessa de uma doação ao dr. Hope faz maravilhas para que ele se permita ser mais flexível em relação a essa regra.

Ilsa prendeu a respiração.

— Você o subornou para que nós pudéssemos passear pelo jardim?

Ele subiu pelo caminho que levava à estufa, com o teto de ardósia parecendo azul sob o sol.

— Não — respondeu Drew, e abriu a porta para ela. — Eu o subornei para que eu e você pudéssemos conversar em particular sem pressa e sem sermos interrompidos.

Ela ergueu as sobrancelhas ao encará-lo.

— Meu Deus. É de se perguntar por que esse desejo tão grande de privacidade...

A expressão nos olhos de Drew ficou mais profunda e ele roçou o polegar nos lábios dela. O coração de Ilsa parecia prestes a saltar pela boca.

— Você vai ver.

Piedade, sussurrou o coração dela, impotente.

— Me mostre...

Ele a segurou pela nuca, passou os lábios por sua testa e deu um beijo leve na têmpora dela, bem perto da orelha.

— Paciência, meu bem.

Quando ele a soltou e recuou, Ilsa sentiu a pele quente e fria ao mesmo tempo. As fornalhas que aqueciam as estufas durante o inverno estavam apagadas, mas ela poderia ter jurado que havia ao menos uma ardendo atrás dela. Uma camada de suor fez o vestido colar em seu peito e Ilsa respirou fundo para se acalmar.

— Espero que esteja tudo sendo resolvido em relação à loja e a sua mãe — comentou, escolhendo o assunto mais corriqueiro em que conseguiu pensar.

— Está, sim. — Drew a guiou através das samambaias e palmeiras imponentes. — O que infelizmente não ajuda muito. Não temos ideia de quem são os ladrões, mas dei uma sugestão que talvez possa ajudar a capturá-los.

— É mesmo?

Ele assentiu.

— Sim. Por isso andei tão ocupado ultimamente — disse ele, observando-a com uma expressão sugestiva. — Por isso não a visitei antes.

Ilsa sentia a pele vibrar. Sem dúvida ela era a criatura mais pecadora do mundo, imaginando como ele poderia visitá-la, beijá-la, fazer amor com ela no sofá da sala de visitas, dando bom uso à privacidade garantida pelas impenetráveis cortinas novas de Jean.

— Hum... — disse ela, esperando que soasse como um interesse educado, não como um murmúrio de desejo.

Os lábios de Drew se curvaram em um sorriso malicioso, como se ele soubesse em que Ilsa estava tentando não pensar.

— Mas não era sobre isso que eu queria falar com você.

— Ah, não! — protestou ela, enrubescendo da cabeça aos pés. — Eu... eu quero saber. O que você sugeriu? Pretende assombrar todos os sótãos de Edimburgo, assim quem sabe os ladrões saiam gritando pelas ruas, de consciência pesada?

O sorriso dele ficou mais largo. Ilsa abanou a mão diante do rosto quente, lembrando-se de como os dois haviam terminado a noite da pretensa assombração.

— Não, pensei em um atrativo maior para uma consciência pesada. Um Perdão do Rei — disse ele.

Ilsa o encarou, confusa.

— Um Perdão?

— Para o homem que desse informações sobre o restante deles — disse ele, endireitando a postura. — Para acabar com essa onda de roubos. As pessoas que foram lesadas merecem saber quem está fazendo isso e buscar justiça, e todas as outras, incluindo a minha família, merecem dormir em paz. Os ladrões estão sendo sorrateiros. É quase como se tivessem as chaves das casas ou alguém que abrisse as portas para eles. Eles nunca arrombam os lugares com violência, e com certeza é por isso que estão conseguindo se safar por tanto tempo.

Aquilo não havia sido mencionado nos jornais.

— E o procurador público concordou?

— E o chefe de Justiça também. Eles mandaram um homem a Londres para pedir a aprovação da Coroa.

Ilsa não disse nada. A Coroa inglesa muito provavelmente aprovaria uma sugestão daquelas, feita pelo herdeiro do duque de Carlyle.

Mais uma vez, Drew adivinhou seus pensamentos.

— A herança se tornou terrivelmente inconveniente nos últimos tempos, mas essa é uma vantagem que contrabalança as coisas.

Ilsa realmente não queria conversar sobre aquilo, sobre a herança que o levaria para longe da Escócia e, de certo, para longe dela.

— Se não era sobre isso que você queria falar, o que tem para me dizer que valeu um suborno a um professor de botânica para poder usar o jardim dele?

Tinham chegado a um banco aninhado em um canto com palmeiras pontudas. Drew tirou o paletó e abriu sobre o assento para Ilsa. Então, sentou-se ao lado dela e apoiou um cotovelo no joelho, para poder encará-la.

— Primeiramente, eu queria me desculpar. Pedi para passar algum tempo com você, e então desapareci por dias.

— Não foi nada — disse ela, mais uma vez abanando a mão.

— Para mim foi — disse ele, que pegou a mão dela e roçou os lábios no pulso. — Realmente senti a sua falta.

— Parte disso é inevitável — falou Ilsa. — Até durante uma corte o andar dos encontros é mais lento.

Ela desejou engolir de volta as palavras assim que elas saíram de sua boca.

— De fato — concordou Drew, em uma voz baixa e rouca. — E aqui estou eu para lhe dizer que preciso partir de novo.

Ilsa levantou os olhos, consternada.

— Preciso voltar a Inverness para pedir dispensa do exército. Essa foi parte da razão para eu ter voltado para o norte, e o meu coronel não é do tipo que se contentaria apenas com uma carta.

— E você ainda está sujeito à desaprovação dele?

Drew fez uma careta.

— É um hábito arraigado. Mas o verdadeiro motivo para a minha ida é porque quero acabar logo com essa história. — Drew abriu a mão dela e a pousou, com a palma para cima, sobre o joelho. E entrelaçou distraidamente os dedos nos dela. — Há outros assuntos que exigem a minha atenção no momento.

Ilsa fitava os dedos dele, encantada.

— É claro, a sua família...

— Não.

— As exigências da herança...

De algum modo, ele chegara mais perto dela, e o calor do seu corpo a estava deixando quente e afogueada de novo.

— Não.

— O quê, então?

— Você — sussurrou Drew depois de um momento. — Nada além de você, Ilsa.

Ele levou a mão dela aos lábios e beijou delicadamente a palma. Ilsa se agarrou ao banco para evitar deslizar para o chão, tão mole seu corpo ficou.

— Quanto tempo você vai ficar fora?

Os olhos dele cintilaram em tons de verde e dourado, fixos nos dela. Drew abaixou a cabeça e colocou a ponta do dedo anelar dela entre os lábios.

— Quinze dias. Ousarei acreditar que você vai sentir a minha falta?

Ilsa curvou o dedo e puxou mais para perto a boca que sorria maliciosamente para ela.

— Desesperadamente — sussurrou.

Então, capturou os lábios dele em um beijo que parecia ter demorado uma eternidade para acontecer. Drew deixou o corpo escorregar do banco, ficou de joelhos e se aproximou mais, puxando-a. Ilsa abriu ousadamente as pernas, para se colar a ele.

Drew enfiou as mãos no cabelo dela, tirando o chapéu do lugar. Sua língua provocava a dela. Ilsa segurou o rosto dele e retribuiu o beijo, profunda e intensamente, até a mão livre dele pousar em sua clavícula, os dedos roçando no pescoço.

— Você me convidou a vir até aqui para me seduzir?

Drew deixou os dedos descerem pelo pescoço dela, parando junto ao lenço fino que envolvia seus ombros e cujas pontas estavam enfiadas no corpete.

— Não... especificamente. — Ele soltou o lenço devagar, até que o tecido caísse dos ombros dela. — Mas se a oportunidade se apresentar... devo recusá-la?

— Jamais.

— Devo continuar? — perguntou ele, com um sorrisinho de lado.

— Sim... — Ilsa deixou a cabeça cair para trás quando sentiu os lábios dele em seu pescoço. — Corremos o risco de alguém entrar?

— Não — sussurrou Drew, envolvendo-a pela cintura e puxando-a mais para a frente no banco. — Por cinquenta libras, o dr. Hope manteria até o rei longe daqui.

Aquilo foi o suficiente para Ilsa e, quando Drew levou a mão à sua perna, ela colocou os braços para trás, apoiando as mãos no banco, e arqueou as costas, oferecendo-se em sacrifício ao altar daquele desejo.

— Eu quero você... — murmurou Drew junto à pele dela.

— Sim...

Ilsa perdeu o ar ao sentir os dedos dele acariciarem o meio das suas coxas. Um espasmo percorreu todo o seu corpo quando ele a tocou de novo, determinado.

E ali, em meio a plantas exóticas de todo o mundo, ela se deixou seduzir, a mão dele sob a sua anágua, a boca em seu seio. Quando Ilsa sentiu os nervos vibrarem com o clímax que se aproximava, estendeu a mão até Drew e levantou seu kilt, fazendo-o se erguer mais e encaixar-se no centro ardente do corpo dela, penetrando-a com um gemido rouco que a levou ainda mais à beira do êxtase. Lágrimas se acumularam em seus olhos quando começaram a se mover juntos, concentrados em cada arremetida firme que os unia mais, em cada arquejo carregado de desejo, cada toque, cada carícia, cada abraço, até que por fim ele se deixou cair nos braços dela. Ainda trêmula do próprio clímax, Ilsa agarrou os ombros de Drew, pressionando a boca no pescoço dele, úmido pelo esforço.

Eu amo esse homem, pensou, com um sobressalto, encantada. *Eu amo esse homem.*

Depois de vários minutos, Drew ergueu a cabeça. Ilsa sorriu para ele. Santo Deus, talvez nunca mais parasse de sorrir, tamanha a euforia correndo em suas veias. A expressão preguiçosa e feliz de Drew encheu ainda mais o coração dela de prazer.

— Quinze dias — sussurrou ele. — Com apenas isso para aquecer o meu coração e sangue.

Ilsa ondulou o corpo junto ao dele, que prendeu a respiração.

— Talvez isso o encoraje a voltar mais cedo.

— Que Deus permita — respondeu ele, sorrindo.

Drew a ajudou a arrumar as roupas. Ficaram ali sentados, ela apoiando a cabeça no ombro dele, de mãos dadas, enquanto Drew contava sobre a viagem que fizera para ver o chefe de Justiça. Ilsa raramente sentira a bênção daquele tipo de alegria — a mão de Drew, tão grande e firme ao redor da dela, o corpo sólido, forte e maravilhoso dele ao seu lado. Eram assim os casamentos por amor?

— Venho visitar você quando retornar — garantiu Drew quando os dois finalmente se levantaram para ir embora.

Era quase meio-dia, a hora em que os jardins se abririam para os outros visitantes. Drew tentou convencê-la a deixar que a acompanhasse até em casa, mas ela lhe disse que Maeve e Robert bastariam. Já seria difícil esconder a alegria que fervilhava dentro dela sem ele ao lado, e tinha medo de que, se Drew fosse visto com ela pelas ruas de Edimburgo, as manchetes do jornal do dia seguinte acabassem mostrando "A ousada viúva Ramsay se joga em cima do próximo duque de Carlyle".

— Você vai estar aqui? — perguntou ele.

Ilsa riu e ficou na ponta dos pés para beijá-lo uma última vez.

— Para onde eu iria? É você quem fica o tempo todo indo embora.

Drew ergueu o queixo dela e beijou-a na testa.

— Vou enlouquecer de saudade de você nesses próximos dias.

E eu de você. Ela recolocou o lenço no lugar, já que ele havia se soltado dos seus ombros enquanto faziam amor loucamente.

— Não fique — disse Ilsa com firmeza. — Como vai encontrar o caminho de volta se estiver louco?

Ele riu e soltou-a com relutância.

— Então vou precisar cavalgar na velocidade do vento, jogar a diplomacia às favas e voltar correndo como se estivesse sendo perseguido por *banshees*.

E, naquele momento, foi como se o destino sorrisse para ela; como se decidisse recompensá-la pela infância solitária e pelo primeiro casamento sem amor, banhando-a com a mais pura felicidade.

Ilsa deveria ter imaginado que era bom demais para ser verdade.

Capítulo 19

DREW PARTIU PARA Ardersier na manhã seguinte, estranhamente bem-humorado.

Ele tivera a intenção de já ter resolvido aquilo. Quando deixara o Castelo Carlyle, seu plano era passar uma semana em Edimburgo com a família, para organizar a mudança de todas para a Inglaterra, averiguar rapidamente o Palácio Stormont e logo retornar ao Forte George, para pedir dispensa de suas obrigações militares. Então, voltaria a Carlyle para assumir seu papel de herdeiro. Havia garantido à duquesa e ao sr. Edwards que retornaria em dois meses.

Aquele prazo já passara. A viagem supostamente breve ao Palácio Stormont acabara se transformando em uma visita de duas semanas. Além disso, ele perdera vários dias com a questão dos roubos em Edimburgo. E, é claro, havia o tempo que passara com Ilsa, que não previra de forma alguma.

Não que se arrependesse sequer um pouco. Na verdade, enquanto viajava em direção ao norte, gastou um tempo considerável organizando um novo plano. Forte George era o primeiro passo — ele havia saboreado por tempo demais a perspectiva de pedir dispensa de seu posto diante do coronel Fitzwilliam Ferrugento —, mas todo o resto seria diferente.

Nesse novo plano, Drew não voltaria para Carlyle. O que dissera a Ilsa era verdade: o duque poderia muito bem viver por décadas. Por mais conveniente que pudesse ser para Edwards orientá-lo pessoalmente,

Drew se achava perfeitamente capaz de aprender tudo o que precisava por carta. Se o Palácio Stormont podia ser administrado com tanta eficiência e tranquilidade sem que o duque tivesse colocado os pés no terreno em vinte anos, o Castelo Carlyle também poderia muito bem ser administrado com Drew em Edimburgo, ainda mais porque ele não teria qualquer autoridade sobre o lugar enquanto o duque vivesse.

E a duquesa dissera apenas que ele deveria se empenhar em se tornar um homem sério e respeitável, além de encontrar uma esposa adequada. Na época, Drew não conhecia nenhuma mulher que se enquadrasse na descrição, mas agora que conhecera a mulher mais adequada que se poderia imaginar, não havia necessidade de que Sua Graça o apresentasse a mais ninguém. Ilsa talvez não fosse a noiva que a duquesa tinha em mente, mas era linda, refinada e abastada, e a duquesa dificilmente poderia achar um problema nela.

E, de qualquer forma, Ilsa tinha uma vantagem que invalidava toda e qualquer objeção: Drew estava perdidamente apaixonado por ela. Ele permaneceria em Edimburgo para lhe fazer a corte da maneira apropriada. Se pudesse persuadir Ilsa a se casar com ele apesar da herança Carlyle, estaria disposto a arriscar a desaprovação da duquesa.

Ele chegou ao forte depois de longos dias em cima da sela do cavalo. Era um dia de névoa fria, que o deixou duplamente feliz por estar indo embora daquele lugar para sempre. Drew encontrou seu antigo alojamento fechado e escuro, e seu subordinado, MacKinnon, tomando uísque com os homens.

— Capitão! — O homem se colocou de pé em um pulo. — Não recebi qualquer aviso do seu retorno.

Drew quase riu.

— Porque não mandei nenhum aviso. Quero ter uma palavra com você, MacKinnon.

O sargento ficou encantado com as novidades.

— Um duque? — repetiu. — Um duque inglês, nada menos!

— Também foi um choque para mim. Mas, como é verdade, estou pedindo dispensa do exército.

MacKinnon assentiu, concordando, ainda maravilhado.

— Sim! Um homem teria que ser muito tolo para continuar aqui depois de receber uma notícia dessas!

Drew bateu no ombro do rapaz.

— Você me ajudou muito, MacKinnon. Se também desejar se livrar disso aqui...

O homem hesitou apenas por um momento.

— Não, capitão. Tenho família em Inverness — respondeu ele, e um sorrisinho torto surgiu em seu rosto. — E nada que me pagasse seria o bastante para me fazer morar na Inglaterra... nem o senhor, nem um duque.

— Sim — retrucou Drew, sério. — Mas, se algum dia estiver desesperado o bastante a ponto de mudar de ideia, terei um lugar para você.

A conversa com o coronel foi absolutamente gratificante.

— Duque de Carlyle? — repetiu Fitzwilliam, chocado. — Herdeiro dele?

— Sim — retrucou Drew com toda a tranquilidade.

— Você disse que não tinha nada a ver com a família!

— Nunca tive mesmo — concordou. — Até eles descobrirem que eu era o próximo na linha de sucessão ao título.

O coronel continuou a encará-lo com irritação.

— Achei que você havia desertado.

— Não havia motivo para que pensasse assim — foi a resposta fria de Drew. — Mas agora vim pedir dispensa, por isso pouco me importa.

Aquilo pareceu lembrar ao coronel que o humilde capitão, que ele mandava regularmente reparar estradas, de repente se tornara alguém com posição social e influência, e ele logo se tornou mais prestativo e cordial, para grande diversão de Drew.

Ele havia imaginado passar três dias no forte, recolhendo seus pertences, pagando algumas poucas dívidas e se despedindo. Mas a notícia da sua boa sorte se espalhou pelo lugar como rastilho de pólvora, e todos insistiram para que participasse de vários jantares, com várias rodadas de brindes e hurras em cada refeição. Drew não sentiria falta do exército, mas sentiria falta dos companheiros de farda e dos amigos que fizera entre os oficiais, e a ideia de que a despedida seria definitiva enfraqueceu sua determinação. Os três dias se estenderam para seis, então para oito, e depois disso ele jurou que não iria a mais nenhuma comemoração. A última, organizada pelos homens do próprio regimento de Drew, o deixou em péssimo estado e profundamente feliz por não ter que se apresentar para o trabalho naquela manhã.

Quando MacKinnon levou a água e preparou a navalha para barbeá-lo, Drew disse:

— Já basta, certo?

— Certo, capitão. Ainda mais se pretende mesmo partir amanhã.

Drew gemeu ao pensar em passar um dia em cima da sela, mesmo que aquilo fosse levá-lo de volta para Ilsa, e jogou um braço sobre o rosto.

— Não fale disso agora. Talvez eu não seja capaz de me levantar até lá.

A chuva batia na janela, tornando impensável a ideia de viajar. Aquele era um bom dia para permanecer na cama e deixar a cabeça se recuperar.

MacKinnon ainda estava rindo quando ouviram uma batida na porta. O sargento retornou instantes depois com uma carta na mão.

— Mensagem expressa, senhor.

— Expressa?

MacKinnon assentiu.

— De Edimburgo. O mensageiro diz que vai esperar por uma resposta caso o senhor deseje mandar alguma.

Drew se levantou rapidamente, ignorando a cabeça que começou a latejar por causa do movimento brusco. A letra era de Felix Duncan. Mas Duncan sabia que Drew pretendia voltar logo e, portanto, não se daria ao trabalho de mandar um mensageiro — ainda mais um mensageiro expresso, que viajara através de uma tempestade e estava esperando uma resposta — a menos que houvesse uma emergência. Ele rasgou o envelope e leu rapidamente.

A praga que soltou fez MacKinnon levantar a cabeça.

— Preciso partir imediatamente — anunciou Drew, cambaleando para fora da cama. — Mande alguém selar meu cavalo e cuide para que a minha bagagem seja despachada para o sul. E diga ao mensageiro que voltarei com ele para Edimburgo. Arrume um cavalo descansado para ele.

— Agora, senhor?

— Em menos de uma hora — disse Drew, a expressão fechada, e pegou as botas.

Capítulo 20

O ESCÂNDALO ECLODIU como o estouro de uma represa: um vazamento aqui, um gotejamento ali, até toda a estrutura ceder em uma enchente.

O gabinete do xerife tinha sido inundado de pistas depois que Drew deixara a cidade. O sr. Duncan soubera a respeito pelo procurador público e contara a Agnes, que, por sua vez, confidenciara a Ilsa durante uma caminhada matinal com Robert.

— Que notícia excelente — exclamou Ilsa, pensando que Drew ficaria satisfeito por seu plano estar funcionando.

Agnes assentiu.

— Foi um grande conforto para a minha mãe saber disso. Ela ficou terrivelmente abalada com toda aquela seda rasgada pela loja. Mamãe diz que parecia sangue, e continua tendo pesadelos com os bandidos voltando para nos atacar — disse Agnes, estremecendo.

— Achei que o sr. Duncan e o sr. Kincaid estavam passando por lá para ficar de olho nas coisas — comentou Ilsa, preocupada.

— Ah, eles estão. Estão, sim. — Ruborizada, Agnes pigarreou. — Mas vamos ficar aliviadas quando Drew voltar.

Ilsa teve que concordar.

Os rumores se espalharam e se multiplicaram como erva daninha, um mais chocante que o outro. Um ladrão havia sido identificado, de posse de parte da mercadoria roubada, mas escapara dos policiais. Haviam sido localizadas evidências não especificadas. Ainda havia vários membros do bando à solta. Houvera uma tentativa de fuga da prisão Tolbooth com a ajuda de um policial corrupto, que só fracassara por causa do grito de alarme de uma criada que passava pelo local. Uma fortuna em ouro havia sido recuperada enterrada em um campo. Os bens roubados tinham sido despachados para Amsterdam, e o chefe dos ladrões embarcara em um navio depois de uma terrível batalha com os oficiais do xerife no porto de Leith.

Ilsa acompanhava os rumores com interesse, se perguntando se haveria alguma verdade neles, mas tão fascinada quanto todos em Edimburgo. A tia estava igualmente obcecada. Todo dia, Jean esquadrinhava os jornais e então dissecava as notícias em uma indignação sussurrada com as amigas fofoqueiras. Ilsa não tinha muita paciência para aquelas conversas, e normalmente saía para caminhar quando a chegada de uma das amigas da tia era anunciada.

A pior delas era a sra. Crawley, como sempre. Ela se tornara quase parte da mobília da casa, com suas visitas diárias, sempre de luto, o xale oscilando ao seu redor. Ilsa desenvolvera o hábito de sair de casa cedo e permanecer fora para evitar qualquer chance de encontrar com ela, mas uma manhã errou o cálculo e voltou da caminhada quando a sra. Crawley subia os degraus da frente.

O instinto de Ilsa lhe disse para voltar correndo para o campo. Ela tinha aproximadamente seis segundos para se decidir, enfiar os dedos na crina de Robert e diminuir seu passo, abaixar a cabeça e começar a se virar.

— Senhora Ramsay! Aí está!

Ilsa cerrou o maxilar para se impedir de ranger os dentes. Não gostava da viúva Crawley, e teria continuado a andar se aquilo não fosse deixar a tia furiosa. Por isso, se virou com um sorriso educado no rosto.

— Senhora Crawley. Que prazer revê-la.

A mulher avançou na direção de Ilsa com as mãos juntas diante do corpo, como um bispo pronto a punir um pecador.

— E que surpresa! A senhora está sempre fora de casa, ao que parece.

— Infelizmente — retrucou Ilsa. — Espero que a minha tia tenha lhe transmitido meus cumprimentos todas as vezes em que não estive aqui em suas visitas.

— Ela fez isso, é claro. A srta. Fletcher sabe se comportar. — Não foi dito, mas ficou claro que o mesmo não se aplicava a Ilsa. — Espero que se junte a nós hoje.

Ilsa deixou escapar um murmúrio evasivo enquanto se encaminhava na direção da porta.

— Certamente. Vamos entrar.

E terminar logo com isso, acrescentou silenciosamente, desejando ter sido mais rápida assim que vira a sra. Crawley.

A viúva olhou para Robert com desprezo enquanto ele subia os degraus.

— Sinceramente, sra. Ramsay, não pode deixar seu pônei ficar dentro de casa!

Prefiro ele à senhora, pensou Ilsa, enquanto abria a porta.

— Ele é um pônei muito pequeno, as pessoas mal se dão conta de sua presença. E sou muito afeiçoada a ele, não é mesmo, Robert?

O pônei fungou baixinho em resposta enquanto ela acariciava sua crina.

A sra. Crawley pareceu ficar vários centímetros mais alta, tamanho o seu ultraje.

— Estou chocada que a srta. Fletcher permita uma coisa dessas — disse, erguendo um dedo em repreensão. — O seu mordomo deveria estar esperando para recebê-la. E esse pônei deveria estar em um estábulo. Até se pode fazer algumas concessões para uma viúva jovem, com a mente perturbada pelo luto, mas isso ultrapassa os limites da razão! Se me permitisse orientá-la, como a sua própria mãe teria desejado... O que com certeza a senhora apreciaria, já que ela faleceu há tanto tempo...

— Ah, Deus, Robert, não — falou Ilsa, tirando o chapéu.

Robert havia começado a mordiscar a franja do xale da sra. Crawley, enquanto ela repreendia Ilsa, e agora estava desfazendo lentamente toda a trama ao puxar o fio.

A mulher deu um grito e puxou o xale, para soltá-lo da boca do pônei. Robert balançou a cabeça, então bateu com os cascos da frente no piso de mármore e saiu trotando em direção aos seus aposentos.

— Acompanhe a sra. Crawley até onde está a srta. Fletcher — pediu Ilsa ao sr. MacLeod, que havia aparecido ao ouvir a porta se fechando.

— Vai se juntar a nós, certo? — falou a viúva.

— Assim que eu me refrescar um pouco — respondeu Ilsa, com o mesmo sorriso determinado e educado fixo no rosto.

A mulher soltou uma fungadinha de desconfiança e acompanhou o mordomo escada acima.

Ilsa foi caminhando devagar até seu quarto. Ir e voltar ao porto de Leith com certeza a refrescaria, e demoraria mais até do que uma visita da sra. Crawley. Mas Jean a repreenderia terrivelmente, por isso ela ajeitou o cabelo, escovou a saia para tirar a grama e foi para a sala de visitas com o entusiasmo de uma alma condenada encarando a forca.

As duas mulheres estavam acomodadas no sofá com uma enorme bandeja de petiscos diante delas quando Ilsa entrou. As convidadas de Jean tendiam a se demorar. Ilsa se sentou silenciosamente, resignada.

Jean e a viúva estavam conversando sobre os roubos mais recentes... de novo. Ou seria ainda? Ilsa deixou a mente divagar. Já se passara uma semana desde que fora oferecido um Perdão do Rei. Ela pensou de novo em Drew, e se perguntou se a notícia o alcançaria em Inverness. Então suspirou baixinho, desejando que ele voltasse logo. Drew dissera quinze dias, e faltavam apenas dois dias para esse prazo acabar.

— Mas a senhora deve saber, sra. Ramsay! — exclamou a sra. Crawley.

Ilsa a encarou sem entender.

— Devo?

A mulher deu um sorrisinho dissimulado.

— Ora, sim. Afinal, é conhecida do capitão St. James, que será duque.

Ilsa sentiu a garganta se fechando por um momento.

— Sou.

Os olhos da viúva cintilaram, e ela atacou.

— Então deve saber de alguma coisa. O procurador público está comendo na mão do capitão, ora se está. Eu garanto que o capitão sabe de tudo.

— Não tenho ideia — respondeu Ilsa com cautela, o coração disparado.

A sra. Crawley se inclinou para a frente, os olhinhos azuis famintos.

— Não? Mesmo com ele aqui o tempo todo?

— Ele não está aqui o tempo todo.

O sorriso da sra. Crawley se tornou mais venenoso quando ela partiu para o golpe de misericórdia.

— Ora, mas talvez ele tenha lhe falado a respeito quando a senhora o encontrou na colina.

Ilsa ficou gelada. Jean enrijeceu o corpo.

— O que está dizendo?

A sra. Crawley, a bruxa malvada, mexeu o chá e olhou para Jean.

— A senhora não sabia? Ouvi dizer que eles se encontram lá com frequência.

Jean se virou para a sobrinha com uma expressão de tamanha censura que Ilsa sentiu o estômago se contrair.

— Eu não fazia ideia — disse a tia, a voz gelada.

— Tenho certeza de que não — murmurou a sra. Crawley em um tom de empatia obviamente falso.

— Nos encontramos por acaso — declarou Ilsa, o coração ainda disparado, em alarme. — Normalmente quando ele está procurando pela irmã.

A sra. Crawley deixou escapar um murmúrio sarcástico.

— Ah, é claro que sim!

E, de repente, a raiva ferveu dentro de Ilsa. Fora daquele jeito que as fofocas a haviam atormentado no ano anterior, com insinuações e indiretas de que o duelo fatal de Malcolm provavelmente tinha ocorrido por causa dela, que ela decerto havia tido um caso com aquele inglês horrível. Que tinha feito tudo para encorajar o boato... sendo que nem uma palavra era verdade. Jean havia feito a sobrinha passar por tudo aquilo em silêncio, dizendo que não era digno se defender publicamente. Mas aquilo não voltaria a acontecer.

Ilsa se colocou de pé em um pulo.

— Está me acusando de não agir com decência, sra. Crawley?

A mulher foi pega de surpresa pelo contra-ataque.

— Ora... — Ela desviou os olhos para Jean. — As pessoas detestariam pensar que...

— As pessoas? — perguntou Ilsa, erguendo as sobrancelhas. — As pessoas também detestariam fazer esse tipo de sugestão sem provas?

— Ilsa! — sibilou Jean.

O rosto da viúva estava muito vermelho agora.

— Eu jamais...!

— Ótimo — disse Ilsa. — Desculpas aceitas.

Ela caminhou na direção da porta sem se despedir, mas quase esbarrou no mordomo.

— É a sra. Arbuthnot — disse ele para Jean.

Ilsa cerrou o maxilar. Outra fofoqueira. Ela não ficaria para aturar as três.

Mas a sra. Arbuthnot entrou agitada, a papada e o vestido tremulando em sincronia.

— Minhas caras, vocês ouviram? — bradou, antes que Ilsa pudesse escapar. — Há novidades importantes em relação aos arrombamentos!

Jean e a sra. Crawley arquejaram em uníssono e fizeram com que a sra. Arbuthnot se acomodasse rapidamente para contar tudo. A mulher aceitou com prazer. Estava ofegante porque viera correndo contar às outras. Ilsa se demorou na porta, a curiosidade momentaneamente sobrepujando a fúria.

— São notícias muito graves — falou a recém-chegada com entusiasmo. — Como sabem, o meu cunhado, o sr. Hay, trabalha no gabinete do xerife, e ele me contou que prenderam um dos bandidos! — Ela agitou a mão ao ouvir o arquejo da sra. Crawley. — E foi a pessoa certa dessa vez, Lavínia!

Ela fez uma pausa para recuperar o fôlego e aceitou a xícara de chá que Jean colocou em sua mão.

— É um tipo muito vulgar, criminoso mesmo... inglês, é claro. E está atrás daquele perdão! Claramente deveria ir para a forca, mas devemos nos consolar com a ideia de que ao menos ele está revelando todos os segredos dos bandidos de Edimburgo.

— Mas ele contou quem estava envolvido?

A sra. Arbuthnot assentiu.

— Ao que parece, ele informou ao xerife que há pelo menos mais um cúmplice e deu a entender que haveria ainda um terceiro, o mandante de todo o plano.

— Santo Deus! — exclamou Jean, levando uma das mãos ao peito, fascinada. — Quem é o mandante?

— Bem, isso ele ainda não disse — retrucou a mulher, com certa decepção. — O sr. Hay acha que o homem deseja extorquir mais alguma coisa... Como se um Perdão do Rei não fosse o bastante! Mas ele deu algumas pistas, que deixaram o xerife muito atiçado! Ah, obrigada, minha cara — disse ela, colocando a xícara na mesa para aceitar um prato de bolo.

— Que pistas, Cora? — quis saber a sra. Crawley, o queixo flácido tremendo.

Ilsa achava que a mulher estava irritada por não ter sido a primeira a saber das novidades e compartilhá-las.

A sra. Arbuthnot balançou a cabeça.

— Ele não deu o nome, Lavínia. Disse apenas que é um homem proeminente da cidade e que haverá um grande rebuliço quando for desmascarado.

— O que mais? — quis saber Jean.

A sra. Arbuthnot não se fez de rogada.

— Ele... o ladrão, quero dizer... é uma criatura terrível chamada Browne. O sr. Hay soube que ele entregou ao xerife um molho de chaves falsas, que até agora já abriram as portas das lojas do sr. Wemyss, do sr. Johnstone, e há várias outras chaves que ainda não foram identificadas. Imaginem! Os ladrões tinham as chaves das lojas invadidas!

Ilsa mal ouviu a conversa animada que se seguiu. Drew havia mencionado chaves... e o pai dela também.

O pai de Ilsa não era apenas fabricante de móveis, também era serralheiro e chaveiro. E ela achava que ele havia feito serviços para uma das vítimas, um dono de mercearia que perdera uma grande quantidade de chá.

Não. Era loucura pensar que o pai poderia estar envolvido nos roubos. William Fletcher era um dos homens mais respeitados da região, era diácono e membro do conselho da cidade. E, além disso, era um homem de posses, com um negócio bem-sucedido. Por que arriscaria tudo aquilo por roubos insignificantes?

Mas não havia serralheiro mais proeminente em Edimburgo. E seria um rebuliço se alguém o acusasse de roubo.

Ilsa fechou os olhos e mordeu o lábio, furiosa consigo mesma. O pai! Não era possível.

Mas era verdade que William tinha um fraco por jogos de aposta e ficara tenso e nervoso quando ela mencionara os roubos na última vez que o vira. Tinha mandado Ilsa cuidar da própria vida. Ele estava doente, argumentou Ilsa consigo mesma, embora seus pés já a levassem em direção à porta. Aquilo não significava nada, havia dezenas de serralheiros em Edimburgo, isso sem falar de criminosos capazes de arrombar portas. O tal Browne com certeza estava procurando alguém para atirar aos lobos, assim poderia garantir sua absolvição e salvar o próprio pescoço. Provavelmente ele mesmo fizera as chaves.

Uma nova ideia a atingiu quando ela estava saindo da sala e descendo as escadas apressada. O pai precisava saber o que estava acontecendo, para o caso de Browne realmente pretender acusá-lo. Ela pegou o chapéu, enrolou um xale ao redor dos ombros e saiu de casa o mais rápido que pôde.

Estava correndo quando chegou à casa do pai e o encontrou colocando o chapéu para sair.

— Papai, o senhor ficou sabendo? — perguntou.

Ele franziu o cenho.

— Por que está gritando assim, menina? Não tenho tempo para conversar agora. — Ele pegou a bengala e levou Ilsa até a porta, que era mantida aberta por um criado. — Se quiser caminhar comigo, vamos indo.

— A sra. Arbuthnot nos visitou hoje, e sabe o que ela nos contou? — perguntou ela, acompanhando o pai.

— Alguma fofoca sobre casos ilícitos?

Ilsa balançou a cabeça.

— Era sobre os roubos.

— O que ela pode saber? Eu nunca conheci uma mulher mais tola.

Ilsa deu um sorriso rápido.

— O cunhado dela trabalha no gabinete do xerife, e ela soube por ele que prenderam um dos ladrões.

— Ah, sim. Eu soube disso.

— O homem quer o Perdão do Rei, é claro, e diz que vai entregar os outros. Papai, a sra. Arbuthnot disse que ele entregou um molho de chaves falsas ao xerife, e que elas abriam as fechaduras das lojas que foram roubadas.

— E?

— Papai! — Ilsa puxou o braço dele, que apenas ergueu uma sobrancelha para ela, sem diminuir o passo. — Ele disse que vai acusar um homem proeminente da cidade, e o senhor é serralheiro. E o senhor me disse que havia trocado a fechadura de uma das lojas roubadas.

Agora que ela estava falando em voz alta, a ideia parecia ainda mais absurda.

— Metade das lojas de Edimburgo trocou suas fechaduras. Todos os artesãos e serralheiros têm andado ocupados de manhã à noite — disse ele, com uma tranquilidade que deixou Ilsa fraca de alívio.

— É claro — disse ela, mais calma. — Mas e se um desses ladrões tiver trabalhado na sua loja...?

O pai parou e segurou-a pelo braço.

— O quê?

— Ora... isso é possível, não é? Os seus aprendizes sabem como consertar fechaduras...

Ele estreitou os olhos, e Ilsa teve a sensação de que o pai estava muito furioso.

— Cora Arbuthnot deveria manter aquela boca fechada, e digo o mesmo para o tolo falastrão que colocou essa ideia na cabeça dela. Com certeza você não acha que os meus rapazes fariam uma coisa dessas, certo, Ilsa?

Ilsa baixou a voz até não passar de um sussurro.

— Não, mas talvez o senhor devesse se preparar. Se ela começar a falar com as matronas de Edimburgo... Ora, as pessoas podem começar a suspeitar do senhor. A sra. Crawley estava lá, e ela conhece todo mundo na cidade.

— Isso é uma tolice completa, e não vou me dignar a responder — disse William, mas abrandou o tom ao ver a expressão da filha. — Perdoe-me, Ilsa. Posso jurar diante do túmulo da sua mãe que não tenho nada a ver com esses roubos.

Ela soltou o ar, sentindo um alívio indizível.

— Eu sabia que isso não era possível. Mas por que...?

Ele deu uma palmadinha carinhosa na mão de Ilsa.

— As pessoas dizem qualquer coisa quando sentem a corda do carrasco se apertando ao redor do pescoço. Você ouviu a história de que houve uma batalha feroz no porto de Leith, não ouviu? Uma batalha com ataque de cavalaria e um canhão. Pura tolice — disse ele, sua expressão do mais absoluto desdém.

— Mas se as pessoas acreditarem... — Ela se interrompeu. — Não se deixe arrastar para a forca só porque as pessoas estão enlouquecendo, pai.

— Sim, você está certa. Edimburgo quer enforcar alguém. Roubos e perdas demais há meses demais.

— Mas o senhor andou preocupado — começou a dizer ela.

A boca do pai se suavizou.

— Não por minha causa, e não por causa desse assunto. Um homem que trabalhou para mim foi preso em Tolbooth. Estou indo vê-lo agora. John Lyon é um bom camarada. A mãe dele me implorou para que o visitasse, com medo de que tenha se metido com patifes. Se eu puder salvá-lo do cadafalso, devo fazer um esforço, não acha? — perguntou William, desviando o olhar. — Ele não tem nem a sua idade, filha. Um rapaz com uma esposa e um bebê a caminho.

Ilsa respirou fundo para se acalmar.

— É claro. O senhor deve tentar ajudá-lo.

Ela não se lembrava de John Lyon, mas conseguia imaginar o tipo: um jovem artesão tentando sustentar a família, que havia caído na conversa de um bandido em alguma das várias tabernas ou arenas de apostas espalhadas pela cidade. Não era preciso muito para desencaminhar um homem.

O pai lhe disse que voltasse para casa e não se preocupasse com ele. Sentindo-se muito melhor, Ilsa assim o fez. Ela evitou a tia, que estava atormentando o sr. MacLeod para que reforçasse todas as portas e janelas, agora que os ladrões talvez tivessem chaves. Para evitar uma discussão sobre segurança, Ilsa ficou em casa naquela noite. Depois do susto que tomara naquele dia, uma noite tranquila em casa era até atraente.

Mas, pela manhã, um policial de expressão sombria, vindo do gabinete do xerife, bateu à porta dela. William Fletcher deixara Edimburgo.

Capítulo 21

Aquele dia foi o começo de um pesadelo do qual ela não conseguiria acordar. Jean mandou os policiais do xerife embora com uma descompostura, mas, quando fechou a porta, olhou para Ilsa com uma expressão preocupada.

— Minha cara, você sabia que William estava indo embora?

— Não — exclamou Ilsa. — Como eu disse aos policiais.

Jean mordeu o lábio, o que vindo dela era uma chocante demonstração de nervosismo.

— Eles vão descobrir que as damas estiveram aqui ontem e vão achar que nós o avisamos de alguma coisa.

Ilsa engoliu em seco.

— Eu contei a ele o que elas disseram... e papai negou tudo, tia. Categoricamente.

A mulher mais velha ficou rígida.

— É claro que negou! William jamais faria uma coisa dessas!

Ilsa assentiu e não disse o que estava pensando: *Mas ele fugiu da cidade, no meio da madrugada.*

Os jornais explodiram com acusações insanas e violentas contra William, não apenas em relação aos roubos, mas também a todas as coisas sórdidas que um homem poderia fazer: comportamento libertino no turbulento Clube Cape, rumores de várias amantes, histórias de apostas malsucedidas nas rinhas de galo e mais de uma acusação de trapaça.

Era como se toda a cidade estivesse ansiando pela oportunidade de destruir William Fletcher. O nome dele eclipsou completamente os dos dois ladrões desconhecidos que já haviam sido presos.

Agnes e as irmãs visitaram Ilsa e declararam lealmente que não acreditavam em nem uma palavra do que estava sendo dito.

— Se eu fosse injustamente acusada, eu também me esconderia até conseguir limpar o meu nome — disse Winnie, confiante.

Agnes assentiu.

— Ele com certeza está reunindo provas de inocência para calar as línguas ferinas desta cidade. Tenha fé, Ilsa.

Ela conseguiu sorrir.

— Eu tenho.

— Se ao menos Drew voltasse logo — deixou escapar Bella, ignorando os gestos furiosos que Agnes fazia para ela. — Ele colocaria um fim nessa tolice num piscar de olhos.

Em dado momento, ela percebeu a agitação da irmã.

— O que foi? Você sabe que é verdade, Agnes. Agora que sabem que Drew vai ser duque, todos escutam o que ele diz. Ele poderia proteger Ilsa de todos esses boatos maldosos. Que grosseiro da parte dele ainda não ter voltado.

Ilsa se encolheu como se tivesse recebido um golpe direto no coração. Também desejava que Drew estivesse ali, embora estremecesse ao imaginar o que ele pensaria de tudo aquilo. Os St. James haviam sido vítimas e Drew se esforçara muito para conseguir que o Perdão do Rei fosse oferecido, estimulando as autoridades a finalmente agir de forma mais assertiva para capturar os ladrões. Independentemente do que ela acreditasse, o desaparecimento do pai o fazia parecer muito culpado. Drew acreditaria nele se nenhuma das autoridades acreditasse?

— Drew *vai* voltar logo — disse Agnes —, e tudo isso será resolvido. Qualquer homem se defenderia, e o sr. Fletcher certamente quer limpar o próprio nome. Winnie está certa.

A irmã abriu um sorriso largo.

— É claro que estou! Não se preocupe, Ilsa.

O apoio das irmãs St. James animou Ilsa, mas, quando partiram, as paredes pareceram se fechar ao redor dela. Queria muito sair para uma caminhada, mas as pessoas ficariam a encarando, ainda mais se fosse com Robert.

Os dias que se seguiram foram piores. Os policiais do gabinete do xerife voltaram com ordens de fazer uma busca na casa. Jean se enfiou na cama, e Ilsa se abrigou com Robert no escritório, onde pressionou o rosto ao pescoço do pônei para abafar os sons dos policiais vasculhando a casa inteira, invadindo a vida e os pertences dela, olhando embaixo de camas e de guarda-roupas, revirando a pequena biblioteca e a escrivaninha dela em busca de alguma prova contra o pai... ou contra ela.

Desconfiavam que Ilsa havia avisado ao pai. Sem dúvida a sra. Arbuthnot contara ao cunhado sobre a visita que fizera à casa de Ilsa, e os criados do pai se lembravam dela chegando para visitá-lo. Ilsa dissera aos policiais que não sabia de nada, portanto não teria como alertá-lo, mas achava que eles não haviam acreditado nela.

Agnes levara o sr. Duncan para oferecer ajuda.

— Tanto por minha própria preocupação com a sua segurança quanto em nome de St. James — dissera ele.

— Felix é advogado — explicara Agnes. Ela sabia que Ilsa havia dispensado os serviços do sr. MacGill. — Caso você precise de alguma ajuda.

Ilsa conseguira dar um sorriso.

— Eu me lembro. E agradeço, sr. Duncan, mas não sei o que haveria para fazer.

As amigas de Jean a abandonaram. Se antes quase todo dia ao menos uma a visitava, naquele momento ninguém aparecia. A autoconfiança desafiadora de Jean murchou, e ela passava o tempo sentada na sala de visitas, em silêncio, olhando para o vazio, as cortinas que achara tão decorosas agora fechadas para protegê-la da vista. Quando Ilsa se aventurou a entrar certa vez, a tia perguntou em voz baixa:

— O que será de nós sem William?

— Ele vai voltar — declarou Ilsa com firmeza. — Sei que vai.

— Voltar? — Jean ergueu a voz, subitamente furiosa. — Como, Ilsa? Está arruinado!

— O papai vai voltar para limpar o nome dele.

A tia a encarou, antes de se afundar mais no sofá.

— Não, menina. Eu tentei lhe dizer isso várias vezes, mas agora você está vendo por si mesma a verdade brutal. Um bom nome, depois de arruinado, está perdido para sempre.

A fúria de Ilsa explodiu com a mesma rapidez que a da tia.

— Como ousa dizer isso?! Meu pai é inocente!

Jean fez um gesto brusco com a mão.

— Vão desconfiar dele para sempre! Lavínia Crawley sempre diz...

— Para o inferno com a sra. Crawley — falou Ilsa em voz alta. — E com a sra. Arbuthnot também, se elas a colocaram contra o seu próprio irmão.

O rosto da tia ficou muito vermelho.

— Você sempre vai me culpar, mesmo eu não tendo feito nada além de tentar manter você e o seu pai em um caminho respeitável e honesto. E agora a reputação de William está arruinada para todo o sempre... e os boatos também vão arruinar a *nossa*... — Ela se deteve e cobriu o rosto com ambas as mãos.

Ilsa se conteve para não dar a dezena de respostas que lhe ocorreu: que Jean havia se deliciado com as fofocas maldosas sobre outras pessoas, que o pai era inocente, e mais, de que adiantava ter uma reputação ilibada se não resistia a meros rumores?

Precisava sair ou ficaria maluca pela falta de exercício e ar fresco. Ilsa vestiu uma capa marrom discreta, cobriu a cabeça com o capuz e escapuliu para a rua, deixando Robert para trás — o sr. MacLeod teria que passear com ele agora, para profunda tristeza dela.

Conseguiu avançar por algumas ruas, segurando a capa junto ao pescoço, antes de um homem alcançá-la.

— Correndo para recuperar os itens roubados? — perguntou ele, a voz muito alta. — Onde o seu querido papai escondeu o que roubou do ourives? E os rolos de seda? Fico me perguntando... Foi para você que ele roubou a seda?

Ilsa levou um susto, mas reconheceu Liam Hewitt.

— Me deixe em paz — falou ela, com raiva.

Ele deu um sorrisinho presunçoso.

— Esta é uma rua pública, e por acaso estamos indo na mesma direção. — Embora Ilsa acelerasse o passo, Liam se manteve ao lado dela. — Deve estar sendo um dia péssimo para você, hein, madame

Orgulho e Soberba? — disse ele, rindo. — Mas espere só até ele ser capturado e enforcado!

Ilsa nunca odiara alguém como odiava Liam naquele momento. Além de importuná-la, ele estava chamando atenção para ela de propósito, e as pessoas estavam começando a olhar. No dia seguinte, as rodas de fofoca estariam falando *dela*, pensou desesperada.

— Não diga uma coisa dessas — apressou-se a falar Ilsa, em um sussurro. — Isso nunca vai acontecer!

— Não? Por que não? Senhora Ramsay — perguntou ele, em um tom irônico, de surpresa fingida —, por acaso ajudou o diácono Fletcher a escapar?

Ilsa teve a sensação de que a rua toda, cheia de pessoas — lojistas, membros do conselho da cidade, meninos de recados, damas com criadas, cavalheiros a caminho de empresas de contabilidade e cafés —, havia parado para ouvir... e julgar. O rosto dela ardia de vergonha, sentia algo rastejando pela pele.

— Pare — pediu ela de novo, a voz baixa e furiosa. — Por favor.

Os olhos dele cintilavam com um brilho zombeteiro.

— Ora, estou lhe deixando desconfortável? Vejo que já não parece mais tão orgulhosa e arrogante, não é mesmo? Passou todos esses anos levantando o nariz para mim e agora está implorando pela minha ajuda — disse Liam, estalando a língua. — Não que isso vá salvar o seu pai do carrasco.

Ilsa se virou para ele, trêmula de raiva.

— Como ousa? — falou. — Não me importo se você me odeia, já que eu com certeza o *desprezo*, mas como é capaz de andar por Canongate berrando a plenos pulmões que o meu pai será enforcado? Depois de tudo o que ele fez por você! Meu pai o tratou como um filho!

Liam deu um sorriso amargo.

— Dificilmente. Mas acho que talvez tenha parecido assim a uma filha mimada. Eu me arrisco a dizer que ele se apegou a mim porque você foi uma tremenda decepção.

Ilsa sentia a garganta arder e cerrou os punhos.

— Fique longe de mim — disse ela, em voz baixa mas muito clara —, ou chamarei os agentes da lei.

— Nooossa! — Liam riu, enquanto Ilsa lhe dava as costas e se afastava, escorregando nas pedras do calçamento em sua pressa. — Apele o quanto quiser para os agentes da lei! Acredito que eles logo irão procurá-la de qualquer modo.

Ela chegou em casa e fechou a porta com força, antes de se apoiar nela para esperar seu corpo parar de tremer. Então, escondeu o rosto nas mãos e apertou os olhos com força para conter lágrimas de humilhação. Não era segredo que Liam não gostava dela, mas o pai fora mentor dele, seu patrão. Ele aceitara Liam na loja ainda muito jovem, o treinara e o preparara para gerenciar sozinho o negócio algum dia. Como ele era capaz de traí-lo daquela maneira?

O sr. MacLeod se aproximou com uma expressão solidária nos olhos.
— Senhora? Está tudo bem?
Ela secou o rosto e despiu a capa.
— Sim.
— Isso foi deixado na porta mais cedo. Tomei a liberdade de dar uma olhada, para ter certeza de que não era nada... perigoso.

Ilsa deu uma risadinha sem humor e pegou o pacote estreito, com a fita já solta.
— Obrigada, sr. MacLeod.

Dentro, encontrou um livro familiar. *O guia do viúvo e do solteiro.* Confusa, Ilsa procurou por um bilhete, mas não encontrou. Só quando segurou o livro com ambas as mãos foi que ele abriu direto em uma determinada página, já marcada.

Senhora Ramsay de Edimburgo, estava sublinhado com uma linha preta forte. Quanto à fortuna dela, a quantia havia sido marcada com um círculo, e estava escrito embaixo *usurpada*. Em relação aos bens, haviam marcado como *roubados*. Havia sido escrita uma frase, em letras grandes, ao longo da página: *louca, imoral e rejeitada por qualquer homem decente.*

Ilsa ficou encarando aquilo por um momento.

Por vinte e cinco anos, havia seguido todas as regras, todas as restrições. Tinha obedecido à tia quando era criança, se casara com o homem que o pai escolhera e havia se esforçado para honrar o marido e obedecê-lo. Todos aqueles anos seguindo regras a haviam deixado com uma reputação impecável, mas sem amigos. Seu casamento fora distante e frio. Ela se sentira desesperadamente solitária e infeliz. Só o que desejara, nos meses desde que seu período de luto terminara, fora ter alguns poucos amigos, se vestir como bem entendesse e se divertir um pouco. Louca? Criava um pônei como animal de estimação e aprendera a jogar golfe, como todo mundo. Imoral? Fora a tascas de ostras e dava caminhadas até a colina, como tantas outras damas. Rejeitada por qualquer homem decente? Ela se apaixonara por Drew, o homem mais honrado e decente que conhecia, e achara que ele estava se apaixonando por ela...

Ilsa correu até a sala de visitas e queimou o livrinho detestável e suas palavras desprezíveis. Se ao menos pudesse acabar com aquela onda de boatos com a mesma facilidade. A voz chorosa de Jean voltou à lembrança de Ilsa: *A reputação de William está arruinada para todo o sempre... e os boatos também vão arruinar a nossa...*

Ela posicionou o guarda-fogo para bloquear a visão das cinzas do livro. Enquanto o pai estivesse desaparecido, ninguém acreditaria que era inocente ou que ela e a tia não sabiam de nada. Jean seria de pouca ajuda, paralisada de desespero por causa da reputação perdida. O pai *tinha* que voltar — e, se não fizesse isso logo, Ilsa teria que encontrá-lo. Era a única forma de salvar a família.

Aquilo foi reforçado dois dias depois, por ninguém menos que David MacGill. Daquela vez, era o advogado que a visitava, e nem se deu ao trabalho de fingir amabilidade. Ele levava uma carta do pai de Ilsa, que entregou imediatamente a ela, como se o papel estivesse queimando sua mão.

— Isso foi entregue a mim hoje, e não quero ter nada a ver com essa história — explicou, o tom ácido.

Ilsa pegou a carta com os dedos rígidos, louca para lê-la, mas sem a menor vontade de abrir na frente de MacGill.

— O senhor leu?

Ele ficou muito vermelho.

— É claro que não. Pode ver que ainda está lacrada.

— Seria fácil ler e voltar a lacrá-la.

A expressão do advogado teria conseguido azedar um jarro de leite.

— Ainda assim, não li — retrucou ele, irritado. — Não tenho a menor intenção de me envolver com os problemas do diácono Fletcher. Se ele estivesse aqui, eu o informaria de que não posso mais representá-lo. Meus outros clientes não achariam adequado.

Outros clientes, como o duque de Carlyle. Ilsa desconfiava que MacGill sabia que Drew desejava dispensá-lo e estava tentando evitar dar motivos ao duque atual para atender a sugestão.

— Bem — disse Ilsa a ele, sem conseguir resistir a uma última estocada —, ambos sabemos que o senhor detesta apoiar qualquer coisa *inapropriada*.

Ele entendeu a que ela se referia — à antiga discussão deles sobre as ações da companhia de exportação de William Cunninghame, que comercializava tabaco e cana-de-açúcar cultivados por pessoas em condição de escravidão. Com uma expressão tenebrosa, MacGill mal fez uma mesura antes de se retirar. O homem nem chegou a se sentar.

No instante em que ele saiu, Ilsa rompeu o lacre e abriu a carta, rezando para que lhe oferecesse consolo, conforto e esperança. E alguma explicação.

Não encontrou nada daquilo.

Ilsa estava relendo a carta, depois de já ter feito aquilo várias vezes, quando Jean abriu a porta.

— Você recebeu uma visita?

Ilsa levantou a cabeça, os olhos atormentados.

— O... o papai lhe disse alguma coisa? — balbuciou. — Antes de... partir. Alguma coisa sobre o negócio dele, ou algo que o estivesse perturbando... *qualquer coisa*?

Lentamente, com movimentos cautelosos, Jean entrou na sala.

— Não. É claro que não... Ele nunca fez isso — disse a tia, e hesitou. — Por quê?

— O sr. MacGill trouxe uma carta do papai.

A tia deixou escapar um som abafado e correu para se sentar no sofá, arrancando a carta da mão de Ilsa. A respiração dela se acelerou enquanto lia.

— Não — sussurrou, a fachada contida em seu rosto começando a ruir. — Não!

A carta era, ao que tudo indicava, um bilhete de despedida — o pai falava do amor que sentia pelas duas, e de como a família lhe era querida. Ele jurava jamais fazer mal ao próprio sangue e que estava determinado a poupá-las de qualquer vergonha ou aborrecimento. William implorava o perdão delas por qualquer mal que pudesse ter causado, encerrando com o desejo humilde de que pudessem perdoá-lo por partir daquela forma.

Nem uma palavra se dizendo inocente. O procurador veria aquilo como uma confissão.

— Ah, Ilsa... Ele vai ser enforcado... — disse Jean, a voz falhando.

Ilsa soltou uma praga que fez a tia se sobressaltar no assento e se colocou de pé.

— Deve haver uma explicação... alguma razão para ele ter escrito essa carta. Isso não parece com ele.

— Não — disse Jean, parecendo atordoada. — *Decididamente* não parece com ele...

Ilsa segurou as mãos da tia.

— Se alguém vai salvá-lo — falou com determinação —, teremos que ser nós. Mais ninguém acredita que ele é inocente. A senhora pretende me ajudar?

Os lábios de Jean tremiam.

— Não sei como.

— A quem o papai recorreria em um momento de necessidade?

A tia balançou a cabeça.

— A ninguém. *Ele* é o chefe da família... É a ele que todos recorrem. — O queixo dela voltou a tremer. — William é um homem tão bom, Ilsa, tão generoso e gentil, não é de estranhar que todos o amem tanto...

Ela começou a soluçar, porque obviamente se lembrara de que, naquele momento, ninguém além delas duas parecia amar William Fletcher.

Mas Ilsa respirou fundo.

— É claro! — exclamou, abraçando a tia, que a encarava sem entender. — Já sei onde procurar.

Ela mandou o sr. MacLeod fazer os preparativos da forma mais rápida e discreta possível. A necessidade de partir de Edimburgo a consumia como uma febre.

Ilsa não pretendia contar seus planos a ninguém, mas Agnes apareceu para visitá-la. Como não queria mentir para os poucos amigos que tinha, Ilsa havia dito ao sr. MacLeod que não receberia ninguém. Agnes, no entanto, não se deixou deter e passou direto pelo mordomo.

— O que você está planejando? — perguntou à amiga, ofegante, depois de entrar correndo na sala de visitas.

Ilsa cerrou os punhos.

— Como assim?

Agnes fechou a porta com força.

— Vi nos jornais que o seu pai fez contato com você. Ele fez mesmo uma confissão?

— É claro que não! Ele é inocente!

Agnes assentiu.

— Eu sei. Mas também conheço você, Ilsa. O que vai fazer?

Ela hesitou. Será que Agnes contaria a alguém... especificamente ao irmão dela? Contra a vontade, Ilsa se lembrou de Drew... ele já estava fora havia três semanas. Provavelmente ficara retido no forte por mais tempo do que pretendera.

Não que ela pudesse pedir ajuda a ele, não com o que pretendia fazer. Ilsa tinha profunda consciência de que provavelmente estava agindo em desacordo com a lei. Drew tinha que pensar na família, na posição que assumiria, na duquesa a quem temia desagradar.

— Não sei do que você está falando. O que eu poderia fazer?

Os olhos de Agnes ficaram mais escuros de angústia.

— Os rumores...

A coluna de Ilsa ficou muito ereta.

— Estão errados. Não dê ouvidos a eles — disse, dando as costas para a amiga.

Mas logo Agnes apareceu diante dela e segurou em suas mãos.

— Você não está sozinha, me deixe ajudar.

Ilsa debateu consigo mesma. Agnes era inteligente e engenhosa, e Ilsa se sentia prestes a explodir de ansiedade. Mas, se contasse seus planos, faria da amiga sua cúmplice. E se Agnes tentasse dissuadi-la da ideia? Ilsa não tinha condições de abrir mão de nem uma gota da esperança e da coragem que havia conseguido reunir com tanta dificuldade.

— O que você faria? — perguntou, incapaz de resistir. — Se fosse seu pai.

A amiga não hesitou.

— Iria atrás dele. Exigiria uma explicação. Iria querer saber a verdade, saber por que ele havia fugido e me deixado para encarar a tempestade sozinha. E-eu precisaria vê-lo de novo, porque não conseguiria acreditar no que estava acontecendo se não fizesse isso.

Ilsa entreabriu os lábios, sentindo-se inundada de gratidão, e pegou as mãos de Agnes.

— Sim — disse em voz baixa. — Exatamente.

Agnes assentiu.

— Me deixe ir com você.

Ilsa soltou a mão da amiga e recuou.

— De forma alguma. Você não sabe de nada a respeito de nada, está bem?

O xerife Cockburn fora vê-la de novo, o rosto duro, os modos secos. O sr. MacGill contara a ele sobre a carta, embora não sobre as coisas terríveis e culpáveis que dizia. Ilsa tivera que mostrá-la e declarar sem o menor pudor que achava que aquela não era a caligrafia do pai e que devia ser uma tentativa de difamá-lo. O xerife não ficara convencido, mas fora embora.

Agnes andava de um lado para o outro, a expressão carregada de frustração.

— Quando você vai?

Ilsa não disse nada. Depois de um instante, Agnes suspirou e abraçou a amiga.

— Prometa que vai tomar cuidado — sussurrou, chorosa.

Aquilo, ao menos, Ilsa podia fazer, então assentiu.

— Você tomaria conta do Robert? — perguntou em um impulso.

— Isso seria um grande conforto para mim.

— É claro! Vamos levá-lo para passear todos os dias e mimá-lo com maçãs e cenouras.

Ilsa conseguiu sorrir.

— Eu faria mais — acrescentou Agnes, o tom urgente. — Nós todos faríamos. Drew...

Ilsa ergueu a mão para detê-la. Mesmo se Drew estivesse ali, ela não poderia pedir a ajuda dele. E Drew *não* estava ali, então não importava de qualquer forma.

— Não, Agnes. Não há nada que vocês possam fazer.

Apenas ela poderia fazer aquilo, e quanto menos pessoas soubessem a respeito, melhor.

Capítulo 22

DREW CHEGOU TARDE em Edimburgo, mais do que deveria, mas a chuva forte tornara a viagem angustiantemente longa.

Felix Duncan se levantou de um pulo ao vê-lo entrar.

— Aí está você!

— Tive que vir por Aberdeen. Uma ponte perto de Croy estava alagada — explicou enquanto tirava o casaco imundo de lama. — O que aconteceu?

Haviam se passado seis dias desde que a carta de Duncan chegara às mãos dele em Ardersier. E, antes, o mensageiro levara três dias para chegar lá, saindo de Edimburgo. Nove dias sem informação o deixaram quase louco.

Duncan o seguiu até o quarto.

— Escrevi para você assim que ouvi o primeiro cochicho sobre o nome de Fletcher. O xerife relutou em agir com base apenas nos rumores, afinal, o diácono é parte do bendito conselho da cidade! Mas a situação se agravou. Fletcher tentou visitar Browne na cadeia, o homem que está reivindicando o Perdão...

— O quê?

— Pois é. Ele alegou que tinha ido ver um camarada que foi preso por roubar pão da mercearia e pediu para ver o famoso ladrão, que havia sido capturado recentemente. O carcereiro se recusou, e Fletcher não ficou satisfeito. No dia seguinte, ele partiu de Edimburgo bem cedo, em uma carruagem, sem dizer nada a ninguém. Falou aos criados e ao contramestre que passaria alguns dias fora e deu folga a eles.

— Isso parece a atitude de alguém extremamente culpado.

Duncan fez uma careta, concordando.

— E quanto a Ilsa?

Drew jogou água na cabeça. Suas costas se ressentiram do movimento, e ele ansiou pela cama confortável sob o beiral do telhado. Em vez disso, sentou-se na cadeira e descalçou as botas pela primeira vez em dois dias.

O amigo hesitou antes de responder.

— As coisas não andam bem para ela, St. James. O xerife acha que a sra. Ramsay sabe de alguma coisa. Ele mandou seus homens fazerem uma busca na casa dela, o que levou a cidade inteira a considerá-la cúmplice do pai. Os rumores estão ganhando força como chamas de uma fogueira e ardendo aos pés dela.

Drew praguejou baixinho.

— E Agnes?

— Tem ido visitá-la — confirmou Duncan. — Inclusive hoje mesmo. Mas ela precisou brigar para entrar e disse que praticamente teve que empurrar o mordomo para isso. Agnes acha que a sra. Ramsay também está a ponto de fugir da cidade, para encontrar o pai e trazê-lo de volta para provar sua inocência. E, coincidentemente — disse ele, pigarreando —, também para escapar das fofocas, imagino.

Drew esfregou o rosto com as duas mãos.

— Maldição. Agnes tem conversado com você?

Duncan enrubesceu.

— Ela me pediu conselhos, já que você estava ausente, e é a única pessoa com quem a sra. Ramsay tem falado. Eu ofereci apoio e ajuda legal diretamente à sra. Ramsay, que recusou de maneira muito educada. Mas uma coisa posso lhe dizer... ela está assustada, e com toda razão.

Drew assentiu.

— Obrigado. — Então se levantou e foi até a escrivaninha. — Leve mais um bilhete para Agnes por mim e estarei em dívida com você.

A carruagem estava esperando bem cedo na manhã seguinte. O sr. MacLeod havia carregado o baú de Ilsa e ajudado o cocheiro a guardá-lo. Ilsa, que não dormira, puxou o capuz da capa por cima da cabeça, abraçou a tia muito pálida em despedida e saiu com os olhos baixos. Era a primeira vez que saía de casa desde aquele fatídico dia em que Liam a interceptara, e ela se sentia exposta e vulnerável só de descer os degraus da frente.

— Ilsa! Ilsa, espere!

Ela se encolheu. Lá se ia sua esperança de partir discretamente, sem ser notada. Por que, santo Deus, por que Agnes não respeitara os seus desejos?

— Você veio por causa de Robert? Obrigada — disse Ilsa a Bella St. James, a mais rápida delas, que se colocava na frente da carruagem.

— Espere, por favor — pediu a jovem.

As irmãs logo se juntaram a ela, ofegantes. Winnie estava sem chapéu.

— Você não pode partir assim, não pode!

— Eu preciso — falou Ilsa em voz baixa. — Por favor, não falem alto.

Winnie apertou as mãos, parecendo angustiada.

— Você não pode achar que alguém culpa você por isso!

Ah, mas as pessoas a culpavam. Ilsa havia pedido ao sr. MacLeod que mandasse um menino comprar todos os jornais, e havia uma especulação crescente de que Ilsa, e talvez até Jean, tivesse estimulado o diácono Fletcher a fugir. As moças St. James deviam saber. Ilsa lançou um olhar de reprovação a Agnes, sentindo-se traída.

— Isso não está certo... não é justo! — bradou Bella.

— A vida raramente é — disse Ilsa, em um tom que soou brusco até aos próprios ouvidos. — Vão para casa, *por favor*.

— Drew está de volta — sussurrou Bella com urgência. — Se ao menos você esperasse...

Que Deus a ajudasse.

— Tenho que ir — tentou de novo.

— Nos preocupamos com você — disse Agnes, a traidora, parada a certa distância, pálida mas composta. — Não queremos que você saia correndo em direção ao perigo.

Ilsa abaixou ainda mais o tom de voz.

— Nós conversamos sobre isso ontem, e nada mudou para mim. Você não pode me fazer a gentileza de confiar em mim, de confiar que sei o que devo e o que não devo fazer? Não tem fé em mim?

Agnes piscou várias vezes.

— Nós *confiamos* em você — disse ela, a voz baixa, mas trêmula de emoção. — Somos suas amigas, e não queremos que você seja... que você se magoe.

Ilsa engoliu em seco. *Que você seja presa*, era o que Agnes quase dissera. A preocupação das amigas fazia os olhos dela arderem de emoção, mas elas não entendiam. Como poderiam? Provavelmente não haviam reparado nos rostos espiando por trás das janelas dos vizinhos, mas Ilsa estava quase acostumada com isso agora, porque vira pessoas pararem do lado de fora da casa dela para ficarem olhando feito bobas e falando aos cochichos. Vira os oficiais do xerife subindo e descendo a rua dela várias vezes por dia, lançando olhares atentos para a porta dela. Ilsa sabia que o sr. MacLeod havia se livrado de várias coisas deixadas na entrada da casa, embora ele jamais tivesse dito a ela do que se tratava.

Estava feliz por as amigas não saberem de nada daquilo, mas isso tudo só a lembrava de que não podia permitir que as irmãs St. James a dissuadissem do único plano de ação que tinha pela frente.

— Obrigada por tomarem conta do Robert. Ele ficaria muito solitário apenas com a minha tia.

Agnes mordeu o lábio e olhou de relance para as irmãs. Lágrimas escorriam pelo rosto de Bella. O olhar de Winnie ia de Agnes para Ilsa, e de volta, como se implorasse para que uma delas cedesse. O coração de Ilsa doía. Não queria partir estremecida com as amigas que lhe eram tão queridas.

Ilsa inclinou a cabeça e murmurou:

— Digam a sua mãe que lamento profundamente pelo estrago na loja dela. E digam ao seu irmão... — Ela fez uma pausa. — Digam que eu disse adeus.

A palavra deixou a garganta de Ilsa apertada, por isso ela balançou a cabeça e acrescentou rapidamente:

— Não, não. Não digam nada a ele. Preciso ir.

— Ilsa, por favor, espere... fale com ele... — sussurrou Bella.

O sr. MacLeod mantinha a porta da carruagem aberta, e Ilsa entrou, sentindo-se ao mesmo tempo protegida e aprisionada ali. As três jovens recuaram, sussurrando furiosamente entre si. Um grupo de pessoas havia se reunido ao longo da rua, assistindo avidamente à cena. Ilsa se acomodou no assento, determinada a ignorá-las, mesmo que seu escrutínio a deixasse arrepiada de horror. *A filha do ladrão*, ela as imaginou cochichando. *Fugindo com dinheiro roubado, sem dúvida. Talvez devessem trancafiá-la na prisão Tolbooth, para atrair o pai bandido de seu esconderijo.* Aquela cidade, que havia sido seu lar por toda a vida, havia se transformado em algo diferente ao longo dos últimos dias.

Uma batida na traseira da carruagem fez Ilsa se assustar. Ela bateu no painel lateral.

— Vá!

A carruagem começou a se mover, então parou, e a porta foi aberta de novo. Ilsa teve medo de ser arrastada para fora do veículo por uma turba furiosa.

Para seu espanto, Andrew St. James entrou rapidamente e voltou a fechar com força a porta da carruagem.

Por um momento, uma onda de alívio, de anseio, de esperança e até de alegria a invadiu. Parecia que uma eternidade havia se passado desde que colocara os olhos em Drew, e agora ali estava ele. Ele mal chegara e viera correndo até ela.

Quando já era tarde demais.

— O que você está fazendo aqui? — foi tudo o que Ilsa conseguiu dizer, em um arquejo, e então bateu de novo na porta da carruagem.

— Vá.

— Não faça isso. Não vá. Peça ao cocheiro para parar — disse ele, pegando nas mãos dela.

Ilsa recuou.

— O quê?

— Ilsa — disse ele, e o tom era urgente. — Me escute. Você não vai conseguir ajudar seu pai correndo atrás dele.

Ela o encarou. Havia desejado tanto que Drew estivesse ali, e agora ele estava dizendo...

— Essa decisão não cabe a você.

Drew soltou o ar, impaciente, e passou uma das mãos pelo cabelo. Estava mais longo, e Ilsa também notou a barba por fazer e as olheiras.

— Estou tentando persuadi-la, não mandar em você.

— Com que argumento? Você pula para dentro da minha carruagem e me diz para parar o que estou fazendo sem sequer perguntar *por que* eu posso ter feito essa escolha...

— Por que você fez essa escolha? — perguntou ele, olhando-a nos olhos.

Ilsa enrubesceu, lembrando-se dos olhares cruéis, do livrinho horroroso e da forma humilhante como Liam a expusera na rua. Não tinha a menor vontade de descrever aquilo.

— Tenho boas razões.

— E eu tenho boas razões para lhe pedir para não partir. Pode me escutar?

Com o maxilar cerrado, ela virou a cabeça para a janela, apesar de não ver nada. Não poderia se recusar a ouvi-lo, mas, ainda assim, não era aquilo que desejara tão desesperadamente dele.

— Ir embora, ainda mais desta forma, neste momento, passa uma impressão muito ruim — começou Drew, com cautela. — Sugere que você sabe para onde o seu pai foi.... — disse ele, e fez uma pausa. — Você sabe?

Ilsa lhe lançou um olhar ultrajado. Drew suspirou.

— E também leva as pessoas a acharem que você faz parte do esquema.

— Ele não é culpado do que o estão acusando — falou Ilsa entredentes.

— Certo, supondo que isso seja verdade...

— Saia! — Ilsa se atirou para a frente, para abrir a porta. — Se é isso que você tem a dizer, saia da minha carruagem!

Ele a deteve, a mão cobrindo as dela.

— Não até que você me escute. Ilsa, eu quero ajudar, estou aqui como um amigo.

— Quer ajudar me convencendo a ficar sentada em casa e deixar o meu pai ser enforcado? Isso não é ser amigo — retrucou ela, antes de conseguir se conter.

Drew ficou imóvel, e algo cintilou em seus olhos.

— Eu nunca disse isso.

— *Supondo que isso seja verdade* — disse ela em um tom debochado, devolvendo as palavras que ele acabara de falar.

Drew fechou os olhos, derrotado. Ilsa sacudiu novamente a porta, e a mão dele se agitou sobre a dela.

— Me deixe ir com você, então.

Ela engoliu a palavra *sim*, que vinha tão rapidamente aos seus lábios quando se tratava dele.

— Por quê?

Ele abriu a mão livre em um apelo, então cerrou o punho.

— Por favor. Por favor, não vá sozinha para se deparar com sabe Deus o que só porque está assustada e magoada. Não vou impedir, mas, por favor... me deixe ir com você.

Assustada e magoada. Como aquelas palavras eram pobres para descrever os dias de angústia que ela vivera. Ilsa sabia que não era culpa de Drew e não queria discutir — ainda ansiava por jogar os braços ao redor dele e ouvi-lo dizer que tudo terminaria bem, de algum modo —, mas seu coração e seu emocional estavam em frangalhos, ela não dormia há dias e tudo aquilo era demais.

— Por quê? — perguntou em um tom amargo. — Você não faz ideia do que foi dito sobre mim e sobre a minha família nessa última semana, não sabe como nossos supostos amigos, nossos vizinhos, nos deram as costas, chamando a mim e a minha tia de cúmplices, mentirosas, de ladras, dizendo que éramos da mesma laia do meu pai...

Drew ergueu as mãos à medida que a voz dela se elevava. Agnes o havia alertado que Ilsa havia passado por um inferno nas últimas duas semanas, que estava tensa e assombrada, muito diferente de quem costumava ser. Mas, ainda assim, ele não estava preparado para as mudanças que viu nela. Três semanas antes, Ilsa era uma mulher animada e despreocupada, sorrindo sonhadora em seus braços, a imagem da elegância, da classe e da beleza — exceto quando sussurrara no ouvido dele para cavalgá-la com mais força e mordera a lateral do pescoço dele, enquanto os dois entravam em combustão juntos.

Agora, na carruagem, os olhos dela estavam injetados, inchados, fundos. Ela havia perdido peso e parecia tão exausta quanto ele. Usava um vestido cinza simples, o absoluto oposto da elegância de sempre, e Drew percebeu como a mão tremia sob a dele, enquanto ela tentava alcançar a maçaneta da porta.

— Eu não vou impedir você — prometeu ele, tentando usar seu tom mais gentil.

Santo Deus, estava cansado demais, e por isso estava lidando muito mal com aquela situação.

Ilsa engoliu em seco.

— Por que você quer ir comigo?

— Porque você é importante para mim! — Drew enfiou as mãos no cabelo, se esforçando para manter a calma, para ser racional, enquanto seu cérebro parecia estar tropeçando em si mesmo. — Porque estou louco de preocupação desde que Felix Duncan mandou uma mensagem expressa ao Forte George para me avisar de que havia rumores perigosos sobre seu pai. Eu montei no meu cavalo na mesma hora e voltei em disparada. Não sei o que você teve que passar, além do que Duncan e as minhas irmãs me contaram na noite passada... e não tenho certeza se entendi nem metade do que disseram, já que falaram todos de uma vez.

Ilsa ficou sem ar.

— Foi você quem mandou elas virem até a minha casa hoje pela manhã? Para me deter?

Drew levantou os olhos, desalentado. As irmãs haviam arrancado ele e Duncan da cama bem cedo naquela manhã, clamando saber o que ele descobrira durante a noite. Aos berros, Winnie e Bella se opuseram a tudo o que o irmão havia sugerido, certas de que ele estava estragando a única chance de ajudar Ilsa. Agnes o ouvira, e a Duncan, mas quando as irmãs saíram correndo, dizendo que *elas* impediriam Ilsa se ele não o fizesse, Drew fora com elas. Havia dito às três para que não fossem, para que não fizessem uma cena porque isso poderia acabar prejudicando Ilsa ainda mais. Mas foi em vão. As irmãs saíram em disparada antes que ele estivesse completamente vestido.

— Eu tentei impedi-las. Elas queriam que eu arrombasse a sua porta no meio da noite para não deixar você partir.

Ilsa voltou o rosto para a janela, onde o cenário agora era o das fazendas e prados que cercavam a estrada que levava para o sul. Já estavam quase fora de Edimburgo. Se expulsasse Drew da carruagem agora, a caminhada de volta seria dolorosamente longa.

As palavras seguintes de Ilsa partiram o coração dele.

— Você disse que voltaria em quinze dias — falou Ilsa, a voz hesitante.

— Eu sinto muito — disse Drew baixinho. Por dentro, ele se amaldiçoou por ceder a todas as súplicas de mais um jantar de despedida. Não imaginou que houvesse motivo para se apressar. — Demorou mais do que eu esperava.

Ela assentiu, os movimentos rígidos.

— Se eu soubesse... ou desconfiasse... teria voltado o quanto antes — acrescentou ele.

— Não — disse Ilsa. — É claro que você não deveria ter feito isso. Não é problema seu nem culpa sua. Sei que não poderia mudar nada do que aconteceu, mesmo se estivesse aqui.

Mas ele ouviu a mágoa na voz dela. Talvez não pudesse ter mudado nada, mas Ilsa não teria enfrentado tudo aquilo sozinha. Ele estava apaixonado por aquela mulher e, quando ela precisara, ele estivera bebendo com os camaradas a quase trezentos quilômetros de distância, ignorando completamente o inferno pelo qual ela estava passando.

— O que aconteceu? — perguntou Drew.

Ele tinha ouvido as versões de Agnes e das outras duas irmãs, de Duncan, do xerife e do procurador público. Mas nenhuma dessas pessoas lhe dissera o que ele mais precisava saber.

Uma única lágrima escorreu pelo rosto de Ilsa, que se apressou a secá-la.

— Um pesadelo.

Com um som rouco, Drew pegou a mão dela e puxou-a para o colo. Ilsa resistiu por um momento, mas ele passou os braços ao seu redor e ela se derreteu, jogando as mãos em volta do pescoço forte.

— Pronto, pronto — sussurrou Drew, abraçando-a com força e acariciando seu cabelo. — Estou com você, meu bem. Vamos resolver isso juntos.

Era tão bom abraçá-la de novo, mesmo naquelas circunstâncias. Por um longo tempo, Ilsa simplesmente se deixou ser abraçada. Drew murmurou palavras aleatórias, garantindo que não a deixaria sozinha de novo, que eles sobreviveriam àquilo, que ela não teria que carregar o fardo sozinha.

— O que você quis dizer? — sussurrou ela, por fim.

Seus dedos estavam agarrados ao lenço de pescoço dele, como uma criança, e o paletó de Drew estava úmido no lugar onde o rosto dela ficara encostado.

— Você disse que eu não deveria ir sozinha para me deparar com sabe Deus o quê. Qual é o seu medo?

Ele ajeitou-a em seu colo.

— Não se preocupe com isso.

— Me conte — pediu Ilsa, na mesma voz entorpecida. — Se quer ir comigo, precisa ser honesto.

Ele mudou o peso dela de lugar e tentou escolher as palavras com mais cuidado do que antes.

— Eu só quis dizer que você não sabe quem ou o que vai encontrar, e que mal podem lhe fazer.

— Eu só quero encontrar o meu pai — disse ela, parecendo grogue.

Drew acariciou suas costas, desejando que ela dormisse para que ele pudesse fazer o mesmo. Não tivera mais do que uma hora de sono antes de as irmãs invadirem a casa de Duncan. Agora que estava ali com Ilsa, abraçando-a, a exaustão estava cobrando o seu preço.

— Você tem absoluta certeza de que o seu pai quer ser encontrado?

Ilsa levantou rapidamente a cabeça, batendo-a contra o queixo dele.

— O quê? É claro que sim! Ele é meu pai...!

— E a deixou sem dizer para onde estava indo. — Drew ficou imóvel, subitamente preocupado. Cristo, por que dissera aquilo? — Foi o que ele fez, não foi?

Ilsa enrijeceu de novo.

— Essa é a segunda vez que você sugere que eu sei o paradeiro dele e que talvez até o tenha ajudado a fugir. O que você pretende com isso?

— Para onde você mandou o cocheiro ir? — retrucou Drew, a boca mais uma vez agindo mais rápido do que o cérebro exausto.

Ilsa cerrou o maxilar.

— Você acha que o meu pai é culpado?

Ele não dava a mínima para William Fletcher.

— Isso não importa.

— Para mim, importa! — gritou Ilsa.

— Não estou interessado no seu pai, Ilsa. Não me importa se ele é culpado ou inocente — resmungou Drew teimosamente. — Meu interesse é apenas em você.

— Você disse que queria pegar os ladrões — disse ela, levando as mãos ao peito dele e o empurrando. — Foi você que propôs um Perdão do Rei. O xerife escuta você, assim como o procurador público, o chefe de Justiça... — Ilsa o encarou, os olhos arregalados. — Você veio atrás de mim só para ajudá-los a encontrar o meu pai? É por isso que está aqui? Porque você estava determinado a encontrar os ladrões e...

Os músculos de Drew se retesaram, e ele colocou Ilsa de volta no assento oposto da carruagem.

— Não — disse ele, a palavra saindo dura e amarga dos lábios dele.

Ilsa levou a mão à boca, como se estivesse prestes a vomitar. Ela piscou rapidamente, e Drew se apressou a abrir a porta e ajudá-la a colocar a cabeça para fora. Ele sentia as pálpebras pesadas pela falta de sono, e a carruagem estava abafada, balançando para a frente e para trás na estrada antiga. Quando Ilsa voltou a se recostar no assento, pálida mas composta, Drew soltou um suspiro de alívio e abriu a janela ao seu lado para pegar um pouco de ar.

— Não tenho como fazer você confiar em mim, mas não estou mentindo. Não estou aqui a pedido do procurador, ou do xerife. — Ele abaixou a persiana do outro lado da carruagem para bloquear o sol da manhã. — Agnes disse que os policiais foram até a sua casa.

— Eles fizeram uma busca.

Ilsa apoiou a cabeça na lateral da carruagem, sua energia visivelmente drenada. Suas olheiras pareceram ainda mais escuras quando suas pálpebras se fecharam.

Drew suspirou.

— Tente descansar — disse, o tom brusco.

Poderiam conversar mais tarde. Ele pulara dentro da carruagem dela movido pela fé e pelo instinto, e aquilo teria que bastar por enquanto. Drew a cobriu gentilmente com a manta que estava em cima do assento.

Ilsa piscou algumas vezes, tentando fitá-lo, os olhos fora de foco.
— Isso é um pesadelo — murmurou mais uma vez.
Drew segurou o rosto dela entre as mãos e enxugou com o polegar a lágrima que escorria.
— É — sussurrou em resposta.
E não havia nada que ele pudesse fazer para impedir.

Capítulo 23

PARARAM EM DUNBAR, perto da costa. Drew conseguiu sentir o cheiro da maresia no ar antes mesmo de descerem da carruagem. Propositalmente, não voltara a perguntar a Ilsa aonde estavam indo, e ela também não ofereceu a informação. Ela dormira por algum tempo, e acordara reservada e calada. Pelos olhares que lhe lançou, Drew percebeu que ela não confiava nele.

O pior era que Ilsa estava certa em não confiar. Depois que ela adormecera, por incrível que parecesse, ele foi incapaz de fechar os olhos. Ficara olhando para ela por horas, enquanto dissecava e analisava cada informação. Drew não tinha qualquer intenção de ajudar o xerife de Edimburgo a capturar William Fletcher, mas também não se esforçaria para salvar o homem, a menos que aquilo fosse necessário para ajudar Ilsa. Porque, por mais que ele tentasse ajustar e explicar os fatos, a situação de Fletcher parecia muito ruim.

A carta que Duncan lhe enviara em Forte George dizia apenas que Thomas Browne, um bandido qualquer, já conhecido dos oficiais do xerife, havia se apresentado para reivindicar o Perdão do Rei. Sob interrogatório, ele prontamente entregara o nome de um dos seus cúmplices, Edward Stephens, um camarada conhecido por gostar de jogos de apostas e também suspeito de roubo, que fora capturado quando estava prestes a embarcar em uma carruagem para Berwick, de posse de bens roubados.

Mas Browne também declarara que o líder do bando, o cérebro por trás de toda a operação, ainda estava à solta, e deixara escapar a irresistível pista de que essa terceira pessoa era um cidadão muito respeitado em Edimburgo. Os rumores se espalharam rapidamente. Stephens fizera alguns trabalhos ocasionais para Fletcher, e Browne disse aos oficiais que os ladrões haviam usado chaves falsas para abrir as fechaduras das lojas roubadas. Em poucas horas, o nome do diácono Fletcher viera à tona, e Duncan enviara a mensagem expressa para Drew no nascer da manhã seguinte.

Drew não dormira na véspera porque havia arrancado o procurador da cama e exigido saber tudo. Tinha sido um abuso deslavado da sua recente posição social elevada, sim, mas ele não se importou nem um pouco. Infelizmente, o que soube foi que as coisas haviam ficado piores para o diácono.

As acusações de Browne eram convincentes, detalhadas e completas, aos olhos do xerife. Ele havia levado os oficiais até um molho de chaves escondido na marcenaria de Fletcher, em Dunbar's Close, que abriam a porta do estabelecimento de várias vítimas. Stephens se tornara ainda mais prestativo quando veio à tona a informação de que sua esposa havia ajudado a vender alguns dos bens roubados; assim, em troca da liberdade dela, ele dissera aos oficiais onde poderiam encontrar mais itens que aguardavam para serem contrabandeados para Berwick. O ourives identificara várias peças como sendo dele.

Browne se recusara a dar o nome do cérebro do bando, no entanto. Ele queria uma recompensa para isso, não apenas um perdão. A suspeita já recaíra em cima de Fletcher por causa das chaves, pelo local onde haviam sido encontradas, e pelo fato de William Fletcher sabidamente ter sido contratado para consertar ou trocar as fechaduras de algumas das lojas invadidas. Os oficiais haviam levantado seu histórico de apostas — e perdas — nas rinhas de galo. Era uma prova circunstancial, mas muito sugestiva.

Mas, depois que o homem fugira de Edimburgo, tanto Browne quanto Stephens juraram que William Fletcher era de fato o cabeça do bando, e que fora ele que planejara os roubos, que os bandidos haviam dividido o espólio igualmente e que Fletcher dizia a eles com frequência que, se algum deles fosse pego, ele os deixaria serem enforcados.

Supostamente, o diácono havia se gabado que ninguém acreditaria que *ele* era um ladrão.

Tudo se encaixava. O xerife acreditava em Browne e Stephens. E Drew não conseguia ver motivo para que não acreditasse.

Ele sabia que seria mais difícil para Ilsa. O pai do próprio Drew com certeza o enganara, sempre encantador e cordial, sem nunca dar qualquer pista de que havia hipotecado a loja e acumulado dívidas. Aquilo não era nem de longe tão ruim quanto roubar meia Edimburgo, mas Drew levara anos para consertar o estrago, que lhe custara a oportunidade de frequentar a universidade, como ele sonhara fazer. Ilsa fora criada como uma filha única amada e adorada pelo pai, a quem também adorava, e o defenderia até o fim. Drew nem se arriscaria a tentar convencê-la do contrário.

Ele respirou fundo o ar salgado de maresia. Ilsa desceu da carruagem, o corpo rígido.

— Vou reservar quartos para nós — foi tudo o que disse Drew.

— Obrigada — respondeu ela, sem olhá-lo.

Drew alugou dois quartos e pediu para que o jantar fosse servido. Por sorte, a estalagem estava quase vazia, e o estalajadeiro conseguiu lhes oferecer uma sala particular. Comeram em silêncio.

— Pegaremos a estrada de novo amanhã? — perguntou Drew depois de algum tempo.

O olhar sério que Ilsa lhe lançou estava carregado de desconfiança. Deus, como ele odiava aquilo.

— Falarei com o cocheiro se formos — acrescentou Drew. — Pedirei que faça os preparativos necessários.

Ilsa estendeu a mão para o vinho. A maior parte do seu jantar ainda estava no prato.

— Não, acho que não.

Ele assentiu. Então Dunbar era o destino final, não apenas uma parada no caminho. Dali, carruagens partiam diariamente para a Inglaterra, e o porto garantia uma rota de fuga. Ilsa suspeitava — ou sabia — que o pai estava ali? Fletcher deixara Edimburgo vários dias antes, seria tolice dele se demorar em um lugar tão próximo por tanto tempo, mas a verdade era que ninguém o encontrara ainda.

— Devo ir com você amanhã?

— Não! — exclamou Ilsa, enrubescendo e esfregando as têmporas. — Por favor, não me faça perguntas — pediu baixinho. — Você diz que não se importa se o meu pai é inocente ou não, mas eu me importo, e muito. Aceito que sou a única que acredita nele, mas não quero discutir e defender meu ponto de vista para você. Já não basta que esteja aqui?

— Sim — disse Drew depois de um instante. — Vá para a cama, sim? Você parece prestes a desmoronar na cadeira.

Ela lançou um olhar triste e penetrante para ele e se levantou.

— Boa noite, capitão.

Drew continuou sentado por um longo tempo diante da mesa, aquela última palavra dela ecoando em seu cérebro. *Capitão*. Não Andrew, ou Drew, muito menos alguma coisa mais afetuosa. Ilsa mantinha distância e não confiava nele o bastante para lhe contar o que pretendia fazer. A ternura e a poderosa atração entre eles poderiam muito bem nunca ter acontecido.

Drew passou a mão pela nuca. Os sentimentos dele não haviam mudado. Inferno, embora William Fletcher lhe parecesse tão culpado quanto o pecado, ele teria estendido aquele Perdão do Rei ao homem, se pudesse, mandando às favas qualquer protesto do chefe de Justiça, sem se importar que a loja da própria mãe tivesse sido vandalizada, só para poupar Ilsa de mais dores de cabeça.

Mas, obviamente, não havia qualquer chance disso. Não apenas Fletcher havia sido acusado de ser mentor e chefe da conspiração, como fugira como um culpado.

Então, pense, disse a si mesmo. *Como você pode ajudá-la?*

Ilsa não ficou surpresa ao ver Drew quando desceu bem cedo na manhã seguinte. Na véspera, ele usara o paletó vermelho e o kilt de padrão Royal Steward, um perfeito homem do rei. O mesmo rei cujo perdão fora usado como estímulo para que um ladrão acusasse outro homem. Embora fosse Drew, a quem ela ansiara por ver e abraçar de novo, o paletó vermelho a abalara.

Naquele dia, ele usava um paletó verde-escuro mais familiar e um kilt liso. Ainda carregava a espada junto ao quadril e uma adaga no cinto, mas Ilsa se sentiu mais à vontade. Uma noite inteira de sono sem dúvida também ajudara. Estar fora de Edimburgo lhe dera a sensação de que podia respirar de novo — e, no fundo, ela sabia que a presença de Drew tivera o mesmo efeito calmante sobre ela, ainda que não confiasse completamente na garantia dele de que o xerife não sabia nada sobre a viagem.

— Você vai até a cidade? — perguntou Drew, enquanto tomavam café da manhã.

— Não é muito longe — respondeu Ilsa, vagamente. — Estou com vontade de dar uma caminhada, depois de tanto tempo dentro da carruagem ontem.

Ela detestava a sensação de não conseguir confiar nele.

Drew abaixou a cabeça. Seu cabelo havia crescido e os cachos escuros agora caíam sobre a testa. Ilsa segurou a xícara com força para se impedir de colocá-los para trás. Ela conhecia a sensação daquelas mechas se emaranhando em seus dedos quando o abraçava e beijava.

— Quando você deve retornar?

Ela deu de ombros.

— Em algumas horas.

— Excelente — disse ele, que virou o resto da caneca e se levantou. — Também tenho algumas coisas para fazer.

Ilsa foi pega de surpresa, mas, se não pretendia dizer a ele aonde iria, não poderia perguntar o que ele faria.

— Muito bem. Só preciso pegar meu chapéu e poderemos ir.

Entraram juntos na cidade, sem falar muito. Ilsa examinava disfarçadamente as casas de pedra, tentando se lembrar das orientações de Jean, e Drew parecia concentrado nos próprios pensamentos. Quando o Castelo Dunbar se ergueu diante deles, ele se despediu.

— Tem certeza de que quer ir sozinha? — perguntou mais uma vez, o olhar perscrutador.

Ilsa cerrou os punhos e cravou as unhas na palma da mão enluvada.

— Tenho — respondeu, desejando se sentir tão confiante quanto soava. — Nos veremos na estalagem, mais tarde.

Drew apenas inclinou-se em uma mesura educada, deu as costas e seguiu na direção do porto. Ilsa ficou observando-o por um momento, se perguntando aonde Drew estaria indo, e com qual objetivo. Então se virou, determinada, e seguiu para leste. Jean havia dito que o lugar ficava perto da praia, uma casa caiada com persianas azuis.

Ilsa encontrou o que procurava depois de meia hora. Nervosa, bateu à porta. Em um tom agradável, mas firme, pediu para ver a dona da casa. Logo foi levada a uma sala de visitas bem-arrumada, e uma mulher da idade de Jean entrou a seguir.

— Senhora Murray? — falou Ilsa. — Antiga srta. Mary Fletcher?

— Sim — respondeu a mulher, parecendo curiosa. — Creio não ter tido o prazer de lhe ser apresentada.

— Sim, a senhora foi, mas há muitos anos. Sou Ilsa, filha de William Fletcher. E preciso da sua ajuda para salvá-lo da forca.

Drew terminou rapidamente o que precisava fazer. Dunbar tinha um porto pequeno, mas ativo. Poderia oferecer um bom ponto de partida, mas não havia barcos o bastante para que um homem escapasse sem ser notado, como era o caso de Londres ou Glasgow.

Não, ele estava certo de que, se Fletcher tivesse passado por ali, teria sido apenas brevemente. O mais provável era que Ilsa tivesse vindo encontrar com alguém que sabia de alguma coisa, talvez até sem querer. Aquilo só serviu para deixar Drew mais inquieto — ele saiu andando pelas ruas, tentando se planejar para uma variedade de possibilidades.

Finalmente começou a caminhar de volta para a estalagem, montando seu novo castrado castanho e levando outro cavalo em uma corda. Sentia falta da própria montaria, mas levara o animal ao limite em sua volta de Forte George para Edimburgo, cobrindo mais de trezentos quilômetros de estrada ruim em seis dias. Ao mesmo tempo, o confinamento da carruagem na véspera o deixara angustiado. Não conseguia ver nada ou ninguém de dentro da cabine.

Drew deixou os cavalos na estalagem. Ilsa ainda não retornara, e ele saiu de novo, agitado. O plano dela era uma loucura, fosse qual fosse. Ou Fletcher estava se escondendo ali, demorando-se estupidamente em um lugar que ficava a um dia de cavalgada de Edimburgo enquanto recompensas por sua captura se espalhavam por toda a Escócia; ou já partira, e Ilsa só conseguiria deixar o xerife ainda mais desconfiado dela.

Drew estava terrivelmente preocupado com ela. Se Ilsa sabia onde encontrar o pai, então mentira para o xerife. Quando Drew atormentara o procurador público à meia-noite da véspera, o homem admitira que achava que Ilsa já estava mentindo antes. Eles sabiam que ela havia ido falar com o pai depois que uma amiga fofoqueira da tia de Ilsa revelara toda a história. Sabia-se que o diácono Fletcher fugira da cidade na manhã seguinte à visita da filha. David MacGill dissera ao xerife Cockburn que Fletcher lhe mandara uma carta, para que entregasse a Ilsa. Cockburn fora ver Ilsa na mesma hora, e ela alegara não reconhecer aquela caligrafia como sendo do pai, sugerindo que o próprio sr. MacGill havia forjado a carta. Mas Cockburn não acreditara naquilo. Eles estavam certos de que Ilsa sabia de alguma coisa e que estava escondendo informações.

Andando pela estrada em direção ao centro da cidade, Drew praguejou. Ele havia argumentado com o procurador por duas horas, defendendo a ideia de que Ilsa não poderia ter nada a ver com os roubos. Contara que ela estivera com ele, Drew, em Perth, durante o pior momento da onda de arrombamentos, e que ele e Felix Duncan poderiam atestar que Ilsa não recebera ou enviara qualquer comunicação de Edimburgo. E mais, ela não tinha qualquer razão para roubar, já que era dona de uma bela fortuna e — ao contrário do pai — não dava qualquer indício de apostar em jogos de azar ou andar em companhias comprometedoras. O único crime possível de Ilsa, insistira Drew, era uma devoção leal a William, o que não era ilegal, independentemente da índole dele. Eles realmente pretendiam prender uma mulher sem ter prova alguma?

O procurador respondera que claro que não, mas que, se Ilsa tivesse qualquer informação, Drew deveria encorajá-la enfaticamente a revelá-la à justiça. Pelo próprio bem dela.

Em vez disso, quando não conseguira persuadi-la a permanecer em Edimburgo, Drew partira com ela. Ele soubera o tempo todo que faria aquilo. Fosse qual fosse a verdadeira motivação de Ilsa, não conseguia parar de pensar nela dizendo que estava acostumada a passear sozinha, a estar sozinha, a fazer tudo sozinha. E ele não queria que fizesse *aquilo* sozinha. Ainda mais quando desconfiava que o xerife provavelmente colocara homens para segui-la, para ver se ela os levava até Fletcher.

E fora por isso que ele não contara ao xerife.

Ou à família.

Ou à duquesa de Carlyle.

Já passara muito da data que Drew havia prometido voltar ao Castelo Carlyle. À medida que as semanas avançavam, ele adiara várias vezes o envio de uma mensagem ao sr. Edwards. A carta ainda estava em cima da escrivaninha em seu quarto na casa de Duncan, inacabada, sem conter nenhuma informação importante, a não ser a inadequação de David MacGill para o serviço que prestava ao duque de Carlyle. E naquele momento não havia como terminar de escrevê-la — Drew não fazia ideia de para onde estava indo, ou quando retornaria, ou se estava inadvertidamente ajudando um foragido a escapar da justiça do rei, tudo porque entregara o coração a uma escocesa exuberante e fascinante, com um espírito amoroso e leal, que não queria ter nada a ver com o título inglês que ele herdara.

E aquela mulher já estava fora havia tempo demais. Drew hesitou. Não queria se arriscar a perder a confiança dela de novo, mas também não conseguia afastar a inquietude que o dominava. *Maldição*, pensou, e apressou o passo na direção de Dunbar.

Ilsa não pretendia se demorar, mas, depois que Mary começou a falar, foi difícil partir. Depois do horror das duas semanas anteriores, era um prazer e um imenso alívio falar com carinho a respeito do pai, com outra pessoa que o considerava inocente.

Ela estava com a cabeça cheia enquanto caminhava rapidamente de volta para a estalagem. O dia estava lindo, e Ilsa encheu os pulmões com gosto, sentindo-se revigorada não apenas pela visita à prima Mary, mas pelo exercício e ar fresco. Ilsa, que não havia ousado sair de casa depois da cena com Liam, sentia naquele momento que sua alma se expandia e se curava um pouco sob o sol morno.

Quando alguém chamou seu nome, Ilsa estava pensando no que diria a Drew — não poderia mandá-lo embora, nem queria mais fazer isso, mas estava determinada a mantê-lo o máximo possível no escuro, para o bem dele. Como uma tonta, ela parou e se virou, só para perceber, com alarme, que os dois homens que se aproximavam não eram amigos.

Um deles tirou o chapéu, o que não serviu em nada para suavizar sua expressão implacável.

— Senhora Ramsay, um momento do seu tempo, por favor.

Ilsa segurou com força a bainha da jaqueta e manteve a coluna rígida.

— Quem seria o senhor, por favor?

— George Williamson, senhora. Mensageiro do rei para o norte da Grã-Bretanha — disse, e indicou o companheiro. — E esse é o sr. Hay, trabalha para o xerife de Edimburgo.

O sr. Hay era o cunhado de língua solta da sra. Arbuthnot. Ilsa sentiu o coração preso na garganta. Ela conseguiu assentir e voltou a caminhar.

— Infelizmente, estou com pressa, senhores. Tenham um bom dia.

Eles se colocaram um de cada lado dela. Ilsa sentiu gotas de suor se acumulando em sua nuca. Deveria ter deixado Drew acompanhá-la.

— Podemos conversar enquanto caminha, senhora.

— Tenho certeza de que não tenho nada de interessante a dizer aos senhores.

Ilsa manteve os olhos fixos à frente e caminhou o mais rápido que seus pés permitiram.

— Talvez não — concordou o sr. Williamson em um tom afável. — Mas talvez pudesse fazer a gentileza de responder a algumas poucas perguntas.

— Onde está o seu pai agora? — perguntou o sr. Hay.

Ele era um camarada grande, com olhos duros e estrábicos e uma expressão desconfiada.

— Não sei — respondeu Ilsa, em um tom neutro.

— A senhora tem alguma ideia de para onde ele poderia ter ido?

— O meu pai frequentemente manifestava o desejo de conhecer Paris — retrucou ela. — Sugiro que o procurem por lá.

O sr. Hay grunhiu. O sr. Williamson sorriu, mas Ilsa sentiu que a paciência do homem estava se esgotando.

— Mais algum lugar? Onde ele tem família?

— Os meu avós são de Perth, mas os dois já faleceram — disse ela, com sinceridade. — A única irmã dele reside em Edimburgo, comigo, mas vocês já sabem disso. — O sr. Williamson não piscava. — E a prima dele — prosseguiu Ilsa —, a sra. Murray, mora aqui. Na verdade, acabei de visitá-la. E garanto a vocês que ela não sabe nada sobre o paradeiro do meu pai, mas fiquem à vontade para lhe perguntar diretamente.

— E a senhora veio visitá-la subitamente, em um capricho — comentou o oficial, o tom cínico.

— Eu queria sair de Edimburgo — retrucou Ilsa, a voz mais tensa agora. Eles não mostravam sinais de partir, e a estalagem ainda parecia estar longe. — Talvez possam imaginar o motivo, depois que seus companheiros, oficiais, fizeram buscas na minha casa, levando todos a crer que eu conspirava com criminosos.

— Não com todos os criminosos — argumentou o sr. Hay, com um olhar aguçado. — Apenas com um deles, seu pai.

Ilsa engoliu em seco. Seu coração batia disparado. Ela seria levada? Pretendiam prendê-la? Contariam a Drew, ou o prenderiam também? Teria sido Drew que levara aqueles homens a ela, ou fora ela que o levara ao desastre?

Naquele momento, o próprio Drew apareceu, no alto da estrada, e Ilsa não conseguiu conter uma onda de alívio. Os dois homens levantaram o olhar para ele.

— Que sorte encontrá-lo aqui, capitão — comentou o sr. Hay em um tom irônico, enquanto Drew se aproximava. — O sr. Cockburn achou que isso pudesse mesmo acontecer. Ele lhe manda seus cumprimentos.

— Muita gentileza. Mande meus cumprimentos a ele também, senhor — disse Drew, que mal inclinou a cabeça em cumprimento aos homens da lei. — Senhora Ramsay, peço perdão por não ter vindo encontrá-la mais cedo.

— Ah, eu estava apreciando a caminhada — disse Ilsa com um sorriso, tentando disfarçar o coração disparado. — Fiz uma visita muito agradável à minha prima. O senhor foi muito gentil em me fazer a vontade.

— Fico feliz em saber disso. — Drew se voltou para os homens que flanqueavam Ilsa com uma arrogância e autoridade inegáveis. — Isso é tudo?

O sr. Williamson pigarreou.

— Não, capitão. Temos mais algumas perguntas a fazer à sra. Ramsay.

Drew ergueu a sobrancelha em uma expressão de impaciência.

— É mesmo? Quais?

— Para onde foi William Fletcher? — perguntou o sr. Hay.

— Eu já disse que não sei...

— Ah, senhora, não temos como acreditar nisso — retrucou Williamson em um tom de quem quase lamentava.

— A dama já respondeu à pergunta — disse Drew, e seu tom era gelado.

Williamson se adiantou, as mãos erguidas em um gesto apaziguador. Ele se dirigiu a Drew, a voz baixa e calma. O sr. Hay se inclinou mais na direção de Ilsa.

— O que significou aquela carta? A que seu advogado lhe entregou?

— Eu mostrei a carta ao sr. Cockburn — respondeu ela, com um nó na garganta. — Embora duvide que realmente tenha sido meu pai que a escreveu...

— Essa história é muito conveniente — retrucou o homem, segurando-a pelo braço. — Obviamente havia alguma mensagem oculta naquela carta, não havia? Alguma pista que a fez sair correndo até Dunbar para visitar uma prima distante por algumas horas.

— Me solte — falou Ilsa, a voz trêmula. — Tenho o direito de visitar a minha família.

Em vez disso, o homem pegou um par de algemas do bolso.

— Terá que voltar conosco para Edimburgo, sra. Ramsay.

A visão das algemas deixou Ilsa em pânico. Ele pretendia algemá-la e arrastá-la de volta à cidade — onde a trancafiaria na prisão Tolbooth —, para intimidá-la e ameaçá-la. E o pior de tudo: aquilo a impediria de encontrar o pai e limpar o nome dele. Ilsa puxou o braço para se soltar, mas o homem a sacudiu com tanta força que ela sentiu os dentes chacoalhando.

— Nada de gracinhas, agora — grunhiu ele. — A senhora tem muito pelo que responder.

O sr. Hay prendeu o pulso dela com a algema, com tanta força que Ilsa gritou. Ela girou o corpo, tentando se afastar dele, mas o homem puxou-a de volta para si.

Então, o sr. Hay deu um grito e empurrou-a para longe, com força o bastante para fazê-la cair com o rosto na terra. Por um momento, Ilsa não conseguiu respirar. Tinha batido com a cabeça no chão, seu chapéu caíra, e seu rosto estava cheio de poeira e pedrinhas. Ela se esforçou para se sentar. O sr. Hay a fitava com raiva, com uma das mãos no queixo, onde havia um corte que escorria sangue. Ele fora ferido pelo alfinete do chapéu dela, percebeu Ilsa.

Então, Hay recuou subitamente, arregalando os olhos pequenos.

Da posição onde estava, estatelada na terra, Ilsa viu Drew se avolumar acima do homem como um anjo vingador. Ele jogou o sr. Hay no chão e pairou sobre ele. Drew grunhiu alguma coisa e enfiou a bota no peito do homem quando Hay tentou ficar de pé, o que o mandou outra vez para longe. O policial tentou se levantar, e daquela vez Drew deixou, só para jogá-lo no chão novamente com um soco que fez a cabeça do homem girar com força. O sr. Hay não se moveu quando atingiu o chão pela terceira vez.

Drew flexionou a mão, parecendo ainda furioso, e se virou para Ilsa.

— Você está bem?

Ela balançou a cabeça com os olhos arregalados.

Por um momento, os dois se encararam até alguma coisa se estilhaçar dentro do peito de Ilsa. Com um soluço estrangulado, ela cambaleou até ficar de pé e se jogou nos braços dele. Drew levantou-a e cobriu seu rosto de beijos. Chorando, trêmula, Ilsa beijou-o de corpo e alma, segurando o rosto dele entre as mãos.

— Você bateu nele — falou ela, soluçando, entre os beijos.

— Ele machucou você — retrucou Drew.

Ele passou a mão ferida pelo cabelo dela... O chapéu estava caído no meio da rua, em algum lugar. Quando tocou o rosto arranhado de Ilsa, Drew cerrou os lábios de raiva.

— Você parecia tão assustada... tem certeza de que não está machucada?

Ela assentiu, os lábios trêmulos.

— Ótimo.

Drew beijou-a com intensidade novamente, então pousou-a no chão e foi até onde estava o sr. Hay. Drew voltou com um molho de chaves e soltou a algema do pulso dela, jogando-a com as chaves na grama alta. Com um grunhido, ele ergueu o oficial e jogou-o na relva da lateral da estrada, há vários metros de distância.

— Onde está o outro? — perguntou Ilsa, assustada.

Drew relançou o olhar por cima do ombro.

— Ali. Ele tentou me impedir de ajudar você.

Havia um descampado, onde a paisagem se elevava em colinas suaves. Drew foi até onde o sr. Williamson estava estatelado, um filete de sangue escorrendo da boca, então o carregou até onde havia deixado o sr. Hay, e ajeitou os dois com certo cuidado.

— Eles estão mortos? — perguntou Ilsa em um sussurro.

Ela acabara de recuperar o chapéu e estava parada, observando a cena com espanto.

— Não. Vão acordar logo. Só quero ganhar tempo.

Drew pegou a mão dela e saiu andando em um passo acelerado, de volta na direção de onde viera.

Ilsa se apressou para acompanhá-lo.

— Tempo para quê?

— Para irmos embora — respondeu Drew em voz baixa. — Quando eles acordarem, irão direto até o xerife local, e então estaremos encrencados. — Ele lançou um olhar tenso para ela. — Precisamos ir embora agora. Espero que você tenha descoberto o que precisava.

O xerife local prenderia os dois. Drew agredira dois oficiais da lei, e um deles provavelmente diria que Ilsa o apunhalara quando ele tentara prendê-la. Apavorada, ela assentiu.

Quando chegaram à estalagem, Ilsa subiu correndo as escadas até o quarto. Drew seguiu-a de perto, sussurrando para que ela pegasse apenas uma muda de roupas e alguns documentos e que deixasse o restante no baú pequeno que levara. Poucos minutos depois, ele bateu na porta dela e lhe entregou um pacote, com trajes de montaria.

— Vista-se para cavalgar — disse Drew.

Passados quinze minutos, partiram montados em dois cavalos estranhos, que ao que parecia agora pertenciam a Drew. Sem dizer uma palavra, Ilsa tomou a dianteira, escolhendo a estrada que levava para sudoeste.

Seguiram cavalgando por uma hora antes de se falarem.

— O que vai ser feito das nossas coisas? — perguntou ela, finalmente.

— Deixei um bilhete e algumas moedas para o cocheiro da carruagem, pedindo a ele que devolvesse o baú para a sua tia, em Edimburgo. Expliquei que faríamos o resto do caminho a cavalo. Uma pessoa a menos para contar a alguém para onde estávamos indo.

Ilsa assentiu, sentindo-se como se estivesse participando de uma peça teatral, vivendo uma situação completamente fantástica e irreal. Naquele momento, os dois eram criminosos foragidos. Santo Deus, como a vida dela mudara em poucas semanas. Realmente fazia menos de um mês que atravessara o labirinto no Palácio Stormont com Drew e passara a noite na cama dele? Menos de um mês desde que sua maior preocupação era como se esgueirar de volta para o próprio quarto sem ser vista?

— Devo presumir que você saiba para onde estamos indo? — comentou Drew, rompendo o silêncio.

— Sim. — Ilsa não pretendera contar a ele, mas não havia mais qualquer dúvida de que eles estavam juntos naquilo, para o melhor ou para o pior. — Para Glasgow.

Capítulo 24

Eles se mantiveram bem distantes de Edimburgo, seguindo pelo sul até Melrose, antes de virar para oeste. Era muito melhor atravessar as Terras Baixas do que os penhascos rochosos de Cairngorms, nas Terras Altas, que Drew percorrera recentemente. Ele estava muito aliviado por estar a cavalo, com uma visibilidade ampla, em vez de fechado em uma carruagem, e ficou atento para observar se alguém os seguia.

Seria um inferno pagar pelo que fizera em Dunbar. Nem Williamson, nem Hay sofreram danos graves, mas Drew havia transformado a própria autoridade e respeitabilidade em cinzas ao atacá-los e fugir com a mulher que procuravam.

Bem, agora não havia mais volta. Ilsa cavalgava à frente dele, as costas eretas, tão à vontade montada com uma perna de cada lado no cavalo improvisado quanto estivera no castrado de longas pernas de Duncan. Não conversaram muito, mas não havia necessidade. Ela não evitava mais os olhos dele, e aquilo bastava para aliviar a tensão no coração de Drew.

Quanto ao lugar para onde estavam indo e o que fariam lá, ele não pensou muito a respeito. Não importava. Estava ligado a Ilsa, como um cavaleiro feudal à sua rainha, e a seguiria aonde ela fosse.

Na primeira noite, eles pararam na beira de um pequeno bosque, onde a grama era alta e macia, com um riacho correndo perto. Ilsa mordeu o lábio diante da perspectiva de dormir ao ar livre, os olhos se desviando de um lado para o outro da estrada atrás deles.

— Não se preocupe — garantiu Drew, tirando a sela dos cavalos e deixando-os pastar. — Vou ficar de guarda.

— Não seria melhor encontrarmos uma estalagem? Ficaremos indefesos aqui...

Ele levou a mão à espada.

— Palavras duras, moça. Passei uma década no exército, e você teme por sua vida em minha companhia?

Drew balançou a cabeça, e Ilsa sorriu com relutância, como pretendido.

Mais tarde, quando já haviam acendido uma pequena fogueira e os cavalos fungavam baixinho por perto, Ilsa se aproximou dele e se sentou.

— Obrigada — falou, e apoiou o queixo nos joelhos.

Drew a observou, os braços cruzados, enquanto se inclinava contra uma árvore pequena.

— Pelo quê?

O fogo tremeluzia no cabelo solto dela, negro na escuridão.

— Por vir comigo. Eu fui cruel com você na carruagem.

— Você estava desconfiada.

Ilsa olhou para ele, os olhos escuros como piscinas à meia-noite.

— Eu estava errada. Sinto muito pelas coisas que disse.

— Todo mundo erra às vezes. Não é pecado se certificar das intenções de alguém.

Ela tocou os nós da mão direita dele. Estariam doloridos no dia seguinte. Hay era um camarada grande, e Drew o atingira com força.

— Você nocauteou um oficial. Dois oficiais, na verdade... Se não estivesse lá, eles teriam me prendido e me obrigado a voltar para Edimburgo.

Drew virou a mão e segurou a dela.

— Isso não aconteceu. Não pense mais a respeito.

— Não — sussurrou Ilsa.

Ela olhou para as mãos deles entrelaçadas. Havia uma mancha roxa feia ao redor do pulso dela, deixada pela algema.

— Porque você não deixou — disse ela, e então olhou para ele. — Sei o paradeiro do meu pai.

Drew sentiu um frio na barriga.

— Eu não sabia antes de falar com a prima Mary — continuou ela, olhando para o fogo, sem qualquer menção de soltar a mão dele. — Mary é a única prima dele. Os Fletcher são um clã de famílias pequenas. Quando minha mãe morreu, Mary passou alguns meses conosco. Acho que ela nutria esperanças de que o papai se casasse com ela. — Um breve sorriso iluminou o rosto dela. — O meu pai era muito bonito, charmoso e inteligente, todas se apaixonavam por ele... Mas ele não se casou com a prima Mary, que foi embora e se casou com outra pessoa, mas os dois continuaram muito próximos. Falar sobre ele com ela foi maravilhoso.

Drew se perguntou se Ilsa não contava demasiadamente com o encanto de Fletcher.

— Os oficiais irão até ela e exigirão que sua prima diga a eles o que contou a você.

Finalmente parte da animação voltou ao rosto dela.

— A prima Mary vai dizer a eles que as acusações são mentira! Mary levaria qualquer segredo do papai para o túmulo, mas ela nem tem o que dizer a eles. Se eu estivesse pensando direito, teria descoberto sem precisar ir até Dunbar, mas mesmo assim estou feliz por ter ido. Mary tinha ouvido rumores e estava preocupada. Foi a conversa que tive com ela que me fez lembrar. Meu pai está indo se encontrar com o Lorde dos Príncipes.

Drew se voltou rapidamente para olhá-la, alarmado. Fletcher pretendia tirar a própria vida?

— Como assim?

— É um advogado em Glasgow. Archibald Lorde, com escritório na Prince's Street. O meu pai diz que ele parece um arcebispo e o chama de Lorde dos Príncipes, como se fosse uma grande piada.

Drew não conseguiu conter uma gargalhada. Talvez Fletcher fosse mais sagaz do que ele pensara.

— Os homens de Cockburn demorariam muito para desvendar essa charada — disse Drew.

— Dá a impressão de que ele vai se suicidar, não é mesmo? — Por incrível que parecesse, Ilsa também começou a rir. — Eu havia me esquecido completamente dele. Meu pai sabe que eu não aprovo os investimentos que faz em tabaco, por isso nunca comenta a respeito deles comigo. O sr. Lorde estava envolvido nesses negócios, porque está em Glasgow, onde está baseada a maior parte das empresas de exportação. Se meu pai estivesse precisando de dinheiro, procuraria o sr. Lorde, ainda mais depois que rompeu seu vínculo com o sr. MacGill. — Ilsa suspirou, antes de continuar: — Mary mencionou carinhosamente a mesada que meu pai estabeleceu quando ela se casou. Jean também recebe uma. Ele tem um coração generoso. Mas é o sr. Lorde que faz esses pagamentos, já que se trata de um trabalho humilde demais para o grande David MacGill, imagino — completou ela, muito séria.

— Esse Lorde vai cooperar se souber que o seu pai está sendo procurado em Edimburgo?

Ilsa o encarou, irritada.

— O meu pai não é culpado, e o sr. Lorde vai entender isso.

MacGill não compreendera. Drew deixou aquilo passar.

— Se seu pai tiver documentos com o nome de Lorde em casa, o xerife vai encontrá-los e fará uma visita a Glasgow.

— Eles ainda não encontraram nada... ou ao menos não mencionaram nada para mim — falou Ilsa lentamente. — Meu pai talvez tenha levado os papéis com ele...

O que parecia algo que um homem culpado faria. Mais uma vez, Drew não disse nada.

Ilsa soltou a mão dele e se virou para encará-lo. Drew se recostou, as mãos apoiadas no chão, uma de cada lado do corpo, e a fitou. Ela se inclinou hesitante e deu um beijo rápido no rosto dele.

— Obrigada — sussurrou.

— Pelo quê?

Drew virou ligeiramente a cabeça, inalando o aroma da pele dela, e deixou os lábios roçarem o rosto dela.

— Por voltar. Por se preocupar comigo. Por ficar ao meu lado mesmo depois de eu ter lhe dito para ir embora, quando poderia muito bem ter voltado para a sua vida feliz em Edimburgo e me deixado sozinha nessa confusão, como eu bem merecia.

— Eu me importo com você — disse ele, segurando-a pelo queixo e roçando a boca na dela. — Muito. Não conseguiria suportar se alguma coisa ruim acontecesse com você.

— Por sua causa, não aconteceu.

— E nem vai — garantiu Drew, a voz rouca.

Então, beijou-a como vinha desejando fazer havia semanas. Um beijo profundo, voraz, completo. Ilsa retribuiu e pressionou o corpo ao dele, as mãos em seus ombros, em seu cabelo, puxando o lenço ao redor do pescoço.

Drew abriu o vestido dela e a ergueu com impaciência, para que o montasse, ao mesmo tempo que puxava o decote do corpete para baixo, expondo-a ao seu olhar faminto. A pele de Ilsa parecia perolada sob o luar e Drew sentiu as mãos trêmulas enquanto deixava os dedos correrem pelo pescoço dela, o movimento mais lento à medida que se aproximava da elevação do seio, acima do espartilho. Ilsa o observava, os lábios entreabertos, o cabelo caindo por cima dos ombros, enquanto soltava o nó do lenço de pescoço dele e abria sua camisa.

Drew deixou a cabeça cair para trás, rendendo-se, quando ela se inclinou para a frente e encostou a boca na base do pescoço dele, encontrando a veia que pulsava ali. Aquela mulher o enfeitiçara e o mantinha cativo. Se ela o abandonasse no dia seguinte, ele jamais a esqueceria, jamais deixaria de querê-la.

Ilsa continuou a beijá-lo, subindo pelo pescoço, enquanto passava as mãos em seus ombros, entrelaçava os dedos no cabelo dele e puxava seu rosto para mais perto. Ela ficou de joelhos e pousou a testa na de Drew, a respiração leve e acelerada junto aos lábios dele.

— Eu amo você — sussurrou Ilsa. — Eu sinto muito, Drew, tentei não...

Com uma exclamação rouca, ele a segurou pela nuca.

— Por que você sente muito?

— Porque agora sou uma mulher com a reputação arruinada e estou arrastando você para a lama comigo. — Ilsa tocou o canto da boca dele, sombreada pelos três dias de barba sem fazer. — Mas não consigo evitar. Ainda amo você. Ainda quero você. E acho que será assim para sempre.

Drew puxou o rosto dela mais para perto e a beijou enquanto se deixava cair para trás, sobre a relva macia de verão. Então, baixou o espartilho dela o bastante para saborear o mamilo entumecido. Ilsa gemeu e o segurou pelo cabelo, enquanto passava os joelhos ao redor do seu corpo. Drew levantou as saias dela com as duas mãos, abrindo as pernas macias, desnudando-a.

Ele tocou-a, acariciou-a, encantado com o modo como os olhos de Ilsa se arregalaram, deleitando-se com o arquejo rouco que ela deixou escapar. Em instantes estava dentro dela, onde tanto ansiara estar, preso pelos braços e pelas pernas de Ilsa, enquanto ela implorava por mais, os dentes cravados na pele dele. Drew sentia os nervos vibrarem como se um relâmpago o tivesse atingido toda vez que ela erguia os quadris para encontrar cada arremetida dele com a mesma urgência e voracidade. O clímax a fez estremecer, e Drew sentiu os músculos dela envolvendo-o com força. Assim também chegou ao êxtase, derramando a própria vida dentro de Ilsa.

Mas as palavras dela permaneceram na mente de Drew como um ferimento infeccionado — *estou arrastando você para a lama comigo* — e ele não sabia o que dizer. Todos os planos esperançosos que fizera na estrada para Forte George pareciam castelos de areia que a maré alta da realidade estava prestes a destruir. Ilsa já não era uma mulher respeitável, e ele não poderia mais contar com as boas graças e a indulgência da duquesa. Provavelmente seriam emitidos mandados de prisão em nome deles muito em breve.

A única coisa que Drew poderia dizer era a verdade que ainda sabia. Ele a abraçou com força, pressionou o rosto ao dela e sussurrou:

— Que se dane o resto do mundo, Ilsa. Eu amo você.

E amarei para todo o sempre.

Capítulo 25

Glasgow era uma cidade pequena, mas muito bonita, com casas de pedra e muitos prédios públicos imponentes. Era um grande centro comercial, embora o principal porto ficasse a muitos quilômetros dali, descendo o rio Clyde. Era lá que os lordes do tabaco construíam suas mansões e ostentavam sua riqueza, príncipes entre os comerciantes.

Ilsa observava tudo com olhos cansados. Tinham evitado estalagens ao longo dos últimos dias de exaustivas cavalgadas pelos campos, bosques e estradas estreitas onde seria impossível passar a não ser a cavalo ou a pé. Drew havia prometido a ela um quarto decente naquela noite, com um banho quente e roupas limpas, e Ilsa desejava isso com uma força irracional.

Passaram direto pela Saracen's Head, uma estalagem grande e muito conhecida, e conseguiram um quarto em um estabelecimento pequeno, afastado da rua principal. Drew cumpriu sua palavra. Criados já enchiam a banheira enquanto eles ainda subiam as escadas. Ele a deixou com um sorriso melancólico e uma carícia delicada no rosto, dizendo que voltaria em uma hora.

Ilsa sabia que Drew estava tão cansado quanto ela. Enquanto pernoitavam ao ar livre, ela o vira acordado e atento toda vez que abrira os olhos. Quando protestara, ele apenas dera de ombros e a lembrara de seu treinamento no exército, mas Ilsa estava profundamente consciente de tudo o que Drew fizera por ela.

Ilsa despiu as roupas sujas e afundou na banheira assim que as criadas partiram, bastando a sensação da água quente na pele para deixá-la satisfeita. Infelizmente, aquilo permitiu que ela examinasse os cantos sombrios da própria mente e os pensamentos que haviam se abrigado ali, à espreita.

Quando deixara Edimburgo, fora movida por uma onda de indignação virtuosa, certa de que o pai estava sendo difamado e injustiçado. Havia sido fácil agir de forma ousada quando era apenas a sua própria reputação e seu nome que estavam em jogo. Ela acreditava no pai, obviamente iria encontrá-lo e salvá-lo, e que as línguas ferinas de Edimburgo fossem para o inferno por dizerem o contrário. Ilsa se via como uma guerreira solitária, travando sua batalha pela redenção, e essa ideia a agradava.

Mas agora aquilo não era mais verdade. Em um momento de fraqueza, quando cedera aos próprios sentimentos e deixara Drew acompanhá-la, acabara arrastando-o para aquela jornada. Ilsa sabia que ele não acreditava na inocência de William. Sabia que só estava ali porque a amava, mais do que deveria e muito mais do que ela merecia.

E por isso — por ela — Drew jogara o próprio nome e a reputação ilibada na lama.

Um cavalheiro que fugira da cidade com uma mulher suspeita de ajudar um homem procurado pela lei a escapar da justiça. Um oficial do exército inglês que havia atacado e nocauteado oficiais da lei. O herdeiro de um ducado que provavelmente tinha um mandado de prisão expedido em seu nome naquele momento — e a desgraça não afetaria apenas o próprio Drew, mas também a mãe e as irmãs, cuja aprovação e afeto Ilsa ansiara tão desesperadamente.

Ela se perguntou o que a duquesa, muito digna em seu Castelo Carlyle, diria quando soubesse de tudo. Então, Ilsa estremeceu e pensou que não, preferia não saber. Já era ruim o bastante pensar no que a sra. St. James diria. Ilsa sentiu um nó na garganta ao se lembrar de como se sentira ao pensar que talvez pudesse ter uma mãe de verdade na vida, naqueles poucos dias felizes antes do pai cair em desgraça e acabar com o mundo dela.

E aquele pensamento levou a outro, mais doloroso, que Ilsa via crescer como um câncer em sua mente desde Dunbar. Ela dissera a si mesma que o pai era inocente, que aquelas acusações eram mentiras do início ao fim, que, quando encontrasse o pai, ele se declararia inocente com toda confiança e explicaria seu desaparecimento em alguns dos mesmos termos que Winnie usara — diria que havia deixado a cidade para evitar ser injustamente acusado; que fora embora para reunir provas de sua inocência; que planejava um retorno triunfal com as forças da verdade e da justiça ao seu lado.

Mas agora... Ilsa não estava tão certa.

As perguntas de Drew, que ela havia desprezado com tanto desdém, a haviam inquietado em seu íntimo. O pai dela queria ser encontrado? Por que ele não tranquilizara a ela e a Jean antes de partir? Por que havia deixado Edimburgo, afinal? O que ele pretendera com aquela carta terrivelmente comprometedora?

E se o pai não fosse totalmente inocente?

E se não fosse nem um pouco inocente?

E se ela tivesse arrastado Drew para a ruína e para a desgraça por causa de uma mentira?

Ilsa amava Drew mais do que qualquer coisa no mundo... Mais do que Robert, mais do que o pai, mais do que a própria independência. E estava prestes a arruiná-lo.

A porta se abriu atrás dela, e Drew entrou com um pacote embaixo do braço. Ilsa cruzou os braços junto ao peito — enquanto ele estivera fora, resolvendo as coisas, ela permanecera dentro da banheira com água cada vez mais fria, olhando para o teto.

— Você voltou — murmurou.

Ele deixou o pacote em cima da cama.

— Voltei. E trouxe um vestido e roupas de baixo. Não são muito elegantes — acrescentou, como se pedisse desculpas. — Não tenho muita experiência em comprar roupas para damas.

Ilsa se sentia mal fisicamente, mas se obrigou a sorrir.

— Pedi à criada para lavar a que eu usei. Qualquer coisa limpa será um luxo. Obrigada.

Drew deu um sorrisinho torto.

— Era o mínimo que eu poderia fazer depois de pedir para o cocheiro levar seus pertences de volta a Edimburgo.

Ele fizera aquilo para que os dois pudessem escapar dos homens que o xerife mandara para prendê-la. Ilsa apoiou as mãos na beira da banheira e ficou de pé.

— Tudo bem, eu não me importo.
Ele mirou-a da cabeça aos pés com um olhar ardente.
— Se precisar de alguma coisa — falou Drew em uma voz baixa e grave —, basta me dizer.
Não havia nenhum homem no mundo como ele. Ninguém mais teria feito o que Drew fez por ela, mesmo achando que as conclusões dela estavam erradas, que aquela missão estava destinada ao fracasso, e sabendo que isso lhe custaria muito caro.
Ilsa saiu da banheira.
— Há uma coisa...
Ela atravessou o quarto na direção dele, a água escorrendo por seu corpo nu. Ilsa parou diante dele e correu as mãos pelo peito largo, afastando o paletó coberto de poeira. Com as mãos firmes, desafivelou o cinto de Drew e soltou o kilt. Ilsa também tirou o lenço do pescoço e abriu os botões da camisa para despi-la.
Drew ficou parado, muito rígido, a respiração entrecortada.
— Ilsa, você deve estar exausta... — ele tentou dizer, mas ela pousou o dedo em seus lábios.
— É disso que eu preciso — falou, e empurrou-o com as pontas dos dedos na direção da cama.
Drew não tentou resistir e se deixou afundar no colchão, apoiando-se nos cotovelos, os olhos cheios de desejo enquanto a observava.
Sei que isso não vai durar, pensou Ilsa enquanto ficava de joelhos. *Sei que ele não é para mim*. Ela deixou os dedos correrem pelo abdômen dele, fazendo uma trilha extremamente excitante, a julgar pelo arquejo que Drew soltou. *Sei que esses serão os meus últimos dias com ele. E o deixarei ir sem interferir, porque ele merece alguém muito melhor do que eu.*
Ilsa fez amor com Drew com a boca, como ele fizera com ela, até Drew puxá-la para cima, posicioná-la sob o seu corpo e penetrá-la. Ilsa cravou as unhas nas costas dele, passou as pernas ao redor da sua cintura e o estimulou a arremeter com mais intensidade, desejando que aquilo durasse para sempre, desesperada pelo esquecimento que aquela paixão incendiária oferecia.
E quando Drew dormiu ao lado dela naquela noite, Ilsa levou a mão dele aos lábios e sussurrou mais uma vez:
— Eu amo você.
E é por isso que vou deixá-lo partir.

Drew estava disposto a virar Glasgow do avesso para encontrar William Fletcher.

Ele sentiu uma mudança em Ilsa quando chegaram ali, uma espécie de melancolia que parecia envolvê-la, lançando uma sombra sobre tudo, mesmo quando ela olhava para ele e sorria ou quando o puxava mais para perto na cama. O mais próximo que ele já vira daquilo fora quando soldados aprontavam suas armas na expectativa de uma batalha, se preparando para encarar o próprio fim.

Eles localizaram o escritório de Archibald Lorde, na Prince's Street. Ilsa falou com o assistente, que pediu que esperassem, enquanto desaparecia dentro do gabinete privado.

Depois de uma longa demora, o homem os conduziu até a sala do advogado. Lorde era um camarada alto e pálido, com um sorriso beatífico.

— Senhora Ramsay, capitão St. James, sentem-se, por favor.

Ilsa esperou até a porta estar bem fechada.

— Senhor Lorde, estou aqui para ver o meu pai, William Fletcher.

O homem não se traiu de forma alguma.

— Lamento, senhora, mas não o vi.

Ilsa assentiu, inclinou-se por cima da escrivaninha e pegou a pena.

— É claro que não — disse, enquanto escrevia em um pedaço de papel. O advogado a observava com uma sobrancelha erguida. — Se por acaso o senhor o vir, ou tiver notícia dele, por favor lhe entregue isso. — Ela pressionou o mata-borrão no papel para secar a tinta e estendeu-o para o homem. — Por favor, sr. Lorde.

Ele suspirou.

— Senhora Ramsay, não sei a que se refere.

— Eu compreendo — devolveu ela, o papel ainda firme em sua mão estendida. — Por favor, senhor.

Com um movimento de cabeça, ele indicou que ela deixasse o papel em cima da escrivaninha.

— Realmente não posso lhe dar nenhuma esperança.

— Eu compreendo, mas retornarei amanhã à tarde, só por garantia. Tenha um bom dia, sr. Lorde — disse Ilsa, e fez uma mesura antes de sair.

Já novamente na rua, Drew perguntou:

— O que você escreveu?

— Que Cordelia sentiria vergonha dele. — Ilsa puxou a capa com mais força ao seu redor. — Cordelia era a minha mãe. Se houver alguma forma de atrair o meu pai para aquela sala, é usando o nome dela.

Naquela noite, Drew finalmente fez a pergunta que o vinha agoniando.

— O que você vai dizer a ele?

Ela ficou em silêncio por um longo tempo.

— Quando eu era mais nova, meu pai era uma figura épica para mim. Imponente, o homem mais bonito do mundo, inteligente, espirituoso e encantador. Todos o admiravam. Eu me lembro de andar com ele pela rua e todas as damas deixarem cair o lenço na frente dele. E o meu pai sempre os devolvia com uma palavra galante e uma mesura. Eu disse que Mary teria se casado com ele... Mas muitas outras mulheres da cidade teriam feito o mesmo.

— Por que ele nunca voltou a se casar?

— Acho que ele gostava demais de toda essa atenção — foi a resposta de Ilsa, em voz baixa. — Por que se casar com uma mulher quando ele poderia ter a atenção de uma dezena delas, quando poderia flertar e dançar com todas e ter sempre uma mulher sorridente e atraente competindo por ele?

Para ter companhia, pensou Drew. *Para ter alguém que o confortasse e o apoiasse. Para compartilhar as alegrias da vida. Para dar à filha solitária e órfã de mãe uma mãe e irmãos. Para amar e cuidar.*

— Não eram só as damas — continuou Ilsa. — Homens de toda a cidade o respeitavam e o tratavam com deferência. Meu avô fundou a marcenaria e foi diácono antes dele, mas meu pai é um entalhador brilhante, cria peças lindas. Ele teria tido sucesso mesmo se precisasse começar do zero, mas desfrutou de uma posição elevada a vida toda. Perder isso... — Ela suspirou. — Acho que, se você perguntasse, ele diria que preferiria morrer a ser humilhado e vilipendiado por quem antes lhe pedia conselhos e opiniões. William Fletcher é um homem orgulhoso.

Drew havia entrelaçado os dedos no cabelo dela. Ele segurou um cacho sedoso.

— Você acha que ele não voltará a Edimburgo.

A não ser que apresentasse uma incontestável prova de inocência, as perspectivas para o diácono Fletcher na cidade eram aterradoras.

Daquela vez, a resposta de Ilsa foi dada em uma voz tão baixa que Drew quase não escutou.

— Não vejo como poderia, mas preciso ouvir isso do meu pai. — Ela olhou para Drew na escuridão e tocou no queixo dele. — O que você fez quando o seu pai se foi? Agnes me contou que não foi fácil para vocês...

Drew soltou o ar com força.

— Não foi. Nós só descobrimos os erros que o meu pai havia cometido depois que ele morreu.

— Mas você conseguiu resolver a situação — murmurou ela.

— Não havia escolha — disse ele, abraçando-a com mais força. — O meu pai se fora, mas a minha mãe e irmãs ainda estavam ali, precisavam de mim, e precisei garantir o sustento delas.

— Agnes disse que você teria ido para a universidade.

— Em uma outra vida — disse Drew, depois de um tempo.

— O que pretendia estudar?

— Astronomia. Matemática. Eu queria ir para o mar.

Falar daquelas coisas era como reviver um sonho distante.

— Em vez disso, você foi para o exército... Quando Agnes me contou, achei uma escolha muito pouco imaginativa. — A voz dela ganhou mais vida. — Um camarada inteligente teria escolhido a pirataria.

Drew sorriu.

— Uma ideia ousada! Tolamente, achei que o soldo do exército seria mais estável.

— E o medo de ser enforcado seria menor — disse ela, com uma risadinha.

Drew fechou os olhos ao ouvir aquela palavra. Ilsa pareceu se encolher nos braços dele ao se dar conta do que dissera.

— Sim — zombou ele. — Mas o medo da disenteria era maior.

— Mesmo assim você sobreviveu. Todos vocês sobreviveram.

Ele a abraçou com mais força ainda.

— É. Com algumas cicatrizes, mas inteiros e capazes de seguir em frente e encontrar alegria e felicidade.

Ilsa não respondeu, mas permaneceu agarrada a ele a noite toda.

Capítulo 26

Ilsa não sabia o que esperar quando retornaram à Prince's Street no dia seguinte. Daquela vez, esperaram por quase uma hora, e a esperança que ela nutria, já tênue e fraca, começou a desaparecer.

Ela sabia que estava certa — o sr. Lorde vira o pai dela. Mas o homem não poderia obrigar o pai a *vê-la* se ele se recusasse. E se alguma coisa tivesse acontecido — se William tivesse sido descoberto —, Ilsa seria atormentada eternamente pela ideia de que talvez o tivesse colocado em perigo. Ela começou a se arrepender de ter ido até ali e quase torceu para que o sr. Lorde lhe dissesse para ir embora.

Mas finalmente a porta foi aberta, os dois foram levados até o gabinete e Ilsa viu William Fletcher. Alto e esguio, usando trajes de um trabalhador comum, o cabelo natural. Emocionada, ela se jogou nos braços do pai antes que se desse conta do que estava fazendo.

— Ilsa, meu bem — sussurrou Fletcher, abraçando a filha com força. — Ah, minha menina, o que você está fazendo aqui?

— Vim procurar o senhor! Eu estava tão preocupada...

Ele abraçou-a de novo, e por alguns minutos eles ficaram apenas ali, juntos.

Finalmente, Ilsa se afastou para olhar para o pai. O rosto dele parecia mais envelhecido desde a última vez que o vira, as rugas mais profundas e a pele mais pálida. Ou talvez aquilo fosse efeito de vê-lo com roupas simples em vez dos trajes elegantes de sempre, e sem a peruca costumeiramente penteada da última moda — agora, o cabelo dele estava curto, o castanho desbotado e entremeado por vários fios grisalhos. Ilsa teria passado por ele na rua sem reconhecê-lo.

— Por quê, papai?

Foi só o que ela conseguiu perguntar, o coração apertado.

Ele suspirou e a soltou.

— Porque eu não consegui suportar a ideia de magoar você ou Jean. Cometi erros na vida, mas sempre fiz todo o possível para protegê-las das minhas falhas. Nunca quis que elas contaminassem a vida de vocês.

Ilsa tinha a sensação de que uma mão de ferro apertava o seu peito.

— Papai... o senhor está dizendo... não é possível que esteja confessando...?

Fletcher indicou as cadeiras diante da mesa que havia atrás deles.

— Sente-se. Quero que Lorde lhe explique as coisas.

Ele lançou um longo olhar na direção de Drew, mas não disse nada. Ilsa resistiu.

— Papai! O senhor... o senhor fez tudo isso que estão dizendo? — perguntou, com a voz de uma criança assustada.

— Venha se sentar — repetiu ele. — Não posso demorar. Lorde, traga os documentos.

O advogado se aproximou obedientemente da mesa, com um maço de papéis na mão.

— Conte-me — implorou Ilsa. — O senhor fez?

Drew observava a cena com uma expressão preocupada, a testa franzida, e Ilsa sentiu uma profunda vergonha invadi-la, por tê-lo arrastado para aquilo e no fim estar tão espetacularmente errada. *Eu acredito no meu pai*, havia insistido inúmeras vezes. Ela achara que o pesadelo terminaria quando o encontrasse, mas em vez disso a situação parecia pior a cada segundo.

— Eu pedi a Lorde que reunisse absolutamente tudo — continuou o pai, ignorando teimosamente as perguntas de Ilsa. — Há escrituras e certificados de ações, embora ele vá vender esses últimos.

Impotente, ela olhou para Drew. Ele se colocou ao lado dela e a fez se sentar antes de se voltar para Fletcher.

— Diácono Fletcher, o senhor precisa dizer a ela se sabia. Quem realmente cometeu os roubos? — perguntou Drew.

As mãos do pai ficaram imóveis sobre os papéis, o rosto sem expressão. Ilsa estava aflita, agarrada à mão de Drew. Os dedos dele se fecharam ao redor dos dela, garantindo uma âncora enquanto o mundo parecia sair do eixo.

— O senhor sabe, não é? — acrescentou Drew, baixinho.

O pai se sentou sem fazer qualquer outro movimento. O sr. Lorde olhava atento dele para Ilsa e de volta, mas não disse nada.

— Eu sei — disse o pai finalmente, a voz muito baixa. — Mas não vou delatá-lo, mesmo que isso custe minha própria vida — acrescentou, enquanto Ilsa saltava da cadeira.

— O quê? Mas *não*... Papai, o senhor precisa limpar o seu nome. É claro que vamos tentar ajudar essa pessoa... explicar ao xerife... mas o senhor não pode deixar essa acusação continuar sem resposta.

— Não! — Fletcher se afastou das mãos estendidas da filha. — Não, Ilsa. Eu não farei isso. Não discuta — acrescentou com rispidez. — Eu disse não, e essa é minha palavra final.

Ilsa podia sentir as lágrimas escorrendo. Drew observava o pai dela com uma expressão pensativa. Ao sentir o olhar de Ilsa, ele pousou a mão livre no ombro dela.

Então, Drew falou:

— O culpado é seu filho?

A pergunta feita em tom sereno pareceu ecoar no escritório. Ilsa encarou os dois boquiaberta. O sr. Lorde estreitou os lábios. E o pai...

William cerrou a boca com firmeza.

— O quê? — Ela se virou novamente para Drew, ultrajada. — De onde você tirou isso? Eu não tenho irmão!

O pai olhou com raiva para Drew.

— Você é o camarada que causou toda aquela agitação na cidade, não é? O que todos se apressaram a atender como lacaios. Não me impressiono com um título elegante, meu rapaz, ainda mais um título que você ainda nem tem. Cuide da sua vida.

Drew não se abalou ao ouvir aquilo.

— Um homem só iria tão longe para proteger poucas pessoas. Alguém amado, alguém a quem ele prezasse mais do que a própria vida. Essa pessoa não é você, Ilsa, e não acredito que seja a sua tia. Você me disse que não tem tios, ou outras tias, nem primos, e que seus avós estão mortos. Só restaria... um irmão.

A raiva que acendera William foi sendo drenada à medida que Drew falava. Ele levou a mão ao rosto.

— Pare. — Seus ombros se curvaram. — Sim. O culpado é meu filho.

Ilsa achou que iria desmaiar... talvez até já tivesse desmaiado e estivesse imaginando toda a cena.

— Fui um péssimo pai para ele durante toda a vida — continuou ele, parecendo envelhecer anos diante dos olhos de Ilsa. — Salvar a vida dele é o mínimo que eu posso fazer.

— Seu filho fez uma coisa terrível — falou Drew, em voz baixa.

— Quem? — perguntou Ilsa ao mesmo tempo, incapaz de formar outro pensamento ou outra palavra.

O pai se virou para ela. Seu rosto bonito estava abatido pela derrota.

— Por favor, tente entender. E-eu era jovem. Descuidado. — Ele fez uma pausa e engoliu em seco. — Conheci a mãe dele e fiquei profundamente encantado. As coisas... saíram do controle. Eu nunca pretendi... Enfim, o fato é que eu não poderia fazer o menino pagar por aquilo. Sustentei ele e a mãe desde então, e fiz o que estava a meu alcance pelo rapaz. Mas não pude reconhecê-lo como legítimo. Não ousei, embora fosse meu sonho ter um filho para herdar... — A voz de Fletcher falhou, e ele estendeu a mão para pegar a de Ilsa. — Me perdoe, filha. Achei que conseguiria manter isso em segredo, garantir o futuro do rapaz e criá-lo quase como um filho.

— Ele sabe? — perguntou Drew.

Ilsa ficou grata por um dos dois ser capaz de fazer perguntas coerentes.

O pai fitou Drew por um momento, um músculo latejando no maxilar.

— Sim, ele sabe — respondeu, voltando a olhar para Ilsa. — Não use isso contra o rapaz. Ele a conheceu e a invejou por toda a vida. Isso é uma coisa difícil para um homem suportar.

É difícil para uma filha descobrir, pensou Ilsa com amargura.

— Por que o senhor não *me* contou?

— Sempre temi que você descobrisse. Nunca foi minha intenção que soubesse.

— Mas por quê? — protestou ela.

O pai hesitou por um longo tempo.

— Ele tem a sua idade, Ilsa. É só dois meses mais velho.

Não. Aquilo significava... aquilo significava que o pai havia sido infiel à mãe dela, não nos anos finais, quando a mãe de Ilsa já estava doente, mas antes, quando os dois ainda eram recém-casados. O pai sempre havia dito que tivera um casamento de amor com Cordelia e que nunca voltara a se casar porque jamais amaria tanto outra mulher.

— Eu me dei conta de como havia sido tolo quando a sua mãe me contou que estava esperando você — disse o pai. — Terminei o meu... o meu flerte, recuperei o bom senso e percebi como havia sido imprudente. Mas era tarde demais. Anne... também estava esperando um filho meu. Ela... contou à sua mãe, que ficou de coração partido. — Ele abaixou a cabeça. — Prometi a Cordelia que jamais contaria a você sobre a minha traição.

Ilsa mal conseguia respirar.

— Sua mãe nunca recuperou totalmente as forças depois que você nasceu, e a parteira disse que ela não deveria ter mais filhos. Quando ela morreu, resolvi que a promessa que havia feito a ela guiaria a minha vida, e tentei ser o melhor pai que pude para você, Ilsa...

— Quem é ele? — perguntou Drew.

William ergueu os olhos, os lábios cerrados. Não responderia àquilo.

— Liam Hewitt — disse Ilsa em um fio de voz.

O pai levou um susto, mas não negou.

Ilsa passara anos se perguntando por que Liam a detestava tanto e por que o pai sempre tolerava o jeito rude e insolente do rapaz. Aquilo explicava por que William sempre favorecera Liam e por que o promovera tão rapidamente na marcenaria. Explicava até por que a loja da sra. St. James, pequena e modesta, havia sido roubada: Ilsa havia acabado de passar duas semanas com a família em Perth. As pessoas a viram caminhando com Drew perto da colina. Liam sempre sentira prazer em ofendê-la, e fazer mal aos amigos dela era o mais próximo que poderia chegar de fazer mal à própria Ilsa.

E tudo aquilo porque Liam soubera o tempo todo a natureza do parentesco com Ilsa, enquanto ela era mantida na ignorância, como uma criança.

Com um ódio súbito, Ilsa avançou na direção do pai e socou o peito dele com os punhos cerrados.

— Como o senhor pôde? Como pôde deixar de me contar uma coisa tão importante? Como pôde expor a nossa vida diante dele daquela forma, deixando-o ressentido, fazendo com que nos desprezasse? Como...?

Drew puxou-a para trás, sentou-se ao lado dela e passou os braços ao seu redor. O pai, que não se defendera, lançou um olhar longo e severo para o modo como a filha se agarrava a Drew.

— Tem certeza de que foi ele? — perguntou Ilsa, ligeiramente mais calma, mas com a voz ainda trêmula. — Que cometeu os crimes?

O pai a encarou com tristeza e resignação.

— Vários clientes nossos foram vítimas. Foram roubados semanas depois de Liam supervisionar a instalação de novas portas e fechaduras. Eu comecei a desconfiar... e tentei protegê-lo. Descobri que o rapaz tinha um fraco por rinhas de galo, como eu mesmo já tive. Tentei dissuadi-lo, paguei várias de suas dívidas, mas soube que estava jogando pesado de novo, e perdendo. Um dos homens presos é um companheiro constante de Liam, um camarada vulgar, que humilha o rapaz e envenena sua mente.

— Thomas Browne — murmurou Drew.

O pai assentiu.

— Quando Browne reivindicou o Perdão do Rei, temi que Liam estivesse envolvido. Tentei falar com Browne... torcendo, apesar de todas as evidências, para que ele negasse que Liam havia examinado as lojas e feito cópias das chaves... mas se recusaram a me deixar vê-lo. Então, ouvi o meu próprio nome ser mencionado, o que deixou claro o que Liam pretendia fazer. Deixariam o outro camarada ser enforcado, jogariam a culpa em mim, e Browne e Liam sairiam livres. As chaves provavelmente foram feitas na minha marcenaria. Não tenho dúvidas de que mais evidências serão encontradas lá. Vai parecer inquestionável. E me arrisco a dizer que Liam vai se declarar chocado e abalado, vai dizer que não sabe absolutamente nada sobre os crimes.

— Papai — implorou Ilsa. — Como pode permitir isso?

Ele cerrou o punho que estava sobre a mesa.

— Não posso mandar meu próprio filho para a forca. Não importa quanto abomine suas ações, não importa quanto isso me custe. Não posso, Ilsa. Não exija isso de mim.

— Mas se o senhor explicar... — começou ela, ligeiramente desesperada.

— Se me arrastar de volta para Edimburgo, confessarei o crime — alertou ele. — Estou decidido, Ilsa.

Ela se deixou cair na cadeira, arrasada. O pai confessaria um crime que não cometera para salvar o filho que o traíra, não importava o que aquilo fosse causar a ela, que acreditara nele quando ninguém mais o fizera. O pai estava escolhendo Liam... e não ela.

— O que pretende fazer? — perguntou Drew.

William pareceu aliviado por a confissão estar terminada. Ele pigarreou e fez um gesto de cabeça para Lorde, que aparentemente estava concentrado em examinar a mesa de carvalho. Mas logo o advogado entrou em ação e passou um documento com várias folhas para Fletcher.

— Refiz o meu testamento — disse ele, olhando de relance para Ilsa. — Quase tudo fica para você, Ilsa. Com um legado para Jean, é claro, uma lembrança para Mary, anuidades para os criados, algumas doações para a caridade. E... — William fez uma pausa. — Duzentas libras para Liam. Em um determinado momento, eu havia pensado em deixar a marcenaria para ele... — Ele balançou a cabeça, evitando o olhar entorpecido da filha. — Rezo para que Liam use essa soma para recomeçar a vida e tire o máximo dessa possibilidade de redenção — falou, com um sorriso hesitante. — Faça algum bem com o meu dinheiro, minha querida. Sei que você tem ideias a esse respeito, e confio que fará o melhor uso desses recursos.

Ilsa não conseguiria pensar naquilo no momento.

— O senhor pretende fazer mal a si mesmo, papai?

Ele se encolheu.

— Não. Não! Nunca pensei nisso. Se eu pretendesse fazer uma coisa dessas, não teria vindo ver você hoje.

O sr. Lorde se mexeu no assento e tossiu, mas o pai lhe lançou um olhar irritado.

— Fique quieto, Lorde. Eu contarei a ela se quiser. Vou embarcar em um navio rumo à América. Chamam o lugar de Novo Mundo, e serei um novo homem lá, não mais William Fletcher, mas... outra pessoa. Alguém melhor. Se Deus quiser.

Não restavam lágrimas a Ilsa. Ela fitou os papéis que o pai colocou na frente dela com um olhar vazio, mal ouviu as promessas dele de que Lorde cuidaria de tudo e que a ajudaria. Só pareceu despertar quando o pai se levantou.

Aquilo era o adeus, percebeu Ilsa. Para sempre. Ela se jogou nos braços dele e achou que o coração se desintegraria diante da ideia de nunca mais abraçar o pai, de nunca mais ouvi-lo lhe dando as boas-vindas na casa dele, de nunca mais vê-lo piscar e assentir, como tinha mania de fazer.

— Como o senhor vai dançar comigo no meu casamento? — perguntou Ilsa junto ao peito dele. — Como vai mimar seus netos?

O pai acariciou com gentileza o cabelo dela.

— Fique tranquila, meu bem — disse com ternura. — Eu a beijarei agora pelo seu casamento. — Ele pressionou os lábios na testa dela, então ergueu os olhos para Drew. — Tome conta dela, rapaz.

Ilsa ignorou o comentário, agarrou o paletó do pai e o sacudiu.

— Quando o senhor vai embora? Eu posso ir até lá para nos despedirmos e...

— Não, filha...

— Se quer a minha ajuda nesse esquema insano, vai ter que me dar ao menos isso — insistiu Ilsa, com determinação.

Fletcher torceu os lábios, entre irritado e bem-humorado.

— Está certo — concordou, e beijou-a mais uma vez. — Amanhã à noite, com a maré. O navio é o *Carolina*, que parte para Nova York de Port Glasgow.

— E o senhor tem dinheiro?

Ele finalmente sorriu.

— Tenho. Lorde vendeu todas as minhas ações da companhia do sr. Cunninghame, que você tanto despreza. Tenho o bastante para um novo começo.

Lorde os fez sair pelos fundos, para o caso de alguém ter percebido a entrada deles.

— Ele não pode ter planejado isso nos últimos dias — comentou Ilsa com o advogado. — Há quanto tempo o meu pai vem organizando esse plano?

— Há várias semanas, senhora. — O olhar do homem era afável. — Não em todos os detalhes, mas ele me disse para vender as ações de Cunninghame meses atrás e para guardar o dinheiro aqui em Glasgow em vez enviá-lo para Edimburgo. Acredito que seu pai já estava se precavendo para a possibilidade de algo assim acontecer.

Ilsa assentiu, e ela e Drew partiram.

— Para onde você quer ir? — perguntou Drew, quando já estavam na rua.

Ela o encarou, atordoada, estreitando os olhos para protegê-los do sol. Drew havia deixado a barba crescer, e seu cabelo agora aparecia abaixo da aba do chapéu. Ele estava parado, os pés bem separados, os braços cruzados sobre o xale xadrez que cobria o peito. Parecia mais um foragido das Terras Altas do que um duque inglês.

— Podemos andar um pouco? — perguntou Ilsa, o tom melancólico. — Sinto falta das nossas caminhadas até Calton Hill... Queria que Robert estivesse aqui...

Ela sentia falta da antiga vida, quando podia pensar em pintar o teto da sala, dançar a noite toda e flertar com um belo soldado... beijá-lo e se apaixonar por ele. Como aquilo parecia fácil e delicioso em retrospecto.

Drew compreendeu e, sem dizer uma palavra, ofereceu o braço a ela. E os dois seguiram para o norte, para os jardins.

Capítulo 27

No dia seguinte, cavalgaram por vinte e oito quilômetros descendo ao longo do rio Clyde até o Port Glasgow. Drew viu os olhos de Ilsa examinando a cidade — procurando pelo pai, imaginou. Ela permanecera muito quieta desde que haviam se despedido de Fletcher na véspera, e Drew quis lhe dar espaço para aceitar as ações do pai.

Alugaram um quarto em uma estalagem pequena e limpa perto da igreja. A cidade fervilhava de atividade: carroças indo e voltando com cargas para Glasgow, marinheiros e comerciantes nas docas e nos cafés, crianças e criados a toda pelas ruas estreitas. O porto se agitava com os mastros dos navios, a extensão do rio Clyde cintilando ao fundo.

Foi simples achar o *Carolina*. Era um navio grande, que oscilava ancorado perto da entrada do porto. O agente marítimo indicava onde os passageiros deveriam esperar para entrar na embarcação menor que os levaria ao navio. Não havia nada a fazer senão esperar.

Por horas, não houve nem sinal de Fletcher. O sol estava se pondo, e os marinheiros haviam começado a transportar as pessoas para o *Carolina*. Drew já se perguntava se o homem teria mentido para a filha sobre seus planos — para evitar outro confronto carregado de emoção —, quando uma pessoa saiu de um dos cantos da aduana com um pacote grande sobre um dos ombros. Ilsa ficou tensa, mas Drew a conteve.

— Não chame atenção para ele — murmurou.

Ilsa ficou imóvel, agarrando-se com força ao braço de Drew. Fletcher foi até eles e tirou a boina. Sua expressão estava mais calma do que na véspera, e os olhos cheios de amor quando olhou para Ilsa.

— Você veio.

— É claro que sim — disse ela, conseguindo até mesmo sorrir. — Senhor, sua filha não é do tipo que desmaia à toa.

Ele sorriu ao ouvir isso.

— Sei muito bem! E me sinto muito orgulhoso — disse ele, abaixando o pacote. — Você é uma filha melhor do que eu merecia.

— Papai...

Os olhos de Ilsa cintilavam com lágrimas ainda não derramadas quando ela se adiantou para abraçá-lo. Drew se virou para examinar as docas uma última vez e garantir um momento de privacidade aos dois. Vinha checando silenciosamente os arredores, atento à possibilidade de que mais algum oficial os tivesse seguido, ou a Fletcher, mas não viu ninguém suspeito. Torceu para que não houvesse ninguém. *Tomara que Fletcher consiga mesmo escapar*, pensou. Pelo bem de Ilsa.

— Pronto, pronto. — Fletcher recuou, pegou o lenço e enxugou o rosto da filha. — Não desperdice suas lágrimas comigo. Deseje-me boa viagem e seja feliz — pediu, e então, olhando para Drew, acrescentou: — Desejo que seja muito feliz.

Ilsa apertou a mão do pai.

— Como faço para escrever para o senhor...?

— Ah, filha... — Ele se afastou um passo, o olhar triste. — Você sabe que não pode. De qualquer modo, nem sei para onde vou.

— Está certo — concordou ela, muito composta na opinião de Drew. — Então o senhor deve me escrever, sim? De algum modo. Espero que encontre um jeito, papai. Vou esperar todo mês por uma carta de um primo distante da América.

Ele curvou os lábios em um sorriso relutante e piscou para ela.

— Se Deus quiser, ele vai escrever para você algum dia.

Um grito vindo do barco de traslado fez todos olharem ao redor. O sino da igreja anunciava a hora cheia.

— Adeus, minha menina — disse ele, hesitante. — Fique com Deus.

— O senhor também, papai.

A boca do pai se curvou em um sorriso triste e trêmulo. Ele pousou a mão da filha junto ao coração.

— Meu Deus, vou sentir saudade de você.

Ilsa sentiu o peito pesado.

— Eu sei. Mas isso é melhor do que eu sentir saudade do senhor por estar no cemitério.

Ela inclinou a cabeça e beijou a mão dele, então soltou-o gentilmente.

— Estão esperando pelo senhor.

— Antes eles do que o carrasco! — brincou Fletcher.

Passado o momento de emoção, ele ergueu o pacote no ombro e se virou na direção da praia. Os homens esperando no barco estavam desamarrando as cordas, e William acelerou o passo, seguindo rapidamente pela praia curta e descendo até a doca, onde embarcou.

O rosto de Ilsa estava sereno enquanto ela o observava ir embora. Os marinheiros soltaram a última corda e partiram com a embarcação na direção do mar. O pai se agarrou à beirada enquanto o barco se inclinava de um lado para o outro, mas conseguiu erguer a boina por um momento. O sol da tarde cintilava através dos borrifos de água erguidos pelos remos dos homens dedicados à tarefa de levar William Fletcher para longe da Escócia, do carrasco... e da única filha.

Ilsa não se moveu até o barco ficar pequeno demais para ser identificado entre os vários outros que enxameavam na baía. À distância, marinheiros subiam o cordame do *Carolina*, ajustando as velas. Finalmente, os ombros dela se curvaram em um suspiro silencioso.

— Ele nunca mais conseguirá provar sua inocência — falou Drew baixinho. — Nunca mais poderá retornar a Edimburgo, talvez nem à Escócia.

— Eu sei — murmurou ela. — Mas vai estar a salvo. Talvez um dia eu me canse daqui e o siga até os Estados Unidos...

Eles voltaram para a estalagem e compartilharam um jantar leve. Ela manteve os olhos fixos na janela, na direção do porto, e Drew sabia que ela estava tentando distinguir o *Carolina* entre os navios que começavam sua longa jornada para a América.

Quando os dois se recolheram ao quarto, que dava para o leste... a direção de Edimburgo, não da América, Drew perguntou:

— O que você vai fazer?

Não era uma pergunta simples. O pai dela organizara um plano detalhado. Deixara uma carta com o sr. Lorde, declarando sua intenção de não expor a família à indignidade e à vergonha de um julgamento, e o advogado entregaria a carta às autoridades de Edimburgo no momento apropriado. Ele também levaria o testamento de Fletcher e o executaria, depois que a morte do diácono fosse aceita. Ilsa fingiria um profundo espanto e uma imensa dor, até para a tia, já que todos haviam concordado que Jean Fletcher não seria capaz de guardar o segredo.

— Usarei parte do dinheiro do meu pai como restituição para os que foram roubados. Não preciso desse dinheiro nem me interessa tê-lo. Se as pessoas acham que o meu pai é o ladrão, podem ao menos saber que a família dele tentou compensá-las. — Ilsa suspirou. — Mas não sei o que fazer quanto a Liam. Se o papai tivesse me contado a respeito antes, eu talvez conseguisse encontrar em mim alguma compaixão e carinho por ele. Mas Liam foi a causa da ruína de papai, e não posso perdoá-lo. — Ilsa levantou os olhos para Drew. — Também não posso acusá-lo sem trair a fuga do papai. Mas, se eu permitir que um homem desse tipo permaneça livre, o que isso faz de mim?

— Acho que isso diz que você tem um coração leal e piedoso.

Ilsa assentiu.

— O que mais posso fazer?

Ele deveria garantir a ela que seu plano era nobre e decente, a melhor escolha a ser feita entre todas as escolhas ruins. Poderia jurar que faria todo o possível para que Liam fosse punido de outras formas. Poderia simplesmente confortá-la, agora que já não havia mais nada a fazer.

Em vez disso, Drew se apoiou em um dos joelhos diante de Ilsa e pegou as mãos dela.

— Case-se comigo.

Ela arregalou os olhos.

— Sei que você pensa que me induziu a cometer um crime e que me fez arruinar o meu nome e a minha reputação — disse ele. — Mas isso não é verdade. Eu fiz o que fiz por livre e espontânea vontade, porque escolhi estar com você, lutar as suas batalhas e ficar ao seu lado. Sei que você teme pela minha herança e acha que eu deveria me casar com uma inglesa. Mas... *eu* não penso assim. Eu de fato permiti que Sua

Graça acreditasse que eu seguiria seus conselhos, mas não preciso da aprovação dela... ou dos conselhos dela. E, se você não quiser morar na Inglaterra, eu... — Drew respirou fundo mais uma vez, antes de quebrar a promessa solene que fizera à duquesa de Carlyle. — Se você não quiser morar na Inglaterra, não moraremos. Podemos ficar na Escócia. Talvez a duquesa nos permita morar no Palácio Stormont, se isso agradar a você. Se Stormont pode ser administrado da Inglaterra, então o Castelo Carlyle pode ser administrado da Escócia. Encontrarei uma acompanhante para levar Bella e Winnie a Londres, para que aproveitem uma temporada social.

Por mais que Drew buscasse uma pista do que ela estava pensando, a expressão de Ilsa demonstrava apenas a mais pura surpresa.

— Podemos resolver isso — continuou Drew, o tom urgente. — Juntos. Se confiar em mim o bastante para tentar... Eu jamais deixaria de lado suas ideias ou preocupações. Eu amo você loucamente.

As palavras pareceram acalmar e assentar a mente de Ilsa, que havia dias estava em um turbilhão. Ela tinha dito a si mesma que precisava desistir de Drew, mas... ele não queria que ela desistisse. Nem era o que ela queria fazer. Drew fora a sua maior aventura, seu companheiro favorito, seu amigo fiel, seu amante apaixonado.

Seria louca a ponto de jogar aquilo fora em um sacrifício sem sentido?

Tinha medo demais dos desafios que poderia enfrentar como esposa dele?

Ela se deu conta de que ambas as respostas eram "não". Ilsa não tinha medo de nada quando Drew estava ao seu lado. E, no fim das contas, ela estava livre — livre para entregar seu coração a quem escolhesse, livre para se livrar das amarras e tomar uma decisão ousada. Livre para aprender com os erros do pai e fazer melhor, como ele mesmo a recomendara.

Ilsa era livre para decidir que *faria* o casamento deles funcionar, não importava o que, algum dia, seu papel como duquesa exigiria. Ela lutaria pelo que queria e por *quem* queria.

— Você realmente se casaria com uma louca que cria um pônei dentro de casa e pinta o céu no teto da sala? — perguntou Ilsa. — Uma mulher ousada e devassa que vai montar de pernas abertas, seduzi-lo em todas as estufas disponíveis e assombrar sua casa como um fantasma?

— Pode me assombrar para sempre... — sussurrou Drew.

Ilsa sentiu toda ansiedade e tensão dentro dela se desfazerem. E se deu conta de que parte daquela sensação havia nascido do medo de se separar de Drew, além da perda do pai. Mas agora aquilo não aconteceria... nunca.

O primeiro sorriso de verdade em semanas, trêmulo mas sincero, curvou seus lábios quando respondeu:

— Eu aceito.

Capítulo 28

Chegaram a Edimburgo uma semana mais tarde, casados. Ilsa achara que Drew iria querer esperar para ter a família presente, mas não.

— Elas só vão servir para insistir que atrasemos o casamento, para que possam encomendar vestidos novos e planejar um banquete de café da manhã — dissera ele.

Ilsa não conseguira conter uma risada.

— E quem precisa de tudo isso, não é mesmo?

— Eu não preciso — declarou ele, passando a mão pelo maxilar, agora coberto por uma barba escura. — Estou começando a gostar do fato de ser um fora da lei, livre de todas as influências da civilização.

E, assim, os dois se casaram em uma capela em Glasgow, Drew em seu kilt agora em péssimo estado, o cabelo longo, e Ilsa em um vestido ajustado às pressas por uma modista da Trongate Street. Durante toda a cerimônia, sorriram um para o outro como crianças aprontando a maior travessura do mundo, e, quando o ministro os declarou casados, Drew a ergueu do chão para um beijo tão apaixonado que o homem tossiu e sua esposa deu risadinhas.

Quando chegaram a Edimburgo, a família os recebeu com gritos que passaram rapidamente de alarmados e curiosos para extasiados. Embora tivessem chegado tarde, Louisa St. James surgiu com uma garrafa de um bom xerez para brindar aos dois, abraçou Ilsa com enorme carinho e murmurou no ouvido dela como estava satisfeita por ter mais uma filha.

Bella, Winnie e Agnes cercaram Ilsa.

— Eu *sabia* que ele queria se casar com você — gritou Bella, cheia de alegria. — Graças a Deus você aceitou!

— Ah, Drew, parabéns! — Winnie jogou os braços ao redor do pescoço do irmão antes de voltar correndo para o lado de Ilsa. — E para você também, por aceitá-lo, mesmo ele parecendo um eremita das montanhas!

Drew fez uma pose ao ouvir aquilo, acariciando a barba.

— Ah, Winnie, você me instiga a fazer as piores coisas...

Ela mostrou a língua para ele.

— Como se você algum dia tivesse se importado com o que penso! Só que agora terá que atender aos desejos de Ilsa, fique sabendo!

— Você terá um trabalhão para amansá-lo — sussurrou Agnes com uma risada.

Não vou amansá-lo, pensou Ilsa, com um sorriso secreto para o agora marido. *Eu o amo assim, selvagem.*

Voltar para casa, para Jean, provocou uma sensação agridoce em Ilsa. A notícia do casamento agradou a tia, mas o resto... Ilsa havia ensaiado a história que contaria, mas, quando disse que o pai estava desaparecido e que não acreditava que um dia ele pudesse ser encontrado, a tia deu um único gemido de partir o coração e se desfez em lágrimas, deixando Ilsa arrasada. Só a presença de Drew lhe deu forças para manter a palavra e não sussurrar para a tia que o pai estava a salvo. Em vez disso, ela abraçou Jean e chorou junto, torcendo para que algum dia pudesse contar a verdade à tia.

Drew partiu para confrontar o xerife e o procurador público furiosos, só que desta vez barbeado e vestido decentemente como um inglês circunspecto. Ele apavorou David MacGill, o "advogado vira-casaca", como Ilsa o chamava, criticando-o ferozmente pela administração do Palácio Stormont e ameaçando dispensar seus serviços. Então, ofereceu uma última chance para que o homem caísse de novo em suas boas graças, caso aceitasse defender Ilsa. MacGill voltou na mesma hora a agir como o bajulador de sempre e garantiu uma defesa irrefutável, dissuadindo o xerife de tomar qualquer atitude contra Drew ou Ilsa — na verdade, MacGill conseguiu até arrancar um pedido de desculpas do xerife pela busca que mandou fazer na casa dela.

Quando o sr. Lorde chegou a Edimburgo três semanas mais tarde, com a triste notícia de que o corpo de um homem com a descrição de William Fletcher tinha sido resgatado do rio Clyde, provavelmente vítima de afogamento, as autoridades já estavam bastante inclinadas a aceitar o fato. O anúncio da morte foi publicado no jornal, junto com uma notícia menor de que as vítimas dos roubos recentes deveriam recorrer a Felix Duncan, que concordara em cuidar das restituições, usando os recursos disponibilizados por Ilsa após receber a herança do pai.

Ilsa abraçou Jean mais uma vez, enquanto a tia derramava mais lágrimas, mas daquela vez em um misto de tristeza e alívio.

— Ele iria preferir isso a ser enforcado pelos vizinhos e antigos amigos — declarou Jean, a voz embargada. — Mas, ah, minha querida! Como vou sentir falta dele...

— Ele está em paz, tia — foi tudo o que Ilsa pôde dizer.

O sr. Lorde, com o forte apoio de Drew, se ofereceu para poupar Ilsa de ter que se encontrar com Liam, mas ela recusou. Ilsa havia decidido que deveria fazer aquilo por ela mesma — e pelo pai. Mandou chamar, então, o meio-irmão que nunca conhecera de verdade, e de quem nunca gostara, e os dois se encontraram na sala de visitas da casa dela. Drew aguardou do lado de fora, mas fez questão de garantir que Liam soubesse que ele estava ali.

— Muito bem — disse Liam, a voz arrastada em um misto de amargura e deboche, depois que Drew saiu e fechou a porta. — Imagino que deva parabenizá-la por seu triunfo. Uma futura duquesa! Como o seu pai teria ficado satisfeito. Ele sempre se importou com aparências e títulos.

Ilsa o encarou com firmeza.

— Como você sabe, encontraram o corpo dele à deriva, em Glasgow.

— Uma tragédia — disse Liam, com um sorriso frio nos lábios.

— Agradeço suas condolências. — Ilsa pegou a carta que o sr. Lorde levara. Ela já a vira antes, naquele dia terrível quando o pai revelara a verdade, e mal podia esperar para se ver livre daquele papel. — Ele deixou um legado para você em testamento, e o advogado me entregou. A carta foi encontrada entre os documentos dele.

Liam pegou a carta com uma expressão presunçosa.

— Sei que você nunca gostou de mim — continuou Ilsa. Drew lhe dissera para deixar aquilo de lado, mas ela precisava entender por que

Liam a odiava tanto. — Mas sempre reparei na predileção particular do meu pai por você. Era excepcional. Sempre me perguntei se haveria alguma outra ligação entre vocês.

O meio-irmão se inclinou para a frente.

— Ele nunca lhe contou, não é? Não é de espantar, dado o seu comportamento nos últimos tempos.

— Sabe — falou Ilsa, incapaz de se conter —, alguém me sugeriu, certa vez, que você talvez fosse filho dele.

Liam recuou, surpreso.

— É mesmo?

— Isso é verdade?

Parte da presunção retornou.

— Sim, é.

Ilsa assentiu brevemente.

— Lamento que o papai nunca tenha me contado.

— Lamenta! — exclamou ele, com uma expressão cruel. — Você lamentou por ele ter se apaixonado por outra mulher que não a sua mãe? Lamentou saber que ele tinha um filho, o filho por que ansiava, mas que não podia assumir por medo de como você reagiria à notícia?

Então era isso. O pai quisera tanto um filho que deixara Liam acreditar que apenas Ilsa o impedia de assumi-lo publicamente. E Liam, tomado de inveja e ressentimento, enfim havia se vingado dos dois.

Ilsa o encarou com uma expressão séria.

— Não, Liam. Eu lamento por você. Ele foi um pai maravilhoso, terno, gentil e atencioso. E mais, eu teria aceitado um irmão, se ele tivesse se aproximado para me oferecer amor e amizade. — Ela ficou de pé. — Obrigada por vir até aqui hoje. Espero que o seu legado lhe traga lembranças carinhosas de nosso pai.

Liam abriu a carta com uma expressão carregada e leu-a rapidamente, se dando conta de que lhe cabiam duzentas libras e nada mais. O rosto dele ficou muito vermelho.

— Mas isso... isso é um insulto! — Ele ficou de pé com um urro. — Achei que eu ficaria com a marcenaria em Dunbar's Close! Ele me prometeu!

— É mesmo? — perguntou Ilsa, muito calma. — Eu não sabia disso. Ele deixou a marcenaria para mim.

— E o que você vai fazer com ela? — perguntou Liam em um tom zombeteiro.

— Vendê-la, acredito — respondeu Ilsa com certa surpresa. — Já conversei com o sr. Handerson. O papai gostaria que a marcenaria ficasse com outro artesão.

Liam se adiantou um passo.

— Como você ousa? — disse, o tom baixo e furioso.

Ilsa endireitou um pouco mais o corpo.

— Como eu ouso? — repetiu ela, baixando a voz. — Sei *muito* bem o que você fez para ele... e *com* ele. Se me provocar, não hesitarei em sugerir ao xerife que investigue quem era o companheiro de apostas de Thomas Browne e o quanto essa pessoa perdeu nos últimos meses.

— Ela cruzou as mãos. — Sugiro que você aceite graciosamente o que recebeu e o conselho de papai para que se torne uma pessoa melhor. Ele o perdoou, Liam, mas Deus detesta pecadores.

A respiração dele agora saía sibilante como um fole.

— Você...

— Eu não tive nada a ver com isso. Se tivesse, você não receberia um tostão — disse Ilsa, e então estendeu a mão para tocar a campainha ao acrescentar: — Tenha um bom dia, sr. Hewitt. E adeus.

Capítulo 29

Quatro semanas mais tarde

O CASTELO CARLYLE era bem como ele se lembrava, embora naquele momento ostentasse as cores do inverno, e não as da primavera. Drew se preparou para uma recepção fria. Não apenas não retornara dentro do prazo de seis meses que a duquesa lhe dera, como só escrevera para o castelo depois que tudo em Edimburgo já havia sido resolvido.

Ilsa examinou o saguão de entrada cavernoso enquanto eles esperavam para serem levados a alguma sala de recepção. Na opinião de Drew, aquela era a parte mais hostil do castelo e, se algum dia fosse mesmo morar ali, removeria os escudos que enchiam as paredes e a estátua de Perseu segurando a cabeça da medusa.

— Assustador — murmurou a esposa para ele.

— Lúgubre — sussurrou Drew de volta, fazendo-a rir baixinho.

A duquesa não ficou satisfeita com o atraso.

— O senhor era esperado de volta semanas atrás — falou, irritada.

Drew pousou a mão sobre a de Ilsa.

— Tive uma boa razão, Vossa Graça.

— Humpf.

— Quando parti, meses atrás — disse ele —, eu não fazia ideia do que me aguardava.

— O senhor pediu que eu o aconselhasse em relação a isso — retrucou ela com sarcasmo.

— É verdade — disse Drew, olhando de relance para Ilsa. — Mas, como acontece com frequência, o destino zombou das minhas melhores intenções.

— Destino. — A duquesa olhou para Ilsa. — Imagino que essa seja a sua explicação. Um assunto do coração.

— Não, Vossa Graça — disse Ilsa calmamente, sem demonstrar qualquer sinal de estar intimidada ou assustada. — Foi mais do que isso. Foi o encontro de duas almas que estavam destinadas a ficar juntas, e todos os esforços para negar isso se provaram em vão.

— É a mais pura verdade — concordou Drew, com um sorrisinho para a esposa.

— A senhora disse que foram feitos todos os esforços para negar — disse a duquesa, acariciando o gato ruivo e gordo. — Por que um encontro predestinado deveria ser negado?

Drew hesitou, mas Ilsa enfrentou o touro à unha.

— Porque meu pai foi acusado de ser o mandante de um bando de ladrões que aterrorizaram Edimburgo, senhora. Porque, contra todo o bom senso, eu tentei ajudá-lo. E porque Andrew permaneceu lealmente ao meu lado, desafiando tudo que o mandaria de volta para Edimburgo e para Vossa Graça. Só o afeto mais profundo poderia tê-lo levado a fazer isso.

— É verdade — disse Drew, levando a mão da esposa aos lábios. — E eu faria de novo em um piscar de olhos.

A duquesa olhou de um para o outro.

— Ladrões! O senhor me choca, capitão.

— Não posso me arrepender do que fiz por amor — disse ele.

Ela deixou escapar um suspiro de impaciência.

— Eu tinha expectativas tão altas em relação ao senhor...

— E ele não a desapontou. — Ilsa se inclinou mais para a frente na cadeira. — Vossa Graça gostaria que o herdeiro do seu filho fosse um homem facilmente influenciado pelos outros, que se deixasse acovardar pela opinião de fofoqueiros? Não, sei que a duquesa iria querer um homem com convicções e moral firmes para assumir o título de duque. De que outra forma poderia ter certeza de que Andrew manterá a dignidade e a reputação da sua família contra qualquer ataque que possa ser feito ao ducado? Independentemente de minhas falhas,

Vossa Graça precisa dar crédito ao capitão por ter agido de uma forma irrepreensível.

A duquesa encarava Ilsa com espanto óbvio. Drew ficou sentado em um silêncio tenso, esperando.

— Vejo que esse é um caso mais grave — comentou Sua Graça, por fim. — É um casamento por amor, mas um amor *apaixonado*.

Ilsa sorriu.

— Sim, Vossa Graça.

— Eu não poderia enfrentar as exigências do título sem o apoio da mulher que amo — disse Drew, e os dois assentiram ao mesmo tempo. — Nem estou disposto a tentar.

Depois de algum tempo, a duquesa suspirou de novo.

— Vejo que não tenho voz no assunto.

— O que Deus uniu, homem nenhum pode separar. — Drew inclinou a cabeça. — Mas teríamos grande prazer em receber a sua bênção.

Por um momento, a duquesa ficou olhando de um para o outro.

— Tenho certa experiência nisso agora, sabe? Maximilian esteve aqui há um mês, também com uma esposa ao lado, e lhe dei a minha bênção.

Drew arregalou os olhos, surpreso.

— Maximilian?

— Seu primo — disse a duquesa com um toque de humor. — O senhor se lembra dele. O mesmo que riu e zombou de mim o tempo todo em que esteve aqui.

— Sim — murmurou Drew. Ele não pensara muito no primo desde aquele breve encontro. — Espero que ele esteja bem.

— Tão bem quanto o senhor parece estar — disse a duquesa, achando divertida a surpresa de Drew. — Feliz no casamento e com um trabalho respeitável. Fiquei agradavelmente impressionada.

— Essas são ótimas notícias — disse Drew, depois de um momento de espanto.

— Muito bem. Desejo felicidades a vocês. Se isso é tudo...

A duquesa começou a se levantar, mas Drew respirou fundo e levantou a mão.

— Há mais uma coisa, Vossa Graça.

A duquesa ergueu as sobrancelhas, surpresa.

— Tenho um pedido a fazer — começou Drew. — Um pedido que, acredito, será também em benefício de Carlyle, além do meu próprio. Gostaria de ter sua permissão para residir no Palácio Stormont.

— Ora! — Ela voltou a se sentar. — O senhor me surpreende, capitão. Não foi isso que combinamos.

— Stormont é uma propriedade bem-cuidada e próspera — continuou ele. — É mantida sempre pronta para uso apenas do advogado, mas é um lugar muito elegante. Minha família e eu passamos vários dias lá, avaliando o lugar, e todos se apaixonaram. A minha esposa e eu gostaríamos de passar a maior parte do ano no Palácio Stormont, e o restante do tempo aqui.

Aquele fora o acordo a que ele e Ilsa haviam chegado. Nove meses no Palácio Stormont, na Escócia, e três em Carlyle, na Inglaterra. Aquilo atendia bem a ambos, e ele não via como a duquesa poderia discordar. Estava certo de que ela não o queria muito perto, da mesma forma como ele não desejava passar tempo demais ali.

Ao menos, Drew esperava que fosse assim.

— Mas o senhor tem muito a aprender — protestou a duquesa.

— E vou me devotar diligentemente a isso — retrucou Drew. — Administrar Stormont será uma experiência inestimável, em uma escala mais modesta do que Carlyle. O lugar é uma joia, muito mais valiosa do que o sr. Edwards acredita, e minha sugestão é para que o duque não venda a propriedade. Por favor, peço que me permita administrá-la por alguns anos, antes de tomar qualquer decisão. — Drew fez uma pausa, e logo continuou: — E se o Palácio Stormont consegue ser mantido em excelente condição sendo administrado a partir de Carlyle, com certeza posso aprender o necessário administrando eu mesmo a propriedade, de lá. O sr. Edwards poderá me instruir a respeito das particularidades do castelo e passarei três meses do ano aqui. Além disso — acrescentou ele, sentindo uma objeção prestes a escapar dos lábios da duquesa —, minhas irmãs desejam participar de uma temporada social em Londres. Terei a oportunidade de fazer contatos e de me estabelecer na cidade durante a apresentação das duas à sociedade. Não pretendo negligenciar esse aspecto da posição.

— Achei que o senhor tivesse três irmãs — comentou a duquesa, o tom brusco.

Drew disfarçou um sorriso.

— Apenas duas estarão em busca de maridos.

— Humpf — resmungou ela. — Eu sabia que um escocês seria um problema.

— Vossa Graça. — Ilsa se levantou e se ajoelhou diante do trono da duquesa. — Eu também gostaria de ter a sua bênção. Sei que não estou preparada para assumir seu lugar, e desconfio que jamais estarei, mas estou totalmente comprometida em ajudar Andrew a ocupar o papel dele com graça e honra. Espero que Vossa Graça consiga ver que somos devotados um ao outro e ao nosso dever em relação a Carlyle. É uma enorme responsabilidade, que será mais bem desempenhada por um casal, os dois se apoiando, sendo leais um ao outro.

E, assim, Ilsa inclinou a cabeça, como um cavaleiro diante do soberano.

A duquesa ficou olhando para Ilsa. E por mais incrível que pudesse parecer, depois de um instante, estendeu a mão, que Ilsa pegou com reverência.

— Talvez esteja à altura, sim, sra. St. James. Humildade e determinação a levarão longe...

Quando Drew e Ilsa saíram para o jardim, mais tarde, Drew ainda estava encantado com a forma como a esposa se comportara.

— Como se você realmente não fosse estar à altura de assumir o lugar dela!

Ilsa sorriu.

— Eu estava falando sério! O que a duquesa fez até aqui é muito impressionante. A sra. Kirkpatrick me contou que o duque está inválido há quase trinta anos. Durante todos esses anos, toda a responsabilidade recaiu sobre ela, sem ninguém para apoiá-la. E nesse período a duquesa enterrou três filhos, o tempo todo ciente de que a saúde do duque é frágil e que ela inevitavelmente o perderá também. — Ilsa balançou a cabeça. — Eu a admiro imensamente. Não sei se conseguiria suportar passar pelo que ela passou, do modo como o fez.

— É claro que conseguiria — afirmou Drew.

— Não diga isso — retrucou Ilsa, muito séria. — Até se estar nessa posição, é impossível saber ou julgar.

— De fato — Drew apressou-se a concordar com a esposa. Ele se lembrou das palavras da mãe, quando comentara quanto a duquesa havia perdido. Ilsa compreendia aquilo mais profundamente do que ele. — Você está certa.

— É claro que estou — disse ela, sorrindo.

Drew deu uma risadinha e foram caminhando, rindo quando Ilsa comentou que os dois obviamente não poderiam morar ali porque Robert iria pisotear ou comer todas as flores.

Quando já estavam no castelo havia alguns dias, o sr. Edwards pediu a Drew para dar uma volta com ele pelo pátio externo. Como Drew passava horas todo dia enclausurado com o advogado, ficou encantado com a ideia. Ilsa havia feito amizade com a srta. Kirkpatrick, a dama de companhia da duquesa, e as duas estavam tomando chá no luxuoso Salão Verde, então, ele concordou.

— Lamento dizer que Sua Graça, o duque, teve uma piora — disse o advogado enquanto os dois caminhavam.

Drew ficou tão surpreso que quase perdeu o ar. Todos os seus planos contavam com a manutenção da saúde atual do duque.

— Estou lhe contando isso sob a mais estrita confidencialidade — acrescentou o sr. Edwards.

— É claro — murmurou Drew, a mente em disparada.

— Sua intenção de passar apenas três meses por ano em Carlyle...

— Senhor Edwards. — Drew parou de andar. — O senhor está querendo dizer que... devo esperar que...?

Ele não conseguiu nem terminar a frase. Ilsa havia ficado tão satisfeita com o acordo de passarem a maior parte do ano em Stormont...

O advogado deu um breve sorriso.

— Quanto a isso, não sei. O destino é imprevisível, não é mesmo?

— Sim — concordou Drew lentamente.

— Talvez isso não venha a ser um problema tão grande para o senhor. — Edwards fez uma pausa, a expressão perturbada. — Sua Graça, a duquesa, não deseja que eu lhe diga isso, mas talvez o senhor não seja a única possibilidade como herdeiro de Carlyle.

O quê?

— Eu havia entendido que não existia herdeiro mais próximo.

Edwards inclinou a cabeça, enquanto continuavam a caminhar.

— Não há mesmo nenhum que se conheça.

— Senhor Edwards.

Drew estava surpreso. Ao longo dos últimos sete meses, acreditara que Carlyle seria dele, sem qualquer sombra de dúvida, sem possibilidade de que pudesse vir a ser diferente.

— Seja mais claro, por favor.

O sol refletiu na lente dos óculos do advogado quando ele encarou Drew, obscurecendo seus olhos.

— O fato é que não posso ser mais claro. Sei que Sua Graça não deseja que eu faça isso, mas, em sã consciência, eu não poderia permitir que o senhor acredite que o título e a propriedade serão incontestavelmente seus.

— Que diabo o senhor está querendo dizer com isso? — exclamou Drew.

Edwards desviou os olhos.

— Quero dizer o que eu disse. Não há herdeiro conhecido mais próximo do que o senhor, mas há... possibilidades. Remotas, posso lhe garantir. — O advogado fez uma pausa. — A maior parte dos homens ficaria aborrecido ao tomar conhecimento disso, mas, quando soube do seu desejo de morar no Palácio Stormont, de permanecer na Escócia, comecei a me perguntar...

— Começou a se perguntar o quê? — perguntou Drew.

— Quando Maximilian esteve aqui, há um mês, não tínhamos ideia de onde o senhor estava, ou se retornaria em segurança. Eu me senti obrigado a deixá-lo ciente desse fato, e a reação de Maximilian foi de que preferiria fortemente não ser o herdeiro. — Ele fez uma pausa e inclinou a cabeça. — Desconfio que Ilsa St. James também gostaria de permanecer na Escócia, e que só aceitou a possibilidade do ducado como um preço a pagar para ser sua esposa.

Drew estava muito surpreso.

— Não posso culpá-la — continuou o advogado. — O ducado não foi apenas bênçãos para a maior parte dos homens que detiveram o título, e ainda menos para as duquesas. Até onde sei, causou mais dor do que prazer.

— Nossa, obrigada pelas palavras cálidas e encorajadoras — ironizou Drew depois de um momento de choque.

O advogado acenou com uma das mãos.

— Não, não. É assim com todos os títulos, o senhor não sabia? A responsabilidade é enorme, e os privilégios são imensos, mas os que pensam que são a chave para a indulgência e gratificação infinitas... — Ele balançou a cabeça. — Não tenho a intenção de acusá-lo de pensar assim, capitão.

— Espero que não — resmungou Drew, a mente em disparada. — O senhor está me dizendo que eu posso ser suplantado por outro herdeiro.

O advogado hesitou.

— Estou dizendo que há uma possibilidade.

Drew passou a mão pelo cabelo.

— Mas então por que não me disseram isso antes? Por que não disseram ao meu primo? Isso está sendo usado para nos intimidar?

Drew não tinha grande apreço por Maximilian, mas reagiu instintivamente à injustiça do homem sendo atormentado pela perspectiva de uma herança que não desejava. Se houvesse outro herdeiro, mais próximo do título do que o próprio Drew, tanto ele quanto Maximilian mereciam saber disso, depois do modo como a duquesa interferira na vida deles.

— Porque até agora não há nada a dizer.

— Eu tentei ser muito consciente em relação à magnitude do meu dever — começou a dizer Drew.

— De forma admirável — concordou Edwards.

— Persuadi a mulher que amo a se mudar para a Inglaterra por três meses ao ano. Preparei minha família para deixar sua antiga vida para trás e assumir novos lugares como membros de um ducado. Pedi dispensa do exército e alterei o curso de toda a minha vida por causa dessa herança, por dever. E agora o senhor me diz que se trata de uma *possibilidade*, de um *talvez*, que tudo isso pode ter sido por nada.

Drew estava furioso.

O advogado fez sinal para que continuassem caminhando.

— Não. Sob nenhuma circunstância o senhor sairá dessa situação sem alguma vantagem. Estou autorizado por Sua Graça, a duquesa, a lhe garantir a propriedade imediata do Palácio Stormont, sem qualquer condição, não apenas como um empréstimo do lugar para que o senhor more lá.

— Ela está me dando a propriedade? — repetiu Drew, chocado.

— Está. Isto é, Sua Graça, o duque, está — retificou o advogado. — Em reconhecimento por seus esforços e sua dedicação até o momento, e graças aos seus argumentos persuasivos em favor de Stormont. — Ele olhou de relance para Drew. — Pense nisso como um presente de casamento de Sua Graça, o duque, com a bênção de Sua Graça, a duquesa.

Drew balançou a cabeça. Aquilo era demais pare ele compreender.

— Mas... O senhor está me dizendo que eu talvez não herde o título. Como isso é possível?

O advogado levou um longo tempo para responder.

— Existe uma mínima chance — disse por fim. — Tão pequena que talvez nem valha a pena mencionar. Lamento qualquer desconforto que eu possa ter lhe causado, mas em seu lugar eu não iria querer ser mantido completamente no escuro.

— E a duquesa sabia disso desde o princípio?

Edwards inclinou a cabeça.

— Sim. Ela acredita fortemente que a possibilidade é tão distante que nem merece ser discutida.

— Mas o senhor não concorda...

Drew levou a mão à testa, abalado.

O sr. Edwards chegou mais perto e pousou a mão no ombro dele.

— Caso Sua Graça morra sem nenhum outro herdeiro identificado, nada disso vai importar — falou em uma voz tranquila. — Seu direito ao título é claro, e eu daria sequência aos trâmites sem demora. Quando um título é entregue, não pode ser retirado, não importa quantos herdeiros surjam depois. Só mencionei a outra hipótese confidencialmente porque o senhor precisa saber o que será pedido e discutido após o falecimento de Sua Graça, o duque. A Coroa vai querer ter certeza de que não há nenhum herdeiro mais próximo antes de garantir Carlyle ao senhor.

— O que devo fazer?

Edwards sorriu.

— Nada, capitão. Não há nada que o senhor *possa* fazer, a não ser o que já planejou. Leve sua esposa para Stormont e seja feliz. Podemos fazer como o senhor deseja e manter contato por carta.

— Sim — disse Drew, ainda profundamente desconcertado. — A administração do castelo...

— Quanto a isso, tenho boas notícias. Foi contratado um novo capataz, que já está cuidando dos negócios, em Londres. Espero que ele fixe residência aqui. — Edwards levantou os óculos mais para cima do nariz. — E posso dizer que será um grande alívio para mim ter o senhor e o sr. Montclair cuidando da propriedade.

— Certo.

Drew conseguiu assentir enquanto o advogado fazia uma mesura e o deixava.

Meu Deus. Outro herdeiro? Ele desejava que o sr. Edwards tivesse falado mais abertamente — e mais cedo. Mas foi contar tudo a Ilsa, de qualquer modo.

Os olhos dela se iluminaram.

— O duque nos deu Stormont? O lugar será nosso de verdade?

Ele assentiu.

— Mas quanto a essa outra questão...

Ilsa riu e o beijou.

— Para mim, essa outra questão também é uma boa notícia! — Ela passou os braços ao redor do pescoço dele. — Ter o Palácio Stormont e uma ligação com a família do duque, mas não ter qualquer peso do dever e da obrigação? O que poderia ser melhor?

— Mas talvez você não venha a ser duquesa... — disse Drew, sem conseguir conter um sorriso.

Ela torceu o nariz.

— Ora, e que alívio seria! Você sabe que me casei com você *apesar* disso, então, se puder evitar o título, será muito melhor.

Finalmente Drew riu.

— Você é uma mulher rara, Ilsa St. James.

Ela ficou na ponta dos pés e colou os lábios aos dele.

— Você descobriu isso meses atrás.

— Exato — concordou Drew, abraçando-a com mais força. — E foi por isso que me apaixonei.

Este livro foi impresso pela Cruzado,
em 2022, para a Harlequin.
O papel do miolo é pólen soft 70g/m²
e o da capa é cartão 250g/m².